Leaves of Grass / Folhas de Relva

Walt Whitman

Leaves of Grass

Folhas de Relva

A Primeira Edição (1855)

Tradução, apresentação, notas e posfácio
Rodrigo Garcia Lopes

2ª edição revista e ampliada

ILUMI//URAS

Capa e projeto gráfico (sobre projeto original de Walt Whitman)
Marcelo Girard

Revisão
José Feres Sabino, Ariadne Escobar Branco, Jane Pessoa e Ana Luiza Couto

Diagramação
IMG3

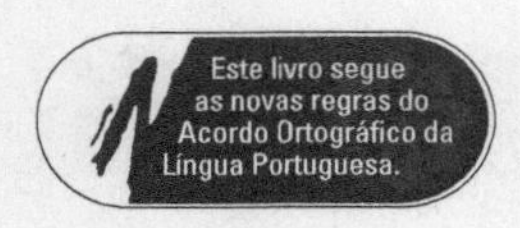

Dados Internacionais de Catalogação na Publicação (CIP)
(Câmara Brasileira do Livro, SP, Brasil)

Whitman, Walt, 1819-1892.
Leaves of grass = Folhas de Relva / Walt Whitman ;
tradução, apresentação, notas e posfácio: Rodrigo Garcia Lopes.
— São Paulo : Iluminuras, 2005 ; 2ª edição, revista e ampliada, 2019.

Título original: Leaves of grass.
Edição bilíngue: inglês/português.
ISBN 978-85-7321-612-7

1. Poesia norte-americana - Século 19. I. Lopes,
Rodrigo Garcia. II. Título. III. Título: Folhas de
Relva. IV. Série.

05-8469 CDD-811.3

Índices para catálogo sistemático:
1. Poesia : Literatura norte-americana : Século 19
811.3
2. Poesia : Século 19 : Literatura norte-americana
811.3

2019

Editora Iluminuras Ltda.
Rua Inácio Pereira da Rocha, 389
05432-011 - São Paulo - SP - Brasil
Tel.\Fax: 55 11 3031 6161
iluminuras@iluminuras.com.br
www.iluminuras.com.br

Índice

---

* No original de 1855 os poemas não traziam títulos. Nesta edição, foram colocados entre colchetes os nomes pelos quais os poemas ficaram conhecidos ou que foram adotados por Whitman posteriormente.

Whitman, 200

Em 31 de maio de 2019 foram comemorados os duzentos anos do nascimento de Walt Whitman: o poeta da democracia, do humanismo, do amor e verso livres, do otimismo e da liberdade. Seu bicentenário de nascimento será celebrado numa série de eventos pelo planeta: exposições, conferências, simpósios, festivais de literatura, música e arte, peças teatrais, lançamentos e novas edições de livros. Whitman, que também foi jornalista, romancista, ensaísta e carpinteiro, causou uma revolução na poesia norte-americana e mundial com seu *Leaves of Grass*. Marco da poesia moderna, sua influência foi e é sentida dentro e fora dos Estados Unidos, em várias gerações de poetas, escritores, artistas e pensadores das mais diversas áreas. *Leaves of Grass* pode ser visto como um grande épico da democracia.

No segundo semestre de 2005, de forma pioneira, a editora Iluminuras lançava *Folhas de Relva*. Foi a primeira vez que Whitman teve um livro integral, bilíngue, publicado no Brasil.* Escolheu-se, nesse caso, a clássica e revolucionária primeira edição, de 1855, que então comemorava 150 anos de publicação. É nela que Whitman exibe sua potência de linguagem e visão pela primeira vez, em que assistimos o frescor e a versatilidade do verso livre sendo inaugurado. É exatamente a edição que levou o filósofo Ralph Waldo Emerson, o principal intelectual e escritor americano de sua época, a saudar, semanas depois do lançamento, como "a mais extraordinária obra de engenho e sabedoria que a América já produziu". *Folhas de Relva* cresceria, ao longo do tempo, como um rizoma, horizontalmente e polimórfico, seguindo a lógica de crescimento orgânico. O livro foi ganhando complexidade, se expandido livre em todas as direções, em variadas edições (dos doze poemas da primeira aos 389 da última, chamada "De Leito de Morte").

No longo posfácio deste livro, em que examinamos a vida e a poética de Whitman, indicamos que *Leaves of Grass* poderia ser traduzido como *Folhas de Relva*, *Folhas de Capim* e ainda *Folhas de Grama* (páginas 261-264). Em Portugal o livro costuma ser traduzido como *Folhas de Erva* (da palavra latina *herba*). Optamos por *Folhas de Relva* não por ser a versão consagrada. Apesar da similaridade sonora e etimológica de *grass* com *grama* (do latim *gramen*), da beleza e da singularidade da palavra *capim* (folha delgada, em tupi-guarani), a palavra *relva* pareceu mais inclusiva, implicando múltiplas espécies de plantas, um conjunto, e designando "uma área coberta por esse tipo de vegetação". Essa escolha é reforçada pelo design da capa elaborada e executada pelo próprio Whitman (que era tipógrafo e impressor) para a primeira edição. Das próprias letras de *Leaves of*

---

* A da Martin Claret, feita por Luciano Meira, também integral mas não bilíngue da edição de 1892, saiu na mesma época.

Grass, douradas sobre fundo verde-escuro, com ornamentação convencional de folhas e flores em relevo, brotam várias manifestações de vida vegetal: capim, folhagens, brotos, musgos, barbas-de-velho, trepadeiras, bulbos e plantas de raízes aéreas.

O "of" da fonte Scotch Roman chega a ficar quase irreconhecível, tomado pelo mato. A edição de 1855, segundo um de seus maiores estudiosos, Ed Folsom, "é um livro cuja capa insiste em uma compreensão orgânica da literatura, com palavras enraizadas na natureza, com a linguagem tão abundante quanto a relva". Linguagem tornada natureza e vice-versa.

Já na tradução dos poemas neste livro, *grass* ora é relva, capim, grama, mato, pasto, como são diversos os sentidos em inglês. Nas vezes em que me pareceu adequado, e para remeter ao título original e ao conceito organicista da obra, lancei mão de um verbo rico de significados e pouco utilizado entre nós: *grassar*. *Grassar* carrega os sentidos de se multiplicar, de "crescer exuberantemente e se espalhar como uma planta", e ainda passar o tempo à toa, vagar ao léu, trilhar (gramar).

Além do prefácio de Whitman, uma verdadeira "Declaração de Independência" da poesia norte-americana, e de peças-chave como o pré-freudiano e xamânico "Os Adormecidos", a celebração da beleza do corpo e a crítica à escravidão em "Eu Canto o Corpo Elétrico", o transcendentalista "Tinha um Menino que Saía", o meditativo "Pensar no Tempo", o democrático "Canção às Ocupações", o fisiognomista e frenológico "Rostos" e os abertamente políticos e jornalísticos-satíricos "Europa, o 72º e o 73º Anos destes Estados" e "Balada de Boston", a edição de 1855 trazia, sobretudo, o poema mais importante de sua obra, posteriormente intitulado "Song of Myself" ("Canção de Mim Mesmo"). O sublime poema de abertura deste livro (1336 versos, ocupando 60% do volume) é, sem dúvida, um dos maiores de todos os tempos, e uma síntese de tudo o que o poeta escreveria dali em diante.

Nos poemas de *Folhas de Relva*, convenções poéticas como métrica e rima dão lugar ao paralelismo bíblico, a anáforas, epíforas, aliterações e assonâncias (sem que se exclua um aguçadíssimo sentido de ritmo e de musicalidade da linguagem); à repetição, que surge como um dispositivo sintático e sonoro de grande relevância; a um estilo oratórico selvagem, às enumerações (seus famosos "catálogos" de estrutura paratática), ao fluxo de consciência. Dão lugar também à linguagem falada e viva, a um novo conceito de poesia e poema, capaz de absorver uma ampla variedade de registros, temas, dicções, imagens, numa sintaxe muitas vezes revolta e hipnótica. Foi o que procurei contemplar em minha tradução.

Claro que as conquistas e inovações de Whitman vão além do verso livre. Para críticos como Harold Bloom, trata-se de "um pensador esotérico de extraordinária originalidade". "O que Shakespeare foi para a Renascença, Whitman foi para o século XIX e depois." Whitman também é pioneiro, ao lado de Charles Baudelaire, por injetar a experiência urbana na poesia lírica (o poeta como flâneur ou repórter). Além de uma consciência libertária, planetária, ele estabelece uma nova relação com o leitor, que é solicitado a ser parceiro do sentido dos poemas. Se o poema de abertura começa com a palavra *eu,* ele termina, sem ponto-final, com a palavra *você*. Como escreve Folsom, o poeta percebe que uma democracia iria exigir "um novo tipo de relação imaginativa entre leitor e autor, um dar e receber mais equalizante, por isso Whitman construiu uma poesia que se dirigia diretamente aos seus leitores e os desafiava a agir, falar e responder".

"A democracia", explica Folsom, "é o conceito de organização que une a poética, a política e a metafísica de Whitman." Para Whitman, fiel à tríade "igualdade, liberdade e fraternidade", democracia era mais um objetivo ideal do que uma prática realizada. "Ele via a democracia como uma força evolutiva inevitável na história da humanidade, e fez tudo o que pôde para impulsionar a evolução, mas não tinha ilusões de que uma sociedade democrática em funcionamento viria fácil ou rapidamente." Poesia como instrumento de mudança, de visão e ação, escrita para o hoje. O poeta, acima de tudo, agiria como um conector (entre o ser humano e a natureza, entre o indivíduo e a comunidade humana). Walt Whitman queria a palavra ativa, elétrica, transformadora, fundida no corpo e alma. Sua democracia se revela não só no nível temático mas lexical: todas as palavras (gírias, expressões idiomáticas, neologismos, jargões, vocábulos raros e obsoletos, dialetos, palavras estrangeiras, termos técnicos e científicos) foram acolhidas e plenamente absorvidas em seu "experimento de linguagem", como ele definiu o livro.

Em tempos turbulentos e sombrios, num momento contrário às utopias como o que atravessamos agora, de retorno a autoritarismos e fundamentalismos, declínio da democracia, crescimento das desigualdades sociais e econômicas, desintegração do capitalismo global, materialismo, individualismo, destruição ecológica do planeta, violência, injustiças, sexismo, intolerância (sexual, racial, social, étnica, religiosa), desrespeito às diferenças, migrações em massa, ameaças as liberdades e direitos, manipulação da linguagem, de *fake news* e "pós-verdades", a relevância de Walt Whitman e seu humanismo e amplo conceito de democracia se impõem. Sua obra se faz, ética e poeticamente, urgente e vital para nossos tempos. Suas folhas, afinal, ainda grassam sob nossos pés.

Muitas águas rolaram nesses duzentos anos. Foi com entusiasmo e otimismo democrático, aliás, que Whitman saudou a proclamação da República do Brasil em 1890, com um poema. "Uma Saudação Natalina" trazia uma epígrafe astronômica, um aceno de boas-vindas lançado da constelação Coroa do Norte ao nosso Cruzeiro do Sul:

UMA SAUDAÇÃO NATALINA

De um grupo de estrelas do Norte para um do Sul (1889-90)

BEM-VINDO, irmão brasileiro, teu amplo lugar está pronto,
Do norte um sorriso, mão amorosa, aceno instantâneo e ensolarado!
(Que o futuro cuide de si, onde revele seus problemas, obstáculos,
No presente, nosso espasmo, a meta da democracia, a aprovação e a fé);
Para ti hoje estendemos os braços, viramos os rostos, olhos cheios de expectativa,
Tu, livre aglomerado! radiante e fúlgido! aprendendo bem
A verdadeira lição da luz de uma nação no céu,
(Brilhando mais que o Cruzeiro, mais que a Coroa,)
A altura para ser suprema humanidade.

Rodrigo Garcia Lopes
Florianópolis, 21 de março de 2019

Leaves of Grass.

Brooklyn, New York :
1855.

Deu entrada de acordo com o Ato do Congresso no ano de 1855, por WALTER WHITMAN, no Ofício de Registro da Corte Distrital dos Estados Unidos para o Distrito do Sul de Nova York.

Folhas de Relva.

Brooklyn, New York :
1855.

AMERICA does not repel the past or what it has produced under its forms or amid other politics or the idea of castes or the old religions . . . . accepts the lesson with calmness . . . is not so impatient as has been supposed that the slough still sticks to opinions and manners and literature while the life which served its requirements has passed into the new life of the new forms . . . perceives that the corpse is slowly borne from the eating and sleeping rooms of the house . . . perceives that it waits a little while in the door . . . that it was fittest for its days . . . that its action has descended to the stalwart and wellshaped heir who approaches . . . and that he shall be fittest for his days.

The Americans of all nations at any time upon the earth have probably the fullest poetical nature. The United States themselves are essentially the greatest poem. In the history of the earth hitherto the largest and most stirring appear tame and orderly to their ampler largeness and stir. Here at last is something in the doings of man that corresponds with the broadcast doings of the day and night. Here is not merely a nation but a teeming nation of nations. Here is action untied from strings necessarily blind to particulars and details magnificently moving in vast masses. Here is the hospitality which forever indicates heroes . . . . Here are the roughs and beards and space and ruggedness and nonchalance that the soul loves. Here the performance disdaining the trivial unapproached in the tremendous audacity of its crowds and groupings and the push of its perspective spreads with crampless and flowing breadth and showers its prolific and splendid extravagance. One sees it must indeed own the riches of the summer and winter, and need never be bankrupt while corn grows from the ground or the orchards drop apples or the bays contain fish or men beget children upon women.

Other states indicate themselves in their deputies . . . . but the genius of the United States is not best or most in its executives or legislatures, nor in its ambassadors or authors or colleges or churches or parlors, nor even in its newspapers or inventors . . . but always most in the common people. Their manners speech dress friendships — the freshness and candor of their physiognomy — the picturesque looseness of their carriage . . . their deathless attachment to freedom — their aversion to anything indecorous or soft or mean — the practical acknowledgment of the citizens of one state by the citizens of all other states — the fierceness of their roused

A AMÉRICA não rejeita seu passado nem o que foi produzido sob suas formas ou em outras políticas nem a ideia de castas nem de velhas religiões .... recebe a lição com tranquilidade .... não é tão impaciente quanto se supunha já que o tecido necrosado ainda está grudado nas opiniões e maneiras e literatura enquanto a vida que já cumpriu seus pré-requisitos passou para a nova vida das novas formas ... percebe que o cadáver sai devagar dos quartos e da cozinha da casa ... percebe que ele espera um pouco enquanto está na porta ... que foi o mais adequado para seu tempo ... que sua ação descende do herdeiro robusto e de boa forma que está chegando ... e que ele será o mais adequado para seu tempo.

Os americanos de todas as nações em qualquer era sobre a terra provavelmente têm a natureza poética mais completa. Os Estados Unidos são essencialmente o maior de todos os poemas. De agora em diante na história da terra os maiores e mais agitados poemas vão parecer domesticados e bem-comportados diante da sua grandeza e agitação ainda maiores. Enfim aqui alguma coisa nos atos humanos que corresponde com os atos que o dia e a noite transmitem. Enfim aqui não só uma nação mas uma nação proliferante de nações. Enfim aqui a ação livre de amarras necessariamente cega aos destacamentos e particularidades que se movem magnificamente em imensas massas. Eis a hospitalidade que é a marca registrada dos heróis .... Enfim aqui os brutos e a barba e o espaço e a robustez e a despreocupação que a alma adora. Eis aqui a performance desdenhando o banal não abordado na audácia tremenda de suas massas e multidões e o empurrão de sua perspectiva grassa com amplitude fluída e livre de cãibras e que inunda sua extravagância esplêndida e prolífica. Vê-se que ela deve mesmo possuir as riquezas do verão e do inverno, e que jamais se decairá enquanto milho crescer do chão ou pomares derrubarem maçãs ou baías contiverem peixe ou homens engravidarem mulheres.

Outros estados se revelam em seus representantes .... mas o gênio dos Estados Unidos não está nem no melhor ou na maioria de seus executivos e legislaturas, nem nos seus embaixadores ou autores ou faculdades ou igrejas ou gabinetes, nem mesmo nos seus jornais ou inventores ... mas sobretudo e sempre nas pessoas comuns. Seus modos jeitos de falar de se vestir fazer amigos — na frescura e na candura de suas fisionomias — a descontração pitoresca de seus jeitos de andar ... seu amor imortal pela liberdade — sua aversão a qualquer coisa indecorosa ou mole ou maliciosa —

resentment — their curiosity and welcome of novelty — their self-esteem and wonderful sympathy — their susceptibility to a slight — the air they have of persons who never knew how it felt to stand in the presence of superiors — the fluency of their speech — their delight in music, the sure symptom of manly tenderness and native elegance of soul . . . their good temper and openhandedness — the terrible significance of their elections — the President's taking off his hat to them not they to him — these too are unrhymed poetry. It awaits the gigantic and generous treatment worthy of it.

The largeness of nature or the nation were monstrous without a corresponding largeness and generosity of the spirit of the citizen. Not nature nor swarming states nor streets and steamships nor prosperous business nor farms nor capital nor learning may suffice for the ideal of man . . . nor suffice the poet. No reminiscences may suffice either. A live nation can always cut a deep mark and can have the best authority the cheapest . . . namely from its own soul. This is the sum of the profitable uses of individuals or states and of present action and grandeur and of the subjects of poets. — As if it were necessary to trot back generation after generation to the eastern records ! As if the beauty and sacredness of the demonstrable must fall behind that of the mythical ! As if men do not make their mark out of any times ! As if the opening of the western continent by discovery and what has transpired since in North and South America were less than the small theatre of the antique or the aimless sleepwalking of the middle ages ! The pride of the United States leaves the wealth and finesse of the cities and all returns of commerce and agriculture and all the magnitude of geography or shows of exterior victory to enjoy the breed of fullsized men or one fullsized man unconquerable and simple.

The American poets are to enclose old and new for America is the race of races. Of them a bard is to be commensurate with a people. To him the other continents arrive as contributions . . . he gives them reception for their sake and his own sake. His spirit responds to his country's spirit . . . . he incarnates its geography and natural life and rivers and lakes. Mississippi with annual freshets and changing chutes, Missouri and Columbia and Ohio and Saint Lawrence with the falls and beautiful masculine Hudson, do not embouchure where they spend themselves more than they embouchure into him. The blue breadth over the inland sea of Virginia and Maryland and the sea off Massachusetts and Maine and over Manhattan bay and over Champlain and Erie and over Ontario and Huron and Michigan and Superior, and over the Texan and Mexican and Floridian and Cuban seas and over the seas off California and Oregon, is not tallied by the blue breadth of the waters below more than the breadth of above and below is tallied by him. When the long Atlantic coast stretches longer and the Pacific coast stretches longer he easily stretches with them north or south. He spans between them also from east to west and reflects what is between them. On him

o reconhecimento prático dos cidadãos de um estado pelos dos outros estados — a ferocidade crescente de seu ressentimento — sua curiosidade e receptividade ao novo — sua autoestima e maravilhosa simpatia — sua suscetibilidade a qualquer desrespeito — seu jeito de quem nunca soube como se comportar na presença de superiores — a fluência de suas falas — seu gosto pela música, sintoma claro de ternura masculina e de elegância nativa da alma . . . seu bom humor e generosidade — o significado terrível de suas eleições — o Presidente tirando o chapéu para eles e não o contrário — essas coisas também são poesia sem rima. E esperam o tratamento gigantesco e generoso que merecem.

A imensidão da natureza da nação seria monstruosa se não correspondesse à imensidão e generosidade de espírito do cidadão. Nem a natureza nem estados fervilhantes nem ruas nem barcos a vapor nem negócios bem-sucedidos nem fazendas nem capital nem aprendizado podem bastar para o ideal do homem . . . nem para o poeta. Reminiscências também não bastam. Uma nação viva pode sempre marcar profundamente e possuir a melhor e mais barata autoridade . . . que é a de sua própria alma. Esta é a soma dos bons usos de indivíduos ou estados e da ação presente e da grandeza e dos temas dos poetas. — Como se fosse preciso examinar minuciosamente o passado geração por geração em busca de registros orientais ! Como se a beleza e santidade do que é demonstrável tivesse que se esconder atrás da beleza e santidade do que é mítico ! Como se os homens não deixassem sua marca em qualquer tempo ! Como se a abertura do continente ocidental e sua descoberta e tudo que aconteceu desde então na América do Norte e na América do Sul fossem menos que o teatrinho dos antigos ou o sonambulismo errante dos tempos medievais ! O orgulho dos Estados Unidos deixa a riqueza e a finesse das cidades e todos os lucros do comércio e da agricultura e toda a magnitude da geografia ou exibições de vitória externa para apreciar a raça de homens completos ou de um homem completo inconquistável e simples.

Os poetas americanos devem trazer em si o antigo e o novo porque a América é a raça das raças. Delas um bardo será proporcional à sua gente. Para ele os outros continentes chegam como contribuições . . . e lhes dá as boas-vindas por eles e por ele mesmo. Seu espírito corresponde ao espírito de seu país . . . . ele encarna sua geografia e a vida natural e rios e lagos. O Mississippi com suas cheias anuais e corredeiras cambiantes, os rios Missouri e Columbia e Ohio e São Lourenço com suas quedas e o Hudson belo e viril, não desembocam onde afluem mais do que desembocam nele. A extensão azul do mar interior da Virginia e de Maryland e do mar do Massachusetts e do Maine e sobre a baía de Manhattan e Champlain e Erie e sobre o Ontario e o Huron e o Michigan e o Superior, e sobre os mares do Texas México Flórida Cuba e sobre os mares da costa da Califórnia e do Oregon, não correspondem à extensão azul das águas abaixo mais que a extensão de cima é correspondida nele. Quando o longo litoral do Atlântico se expande para mais longe e a costa do Pacífico se expande para mais longe ele facilmente se expande com eles para o norte ou para o sul. Também se expande entre eles de leste a oeste e reflete o

rise solid growths that offset the growths of pine and cedar and hemlock and liveoak and locust and chestnut and cypress and hickory and limetree and cottonwood and tuliptree and cactus and wildvine and tamarind and persimmon . . . . and tangles as tangled as any canebrake or swamp . . . . and forests coated with transparent ice and icicles hanging from the boughs and crackling in the wind . . . . and sides and peaks of mountains . . . . and pasturage sweet and free as savannah or upland or prairie . . . . with flights and songs and screams that answer those of the wildpigeon and highhold and orchard-oriole and coot and surf-duck and red-shouldered-hawk and fish-hawk and white-ibis and indian-hen and cat-owl and water-pheasant and qua-bird and pied-sheldrake and blackbird and mockingbird and buzzard and condor and night-heron and eagle. To him the hereditary countenance descends both mother's and father's. To him enter the essences of the real things and past and present events — of the enormous diversity of temperature and agriculture and mines — the tribes of red aborigines — the weather-beaten vessels entering new ports or making landings on rocky coast — the first settlements north or south — the rapid stature and muscle — the haughty defiance of '76, and the war and peace and formation of the constitution . . . . the union always surrounded by blatherers and always calm and impregnable — the perpetual coming of immigrants — the wharf hem'd cities and superior marine — the unsurveyed interior — the loghouses and clearings and wild animals and hunters and trappers . . . . the free commerce — the fisheries and whaling and gold-digging — the endless gestation of new states — the convening of Congress every December, the members duly coming up from all climates and the uttermost parts . . . . the noble character of the young mechanics and of all free American workmen and workwomen . . . . the general ardor and friendliness and enterprise — the perfect equality of the female with the male . . . . the large amativeness — the fluid movement of the population — the factories and mercantile life and laborsaving machinery — the Yankee swap — the New-York firemen and the target excursion — the southern plantation life — the character of the northeast and of the northwest and southwest — slavery and the tremulous spreading of hands to protect it, and the stern opposition to it which shall never cease till it ceases or the speaking of tongues and the moving of lips cease. For such the expression of the American poet is to be transcendant and new. It is to be indirect and not direct or descriptive or epic. Its quality goes through these to much more. Let the age and wars of other nations be chanted and their eras and characters be illustrated and that finish the verse. Not so the great psalm of the republic. Here the theme is creative and has vista. Here comes one among the wellbeloved stonecutters and plans with decision and science and sees the solid and beautiful forms of the future where there are now no solid forms. Of all nations the United States with veins full of poetical

que fica no meio. Nele crescem sólidas vegetações que ramificam os brotos do pinho e do cedro e da cicuta do carvalho e da alfarrobeira e do castanheiro e do cipreste e da nogueira e do limoeiro e do choupo-do-canadá e da magnólia e do cacto e das videiras selvagens e do tamarindo e do caquizeiro .... e emaranhados tão emaranhados como qualquer bambuzal ou brejo .... e florestas cobertas de gelo transparente e sincelos suspensos dos galhos e estalando no vento .... e encostas e picos de montanhas .... e pastagens doces e livres como a savana ou o planalto ou a pradaria .... com voos e cantos e gritos que respondem aos do pombo selvagem e do pica-pau e do papa-figo do pomar do galeirão e do pato-negro e do gavião-carijó vermelho e da águia-pescadora e do íbis branco e do abetouro e da coruja e do merganso e da garça e da tadorna e do melro e do tordo-dos-remédios e do busardo e do condor e da garça noturna e da águia. Para ele a expressão hereditária descende tanto da mãe quanto do pai. Nele penetram as essências das coisas reais e acontecimentos passados e presentes — da enorme variedade de temperaturas e agriculturas e minas — das tribos de peles-vermelhas — dos navios batidos pelo tempo penetrando em novos portos ou aportando nas costas rochosas — as primeiras colônias do norte e do sul — a estatura e o músculo rápido — o desafio orgulhoso de '76, e a guerra e a paz e a formação da constituição .... a união sempre cercada de falatórios e sempre calma e inabalável — a chegada contínua de imigrantes — as cidades cercadas de cais e a marina superior — o interior ainda a ser inspecionado — as cabanas e clareiras e animais selvagens e caçadores de pele .... o livre comércio — as pescarias e a caça à baleia e o garimpo — a gestação interminável de novos estados — a convenção do Congresso a cada dezembro, os membros chegando pontualmente de todos os climas e das regiões mais remotas .... o caráter nobre dos jovens mecânicos e de todos os trabalhadores e trabalhadoras livres da América .... o entusiasmo e a simpatia e o empreendimento geral — a igualdade perfeita entre mulher e homem .... a ampla amatividade — o movimento fluido da população — as fábricas e a vida mercantil e a maquinaria poupando trabalho — a barganha Ianque — os bombeiros de Nova York e a excursão de tiro — o modo de vida da plantação sulista — o caráter do nordeste e noroeste e sudoeste — a escravidão e mãos covardes que grassam para protegê-la, e a oposição severa a ela que jamais cessará até que cesse de existir ou que cessem as línguas e o movimento dos lábios. Para captar tudo isso a expressão do poeta americano deve ser transcendente e nova. Deve ser indireta e não direta ou descritiva ou épica. Sua qualidade permeia isto e vai mais além. Deixe que a era e que as guerras de outras nações serem celebradas e suas eras e personagens sejam ilustradas e que isso termine o verso. Que o grande salmo da república não seja assim. Aqui o tema é criativo e tem perspectiva. Aqui vai um entre os bem-amados escultores que planeja com decisão e ciência e vê as formas sólidas e belas do futuro onde agora não existem formas sólidas.

De todas as nações os Estados Unidos com suas veias repletas de matéria poética é a que mais precisa de poetas e terá sem dúvida os maiores e irá usá-los mais e da melhor maneira. Seus Presiden-

stuff most need poets and will doubtless have the greatest and use them the greatest. Their Presidents shall not be their common referee so much as their poets shall. Of all mankind the great poet is the equable man. Not in him but off from him things are grotesque or eccentric or fail of their sanity. Nothing out of its place is good and nothing in its place is bad. He bestows on every object or quality its fit proportions neither more nor less. He is the arbiter of the diverse and he is the key. He is the equalizer of his age and land . . . . he supplies what wants supplying and checks what wants checking. If peace is the routine out of him speaks the spirit of peace, large, rich, thrifty, building vast and populous cities, encouraging agriculture and the arts and commerce — lighting the study of man, the soul, immortality — federal, state or municipal government, marriage, health, freetrade, intertravel by land and sea . . . . nothing too close, nothing too far off . . . the stars not too far off. In war he is the most deadly force of the war. Who recruits him recruits horse and foot . . . he fetches parks of artillery the best that engineer ever knew. If the time becomes slothful and heavy he knows how to arouse it . . . he can make every word he speaks draw blood. Whatever stagnates in the flat of custom or obedience or legislation he never stagnates. Obedience does not master him, he masters it. High up out of reach he stands turning a concentrated light . . . he turns the pivot with his finger . . . he baffles the swiftest runners as he stands and easily overtakes and envelops them. The time straying toward infidelity and confections and persiflage he withholds by his steady faith . . . he spreads out his dishes . . . he offers the sweet firmfibred meat that grows men and women. His brain is the ultimate brain. He is no arguer . . . he is judgment. He judges not as the judge judges but as the sun falling around a helpless thing. As he sees the farthest he has the most faith. His thoughts are the hymns of the praise of things. In the talk on the soul and eternity and God off of his equal plane he is silent. He sees eternity less like a play with a prologue and denouement . . . . he sees eternity in men and women . . . he does not see men and women as dreams or dots. Faith is the antiseptic of the soul . . . it pervades the common people and preserves them . . . they never give up believing and expecting and trusting. There is that indescribable freshness and unconsciousness about an illiterate person that humbles and mocks the power of the noblest expressive genius. The poet sees for a certainty how one not a great artist may be just as sacred and perfect as the greatest artist. . . . . . The power to destroy or remould is freely used by him but never the power of attack. What is past is past. If he does not expose superior models and prove himself by every step he takes he is not what is wanted. The presence of the greatest poet conquers . . . not parleying or struggling or any prepared attempts. Now he has passed that way see after him ! there is not left any vestige of despair or misanthropy or cunning or exclusiveness or the ignominy of a nativity or color or delusion of hell or the necessity of hell

tes não serão sua referência em comum tanto quanto serão seus poetas. De toda a humanidade o grande poeta é o equalizador. Não é nele que as coisas são grotescas ou excêntricas ou faltam em sanidade mas sim fora dele. Nada fora do lugar é bom e nada no lugar é ruim. Ele confere a cada objeto ou qualidade suas proporções exatas nem mais nem menos. Ele é o árbitro da diversidade e é também a chave. Ele é o equalizador de seu tempo e de sua terra . . . . ele supre o que precisa ser suprido e checa o que precisa ser checado. Se a paz é a rotina nele fala o espírito de paz, grande, rico, próspero, construindo cidades vastas e populosas, encorajando a agricultura e as artes e o comércio — iluminando o estudo do homem, da alma, da imortalidade — governo federal, estadual ou municipal, casamento, saúde, livre comércio, viagens interiores por terra ou mar . . . . nada perto demais nada longe demais . . . as estrelas não estão tão distantes assim. Na guerra ele é a força bélica mais devastadora. Quem o recruta está recrutando cavalo e pés . . . ele organiza manobras de artilharia que nem a engenharia militar conhecia. Se o clima se torna preguiçoso e pesado ele sabe como estimulá-lo . . . ele pode fazer cada palavra que fala sangrar. O que quer que estagne no pântano do costume ou da obediência ou da legislação ele nunca estagna. A obediência não o domina, ele é que a domina. Lá no alto e fora do alcance ele fica girando uma luz concentrada . . . . gira o eixo com seu dedo . . . confunde os corredores mais velozes ao ficar parado e alcançá-los e envolvê-los. Ele detém o tempo que vaga rumo à infidelidade e confecções e gozações com sua fé inabalável . . . ele espalha seus pratos . . . oferece a carne doce e fibrosa que forma homens e mulheres. Seu cérebro é o cérebro definitivo. Ele não argumenta . . . julga. Ele não julga como um juiz julga mas como o sol caindo ao redor de algo indefeso. Como vê mais longe ele é o que tem mais fé. Seus pensamentos são hinos de louvor às coisas. No debate sobre a alma e a eternidade e Deus além de seu plano ele se cala. Ele vê a eternidade não como uma peça com um prólogo e um desfecho . . . . vê a eternidade nos homens e nas mulheres . . . não vê homens e mulheres como sonhos ou pontos. A fé é o antisséptico da alma . . . impregna as pessoas comuns e as preservam . . . elas nunca desistem de acreditar e de esperar e de confiar. Há um frescor e uma inconsciência indescritíveis nos analfabetos que humilham e ridicularizam o poder do gênio mais nobre e expressivo. O poeta vê como certeza que alguém que não seja um grande artista possa ser tão sagrado e perfeito quanto o maior dos artistas. . . . . Usa com liberdade o poder de destruir ou remoldar mas nunca o poder de atacar. O que é passado é passado. Se ele não exibe modelos superiores e se testa a cada passo ele não é o que se deseja. A presença do maior poeta conquista . . . não batendo boca ou lutando ou em qualquer tentativa preparada. Agora que ele passou por esse caminho veja o que deixou para trás ! nenhum vestígio de desespero ou misantropia ou esperteza ou exclusividade ou a ignomínia de uma natividade ou cor ou ilusão de inferno ou necessidade de inferno . . . . e dali em diante nenhum homem será degradado por ignorância ou fraqueza ou pecado.

O maior poeta nem sabe o que é mesquinhez ou banalidade. Se ele aspira qualquer coisa que antes acreditava-se peque-

. . . . . and no man thenceforward shall be degraded for ignorance or weakness or sin.

The greatest poet hardly knows pettiness or triviality. If he breathes into any thing that was before thought small it dilates with the grandeur and life of the universe. He is a seer . . . . he is individual . . . he is complete in himself . . . . the others are as good as he, only he sees it and they do not. He is not one of the chorus . . . . he does not stop for any regulation . . . he is the president of regulation. What the eyesight does to the rest he does to the rest. Who knows the curious mystery of the eyesight ? The other senses corroborate themselves, but this is removed from any proof but its own and foreruns the identities of the spiritual world. A single glance of it mocks all the investigations of man and all the instruments and books of the earth and all reasoning. What is marvellous ? what is unlikely ? what is impossible or baseless or vague ? after you have once just opened the space of a peachpit and given audience to far and near and to the sunset and had all things enter with electric swiftness softly and duly without confusion or jostling or jam.

The land and sea, the animals fishes and birds, the sky of heaven and the orbs, the forests mountains and rivers, are not small themes . . . but folks expect of the poet to indicate more than the beauty and dignity which always attach to dumb real objects . . . . they expect him to indicate the path between reality and their souls. Men and women perceive the beauty well enough . . probably as well as he. The passionate tenacity of hunters, woodmen, early risers, cultivators of gardens and orchards and fields, the love of healthy women for the manly form, sea-faring persons, drivers of horses, the passion for light and the open air, all is an old varied sign of the unfailing perception of beauty and of a residence of the poetic in outdoor people. They can never be assisted by poets to perceive . . . some may but they never can. The poetic quality is not marshalled in rhyme or uniformity or abstract addresses to things nor in melancholy complaints or good precepts, but is the life of these and much else and is in the soul. The profit of rhyme is that it drops seeds of a sweeter and more luxuriant rhyme, and of uniformity that it conveys itself into its own roots in the ground out of sight. The rhyme and uniformity of perfect poems show the free growth of metrical laws and bud from them as unerringly and loosely as lilacs or roses on a bush, and take shapes as compact as the shapes of chestnuts and oranges and melons and pears, and shed the perfume impalpable to form. The fluency and ornaments of the finest poems or music or orations or recitations are not independent but dependent. All beauty comes from beautiful blood and a beautiful brain. If the greatnesses are in conjunction in a man or woman it is enough . . . . the fact will prevail through the universe . . . . but the gaggery and gilt of a million years will not prevail. Who troubles himself about his ornaments or fluency is lost. This is what you shall do: Love the earth and sun and the animals, despise riches, give alms to every one that asks, stand up for the stupid and crazy,

na esta se dilata com a magnitude e a vida do universo. Ele é um visionário . . . . é individual . . . é completo em si mesmo . . . . os outros são tão bons quanto ele, só que ele consegue ver isso e os outros não. Não é mais um membro do coro . . . não se detém diante de qualquer regra . . . ele é quem preside as regras. O que a visão faz com o resto ele faz com o resto. Quem conhece o mistério curioso da visão ? Os outros sentidos se corroboram mutuamente, mas isto é afastado de qualquer prova que não seja a sua e antecipa as identidades do mundo espiritual. Um simples relance de seu olhar ridiculariza todas as investigações humanas e todos os instrumentos e livros da terra e toda a razão. O que é maravilhoso ? o que é improvável ? o que é impossível ou sem base ou vago ? depois de ter só uma vez aberto o espaço de um caroço de pêssego e ter assistido o longe e o perto e o poente e ter deixado todas as coisas entrarem com rapidez elétrica suavemente e sem confusão ou colisão ou aglomeração.

A terra e o mar, os animais peixes e pássaros, o céu do firmamento e os orbes, as florestas montanhas e rios, não são temas pequenos . . . mas as pessoas esperam que o poeta indique mais do que a beleza e dignidade que sempre se anexam nos objetos reais e mudos . . . . eles esperam que ele indique o caminho entre a realidade e suas almas. Homens e mulheres percebem a beleza muito bem . . . provavelmente tão bem quanto ele. A insistência apaixonada dos caçadores, lenhadores, de quem acorda cedo, dos cultivadores de jardins e pomares e campos, o amor de mulheres saudáveis pela forma masculina, navegantes, cocheiros, a paixão pela luz e pelo ar livre, tudo isso é um sinal antigo e diversificado da percepção infalível da beleza e de uma residência do poético nas pessoas que vivem ao ar livre. Estas pessoas nunca serão ajudadas pelos poetas para perceber . . . algumas poderão precisar mas estes não. A qualidade poética não é conduzida pela rima, e pela uniformidade ou abstrações dirigidas às coisas nem a lamentações melancólicas ou bons preceitos, mas é a vida destas coisas e de muitas outras e está na alma. A vantagem da rima é que ela lança sementes de uma rima mais doce e profusa, e da uniformidade é que esta se transporta para suas próprias raízes no solo e onde a vista não alcança. A rima e a uniformidade dos poemas perfeitos revelam o crescimento livre das leis da métrica e brotam delas tão infalíveis e soltas quanto lilases ou rosas num arbusto, e assumem formas tão compactas quanto as formas das castanhas e laranjas e melões e peras, e exalam o perfume imperceptível à forma. A fluência e os ornamentos dos melhores poemas ou músicas ou orações ou récitas não são independentes e sim dependentes. Toda a beleza provém de um belo sangue e de um belo cérebro. Se as grandezas estão em conjunção num homem e numa mulher isso é o bastante . . . . este fato vai prevalecer no universo . . . mas o amordaçamento e o brilho superficial de um milhão de anos não vão prevalecer. Quem se preocupa com seus ornamentos ou fluência está perdido. É isso o que você deve fazer : Amar a terra e o sol e os animais, desdenhar as riquezas, dar esmolas a todos que pedirem, defender os dementes e os loucos, dedicar sua renda e trabalho aos outros, odiar os tiranos, não discutir sobre Deus, ter paciência e indulgência com as pessoas, não tirar

devote your income and labor to others, hate tyrants, argue not concerning God, have patience and indulgence toward the people, take off your hat to nothing known or unknown or to any man or number of men, go freely with powerful uneducated persons and with the young and with the mothers of families, read these leaves in the open air every season of every year of your life, re examine all you have been told at school or church or in any book, dismiss whatever insults your own soul, and your very flesh shall be a great poem and have the richest fluency not only in its words but in the silent lines of its lips and face and between the lashes of your eyes and in every motion and joint of your body. . . . . . . The poet shall not spend his time in unneeded work. He shall know that the ground is always ready ploughed and manured . . . . others may not know it but he shall. He shall go directly to the creation. His trust shall master the trust of everything he touches . . . . and shall master all attachment.

The known universe has one complete lover and that is the greatest poet. He consumes an eternal passion and is indifferent which chance happens and which possible contingency of fortune or misfortune and persuades daily and hourly his delicious pay. What balks or breaks others is fuel for his burning progress to contact and amorous joy. Other proportions of the reception of pleasure dwindle to nothing to his proportions. All expected from heaven or from the highest he is rapport with in the sight of the daybreak or a scene of the winter woods or the presence of children playing or with his arm round the neck of a man or woman. His love above all love has leisure and expanse . . . . he leaves room ahead of himself. He is no irresolute or suspicious lover . . . he is sure . . . he scorns intervals. His experience and the showers and thrills are not for nothing. Nothing can jar him . . . . suffering and darkness cannot — death and fear cannot. To him complaint and jealousy and envy are corpses buried and rotten in the earth . . . . he saw them buried. The sea is not surer of the shore or the shore of the sea than he is of the fruition of his love and of all perfection and beauty.

The fruition of beauty is no chance of hit or miss . . . it is inevitable as life . . . . it is exact and plumb as gravitation. From the eyesight proceeds another eyesight and from the hearing proceeds another hearing and from the voice proceeds another voice eternally curious of the harmony of things with man. To these respond perfections not only in the committees that were supposed to stand for the rest but in the rest themselves just the same. These understand the law of perfection in masses and floods . . . that its finish is to each for itself and onward from itself . . . that it is profuse and impartial . . . that there is not a minute of the light or dark nor an acre of the earth or sea without it — nor any direction of the sky nor any trade or employment nor any turn of events. This is the reason that about the proper expression of beauty there is precision and balance . . . one part does not need to be thrust above another. The best singer is not the one who has the most lithe and

o chapéu para o que é conhecido ou o que é desconhecido nem a nenhum homem ou grupo de homens, acompanhar livremente pessoas analfabetas e poderosas e os jovens e as mães de família, ler estas folhas ao ar livre em todas as estações de todos os anos de sua vida, examinar de novo tudo que foi dito na escola ou na igreja ou em qualquer livro, rejeitar tudo que insulte sua própria alma, e sua própria carne será um grande poema e terá a fluência mais rica não só na forma de palavras mas nas linhas silenciosas de seus lábios e rosto e entre os cílios de seus olhos e em toda junta e todo movimento de seu corpo. . . . . . . O poeta não vai gastar tempo com trabalho desnecessário. Ele sabe que o solo está sempre pronto e arado e adubado . . . . outros podem não saber mas ele sabe. Ele vai direto à criação. Sua confiança vai dominar a confiança de tudo que tocar . . . . e ele vai dominar toda e qualquer conexão.

O universo conhecido tem um amante completo e que é o maior dos poetas. Ele absorve uma paixão eterna e é indiferente a que acaso vem a ocorrer e que possível contingência de ventura ou desventura e persuade dia a dia hora a hora seu delicioso pagamento. O que perturba e choca os outros é o combustível para seu progresso ardente rumo ao contato e à felicidade amorosa. Outras proporções da recepção de prazer ficam menores diante das suas. Tudo o que vem dos céus ou das alturas está conectado nele através da visão do amanhecer ou de uma cena dos bosques de inverno ou da presença de crianças brincando ou de seu braço em volta do pescoço de um homem ou uma mulher. Acima de tudo seu amor tem lazer e expansão . . . . ele deixa espaço diante de si. Ele não é um amante indeciso ou desconfiado . . . ele tem certeza . . . ele rejeita intervalos. Sua experiência e as chuvas e os arrepios não são à toa. Nada o choca . . . . nem sofrimento nem as trevas — nem a morte nem o medo. Para ele as lamúrias e o ciúme e a inveja são cadáveres enterrados e apodrecidos na terra . . . . ele os viu enterrados. O mar não tem mais certeza da praia ou a praia do mar do que ele tem mais certeza da fruição de seu amor e de toda perfeição e beleza.

A fruição da beleza não é obra do acaso . . . . é tão inevitável quanto a vida . . . . é tão exata e perpendicular quanto a gravitação. Da visão procede outra visão e da audição procede outra audição e da voz procede outra voz eternamente curiosa sobre a harmonia entre as coisas e os homens. A estas correspondem as perfeições não só nos comitês que deveriam representar o resto mas que estão no próprio resto mesmo assim. Estas entendem a lei da perfeição nas massas e nas enchentes . . . que seu fim é cada um por si e a partir de si . . . que é profuso e imparcial . . . que não existe minuto de luz ou treva e nem um acre de terra ou mar sem ela — nem em qualquer direção do céu nem em qualquer negócio ou emprego nem em qualquer reviravolta de eventos. Por isso é que na própria expressão da beleza há precisão e equilíbrio . . . uma parte não precisa ser jogada sobre a outra. O melhor cantor não é aquele que tem o órgão mais ágil e poderoso . . . o prazer dos poemas não está nos que possuem as mais belas medidas e símiles e sons.

Sem esforço algum e sem revelar de forma alguma como isso é feito o maior poeta leva o espírito de qualquer um ou

powerful organ . . . the pleasure of poems is not in them that take the handsomest measure and similes and sound.

Without effort and without exposing in the least how it is done the greatest poet brings the spirit of any or all events and passions and scenes and persons some more and some less to bear on your individual character as you hear or read. To do this well is to compete with the laws that pursue and follow time. What is the purpose must surely be there and the clue of it must be there . . . . and the faintest indication is the indication of the best and then becomes the clearest indication. Past and present and future are not disjoined but joined. The greatest poet forms the consistence of what is to be from what has been and is. He drags the dead out of their coffins and stands them again on their feet . . . . he says to the past : Rise and walk before me that I may realize you. He learns the lesson . . . . he places himself where the future becomes present. The greatest poet does not only dazzle his rays over character and scenes and passions . . . he finally ascends and finishes all . . . he exhibits the pinnacles that no man can tell what they are for or what is beyond . . . . he glows a moment on the extremest verge. He is most wonderful in his last half-hidden smile or frown . . . by that flash of the moment of parting the one that sees it shall be encouraged or terrified afterward for many years. The greatest poet does not moralize or make applications of morals . . . he knows the soul. The soul has that measureless pride which consists in never acknowledging any lessons but its own. But it has sympathy as measureless as its pride and the one balances the other and neither can stretch too far while it stretches in company with the other. The inmost secrets of art sleep with the twain. The greatest poet has lain close betwixt both and they are vital in his style and thoughts.

The art of art, the glory of expression and the sunshine of the light of letters is simplicity. Nothing is better than simplicity . . . . nothing can make up for excess or for the lack of definiteness.

To carry on the heave of impulse and pierce intellectual depths and give all subjects their articulations are powers neither common nor very uncommon. But to speak in literature with the perfect rectitude and insousiance of the movements of animals and the unimpeachableness of the sentiment of trees in the woods and grass by the roadside is the flawless triumph of art. If you have looked on him who has achieved it you have looked on one of the masters of the artists of all nations and times. You shall not contemplate the flight of the graygull over the bay or the mettlesome action of the blood horse or the tall leaning of sunflowers on their stalk or the appearance of the sun journeying through heaven or the appearance of the moon afterward with any more satisfaction than you shall contemplate him. The greatest poet has less a marked style and is more the channel of thoughts and things without increase or diminution, and is the free channel of himself. He swears to his art, I will not be meddlesome, I will not have in my writing any elegance or effect

de todos os acontecimentos e paixões e cenas e pessoas, alguns mais e outros menos, a exercer um impacto sobre seu próprio caráter individual à medida que se ouve ou lê. Fazer isso com perfeição é competir com as leis que perseguem e seguem o tempo. Seja qual for o objetivo com certeza ele deve estar lá e a pista deste objetivo deve estar lá . . . e o indício mais vago é o indício do melhor e então se torna a mais clara indicação. O passado e o presente e o futuro não estão separados mas fundidos. O maior poeta forma a consistência do que será a partir do que foi e do que é. Ele arrasta os mortos de seus caixões e os faz ficar de pé . . . . ele diz ao passado : Levante-se e caminhe diante de mim para que eu possa concretizá-lo. Ele aprende a lição . . . . se situa aonde o futuro vira presente. O maior poeta não apenas lança seus raios sobre o caráter e cenas e paixões . . . ele finalmente ascende e termina tudo . . . ele exibe os pináculos cujo objetivo nenhum homem sabe definir ou dizer o que existe além deles . . . . ele brilha por um instante no limite extremo. Ele é mais maravilhoso no seu último e tímido sorriso ou franzir de olhos . . . com esse brilho no momento da partida quem o vê ficará encorajado ou horrorizado por muitos anos depois. O maior poeta não moraliza nem dá lições de moral . . . ele conhece a alma. A alma tem aquele orgulho ilimitado que consiste em jamais reconhecer qualquer lição que não seja a sua. Mas também tem uma simpatia tão ilimitada quanto seu orgulho e um equilibra o outro e nenhum pode se estender longe demais enquanto estiver na companhia do outro. Os segredos mais íntimos da arte repousam nos dois. O maior poeta situou-se entre os dois e ambos são vitais para seu estilo e pensamentos.

A arte das artes, a glória da expressão e os raios solares da luz das letras estão na simplicidade. Nada é melhor do que a simplicidade . . . . nada pode compensar o excesso ou a indefinição.

Levar adiante a onda de impulso e penetrar as profundezas do intelecto e dar a todos os temas suas articulações não são poderes nem comuns nem muito incomuns. Mas falar de literatura com a perfeita integridade e espontaneidade encontradas nos movimentos dos animais e com o irrepreensível sentimento das árvores na floresta e da relva à beira da estrada é o triunfo infalível da arte. Se você já viu quem conseguiu isso viu um dos mestres dos artistas de todas as nações e de todos os tempos. Você não terá mais prazer em contemplar o voo da gaivota sobre a baía ou a ação impetuosa do puro-sangue ou a reverência esguia dos girassóis em suas hastes ou o surgimento do sol atravessando o firmamento ou o nascer da lua depois dele do que ao contemplar este mestre. O maior poeta não possui tanto um estilo marcante e é mais um canal de pensamentos e de coisas sem acréscimo nem diminuição, e é o canal livre de si mesmo. Ele jura à sua arte, não vou ser um intrometido, não terei em minha escrita qualquer elegância ou efeito ou originalidade que se coloque entre eu e o resto como cortinas. Não vou permitir que nada fique no caminho, nem as cortinas mais finas. O que eu digo eu digo exatamente como é. Deixe quem quiser que exalte ou assombre ou fascine ou bajule, eu terei propósitos como a saúde ou o calor ou a neve possuem e ser tão indiferente quanto elas em relação à observação. O

or originality to hang in the way between me and the rest like curtains. I will have nothing hang in the way, not the richest curtains. What I tell I tell for precisely what it is. Let who may exalt or startle or fascinate or sooth I will have purposes as health or heat or snow has and be as regardless of observation. What I experience or portray shall go from my composition without a shred of my composition. You shall stand by my side and look in the mirror with me.

The old red blood and stainless gentility of great poets will be proved by their unconstraint. A heroic person walks at his ease through and out of that custom or precedent or authority that suits him not. Of the traits of the brotherhood of writers savans musicians inventors and artists nothing is finer than silent defiance advancing from new free forms. In the need of poems philosophy politics mechanism science behaviour, the craft of art, an appropriate native grand-opera, shipcraft, or any craft, he is greatest forever and forever who contributes the greatest original practical example. The cleanest expression is that which finds no sphere worthy of itself and makes one.

The messages of great poets to each man and woman are : Come to us on equal terms, Only then can you understand us, We are no better than you, What we enclose you enclose, What we enjoy you may enjoy. Did you suppose there could be only one Supreme ? We affirm there can be unnumbered Supremes, and that one does not countervail another any more than one eyesight countervails another . . and that men can be good or grand only of the consciousness of their supremacy within them. What do you think is the grandeur of storms and dismemberments and the deadliest battles and wrecks and the wildest fury of the elements and the power of the sea and the motion of nature and of the throes of human desires and dignity and hate and love ? It is that something in the soul which says, Rage on, Whirl on, I tread master here and everywhere, Master of the spasms of the sky and of the shatter of the sea, Master of nature and passion and death, And of all terror and all pain.

The American bards shall be marked for generosity and affection and for encouraging competitors . . They shall be kosmos . . without monopoly or secresy . . glad to pass any thing to any one . . hungry for equals night and day. They shall not be careful of riches and privilege . . . . they shall be riches and privilege . . . . they shall perceive who the most affluent man is. The most affluent man is he that confronts all the shows he sees by equivalents out of the stronger wealth of himself. The American bard shall delineate no class of persons nor one or two out of the strata of interests nor love most nor truth most nor the soul most nor the body most . . . . and not be for the eastern states more than the western or the northern states more than the southern.

Exact science and its practical movements are no checks on the greatest poet but always his encouragement and support. The outset and remembrance are there . . there the arms that lifted him first

que experimento ou retrato sairá de minha composição sem um fragmento de minha composição. Você vai ficar do meu lado e vai olhar no espelho comigo.

O velho sangue vermelho e a nobreza imaculada dos grandes poetas serão provados pela sua espontaneidade. Uma pessoa heroica caminha à vontade através e além daquele costume ou precedente ou autoridade que não combina com ele. Dos traços característicos da irmandade dos escritores eruditos músicos inventores e artistas nada é mais bonito que o desafio silencioso que avança das formas novas e livres. Na necessidade de poemas filosofia política mecanismos ciência comportamento, do ofício da arte, de uma grande ópera nativa própria, de construção naval, ou qualquer ofício, sempre e sempre será o maior aquele que contribuir com o maior exemplo prático original. A expressão mais clara é aquela que não encontra nenhuma esfera merecedora de si mesma e cria uma nova.

As mensagens dos grandes poetas para cada homem e mulher são: Venham a nós em termos de igualdade, Só então vocês nos entenderão, Não somos melhores que vocês, O que absorvemos vocês absorvem, O que apreciamos vocês poderão apreciar. Vocês achavam que existia só um ser supremo ? Afirmamos que podem existir inúmeros seres supremos, e que um não se contrapõe ao outro assim como um olho não se contrapõe ao outro . . e que os homens podem ser bons e grandiosos só se estiverem conscientes da supremacia dentro deles. O que você considera ser a grandiosidade das tempestades e dos desmembramentos e das batalhas mais mortais e destruições e da mais selvagem fúria dos elementos e do poder do mar e do movimento da natureza e das agonias dos desejos humanos e da dignidade e do ódio e do amor ? É aquela coisa na alma que diz: Se enfureça, Rodopie, eu troco de mestre aqui e em todo lugar, Mestre dos espasmos do céu e do estilhaçador do oceano, Mestre da natureza e da paixão e da morte, E de todo o terror e toda a dor.

Os bardos americanos serão marcados pela generosidade e pelo afeto e por encorajar seus concorrentes . . Serão o kosmos . . sem monopólio nem segredo . . felizes em passar alguma coisa para alguém . . noite e dia famintos por iguais. Não se preocuparão com riquezas e privilégios . . . . eles mesmos serão as riquezas e os privilégios . . . . vão perceber quem é o homem mais afluente. O homem mais afluente é aquele que confronta todas as demonstrações que vê com equivalentes tirados de sua maior riqueza. O bardo americano não vai delinear nenhuma classe de pessoas nem um ou dois dentro da camada de interesses nem mais amor nem mais verdade nem mais a alma nem mais o corpo . . . . e não será mais dos estados do leste do que aqueles do oeste nem mais dos estados do norte que os do sul.

A ciência exata e seus movimentos práticos não policiam o maior poeta e são sim sempre seu maior estímulo e apoio. O início e a lembrança estão ali . . estão ali os primeiros braços que primeiro o ergueram e que melhor o apoiaram . . . . é para lá que ele retorna depois de todas as suas idas e vindas. O marinheiro e o viajante . . o anatomista o químico o astrônomo o geólogo o frenólogo o espiritualista o matemático o historiador e o dicionarista não são poetas, mas são os que ditam as leis dos poetas e suas construções e estão por trás da estrutura de todo poe-

and brace him best . . . . there he returns after all his goings and comings. The sailor and traveler . . the anatomist chemist astronomer geologist phrenologist spiritualist mathematician historian and lexicographer are not poets, but they are the lawgivers of poets and their construction underlies the structure of every perfect poem. No matter what rises or is uttered they sent the seed of the conception of it . . . of them and by them stand the visible proofs of souls . . . . . always of their fatherstuff must be begotten the sinewy races of bards. If there shall be love and content between the father and the son and if the greatness of the son is the exuding of the greatness of the father there shall be love between the poet and the man of demonstrable science. In the beauty of poems are the tuft and final applause of science.

Great is the faith of the flush of knowledge and of the investigation of the depths of qualities and things. Cleaving and circling here swells the soul of the poet yet it president of itself always. The depths are fathomless and therefore calm. The innocence and nakedness are resumed . . . they are neither modest nor immodest. The whole theory of the special and supernatural and all that was twined with it or educed out of it departs as a dream.

What has ever happened . . . . what happens and whatever may or shall happen, the vital laws enclose all . . . . they are sufficent for any case and for all cases . . . none to be hurried or retarded . . . . any miracle of affairs or persons inadmissible in the vast clear scheme where every motion and every spear of grass and the frames and spirits of men and women and all that concerns them are unspeakably perfect miracles all referring to all and each distinct and in its place. It is also not consistent with the reality of the soul to admit that there is anything in the known universe more divine than men and women.

Men and women and the earth and all upon it are simply to be taken as they are, and the investigation of their past and present and future shall be unintermitted and shall be done with perfect candor. Upon this basis philosophy speculates ever looking toward the poet, ever regarding the eternal tendencies of all toward happiness never inconsistent with what is clear to the senses and to the soul. For the eternal tendencies of all toward happiness make the only point of sane philosophy. Whatever comprehends less than that . . . whatever is less than the laws of light and of astronomical motion . . . or less than the laws that follow the thief the liar the glutton and the drunkard through this life and doubtless afterward . . . . . . or less than vast stretches of time or the slow formation of density or the patient upheaving of strata — is of no account. Whatever would put God in a poem or system of philosophy as contending against some being or influence is also of no account. Sanity and ensemble characterise the great master . . . spoilt in one principle all is spoilt. The great master has nothing to do with miracles. He sees health for himself in being one of the mass . . . . he sees the hiatus in singular eminence. To the perfect shape comes common ground. To be under the general law is great for that is

ma perfeito. Não importa o que surge ou o que é dito eles lançam a semente de sua concepção . . . deles e através deles estão as provas visíveis das almas . . . . . sempre de seu sêmen paterno deverão ser geradas as raças vigorosas de bardos. Se deve existir amor e satisfação entre o pai e o filho e se a grandeza do filho transpira da grandeza do pai então haverá amor entre o poeta e o homem da ciência demonstrável. Na beleza dos poemas está o tufo e o aplauso final da ciência.

Grande é a fé do fluxo do conhecimento e da investigação das profundezas das qualidades e das coisas. Ao abrir picadas e circular por aqui se eleva a alma do poeta ainda que esta sempre presida a si mesma. As profundezas são insondáveis e portanto tranquilas. Volta-se para a inocência e a nudez . . . estas não são nem modestas nem imodestas. Toda a teoria sobre o especial e o sobrenatural e tudo que está ligado a isso ou é revelado disso parte como um sonho.

Tudo o que já aconteceu . . . . tudo o que acontece e tudo o que pode ou vai acontecer, está contido nas leis vitais . . . . estas são suficientes para todo e qualquer caso . . . nenhuma será apressada ou retardada . . . . qualquer acontecimento ou pessoa miraculosos é inadmissível no esquema vasto e claro onde cada movimento e cada lâmina de relva e as estruturas e o espírito dos homens e das mulheres e tudo o que diz respeito a eles são indiscutivelmente milagres perfeitos todos se referindo a todos e cada um distinto e em seu lugar. Também não é consistente com a realidade da alma admitir que haja qualquer coisa no universo conhecido que seja mais divino do que os homens e as mulheres.

Homens e mulheres e a terra e tudo sobre ela devem ser simplesmente considerados como são, e a investigação sobre seu passado e presente e futuro será intermitente e será feita com perfeita candura. Sobre esta base especula a filosofia sempre visando o poeta, sempre considerando as eternas tendências de todos para a felicidade, nunca sendo inconsistente com o que é claro para os sentidos e para a alma. Pois as tendências eternas de todos para a felicidade constituem o único ponto de uma filosofia sã. O que compreender menos do que isso . . . o que for menor que as leis da luz e do movimento dos astros . . . ou menor que as leis que acompanham o ladrão o mentiroso o glutão e o bêbado por toda a vida e sem dúvida depois . . . . . . ou menor que os vastos períodos de tempo ou da lenta formação da densidade ou da paciente elevação dos estratos terrestres — pouco importa. O que quer que coloque Deus num poema ou num sistema filosófico como rival de algum ser ou influência também pouco importa. A sanidade e o conjunto caracterizam o grande mestre . . . um princípio arruinado estraga todo o conjunto. O grande mestre não tem nada a ver com milagres. Ele vê saúde para si mesmo em fazer parte da massa . . . . ele vê o hiato na eminência singular. À forma perfeita corresponde o entendimento. Estar sob a lei geral é ótimo pois isso é corresponder a ela. O mestre sabe que ele é indiscutivelmente grandioso e que todos são indiscutivelmente grandiosos . . . . que nada engrandece mais, por exemplo, do que ter filhos e criá-los bem . . . que ser é tão grandioso quanto perceber ou contar.

Na formação dos grandes mestres a ideia de liberdade política é indispensável. A liberdade tem a adesão dos heróis

to correspond with it. The master knows that he is unspeakably great and that all are unspeakably great . . . . that nothing for instance is greater than to conceive children and bring them up well . . . that to be is just as great as to perceive or tell.

In the make of the great masters the idea of political liberty is indispensible. Liberty takes the adherence of heroes wherever men and women exist . . . . but never takes any adherence or welcome from the rest more than from poets. They are the voice and exposition of liberty. They out of ages are worthy the grand idea . . . . to them it is confided and they must sustain it. Nothing has precedence of it and nothing can warp or degrade it. The attitude of great poets is to cheer up slaves and horrify despots. The turn of their necks, the sound of their feet, the motions of their wrists, are full of hazard to the one and hope to the other. Come nigh them awhile and though they neither speak or advise you shall learn the faithful American lesson. Liberty is poorly served by men whose good intent is quelled from one failure or two failures or any number of failures, or from the casual indifference or ingratitude of the people, or from the sharp show of the tushes of power, or the bringing to bear soldiers and cannon or any penal statutes. Liberty relies upon itself, invites no one, promises nothing, sits in calmness and light, is positive and composed, and knows no discouragement. The battle rages with many a loud alarm and frequent advance and retreat . . . . the enemy triumphs . . . . the prison, the handcuffs, the iron necklace and anklet, the scaffold, garrote and leadballs do their work . . . . the cause is asleep . . . . the strong throats are choked with their own blood . . . . the young men drop their eyelashes toward the ground when they pass each other . . . . and is liberty gone out of that place ? No never. When liberty goes it is not the first to go nor the second or third to go . . it waits for all the rest to go . . it is the last . . . When the memories of the old martyrs are faded utterly away . . . . when the large names of patriots are laughed at in the public halls from the lips of the orators . . . . when the boys are no more christened after the same but christened after tyrants and traitors instead . . . . when the laws of the free are grudgingly permitted and laws for informers and bloodmoney are sweet to the taste of the people . . . . when I and you walk abroad upon the earth stung with compassion at the sight of numberless brothers answering our equal friendship and calling no man master — and when we are elated with noble joy at the sight of slaves . . . . when the soul retires in the cool communion of the night and surveys its experience and has much extasy over the word and deed that put back a helpless innocent person into the gripe of the gripers or into any cruel inferiority . . . . when those in all parts of these states who could easier realize the true American character but do not yet — when the swarms of cringers, suckers, doughfaces, lice of politics, planners of sly involutions for their own preferment to city offices or state legislatures or the judiciary or congress or the presidency, obtain a response of love and natural

onde quer que existam homens e mulheres . . . . mas nunca terá mais adesão e boas-vindas do resto do que terá dos poetas. Eles são a voz e a exposição da liberdade. Eles são em todas as eras os mais dignos dessa ideia grandiosa . . . . a liberdade é confiada a eles e eles devem sustentá-la. Nada tem precedência sobre ela e nada deve deturpá-la ou degradá-la. A atitude dos grandes poetas é dar coragem aos escravos e horrorizar os déspotas. O meneio de suas cabeças, o som de seus pés, o movimento de seus pulsos, estão cheios de perigos para um e esperança para o outro. Chegue perto deles por um tempo e você vai ver que mesmo que não falem nem aconselhem você vai aprender a fiel lição americana. A liberdade está pobremente servida por homens cuja boa intenção é sufocada por um ou dois fracassos ou qualquer número de fracassos, ou pela casual indiferença ou ingratidão das pessoas, ou pela dura demonstração de desprezo do poder, ou por ter de arcar com soldados canhões ou quaisquer estatutos penais. A liberdade depende só de si mesma, não convida ninguém, nada promete, repousa na calma e na luz, é positiva e tranquila, e não sabe o que é desânimo. A batalha vocifera com grande alarde e frequentes avanços e recuos . . . . o inimigo triunfa . . . . a prisão, as algemas, os grilhões, o cadafalso, o garrote, as correias fazem seu trabalho . . . . a causa está adormecida . . . . as gargantas fortes estão engasgadas com seu próprio sangue . . . . os jovens baixam seus cílios quando se cruzam . . . . quer dizer que a liberdade não está mais naquele lugar ? Não, nunca. Quando a liberdade vai embora ela não é a primeira nem a segunda ou a terceira a ir embora . . ela espera que o resto parta primeiro . . é a última a partir . . . Quando as memórias dos velhos mártires se apagarem totalmente . . . . quando os grandes nomes dos patriotas forem ridicularizados em salas públicas pelos lábios dos oradores . . . . quando não se derem mais aqueles nomes aos meninos e sim os nomes de tiranos e traidores . . . . quando as leis dos que são livres forem permitidas de má vontade e as leis dos dedos-duros e assassinos de aluguel se tornarem doces ao paladar do povo . . . . quando eu e você passearmos lá fora sobre a terra afligidos de compaixão ao avistar inúmeros irmãos respondendo com igualdade à nossa amizade e sem chamar ninguém de mestre — e quando ficarmos exaltados com prazer nobre ao vermos escravos . . . . quando a alma se retirar para a comunhão refrescante da noite e avaliar sua experiência e sentir imenso êxtase pela palavra e pelos atos que colocam uma pessoa impotente e inocente nas garras dos carrascos ou em qualquer posição de cruel inferioridade . . . . quando aqueles em todas as partes destes estados que poderiam perceber o verdadeiro caráter americano mas ainda não o fazem — quando as pragas de puxa-sacos, sanguessugas, pusilânimes, parasita de políticos, planejadores de armações e dissimulados a favor de sua própria nomeação para cargos municipais ou legislaturas estaduais ou para o judiciário ou o congresso ou a presidência obtiverem uma resposta de amor e complacência natural do povo quer consigam seus cargos ou não . . . . quando for mais vantagem ser um bobão decidido e um trapaceiro com cargo e um alto salário do que o mais pobre mecânico livre ou fazendeiro com o chapéu imóvel em sua cabeça e olhos firmes e um coração cândido e

deference from the people whether they get the offices or no . . . . when it is better to be a bound booby and rogue in office at a high salary than the poorest free mechanic or farmer with his hat unmoved from his head and firm eyes and a candid and generous heart . . . . and when servility by town or state or the federal government or any oppression on a large scale or small scale can be tried on without its own punishment following duly after in exact proportion against the smallest chance of escape . . . . or rather when all life and all the souls of men and women are discharged from any part of the earth — then only shall the instinct of liberty be discharged from that part of the earth.

As the attributes of the poets of the kosmos concentre in the real body and soul and in the pleasure of things they possess the superiority of genuineness over all fiction and romance. As they emit themselves facts are showered over with light . . . . the daylight is lit with more volatile light . . . . also the deep between the setting and rising sun goes deeper many fold. Each precise object or condition or combination or process exhibits a beauty . . . . the multiplication table its — old age its — the carpenter's trade its — the grand-opera its . . . . the hugehulled cleanshaped New-York clipper at sea under steam or full sail gleams with unmatched beauty . . . . the American circles and large harmonies of government gleam with theirs . . . . and the commonest definite intentions and actions with theirs. The poets of the kosmos advance through all interpositions and coverings and turmoils and stratagems to first principles. They are of use . . . . they dissolve poverty from its need and riches from its conceit. You large proprietor they say shall not realize or perceive more than any one else. The owner of the library is not he who holds a legal title to it having bought and paid for it. Any one and every one is owner of the library who can read the same through all the varieties of tongues and subjects and styles, and in whom they enter with ease and take residence and force toward paternity and maternity, and make supple and powerful and rich and large. . . . . These American states strong and healthy and accomplished shall receive no pleasure from violations of natural models and must not permit them. In paintings or mouldings or carvings in mineral or wood, or in the illustrations of books or newspapers, or in any comic or tragic prints, or in the patterns of woven stuffs or any thing to beautify rooms or furniture or costumes, or to put upon cornices or monuments or on the prows or sterns of ships, or to put anywhere before the human eye indoors or out, that which distorts honest shapes or which creates unearthly beings or places or contingencies is a nuisance and revolt. Of the human form especially it is so great it must never be made ridiculous. Of ornaments to a work nothing outre can be allowed . . but those ornaments can be allowed that conform to the perfect facts of the open air and that flow out of the nature of the work and come irrepressibly from it and are necessary to the completion of the work. Most works are most beautiful without ornament. . . Exagger-

generoso . . . . e quando o servilismo do município ou estado ou do governo federal ou qualquer opressão em larga ou pequena escala puder ser provada sem que sua própria punição siga em exata proporção contra a menor chance de escapar . . . . ou então quando toda a vida e todas as almas de homens e mulheres forem evacuados de qualquer parte da terra — só então o instinto da liberdade será evacuado daquela parte da terra.

Como os atributos dos poetas do kosmos concentram-se no corpo e na alma real e no prazer das coisas eles possuem a superioridade de autenticidade sobre toda ficção e romance. À medida que eles se pronunciam os fatos são cobertos com luz . . . . a luz do dia é iluminada com uma luz mais volátil . . . . também a profundidade entre o poente e o nascer do sol fica várias vezes mais profunda. Cada objeto ou condição ou combinação ou processo preciso exibe uma beleza . . . . a tábua de multiplicar exibe a sua — a velhice exibe a sua — o ofício do carpinteiro exibe a sua — a grande ópera exibe a sua . . . . o veleiro perfeito nova-iorquino de imenso casco no mar movido a vapor ou a todo pano brilha com uma beleza inigualável . . . . os círculos americanos e as grandes harmonias de governo brilham com a sua . . . . e as intenções e ações mais comuns e definidas brilham com as suas. Os poetas do kosmos avançam por todas as interposições e coberturas e perturbações e estratagemas até que cheguem aos princípios fundamentais. Eles são úteis . . . . dissolvem a pobreza de sua necessidade e a riqueza de seu conceito. Eles dizem que você, grande proprietário, não vai compreender ou perceber mais do que qualquer outra pessoa. O dono da biblioteca não é aquele que possui um título legal por ter comprado e pago por ela. O dono da biblioteca é cada pessoa que possa ler a mesma coisa através de todas as variedades de línguas e temas e estilos, e nos quais entram com facilidade e fazem sua morada e se forçam em direção à paternidade e à maternidade, e que se tornam flexíveis e poderosos e ricos e grandes. . . . . Estes estados americanos fortes e saudáveis e completos não receberão prazer algum das violações de modelos naturais e não devem permiti-las. Nas pinturas ou modelagens ou entalhes feitos em minerais ou na madeira, ou nas ilustrações de livros ou jornais, ou em qualquer gravura cômica ou trágica, ou nos padrões de objetos tecidos ou qualquer outro objeto feito para embelezar salas ou mobília ou vestuário, ou para ser colocado em cornijas ou monumentos ou nas proas ou nas popas de navios, ou colocados em qualquer lugar diante dos olhos humanos em lugares fechados ou ao ar livre, tudo o que distorce as formas honestas ou que cria seres ou lugares ou contingências sobrenaturais é nocivo e revoltante. A forma humana em especial é tão grandiosa que não deve ser nunca exposta ao ridículo. Quanto aos ornamentos de um trabalho nenhum outro deve ser permitido . . só os ornamentos que se conformam aos fatos perfeitos do ar livre e que fluem direto da natureza do trabalho e que dele vêm irreprimivelmente e que são necessários para terminar o trabalho. A maioria dos trabalhos é mais bonita sem ornamentos. . . Exageros serão vingados na fisiologia humana. Crianças saudáveis e vigorosas são impulsionadas e concebidas só naquelas comunidades em que os modelos das formas naturais são diariamente torna-

ations will be revenged in human physiology. Clean and vigorous children are jetted and conceived only in those communities where the models of natural forms are public every day. . . . . Great genius and the people of these states must never be demeaned to romances. As soon as histories are properly told there is no more need of romances.

The great poets are also to be known by the absence in them of tricks and by the justification of perfect personal candor. Then folks echo a new cheap joy and a divine voice leaping from their brains: How beautiful is candor ! All faults may be forgiven of him who has perfect candor. Henceforth let no man of us lie, for we have seen that openness wins the inner and outer world and that there is no single exception, and that never since our earth gathered itself in a mass have deceit or subterfuge or prevarication attracted its smallest particle or the faintest tinge of a shade — and that through the enveloping wealth and rank of a state or the whole republic of states a sneak or sly person shall be discovered and despised . . . . and that the soul has never been once fooled and never can be fooled . . . . and thrift without the loving nod of the soul is only a foetid puff . . . . and there never grew up in any of the continents of the globe nor upon any planet or satellite or star, nor upon the asteroids, nor in any part of ethereal space, nor in the midst of density, nor under the fluid wet of the sea, nor in that condition which precedes the birth of babes, nor at any time during the changes of life, nor in that condition that follows what we term death, nor in any stretch of abeyance or action afterward of vitality, nor in any process of formation or reformation anywhere, a being whose instinct hated the truth.

Extreme caution or prudence, the soundest organic health, large hope and comparison and fondness for women and children, large alimentiveness and destructiveness and causality, with a perfect sense of the oneness of nature and the propriety of the same spirit applied to human affairs . . these are called up of the float of the brain of the world to be parts of the greatest poet from his birth out of his mother's womb and from her birth out of her mother's. Caution seldom goes far enough. It has been thought that the prudent citizen was the citizen who applied himself to solid gains and did well for himself and his family and completed a lawful life without debt or crime. The greatest poet sees and admits these economies as he sees the economies of food and sleep, but has higher notions of prudence than to think he gives much when he gives a few slight attentions at the latch of the gate. The premises of the prudence of life are not the hospitality of it or the ripeness and harvest of it. Beyond the independence of a little sum laid aside for burial-money, and of a few clapboards around and shingles overhead on a lot of American soil owned, and the easy dollars that supply the year's plain clothing and meals, the melancholy prudence of the abandonment of such a great being as a man is to the toss and pallor of years of moneymaking with all their scorching days and icy nights

das públicas. . . . . O grande gênio e o povo destes estados nunca devem ser rebaixados a romances. Quando as histórias são contadas de maneira adequada não há mais necessidade de romances.

Os grandes poetas também serão conhecidos pela ausência de truques e pela justificativa da perfeita candura pessoal. Então o povo vai ecoar uma nova alegria barata e uma voz divina vai pular de seus cérebros : Como a candura é bonita ! Quem possui a candura terá todas as suas falhas perdoadas. Que de agora em diante nenhum de nós minta, pois vimos que a sinceridade ganha o mundo interno e externo e que não há uma só exceção, e que nunca desde que nossa terra se juntou numa massa a fraude ou o subterfúgio ou a prevaricação atraíram nem mesmo uma partícula mais ínfima ou o menor matiz de sombra — e que sob o manto de riqueza e posição de um estado ou de toda a república de estados uma pessoa dissimilada e maliciosa vai ser descoberta e desprezada . . . . e que a alma nunca foi tapeada e nunca poderá ser tapeada . . . . e que a parcimônia sem o consentimento amoroso da alma não passa de uma baforada fétida . . . . e que nunca grassou em nenhum dos continentes do globo nem em qualquer planeta ou satélite ou estrela, nem nos asteroides, nem em parte alguma do espaço etéreo, nem no meio da densidade, nem sob o fluído úmido do mar, nem naquela condição que antecede o nascimento dos bebês, nem em nenhum momento durante as mutações da vida, nem naquela condição que sucede ao que denominamos morte, nem em qualquer fase de latência ou de ação posterior de vitalidade, nem em qualquer processo de formação ou de reforma seja onde for, um ser cujo instinto odiasse a verdade.

Cautela ou prudência extremas, a saúde robusta e orgânica, imensas esperanças e comparação e afeição por mulheres e crianças, grande apoio e destrutividade e causalidade, com um perfeito sentido da unicidade da natureza e da propriedade do mesmo espírito aplicado aos assuntos humanos . . são trazidos do fluxo do cérebro do mundo para se tornarem parte do maior dos poetas desde seu nascimento do ventre de sua mãe e do nascimento dela no de sua mãe. Cautela raramente é o bastante. Pensava-se que o cidadão prudente era aquele que se dedicava a ganhos sólidos e fazia bem para si mesmo e sua família e completava uma vida dentro da lei sem dívida nem crime. O grande poeta vê e aceita estas economias do mesmo modo que vê as economias da comida e do sono, mas ele possui noções mais elevadas de prudência e sabe que não basta só as atenções que ele dá ao cadeado do portão. As premissas da prudência da vida não são a sua hospitalidade ou a sua maturação ou sua colheita. Além da independência de possuir uma pequena quantia separada para o enterro, e de um pouco de sustentação ao redor e telhas sobre um grande número de propriedades americanas, e os dólares fáceis que fornecem as refeições e as vestimentas simples anuais, a prudência melancólica do abandono de um ser tão grande quanto o homem se relaciona às quedas e à lividez de anos de enriquecimento com todos os seus dias abrasadores e noites geladas e todos seus fracassos sufocantes e trapaças secretas, ou salões diminutos, ou o empanturrar-se descarado enquanto outros morrem de fome . . e toda a perda do florir e do

and all their stifling deceits and underhanded dodgings, or infinitessimals of parlors, or shameless stuffing while others starve . . and all the loss of the bloom and odor of the earth and of the flowers and atmosphere and of the sea and of the true taste of the women and men you pass or have to do with in youth or middle age, and the issuing sickness and desperate revolt at the close of a life without elevation or naivete, and the ghastly chatter of a death without serenity or majesty, is the great fraud upon modern civilization and forethought, blotching the surface and system which civilization undeniably drafts, and moistening with tears the immense features it spreads and spreads with such velocity before the reached kisses of the soul. . . Still the right explanation remains to be made about prudence. The prudence of the mere wealth and respectability of the most esteemed life appears too faint for the eye to observe at all when little and large alike drop quietly aside at the thought of the prudence suitable for immortality. What is wisdom that fills the thinness of a year or seventy or eighty years to wisdom spaced out by ages and coming back at a certain time with strong reinforcements and rich presents and the clear faces of wedding-guests as far as you can look in every direction running gaily toward you ? Only the soul is of itself . . . . all else has reference to what ensues. All that a person does or thinks is of consequence. Not a move can a man or woman make that affects him or her in a day or a month or any part of the direct lifetime or the hour of death but the same affects him or her onward afterward through the indirect lifetime. The indirect is always as great and real as the direct. The spirit receives from the body just as much as it gives to the body. Not one name of word or deed . . not of venereal sores or discolorations . . not the privacy of the onanist . . not of the putrid veins of gluttons or rumdrinkers . . . not peculation or cunning or betrayal or murder . . no serpentine poison of those that seduce women . . not the foolish yielding of women . . not prostitution . . not of any depravity of young men . . not of the attainment of gain by discreditable means . . not any nastiness of appetite . . not any harshness of officer to men or judges to prisoners or fathers to sons or sons to fathers or of husbands to wives or bosses to their boys . . not of greedy looks or malignant wishes . . . nor any of the wiles practised by people upon themselves . . . ever is or ever can be stamped on the programme but it is duly realized and returned, and that returned in further performances . . . and they returned again. Nor can the push of charity or personal force ever be any thing else than the profoundest reason, whether it bring arguments to hand or no. No specification is necessary . . to add or subtract or divide is in vain. Little or big, learned or unlearned, white or black, legal or illegal, sick or well, from the first inspiration down the windpipe to the last expiration out of it, all that a male or female does that is vigorous and benevolent and clean is so much sure profit to him or her in the unshakable order of the universe and through the whole scope of it forever. If

odor da terra e das flores e da atmosfera e do mar e do verdadeiro gosto das mulheres e dos homens que passam por você ou têm a ver com você em sua juventude ou idade madura, e a doença advinda e a revolta desesperada no fim de uma vida sem elevação nem ingenuidade, e o ranger de dentes horripilante de uma morte sem serenidade nem majestade, é a grande fraude cometida contra a civilização moderna e sua antecipação, manchando a superfície e o sistema nos quais a civilização se arrasta inegavelmente, e umedecendo com lágrimas a imensa fronte ela se espalha mais e mais com tamanha velocidade diante dos beijos da alma. . . Ainda assim a explicação correta a respeito da prudência precisa ser formulada. A prudência da mera riqueza e da respeitabilidade da vida mais estimada parece tímida demais para que os olhos a observem enquanto pequenos e grandes são silenciosamente postos de lado à simples ideia de que a prudência seja adequada à imortalidade. O que é a sabedoria que preenche a fragilidade de um ano ou de setenta ou de oitenta anos comparada com a sabedoria espaçada por eras e que retorna num determinado tempo com energéticos reforços e ricos presentes e os rostos puros dos convidados de um casamento tão longe quanto seja possível olhar em cada direção correndo alegremente até você ? Só a alma pertence a si mesma . . . . todo o resto faz referência ao que se segue. Tudo o que uma pessoa faz ou pensa traz consequência. Um homem ou uma mulher não podem fazer um gesto sequer que afete ele ou ela num dia ou num mês ou em qualquer parte de sua vida direta ou na hora da morte que também não afete ele ou ela mais adiante ou mais tarde pela vida indireta. O indireto é sempre tão grande e real quanto o direto. O espírito recebe do corpo tanto quanto dá ao corpo. Nem um nome de palavra ou ato . . nem de feridas venéreas ou descolorações . . nem da privacidade do onanista . . nem das veias pútridas dos glutões ou alcoólatras . . . nem do peculato ou da astúcia ou da traição ou do assassinato . . nem do veneno serpentino dos que seduzem mulheres . . nem da tola obediência das mulheres . . nem da prostituição . . nem de qualquer depravação dos jovens . . nem da obtenção de ganho por meios escusos . . nem de qualquer obscenidade de apetite . . nem de qualquer rigor dos oficiais para com os homens ou dos juízes para com os prisioneiros ou dos pais para com os filhos ou dos filhos para com os pais ou dos maridos para com as esposas ou dos patrões para com seus empregados . . nem de olhares gananciosos ou desejos malignos . . nem de qualquer artifício praticado pelas pessoas umas para as outras . . sempre está ou pode estar impresso no programa mas é devidamente realizado e devolvido, e aquele devolvido em apresentações posteriores . . . e ambos devolvidos de novo. Nem pode o avanço da caridade ou da força pessoal ser nada que não seja a razão mais profunda, não importando se traga ou não argumentos palpáveis. Nenhuma especificação é necessária . . é em vão somar ou subtrair ou dividir. Pequeno ou grande, letrado ou iletrado, branco ou negro, legal ou ilegal, doente ou saudável, da primeira inspiração para dentro da traqueia até a última expiração para fora dela, tudo o que um homem ou uma mulher fazem de vigoroso e benevolente e limpo é lucro garantido para ele ou para ela na ordem inalterável do

the savage or felon is wise it is well . . . . if the greatest poet or savan is wise it is simply the same . . if the President or chief justice is wise it is the same . . . if the young mechanic or farmer is wise it is no more or less . . if the prostitute is wise it is no more nor less. The interest will come round . . all will come round. All the best actions of war and peace . . . all help given to relatives and strangers and the poor and old and sorrowful and young children and widows and the sick, and to all shunned persons . . all furtherance of fugitives and of the escape of slaves . . all the self-denial that stood steady and aloof on wrecks and saw others take the seats of the boats . . . all offering of substance or life for the good old cause, or for a friend's sake or opinion's sake . . . all pains of enthusiasts scoffed at by their neighbors . . all the vast sweet love and precious suffering of mothers . . . all honest men baffled in strifes recorded or unrecorded . . . . all the grandeur and good of the few ancient nations whose fragments of annals we inherit . . and all the good of the hundreds of far mightier and more ancient nations unknown to us by name or date or location . . . . all that was ever manfully begun, whether it succeeded or no . . . . all that has at any time been well suggested out of the divine heart of man or by the divinity of his mouth or by the shaping of his great hands . . and all that is well thought or done this day on any part of the surface of the globe . . or on any of the wandering stars or fixed stars by those there as we are here . . or that is henceforth to be well thought or done by you whoever you are, or by any one — these singly and wholly inured at their time and inure now and will inure always to the identities from which they sprung or shall spring. . . Did you guess any of them lived only its moment ?

The world does not so exist . . no parts palpable or impalpable so exist . . . no result exists now without being from its long antecedent result, and that from its antecedent, and so backward without the farthest mentionable spot coming a bit nearer the beginning than any other spot. . . . . Whatever satisfies the soul is truth. The prudence of the greatest poet answers at last the craving and glut of the soul, is not contemptuous of less ways of prudence if they conform to its ways, puts off nothing, permits no let-up for its own case or any case, has no particular sabbath or judgment-day, divides not the living from the dead or the righteous from the unrighteous, is satisfied with the present, matches every thought or act by its correlative, knows no possible forgiveness or deputed atonement . . knows that the young man who composedly periled his life and lost it has done exceeding well for himself, while the man who has not periled his life and retains it to old age in riches and ease has perhaps achieved nothing for himself worth mentioning . . and that only that person has no great prudence to learn who has learnt to prefer real longlived things, and favors body and soul the same, and perceives the indirect assuredly following the direct, and what evil or good he does leaping onward and waiting to meet him again — and who in his spirit in any emergency whatever neither hurries or avoids death.

universo e por todo o seu escopo para sempre. Se o selvagem ou o criminoso é sábio tudo bem . . . . se o maior poeta ou sábio é esperto é simplesmente a mesma coisa . . se o Presidente ou o chefe de justiça é sábio a mesma coisa . . . se o jovem mecânico ou fazendeiro é sábio isso não é mais nem menos . . se a prostituta é sábia não é mais nem menos. O interesse voltará . . tudo voltará. Todas as melhores ações de guerra e paz . . . toda a ajuda dada a parentes e estranhos e aos pobres e aos velhos e aos arrependidos e às crianças pequenas e às viúvas e aos doentes, e a todos os que são evitados . . todo favorecimento aos fugitivos e à fuga de escravos . . toda abnegação que permaneceu firme e altiva em naufrágios e vê os outros ocuparem seus lugares nos botes . . toda oferta de substância ou vida à velha e boa causa, ou por um amigo ou uma opinião . . . todas as dores dos entusiastas zombados pelos vizinhos . . todo o vasto e doce amor e o precioso sofrimento das mães . . . todos os homens honestos malogrados em lutas registradas ou não . . . . toda a grandeza e bondade das poucas nações antigas que nos legaram fragmentos de registros . . e toda a bondade das centenas de nações muito mais poderosas e ancestrais cujos nomes datas ou localizações desconhecemos . . . . tudo o que já foi virilmente iniciado, tendo êxito ou não . . . . tudo o que tem sido em qualquer tempo sugerido pelo divino coração do homem ou pela divindade de sua boca ou pela forma de suas mãos grandiosas . . e tudo que é bem pensado ou feito nesse dia ou em qualquer canto da superfície do globo . . ou em qualquer uma das estrelas errantes ou fixas por aqueles que lá estão assim como nós aqui . . ou que daqui em diante deve ser bem pensado ou feito por quem quer que você seja, ou por qualquer um — estes individualmente ou completamente acostumados em seu tempo e se acostumam agora e se acostumarão sempre às identidades das quais nasceram e ou das quais irão nascer. . . Sabia que cada um deles viveu só o seu momento ?

O mundo então não existe . . nenhuma parte palpável ou impalpável existe então . . . nenhum resultado existe agora sem ter vindo de seu longo resultado antecedente, e esse de seu antecedente, e assim às avessas sem que o sinal mais distante se aproxime do começo mais que qualquer outro sinal. . . . . O que quer que satisfaça a alma é verdadeiro. A prudência do maior poeta corresponde enfim ao desejo insaciável e à saciedade da alma, não despreza as formas menores de prudência se elas correspondem aos seus modos, não adia nada, não permite que se afrouxe nem no seu caso ou qualquer outro, não tem dia de descanso ou de juízo final particulares, não separa os vivos dos mortos ou os justos dos injustos, está satisfeita com o presente, conecta cada pensamento ou ação a seu correlato, não conhece perdão possível ou castigo delegado . . sabe que o jovem que arriscou sua vida tranquilamente e a perdeu fez um extremo bem para si mesmo, enquanto o homem que não arriscou sua vida e a retém até a velhice na riqueza e no conforto provavelmente não conquistou nada para si que valha a pena mencionar . . e que só quem aprendeu a optar por coisas reais e duradouras não tem uma grande prudência para aprender, e favorece o corpo e a alma na mesma proporção, e percebe o indireto seguindo o direto com segurança, e que mal ou bem

The direct trial of him who would be the greatest poet is today. If he does not flood himself with the immediate age as with vast oceanic tides . . . . . and if he does not attract his own land body and soul to himself and hang on its neck with incomparable love and plunge his semitic muscle into its merits and demerits . . . and if he be not himself the age transfigured . . . . and if to him is not opened the eternity which gives similitude to all periods and locations and processes and animate and inanimate forms, and which is the bond of time, and rises up from its inconceivable vagueness and infiniteness in the swimming shape of today, and is held by the ductile anchors of life, and makes the present spot the passage from what was to what shall be, and commits itself to the representation of this wave of an hour and this one of the sixty beautiful children of the wave — let him merge in the general run and wait his development. . . . . Still the final test of poems or any character or work remains. The prescient poet projects himself centuries ahead and judges performer or performance after the changes of time. Does it live through them ? Does it still hold on untired ? Will the same style and the direction of genius to similar points be satisfactory now ? Has no new discovery in science or arrival at superior planes of thought and judgment and behaviour fixed him or his so that either can be looked down upon ? Have the marches of tens and hundreds and thousands of years made willing detours to the right hand and the left hand for his sake ? Is he beloved long and long after he is buried ? Does the young man think often of him ? and the young woman think often of him ? and do the middleaged and the old think of him ?

A great poem is for ages and ages in common and for all degrees and complexions and all departments and sects and for a woman as much as a man and a man as much as a woman. A great poem is no finish to a man or woman but rather a beginning. Has any one fancied he could sit at last under some due authority and rest satisfied with explanations and realize and be content and full ? To no such terminus does the greatest poet bring . . . he brings neither cessation or sheltered fatness and ease. The touch of him tells in action. Whom he takes he takes with firm sure grasp into live regions previously unattained . . . . thenceforward is no rest . . . . they see the space and ineffable sheen that turn the old spots and lights into dead vacuums. The companion of him beholds the birth and progress of stars and learns one of the meanings. Now there shall be a man cohered out of tumult and chaos . . . . the elder encourages the younger and shows him how . . . they two shall launch off fearlessly together till the new world fits an orbit for itself and looks unabashed on the lesser orbits of the stars and sweeps through the ceaseless rings and shall never be quiet again.

There will soon be no more priests. Their work is done. They may wait awhile . . perhaps a generation or two . . dropping off by degrees. A superior breed shall take their place . . . . the gangs of kosmos and prophets en masse shall take their place. A new order shall arise and they

ele faz em saltar adiante e esperar para cruzá-lo de novo — e quem em seu espírito em qualquer emergência nem corre nem evita a morte.

O julgamento direto de quem seria o maior dos poetas é o hoje. Se ele não mergulha em sua era aqui e agora como nas vastas correntes marinhas . . . . e se não atrai para si mesmo seu próprio corpo e alma terrenos e se pendura em seu pescoço com amor inigualável e mergulha seu músculo seminal em seus méritos e deméritos . . . e se ele mesmo não for a era transfigurada . . . . e se para ele não se abrir a eternidade que dá semelhança a todos os períodos e lugares e processos e formas animadas e inanimadas, e que é o elo do tempo, e se levanta de sua imprecisão inconcebível e infinidade na forma flutuante do hoje, e é preso pelas âncoras dúcteis da vida, e faz o presente assinalar a passagem do que foi para o que será, e se compromete com a representação desta onda de uma hora e das sessenta lindas crianças da onda — deixe-o se fundir na travessia geral e espere seu desenvolvimento. . . . . . . Ainda assim continua o teste final dos poemas ou de qualquer personagem ou trabalho. O poeta precavido se projeta séculos à frente e julga o intérprete ou a performance depois das mudanças do tempo. E o tempo, vive através deles ? Continua incansável ? Serão os mesmos estilo e direção do gênio a pontos semelhantes satisfatórios agora ? Nenhuma nova descoberta científica ou advento de planos superiores de pensamento e julgamento e comportamento o prendem ou a ele de forma que tanto uma quanto a outra possam ser vistas de cima ? As marchas de dezenas e centenas e milhares de anos fizeram desvios voluntários à direita ou à esquerda por causa dele ? Ele é amado mesmo depois de muito tempo enterrado ? Os moços pensam nele com frequência ? E as moças pensam nele com frequência ? E os de meia-idade e velhos, pensam nele ?

Um grande poema continua por eras e eras em comum e por todos os graus e compleições e todos os departamentos e seitas e por uma mulher tanto quanto para um homem e por um homem tanto quanto para uma mulher. Um grande poema não é o fim para o homem ou para a mulher e sim o seu começo. Alguém já imaginou que ele pudesse sentar-se finalmente sob alguma autoridade a que tem direito e descansar satisfeito com as explicações e perceber e sentir-se feliz e completo ? O maior poeta não oferece tal meta . . . tampouco traz interrupção ou opulência e facilidades protegidas. Seu toque fala de ação. Quem ele arrebata é com um domínio firme e certeiro em regiões vivas antes inalcançáveis . . . . daí em diante não há descanso . . . . eles veem o espaço e o esplendor inefável que transforma os velhos pontos e luzes em vácuos mortos. Sua companhia contempla o nascimento e o progresso das estrelas e aprende um dos sentidos. Agora desse tumulto e desse caos deve aparecer um homem coerente . . . . o velho encoraja o novo e lhe mostra como . . . ambos devem partir juntos e sem medo até que o novo mundo se encaixe em sua própria órbita e olhe imperturbável para as órbitas secundárias das estrelas e deslize velozmente entre os anéis ininterruptos e jamais vai descansar novamente.

Em breve não existirão mais sacerdotes. O trabalho deles está feito. Eles podem esperar um pouco . . talvez uma ou duas gerações . . sumindo gradualmente. Uma raça superior deverá tomar o seu lugar . . . . as gangues do kosmos e os profetas

shall be the priests of man, and every man shall be his own priest. The churches built under their umbrage shall be the churches of men and women. Through the divinity of themselves shall the kosmos and the new breed of poets be interpreters of men and women and of all events and things. They shall find their inspiration in real objects today, symptoms of the past and future . . . . They shall not deign to defend immortality or God or the perfection of things or liberty or the exquisite beauty and reality of the soul. They shall arise in America and be responded to from the remainder of the earth.

The English language befriends the grand American expression . . . . it is brawny enough and limber and full enough. On the tough stock of a race who through all change of circumstance was never without the idea of political liberty, which is the animus of all liberty, it has attracted the terms of daintier and gayer and subtler and more elegant tongues. It is the powerful language of resistance . . . it is the dialect of common sense. It is the speech of the proud and melancholy races and of all who aspire. It is the chosen tongue to express growth faith self-esteem freedom justice equality friendliness amplitude prudence decision and courage. It is the medium that shall well nigh express the inexpressible.

No great literature nor any like style of behaviour or oratory or social intercourse or household arrangements or public institutions or the treatment by bosses of employed people, nor executive detail or detail of the army or navy, nor spirit of legislation or courts or police or tuition or architecture or songs or amusements or the costumes of young men, can long elude the jealous and passionate instinct of American standards. Whether or no the sign appears from the mouths of the people, it throbs a live interrogation in every freeman's and freewoman's heart after that which passes by or this built to remain. Is it uniform with my country ? Are its disposals without ignominious distinctions ? Is it for the evergrowing communes of brothers and lovers, large, well-united, proud beyond the old models, generous beyond all models ? Is it something grown fresh out of the fields or drawn from the sea for use to me today here ? I know that what answers for me an American must answer for any individual or nation that serves for a part of my materials. Does this answer ? or is it without reference to universal needs ? or sprung of the needs of the less developed society of special ranks ? or old needs of pleasure overlaid by modern science and forms ? Does this acknowledge liberty with audible and absolute acknowledgement, and set slavery at nought for life and death ? Will it help breed one goodshaped and well-hung man, and a woman to be his perfect and independent mate ? Does it improve manners ? Is it for the nursing of the young of the republic ? Does it solve readily with the sweet milk of the nipples of the breasts of the mother of many children ? Has it too the old ever-fresh forbearance and impartiality ? Does it look with the same love on the last born and on those hardening toward stature, and on the errant, and on those who disdain all strength of assault outside of their own ?

em massa deverão tomar seus lugares. Uma nova ordem deve surgir e eles devem ser os sacerdotes do homem, e cada homem será seu próprio sacerdote. As igrejas erigidas sob suas sombras devem ser as igrejas dos homens e das mulheres. Através de sua própria divindade o kosmos e a nova raça de poetas devem ser os intérpretes dos homens e das mulheres e de todos os acontecimentos e coisas. Devem encontrar sua inspiração nos objetos reais de hoje, sintomas do passado e do futuro . . . . Não devem dignar-se a defender a imortalidade ou Deus ou a perfeição das coisas ou a liberdade ou a beleza primorosa e a realidade da alma. Devem surgir na América e receber do resto da terra uma resposta.

A língua inglesa favorece a grandiosa expressão americana . . . . é forte o bastante e flexível e completa o bastante. Na valente linhagem de uma raça que através de todas as mudanças de circunstâncias nunca deixou de fora a ideia da liberdade política, que é o espírito de toda liberdade, ela atraiu os termos das línguas mais delicadas e alegres e sutis e elegantes. É a poderosa língua da resistência . . . é o dialeto do senso comum. É o discurso das raças orgulhosas e melancólicas e de todos que aspiram. É a língua eleita para expressar crescimento fé autoestima liberdade justiça igualdade amizade amplitude prudência decisão e coragem. É o meio pelo qual deve quase expressar o inexpressável.

Nenhuma grande literatura ou estilo de comportamento ou oratória ou relacionamento social ou organizações domésticas ou instituições públicas ou o tratamento que chefes dão a seus empregados, nem destacamentos do poder executivo ou do exército ou da marinha, nem o espírito de legislação ou cortes ou polícia ou ensino ou arquitetura ou canções ou entretenimento ou os costumes dos jovens podem enganar por muito tempo os instintos invejosos e apaixonados dos padrões americanos. Quer apareça ou não o sinal das bocas das pessoas, ele pulsa uma viva interrogação no coração de cada homem ou mulher livre depois do que passa ou é feito para ficar. Ele é uniforme com o meu país ? Seus arranjos não fazem distinções infames ? Tem valor para as comunidades sempre crescentes de irmãos e amantes, grandes, bem unidas, vaidosas para além dos velhos modelos, generosas para além dos velhos modelos ? É algo que brota fresco dos campos ou é arrastado do mar para que eu o utilize hoje aqui ? Sei que o que responde para mim um americano deve responder para qualquer indivíduo ou nação que sirva para uma parte de minhas matérias-primas. Isto responde ? ou não faz referência às necessidades universais ? ou surgiu das necessidades das sociedades menos desenvolvidas de classes especiais ? ou velhas necessidades de prazer sobrepostas pela ciência e formas modernas ? Ele reconhece a liberdade com um audível e absoluto entendimento, e reduz a nada a escravidão pela vida e pela morte ? Ajudará a produzir um homem de boa forma e bem experiente e uma mulher que seja seu par perfeito e independente ? Melhora os modos ? Serve de nutrimento para os jovens da república ? É dissolvido prontamente com o doce leite dos mamilos dos seios das mães de muitos filhos ? Tem também a antiga e renovada paciência e imparcialidade ? Considera com o mesmo amor o último recém-nascido e os obstinados pela estatura, e os transviados, e os que desdenham de toda força de assalto fora deles mesmos ?

The poems distilled from other poems will probably pass away. The coward will surely pass away. The expectation of the vital and great can only be satisfied by the demeanor of the vital and great. The swarms of the polished deprecating and reflectors and the polite float off and leave no remembrance. America prepares with composure and goodwill for the visitors that have sent word. It is not intellect that is to be their warrant and welcome. The talented, the artist, the ingenious, the editor, the statesman, the erudite . . they are not unappreciated . . they fall in their place and do their work. The soul of the nation also does its work. No disguise can pass on it . . no disguise can conceal from it. It rejects none, it permits all. Only toward as good as itself and toward the like of itself will it advance half-way. An individual is as superb as a nation when he has the qualities which make a superb nation. The soul of the largest and wealthiest and proudest nation may well go half-way to meet that of its poets. The signs are effectual. There is no fear of mistake. If the one is true the other is true. The proof of a poet is that his country absorbs him as affectionately as he has absorbed it.

Os poemas destilados de outros poemas provavelmente vão passar. O covarde com certeza vai passar. A esperança do que é vital e do que é grandioso só pode ser satisfeita pela conduta do vital e do grandioso. Os enxames de civilizados depreciando e os refletidores e a educada derivação não irão deixar lembranças. A América se prepara com tranquilidade e boa vontade para os visitantes que enviaram a mensagem. Não é o intelecto que deve ser sua garantia e boas-vindas. O talentoso, o artista, o criativo, o editor, o estadista, o erudito . . eles não são desprezados . . eles ficam em seus lugares e fazem seu trabalho. A alma da nação também faz seu trabalho. Disfarces não passam por ela . . disfarces não se escondem dela. Ela nada rejeita, tudo permite. Só vai avançar até a metade do caminho rumo ao que é tão bom quanto ela e parecida com ela. Um indivíduo é tão soberbo quanto uma nação quando possui as qualidades que fazem soberba uma nação. A alma da maior e mais rica e orgulhosa nação pode muito bem andar até a metade do caminho para encontrar a de seus poetas. Os sinais são eficazes. Não há medo de errar. Se um é verdadeiro o outro também o é. A prova de um poeta é seu país absorvê-lo tão afetuosamente quanto ele o absorveu.

Leaves of Grass

[Song of Myself]

I CELEBRATE myself,
And what I assume you shall assume,
For every atom belonging to me as good belongs to you.

I loafe and invite my soul,
I lean and loafe at my ease . . . . observing a spear of summer grass.

Houses and rooms are full of perfumes . . . . the shelves are crowded with perfumes,
I breathe the fragrance myself, and know it and like it,
The distillation would intoxicate me also, but I shall not let it.

The atmosphere is not a perfume . . . . it has no taste of the distillation . . . . it is odorless,
It is for my mouth forever . . . . I am in love with it,
I will go to the bank by the wood and become undisguised and naked,
I am mad for it to be in contact with me.

The smoke of my own breath,
Echos, ripples, and buzzed whispers . . . . loveroot, silkthread, crotch and vine,
My respiration and inspiration . . . . the beating of my heart . . . . the passing of blood and air through my lungs,
The sniff of green leaves and dry leaves, and of the shore and darkcolored searocks, and of hay in the barn,
The sound of the belched words of my voice . . . . words loosed to the eddies of the wind,
A few light kisses . . . . a few embraces . . . . a reaching around of arms,
The play of shine and shade on the trees as the supple boughs wag,
The delight alone or in the rush of the streets, or along the fields and hillsides,
The feeling of health . . . . the full-noon trill . . . . the song of me rising from bed and meeting the sun.

Folhas de Relva

[Canção de Mim Mesmo]

EU CELEBRO a mim mesmo,
E o que assumo você vai assumir,
Pois cada átomo que pertence a mim pertence a você.

Vadio e convido minha alma,
Me deito e vadio à vontade .... observando uma lâmina de grama do verão.

Casas e quartos se enchem de perfumes .... as estantes estão entulhadas de perfumes,
Respiro o aroma eu mesmo, e gosto e o reconheço,
A destilação poderia me intoxicar também, mas não deixo.

A atmosfera não é nenhum perfume .... não tem gosto de destilação .... é inodora,
É pra minha boca apenas e pra sempre .... estou apaixonado por ela,
Vou até a margem junto à mata sem disfarces e pelado,
Louco pra que ela faça contato comigo.

A fumaça de minha respiração,
Ecos, ondulações, zum-zuns e sussurros .... raiz de amaranto, fio de seda, forquilha e videira,
Minha respiração minha inspiração .... a batida do meu coração .... a passagem do sangue e do ar por meus pulmões,
O aroma das folhas verdes e das folhas secas, da praia e das negras rochas marinhas, e do feno no celeiro,
O som das palavras arrotadas por minha voz .... palavras lançadas nos redemoinhos do vento,
Uns beijos de leve .... alguns agarros .... o afago dos braços,
Jogo de luz e sombra nas árvores enquanto oscilam seus galhos flexíveis,
Delícia de estar só ou no agito das ruas, ou pelos campos e encostas de colina,
Sensação de bem-estar .... trinado do meio-dia .... a canção de mim mesmo se erguendo da cama e cruzando com o sol.

Have you reckoned a thousand acres much ? Have you reckoned the earth much ?
Have you practiced so long to learn to read ?
Have you felt so proud to get at the meaning of poems ?

Stop this day and night with me and you shall possess the origin of all poems,
You shall possess the good of the earth and sun . . . . there are millions of suns left,
You shall no longer take things at second or third hand . . . . nor look through the eyes of the dead . . . . nor feed on the spectres in books,
You shall not look through my eyes either, nor take things from me,
You shall listen to all sides and filter them from yourself.

I have heard what the talkers were talking . . . . the talk of the beginning and the end,
But I do not talk of the beginning or the end.

There was never any more inception than there is now,
Nor any more youth or age than there is now ;
And will never be any more perfection than there is now,
Nor any more heaven or hell than there is now.

Urge and urge and urge,
Always the procreant urge of the world.

Out of the dimness opposite equals advance . . . . Always substance and increase,
Always a knit of identity . . . . always distinction . . . . always a breed of life.

To elaborate is no avail . . . . Learned and unlearned feel that it is so.

Sure as the most certain sure . . . . plumb in the uprights, well entretied, braced in the beams,
Stout as a horse, affectionate, haughty, electrical,
I and this mystery here we stand.

Clear and sweet is my soul . . . . and clear and sweet is all that is not my soul.

Lack one lacks both . . . . and the unseen is proved by the seen,
Till that becomes unseen and receives proof in its turn.

Showing the best and dividing it from the worst, age vexes age,
Knowing the perfect fitness and equanimity of things, while they discuss I am silent, and go bathe and admire myself.

Welcome is every organ and attribute of me, and of any man hearty and clean,
Not an inch nor a particle of an inch is vile, and none shall be less familiar than the rest.

I am satisfied . . . . I see, dance, laugh, sing ;

Você achou mil acres um exagero ? Achou a terra um exagero ?
Praticou bastante até aprender a ler ?
Sentiu orgulho de entender o sentido dos poemas ?

Fique este dia e esta noite comigo e você vai possuir a origem de todos os poemas,
Vai possuir o que há de bom da terra e do sol . . . . sobraram milhões de sóis,
Nada de pegar coisas de segunda ou terceira mão . . . . nem de ver através
dos olhos dos mortos . . . . nem de se alimentar dos espectros nos livros,
E nada de olhar através dos meus olhos, nem de pegar coisas de mim,
Você vai escutar todos os lados e filtrá-los a partir de seu eu.

Ouvi o que os falastrões falavam . . . . o falatório do começo e do fim,
Mas não falo do fim nem do começo.

Nunca existiu mais princípio do que este agora,
Nem mais juventude nem velhice do que esta agora ;
Nem vai existir mais perfeição do que já existe agora,
Nem mais céu ou inferno do que existe agora.

Gana, gana, gana,
Sempre a gana procriativa do mundo.

Da obscuridade avançam opostos iguais . . . . Sempre substância e crescimento,
Sempre uma trama de identidade . . . . sempre diferença . . . . sempre uma espécie de
vida.

De nada vale elaborar . . . . instruídos e iletrados sentem que é assim.

Certo como a certeza mais certa . . . . aprumado, bem escorado, firme nas vigas,
Forte como um cavalo, carinhoso, orgulhoso, elétrico,
Aqui estamos eu e este mistério.

Clara e doce é minha alma . . . . e claro e doce é tudo o que não é minha alma.

Se falta um falta o outro . . . . e o invisível é provado pelo visível,
Até que se torne invisível e receba uma prova em troca.

Mostrar o melhor e dividi-lo do pior, a era humilha a era,
Sabendo da perfeita aptidão e igualdade das coisas, enquanto discutem me calo, vou
tomar um banho e me admirar.

Bem-vindos todos os meus órgãos e atributos, e os de qualquer outro homem limpo e
sincero,
Nenhuma polegada ou partícula de polegada é ruim, e nenhuma será menos familiar
que o resto.

Estou satisfeito . . . . vejo, danço, rio, canto ;

As God comes a loving bedfellow and sleeps at my side all night and close on the peep of the day,
And leaves for me baskets covered with white towels bulging the house with their plenty,
Shall I postpone my acceptation and realization and scream at my eyes,
That they turn from gazing after and down the road,
And forthwith cipher and show me to a cent,
Exactly the contents of one, and exactly the contents of two, and which is ahead ?

Trippers and askers surround me,
People I meet . . . . . the effect upon me of my early life . . . . of the ward and city I live in . . . . of the nation,
The latest news . . . . discoveries, inventions, societies . . . . authors old and new,
My dinner, dress, associates, looks, business, compliments, dues,
The real or fancied indifference of some man or woman I love,
The sickness of one of my folks — or of myself . . . . or ill-doing . . . . or loss or lack of money . . . . or depressions or exaltations,
They come to me days and nights and go from me again,
But they are not the Me myself.

Apart from the pulling and hauling stands what I am,
Stands amused, complacent, compassionating, idle, unitary,
Looks down, is erect, bends an arm on an impalpable certain rest,
Looks with its sidecurved head curious what will come next,
Both in and out of the game, and watching and wondering at it.

Backward I see in my own days where I sweated through fog with linguists and contenders,
I have no mockings or arguments . . . . I witness and wait.

I believe in you my soul . . . . the other I am must not abase itself to you,
And you must not be abased to the other.

Loafe with me on the grass . . . . loose the stop from your throat,
Not words, not music or rhyme I want . . . . not custom or lecture, not even the best,
Only the lull I like, the hum of your valved voice.

I mind how we lay in June, such a transparent summer morning ;
You settled your head athwart my hips and gently turned over upon me,
And parted the shirt from my bosom-bone, and plunged your tongue to my barestript heart,
And reached till you felt my beard, and reached till you held my feet.

Swiftly arose and spread around me the peace and joy and knowledge that pass all the art and argument of the earth ;
And I know that the hand of God is the elderhand of my own,

Como um Deus meu adorável parceiro dorme a meu lado a noite toda e me agarra ao raiar do dia,
Deixando-me cestas cobertas de toalhas brancas dilatando a casa de abundância,
Devo adiar minha aceitação e minha compreensão e gritar pros meus olhos,
Que parem de ficar só encarando a estrada,
E o quanto antes me decifrem e me troquem em miúdos,
Quanto vale um exatamente, e quanto exatamente valem dois, e qual vale mais ?

Turistas e curiosos me rodeiam,[1]
Gente que eu cruzo ..... o efeito da aurora da minha vida .... ou do bairro e da cidade onde vivo .... ou dessa nação,
As últimas notícias .... descobertas, invenções, sociedades .... velhos e novos autores,
Jantares, trajes, sócios, olhares, negócios, elogios, funções,
A indiferença real ou simulada de uma mulher ou homem que eu esteja amando,
A doença de um chegado — ou minha mesmo .... ou imprudência .... ou perda ou falta de grana .... ou depressões ou euforias,
Dia e noite essas coisas me alcançam e de novo partem de mim,
Mas nada disso é Eu mesmo.

Fora dos puxões e arrastões está o que eu sou,
Que se levanta feliz, complacente, compassivo, preguiçoso, unitário,
Que olha pra baixo, fica ereto, ou apoia o braço num indefinível impalpável descanso,
Que olha com a cabeça pensa pro lado curiosa pra saber o que vem por aí,
Dentro e fora do jogo e observando e admirado com isso.

Olho pra trás e vejo meus dias onde suei pela névoa com linguistas e debatedores,
Não ironizo nem argumento .... só testemunho e espero.

Acredito em você, minha alma .... o outro que sou não tem que se rebaixar pra você,
E nem você tem que se rebaixar pro outro.

Vadie comigo na relva .... solta a trava da garganta,
Nada de palavras música rima alguma .... nem hábitos ou sermões, nem mesmo os melhores,
Só quero saber do sossego, do cicio de sua voz valvulada.

Lembro da gente deitado em junho, numa transparente manhã de verão ;
Você pousou sua cabeça em meus quadris e delicadamente veio pra cima de mim,
E desabotoou a camisa do meu peito, e mergulhou sua língua no meu coração nu,
E estendeu a mão até tocar minha barba, depois até tocar meus pés.

De repente se ergueram e grassaram à minha volta a paz e o prazer e a sabedoria que superam toda arte e argumento desta terra ;
E sei que a mão de Deus é minha irmã mais velha,

And I know that the spirit of God is the eldest brother of my own,
And that all the men ever born are also my brothers . . . . and the women my sisters and lovers,
And that a kelson of the creation is love ;
And limitless are leaves stiff or drooping in the fields,
And brown ants in the little wells beneath them,
And mossy scabs of the wormfence, and heaped stones, and elder and mullen and pokeweed.

A child said, What is the grass ? fetching it to me with full hands ;
How could I answer the child ? . . . . I do not know what it is any more than he.

I guess it must be the flag of my disposition, out of hopeful green stuff woven.

Or I guess it is the handkerchief of the Lord,
A scented gift and remembrancer designedly dropped,
Bearing the owner's name someway in the corners, that we may see and remark, and say Whose ?

Or I guess the grass is itself a child . . . . the produced babe of the vegetation.

Or I guess it is a uniform hieroglyphic,
And it means, Sprouting alike in broad zones and narrow zones,
Growing among black folks as among white,
Kanuck, Tuckahoe, Congressman, Cuff, I give them the same, I receive them the same.

And now it seems to me the beautiful uncut hair of graves.

Tenderly will I use you curling grass,
It may be you transpire from the breasts of young men,
It may be if I had known them I would have loved them ;
It may be you are from old people and from women, and from offspring taken soon out of their mothers' laps,
And here you are the mothers' laps.

This grass is very dark to be from the white heads of old mothers,
Darker than the colorless beards of old men,
Dark to come from under the faint red roofs of mouths.

O I perceive after all so many uttering tongues !
And I perceive they do not come from the roofs of mouths for nothing.

I wish I could translate the hints about the dead young men and women,
And the hints about old men and mothers, and the offspring taken soon out of their laps.

E sei que o espírito de Deus é meu irmão mais velho,
E que todos os homens que já nasceram até hoje são meus irmãos . . . . e todas as
mulheres minhas irmãs e amantes,
E que o amor é a quilha da criação ;
E infinitas são as folhas tensas ou pensas pelos campos,
E as formigas marrons nas poças sob elas,
E a cerca serpeante cheia de musgos, pilha de pedras, sabugueiro, verbasco e
erva-dos-cancros.

Uma criança disse, O que é a relva ? trazendo um tufo em sua mãos ;
O que dizer a ela ? . . . . sei tanto quanto ela o que é a relva.

Vai ver é a bandeira[2] do meu estado de espírito, tecida de uma substância de
esperança verde.

Vai ver é o lenço do Senhor,
Um presente perfumado e o lembrete derrubado por querer,
Com o nome do dono bordado num canto, pra que possamos ver e examinar, e dizer
É seu ?

Vai ver a relva é a própria criança . . . . o bebê gerado pela vegetação.

Vai ver é um hieróglifo uniforme,
E quer dizer, Germino tanto em zonas amplas quanto estreitas,
Grassando entre gente negra e branca,
Kanuck, Tuckahoe, Congressista, Cuff, o que lhes dou recebo, o que me dão,
recebem.[3]

E agora a relva lembra a cabeleira comprida e bonita dos túmulos.

Vou usá-la com carinho, relva crespa,
Quem sabe você transpire do peito dos rapazes,
Quem sabe eu os tivesse amado se os tivesse conhecido ;
Quem sabe você grasse dos velhos, ou dos bebês arrancados dos colos das mães sem
demora,
E aqui é o colo das mães.

Esta relva é escura demais pra ser das cabeças brancas das velhas mães,
Mais escura que a barba incolor dos velhos,
Escura demais pra brotar sob os céus rubros e débeis das bocas.

Ah, percebo agora o que tantas línguas revelam !
E percebo que não é em vão que vêm do céu das bocas.

Queria traduzir as pistas sobre essas moças e moços mortos,
E as pistas sobre os velhos e as mães, e sobre os rebentos tirados sem demora de
seus ventres.

What do you think has become of the young and old men ?
And what do you think has become of the women and children ?

They are alive and well somewhere ;
The smallest sprout shows there is really no death,
And if ever there was it led forward life, and does not wait at the end to arrest it,
And ceased the moment life appeared.

All goes onward and outward . . . . and nothing collapses,
And to die is different from what any one supposed, and luckier.

Has any one supposed it lucky to be born ?
I hasten to inform him or her it is just as lucky to die, and I know it.

I pass death with the dying, and birth with the new-washed babe . . . . and am not contained between my hat and boots,
And peruse manifold objects, no two alike, and every one good,
The earth good, and the stars good, and their adjuncts all good.

I am not an earth nor an adjunct of an earth,
I am the mate and companion of people, all just as immortal and fathomless as myself ;
They do not know how immortal, but I know.

Every kind for itself and its own . . . . for me mine male and female,
For me all that have been boys and that love women,
For me the man that is proud and feels how it stings to be slighted,
For me the sweetheart and the old maid . . . . for me mothers and the mothers of mothers,
For me lips that have smiled, eyes that have shed tears,
For me children and the begetters of children.

Who need be afraid of the merge ?
Undrape . . . . you are not guilty to me, nor stale nor discarded,
I see through the broadcloth and gingham whether or no,
And am around, tenacious, acquisitive, tireless . . . . and can never be shaken away.

The little one sleeps in its cradle,
I lift the gauze and look a long time, and silently brush away flies with my hand.

The youngster and the redfaced girl turn aside up the bushy hill,
I peeringly view them from the top.

The suicide sprawls on the bloody floor of the bedroom.
It is so . . . . I witnessed the corpse . . . . there the pistol had fallen.

Que fim levaram os velhos e os jovens ?
E que fim levaram as mulheres e as crianças ?

Todos estão bem e vivos em algum lugar ;
O menor broto mostra que a morte na verdade não existe,
E se um dia existiu levou à vida, sem esperar interrompê-la no fim,
E cessou assim que a vida apareceu.

Tudo segue e se propaga . . . . nada se colapsa,
E morrer é diferente do que se imaginava, bem mais promissor.

Alguém achou que foi sorte ter nascido ?
Já me adianto e digo a ela ou ele que também há sorte em morrer, e disso sei bem.

Cruzo a morte com o moribundo e cruzo a vida com o recém-nascido . . . . não
estou contido entre chapéu e botas,
Examino inúmeros objetos, não há dois iguais, todos são bons,
A terra é boa, as estrelas são boas e seus adjuntos também.

Não sou uma terra nem o adjunto de uma terra,
Sou o parceiro e o companheiro das pessoas, todas tão imortais e impenetráveis
quanto eu mesmo ;
Mas elas não sabem que são imortais, eu sei.

Cada espécie para si e pelos seus . . . . pra mim macho e fêmea,
Pra mim os que foram meninos e adoram as mulheres,
Pra mim o homem orgulhoso e que conhece na carne a dor do desprezo,
Pra mim a namorada e a coroa solteirona . . . . pra mim as mães e as mães de suas mães,
Pra mim lábios que sorriram, olhos que deitaram lágrimas,
Pra mim as crianças e seus genitores.

Pra que temer a fusão ?
Tire sua roupa . . . . pra mim você não é culpado, nem é velho nem descartável,
Vejo através da casimira e do algodão quer você queira ou não,
Estou na área, tenaz, ávido, incansável . . . . ninguém se livra de mim.

O bebê dorme no berço,
Levanto o mosquiteiro e olho por um tempo, silenciosamente espanto as moscas com
a mão.

O garoto e a garota corada sobem pelo mato da colina,
Fico espiando lá de cima.

O suicida se esparrama no chão ensanguentado do quarto.
Isso mesmo . . . . testemunho o cadáver . . . . foi bem ali que a pistola caiu.

The blab of the pave . . . . the tires of carts and sluff of bootsoles and talk of the promenaders,
The heavy omnibus, the driver with his interrogating thumb, the clank of the shod horses on the granite floor,
The carnival of sleighs, the clinking and shouted jokes and pelts of snowballs ;
The hurrahs for popular favorites . . . . the fury of roused mobs,
The flap of the curtained litter — the sick man inside, borne to the hospital,
The meeting of enemies, the sudden oath, the blows and fall,
The excited crowd — the policeman with his star quickly working his passage to the centre of the crowd ;
The impassive stones that receive and return so many echoes,
The souls moving along . . . . are they invisible while the least atom of the stones is visible ?
What groans of overfed or half-starved who fall on the flags sunstruck or in fits,
What exclamations of women taken suddenly, who hurry home and give birth to babes,
What living and buried speech is always vibrating here . . . . what howls restrained by decorum,
Arrests of criminals, slights, adulterous offers made, acceptances, rejections with convex lips,
I mind them or the resonance of them . . . . I come again and again.

The big doors of the country-barn stand open and ready,
The dried grass of the harvest-time loads the slow-drawn wagon,
The clear light plays on the brown gray and green intertinged,
The armfuls are packed to the sagging mow :
I am there . . . . I help . . . . I came stretched atop of the load,
I felt its soft jolts . . . . one leg reclined on the other,
I jump from the crossbeams, and seize the clover and timothy,
And roll head over heels, and tangle my hair full of wisps.

Alone far in the wilds and mountains I hunt,
Wandering amazed at my own lightness and glee,
In the late afternoon choosing a safe spot to pass the night,
Kindling a fire and broiling the freshkilled game,
Soundly falling asleep on the gathered leaves, my dog and gun by my side.

The Yankee clipper is under her three skysails . . . . she cuts the sparkle and scud,
My eyes settle the land . . . . I bend at her prow or shout joyously from the deck.

The boatmen and clamdiggers arose early and stopped for me,
I tucked my trowser-ends in my boots and went and had a good time,
You should have been with us that day round the chowder-kettle.

I saw the marriage of the trapper in the open air in the far-west . . . . the bride was a red girl,

O blá-blá-blá das ruas .... rodas de carros e o baque das botas e papos dos pedestres,
O ônibus pesado, o condutor de polegar interrogativo, o tinir das ferraduras dos
cavalos no chão de granito.
O carnaval de trenós, o retinir de piadas berradas e guerras de bolas de neve ;
Os gritos de urra aos preferidos do povo .... o tumulto da multidão furiosa,
O ruflar das cortinas da liteira — dentro um doente a caminho do hospital,
O confronto de inimigos, súbito insulto, socos e quedas,
A multidão excitada — o policial e sua estrela apressado forçando passagem até o
meio da multidão ;
As pedras impassíveis recebendo e devolvendo tantos ecos,
Almas se movendo .... serão invisíveis enquanto o mínimo átomo das pedras é visível ?
Que gemidos de glutões ou famintos que esmorecem e desmaiam de insolação ou de
surtos,
Que gritos de grávidas pegas de surpresa, correndo pra casa pra parir,
Que fala sepulta e viva vibra sempre aqui .... quantos uivos reprimidos pelo decoro,
Prisões de criminosos, desprezos, propostas indecentes, consentimentos, rejeições de
lábios convexos,
Estou atento a tudo e as suas ressonâncias .... estou sempre chegando.

Os portões do celeiro estão abertos e prontos,
O capim seco da colheita enche a lenta carroça,
A luz clara brinca num matiz de cinza, verde e marrom,
As braçadas lotando o celeiro estufado de feno :
Estou ali .... ajudo .... vim deitado sobre a carga,
Senti seus trancos suaves .... de pernas cruzadas,
Salto das vigas mestras, e colho o trevo e o capim,
Dou cambalhotas, e meus cabelos se emaranham de tufos.

Caçando sozinho nas matas fechadas e montanhas,
Zanzando surpreso com minha própria leveza e feliz,
No fim da tarde escolhendo um lugar seguro pra passar a noite,
Acendendo uma fogueira e grelhando a caça ainda fresca,
Adormecendo num monte de folhas, o cão e a arma a meu lado.

O veleiro ianque sob seus cutelos .... corta as cintilações e esteiras de espumas,
Meus olhos fixos na terra .... me debruço sobre a proa ou grito do convés cheio de
alegria.

Marinheiros e catadores de marisco acordaram cedo e pararam pra me pegar,
Meti as calças dentro das botas, fui e me diverti bastante,
Você tinha que estar com a gente aquele dia ao redor da panela de ensopado.

Vi o casamento do caçador de peles ao ar livre na fronteira oeste .... a noiva era
uma índia,[4]

Her father and his friends sat near by crosslegged and dumbly smoking . . . . they had moccasins to their feet and large thick blankets hanging from their shoulders ;
On a bank lounged the trapper . . . . he was dressed mostly in skins . . . . his luxuriant beard and curls protected his neck,
One hand rested on his rifle . . . . the other hand held firmly the wrist of the red girl,
She had long eyelashes . . . . her head was bare . . . . her coarse straight locks descended upon her voluptuous limbs and reached to her feet.

The runaway slave came to my house and stopped outside,
I heard his motions crackling the twigs of the woodpile,
Through the swung half-door of the kitchen I saw him limpsey and weak,
And went where he sat on a log, and led him in and assured him,
And brought water and filled a tub for his sweated body and bruised feet,
And gave him a room that entered from my own, and gave him some coarse clean clothes,
And remember perfectly well his revolving eyes and his awkwardness,
And remember putting plasters on the galls of his neck and ankles ;
He staid with me a week before he was recuperated and passed north,
I had him sit next me at table . . . . my firelock leaned in the corner.

Twenty-eight young men bathe by the shore,
Twenty-eight young men, and all so friendly,
Twenty-eight years of womanly life, and all so lonesome.

She owns the fine house by the rise of the bank,
She hides handsome and richly drest aft the blinds of the window.

Which of the young men does she like the best ?
Ah the homeliest of them is beautiful to her.

Where are you off to, lady ? for I see you,
You splash in the water there, yet stay stock still in your room.

Dancing and laughing along the beach came the twenty-ninth bather,
The rest did not see her, but she saw them and loved them.

The beards of the young men glistened with wet, it ran from their long hair,
Little streams passed all over their bodies.

An unseen hand also passed over their bodies,
It descended tremblingly from their temples and ribs.

The young men float on their backs, their white bellies swell to the sun . . . . they do not ask who seizes fast to them,

O pai dela e os amigos de pernas cruzadas fumando sem dizer nada . . . . de mocassins
e mantas grossas e compridas caindo sobre os ombros ;
O caçador descansava num barranco . . . . todo vestido de peles . . . . barba e cachos
luxuriantes protegiam seu pescoço,
Uma das mãos apoiada no rifle . . . . a outra segurando firme a índia pela mão,
Ela, de cílios compridos . . . . cabeça descoberta . . . . cabelo liso e grosso caindo sobre
seus membros voluptuosos até os pés.

O escravo fugitivo chegou à minha casa e parou lá fora,
Escutei seus movimentos estalando os galhos da pilha de lenha,
Pela porta entreaberta da cozinha o vi cambaio e fraco,
Fui até o tronco onde ele estava sentado e deixei-o entrar e o acalmei,
Trouxe água, enchi a banheira pro seu corpo suado e seus pés feridos,
Dei-lhe um quarto que dava pro meu, e algumas roupas grossas e limpas,
Lembro-me bem de seus olhos assustados e sua falta de jeito,
Lembro de ter posto emplastro nas feridas de seu pescoço e tornozelos ;
Ficou comigo uma semana até se recuperar e pegar o rumo do norte,
Fiz com que se sentasse ao meu lado à mesa . . . . minha espingarda encostada
num canto.

Vinte e oito moços tomando banho na praia,
Vinte e oito moços e todos tão simpáticos,
Vinte e oito anos de uma vida feminil e todos tão solitários.

Ela é a dona da casa bonita na subida da encosta,
Ela se esconde elegante e bem-vestida atrás das cortinas,

De qual moço ela gosta mais ?
Ah, pra ela até o mais feio lhe parece lindo.

Aonde vai a senhorita ? estou vendo você,
Você espirra água aqui, no entanto está bem quieta em seu quarto.

Dançando e rindo pela praia chega a vigésima nona banhista,
Os outros não a viram, mas ela viu todos e os amou.

As barbas dos moços cintilavam, água escorria de seus cabelos compridos,
Filetes de água deslizavam em seus corpos.

Uma mão invisível também deslizava em seus corpos,
E trêmula descia por suas testas e costelas.

Os moços boiando de costas, barrigas brancas brilhando sob o sol . . . . não
perguntam quem os agarra com tanta força,

They do not know who puffs and declines with pendant and bending arch,
They do not think whom they souse with spray.

The butcher-boy puts off his killing-clothes, or sharpens his knife at the stall in the market,
I loiter enjoying his repartee and his shuffle and breakdown.

Blacksmiths with grimed and hairy chests environ the anvil,
Each has his main-sledge . . . . they are all out . . . . there is a great heat in the fire.

From the cinder-strewed threshold I follow their movements,
The lithe sheer of their waists plays even with their massive arms,
Overhand the hammers roll — overhand so slow — overhand so sure,
They do not hasten, each man hits in his place.

The negro holds firmly the reins of his four horses . . . . the block swags underneath on its tied-over chain,
The negro that drives the huge dray of the stoneyard . . . . steady and tall he stands poised on one leg on the stringpiece,
His blue shirt exposes his ample neck and breast and loosens over his hipband,
His glance is calm and commanding . . . . he tosses the slouch of his hat away from his forehead,
The sun falls on his crispy hair and moustache . . . . falls on the black of his polish'd and perfect limbs.

I behold the picturesque giant and love him . . . . and I do not stop there,
I go with the team also.

In me the caresser of life wherever moving . . . . backward as well as forward slueing,
To niches aside and junior bending.

Oxen that rattle the yoke or halt in the shade, what is that you express in your eyes ?
It seems to me more than all the print I have read in my life.

My tread scares the wood-drake and wood-duck on my distant and daylong ramble,
They rise together, they slowly circle around.
. . . . I believe in those winged purposes,
And acknowledge the red yellow and white playing within me,
And consider the green and violet and the tufted crown intentional ;
And do not call the tortoise unworthy because she is not something else,
And the mockingbird in the swamp never studied the gamut, yet trills pretty well to me,
And the look of the bay mare shames silliness out of me.

The wild gander leads his flock through the cool night,

Não sabem quem arma e se quebra num arco pendente,
Não pensam em quem os salpicam de espuma.

O jovem açougueiro tira seu avental de abate, ou afia a faca em sua barraca
no mercado,
Fico à espreita curtindo as tiradas, requebros e rastapés.[5]

Ferreiros de peito pixaim e sujos de fuligem em volta da bigorna,
Cada um com seu malho .... todos exaustos .... um calor tremendo escapa do fogo.

Da soleira cheia de cinzas sigo seus movimentos,
A leve flexão de suas ancas segue seus braços maciços,
Descem a marreta — descem bem lenta — descem e arrebentam,
Não têm pressa, cada homem bate na sua vez.

O negro segura firme as rédeas de seus quatro cavalos .... o bloco balança preso pela
corrente,
O negro que conduz a enorme carroça da pedreira .... firme e alto com uma perna
apoiada na longarina,
Sua camisa azul exibe o pescoço e o peito amplos e cai frouxa sobre a cintura,
Seu olhar é calmo e dominador .... ergue o chapéu da testa,
O sol bate em seu cabelo e bigode crespos .... bate na negritude de seus membros
reluzentes e perfeitos.

Contemplo o gigante pitoresco e o amo .... e não paro aí,
Vou com a parelha também.

Em mim alguém que acaricia a vida aonde quer eu vá .... virando pra frente ou pra
trás,
Me curvando sobre nichos laterais e jovens.

Bois que chacoalham a canga e as correntes ou param na sombra, o que dizem seus
olhos ?
Pra mim isso diz mais que todos os artigos que já li.

Meus passos assustam o pato-selvagem e sua fêmea quando vagueio longe o dia todo,
Eles esvoaçam juntos, e volteiam lentamente.
.... Creio nesses desígnios alados,
E reconheço o vermelho o amarelo o branco brincando em mim,
E considero as intenções do verde e do violeta e da coroa de plumas ;
E não digo que a tartaruga é uma inútil por não ser outra coisa,
E o gaio do pântano nunca estudou escala musical, mas canta muito bem
na minha opinião,
E quando vejo a égua baia me envergonho de minha estupidez.

O ganso selvagem guia seu bando pela noite fria,

Ya-honk ! he says, and sounds it down to me like an invitation ;
The pert may suppose it meaningless, but I listen closer,
I find its purpose and place up there toward the November sky.

The sharphoofed moose of the north, the cat on the housesill, the chickadee, the prairie-dog,
The litter of the grunting sow as they tug at her teats,
The brood of the turkeyhen, and she with her halfspread wings,
I see in them and myself the same old law.

The press of my foot to the earth springs a hundred affections,
They scorn the best I can do to relate them.

I am enamoured of growing outdoors,
Of men that live among cattle or taste of the ocean or woods,
Of the builders and steerers of ships, of the wielders of axes and mauls,of the drivers of horses,
I can eat and sleep with them week in and week out.

What is commonest and cheapest and nearest and easiest is Me,
Me going in for my chances, spending for vast returns,
Adorning myself to bestow myself on the first that will take me,
Not asking the sky to come down to my goodwill,
Scattering it freely forever.

The pure contralto sings in the organloft,
The carpenter dresses his plank . . . . the tongue of his foreplane whistles its wild ascending lisp,
The married and unmarried children ride home to their thanksgiving dinner,
The pilot seizes the king-pin, he heaves down with a strong arm,
The mate stands braced in the whaleboat, lance and harpoon are ready,
The duck-shooter walks by silent and cautious stretches,
The deacons are ordained with crossed hands at the altar,
The spinning-girl retreats and advances to the hum of the big wheel,
The farmer stops by the bars of a Sunday and looks at the oats and rye,
The lunatic is carried at last to the asylum a confirmed case,
He will never sleep any more as he did in the cot in his mother's bedroom ;
The jour printer with gray head and gaunt jaws works at his case,
He turns his quid of tobacco, his eyes get blurred with the manuscript ;
The malformed limbs are tied to the anatomist's table,
What is removed drops horribly in a pail ;
The quadroon girl is sold at the stand . . . . the drunkard nods by the barroom stove,
The machinist rolls up his sleeves . . . . the policeman travels his beat . . . . the gatekeeper marks who pass,

Ya-honk ! ele grita, e envia seu grito pra mim feito um convite ;
O petulante vai dizer que isso não faz sentido, mas ouço com atenção,
E lá em cima no céu de novembro descubro seu motivo e lugar.

O alce do norte de cascos afiados, o gato na soleira, o canário, a marmota,
Os filhotes da porca, que ronca enquanto mamam suas tetas,
A ninhada da perua que desfila de asas semiabertas,
Enxergo neles e em mim a mesma lei ancestral.

A pressão do meu pé sobre a terra mina mais de cem carícias.
Elas desdenham do meu esforço em descrevê-las.

Estou apaixonado por esse grassar ao ar livre,
Pelos homens que vivem no meio do gado ou saboreiam matas e oceanos,
Pelos construtores e pilotos de navio, pelos ferreiros e malhadores, e pelos cocheiros,
Sou capaz de comer e dormir com eles semana sim, a outra também.

O que é mais comum, mais vulgar, mais à mão e mais fácil sou Eu.
Eu apostando tudo, investindo pra obter vastos retornos,
Me arrumando todo pra me entregar ao primeiro que me queira,
Sem ter de pedir ao céu pra descer a meu bel-prazer,
E sim espalhando-o livremente para sempre.

A voz pura da contralto canta na galeria do órgão,
O marceneiro apronta sua prancha .... a língua da plaina assovia seu cicio selvagem e
ascendente,
Os filhos casados ou solteiros voltam ao lar pra ceia de Ação de Graças,
O piloto segura firme o leme, gira-o pra baixo com o braço forte,
O imediato braceja a baleeira, prepara a lança e o arpão,
O caçador de patos caminha em silêncio, pé ante pé,
Os diáconos são ordenados com as mãos cruzadas diante do altar,
A jovem tecelã vai e vem junto com o zunido da roda imensa,
O fazendeiro para nos balcões de domingo e olha a aveia e o centeio,
O lunático é enfim levado pro asilo, caso confirmado,
Nunca mais vai dormir como dormia no berço do quarto de sua mãe ;
O tipógrafo de cabeça grisalha e maxilares magros trabalha na caixa de tipos,
Masca seu tabaco, os olhos embaçados pelo manuscrito ;
Os membros malformados são amarrados à mesa do anatomista,
O que é amputado cai horrivelmente num balde ;
A mulatinha é vendida no leilão .... o bêbado cabeceia de sono perto da estufa
do bar,
O maquinista arregaça as mangas .... o policial faz sua ronda .... o porteiro
repara em quem passa,

The young fellow drives the express-wagon . . . . I love him though I do not know him ;
The half-breed straps on his light boots to compete in the race,
The western turkey-shooting draws old and young . . . . some lean on their rifles, some sit on logs,
Out from the crowd steps the marksman and takes his position and levels his piece ;
The groups of newly-come immigrants cover the wharf or levee,
The woollypates hoe in the sugarfield, the overseer views them from his saddle ;
The bugle calls in the ballroom, the gentlemen run for their partners, the dancers bow to each other ;
The youth lies awake in the cedar-roofed garret and harks to the musical rain,
The Wolverine sets traps on the creek that helps fill the Huron,
The reformer ascends the platform, he spouts with his mouth and nose,
The company returns from its excursion, the darkey brings up the rear and bears the well-riddled target,
The squaw wrapt in her yellow-hemmed cloth is offering moccasins and beadbags for sale,
The connoisseur peers along the exhibition-gallery with halfshut eyes bent sideways,
The deckhands make fast the steamboat, the plank is thrown for the shoregoing passengers,
The young sister holds out the skein, the elder sister winds it off in a ball and stops now and then for the knots,
The one-year wife is recovering and happy, a week ago she bore her first child,
The cleanhaired Yankee girl works with her sewing-machine or in the factory or mill,
The nine months' gone is in the parturition chamber, her faintness and pains are advancing ;
The pavingman leans on his twohanded rammer — the reporter's lead flies swiftly over the notebook — the signpainter is lettering with red and gold,
The canal-boy trots on the towpath — the bookkeeper counts at his desk — the shoemaker waxes his thread,
The conductor beats time for the band and all the performers follow him,
The child is baptised — the convert is making the first professions,
The regatta is spread on the bay . . . . how the white sails sparkle !
The drover watches his drove, he sings out to them that would stray,
The pedlar sweats with his pack on his back — the purchaser higgles about the odd cent,
The camera and plate are prepared, the lady must sit for her daguerreotype,
The bride unrumples her white dress, the minutehand of the clock moves slowly,
The opium eater reclines with rigid head and just-opened lips,
The prostitute draggles her shawl, her bonnet bobs on her tipsy and pimpled neck,
The crowd laugh at her blackguard oaths, the men jeer and wink to each other,
(Miserable ! I do not laugh at your oaths nor jeer you,)
The President holds a cabinet council, he is surrounded by the great secretaries,

O jovem guia o vagão expresso .... eu o amo embora não o conheça ;
O mestiço amarra suas botinas leves pra competir na corrida,
O tiro ao peru estilo velho oeste atrai velhos e jovens .... uns se apoiam em seus rifles,
outros sentam-se nas toras ;
Da multidão o atirador dá um passo à frente e se posiciona e aponta sua arma ;
Grupos de imigrantes recém-chegados lotam o cais ou as docas,
Os carapinhas[6] capinam o canavial, o capataz os observa de sua sela,
O sinal ecoa no salão, cavalheiros correm em busca de parceiras, dançarinos
inclinam-se uns pros outros ;
O jovem está acordado e deitado sob o telhado de cedro do sótão ouvindo a música
da chuva,
O nativo do Michigan põe armadilhas no riacho que ajuda a encher o Huron,
O reformista sobe ao palanque, tagarela com sua boca e nariz,
A companhia volta da excursão, o preto mostra o traseiro, um alvo bem lanhado,
A índia enrolada em seu manto de bainha amarela vende mocassins e bolsas de
miçangas,
O especialista analisa a galeria de arte de olhos semicerrados e cabeça inclinada,
Os marujos amarram o vapor, estendem a prancha pros passageiros descerem pra praia,
A caçula segura o fio, a mais velha o enovela e às vezes para pra desfazer os nós,
A recém-casada se recupera, feliz, semana passada deu à luz ao primeiro filho,
A jovem ianque de cabelos limpos trabalha com sua máquina de costura, na fábrica
ou na fiação,
A grávida de nove meses está na sala de parto, sua fraqueza e dores aumentando,
O calceteiro se apoia em seu bate-estaca — o lápis do repórter passa voando sobre o bloco
de notas — o cartazista usa vermelho e dourado em seu letreiro,
O menino do canal trota pelo caminho de sirga — o contador faz as contas em sua
mesa — o sapateiro encera a linha,
O regente marca o compasso da banda e é seguido por todos os músicos,
O bebê é batizado — o convertido faz sua primeira profissão de fé,
A regata se dispersa na baía .... como brilham as velas brancas !
O vaqueiro conduz a manada, aboia pros animais desgarrados,
O camelô sua com o peso que carrega nas costas — o comprador pechincha até o
último centavo,
A câmera e a chapa estão prontas, a dona deve sentar pra ser fotografada,
A noiva plissa as dobras do vestido, o ponteiro dos minutos custa a se mover,
O comedor de ópio se reclina de cabeça rígida e lábios entreabertos,
A prostituta arrasta seu xale, seu boné bambeia no pescoço perebento e bebinho,
A multidão ri de seus palavrões, os homens zombam dela e piscam uns pros outros,
(Desgraçados ! Eu não rio de seus palavrões nem zombo de vocês,)
O Presidente convoca uma reunião de gabinete, cercado de ilustres secretários,

On the piazza walk five friendly matrons with twined arms ;
The crew of the fish-smack pack repeated layers of halibut in the hold,
The Missourian crosses the plains toting his wares and his cattle,
The fare-collector goes through the train — he gives notice by the jingling of loose change,
The floormen are laying the floor — the tinners are tinning the roof — the masons are calling for mortar,
In single file each shouldering his hod pass onward the laborers ;
Seasons pursuing each other the indescribable crowd is gathered . . . . it is the Fourth of July . . . . what salutes of cannon and small arms !
Seasons pursuing each other the plougher ploughs and the mower mows and the wintergrain falls in the ground ;
Off on the lakes the pikefisher watches and waits by the hole in the frozen surface,
The stumps stand thick round the clearing, the squatter strikes deep with his axe,
The flatboatmen make fast toward dusk near the cottonwood or pekantrees,
The coon-seekers go now through the regions of the Red river, or through those drained by the Tennessee, or through those of the Arkansas,
The torches shine in the dark that hangs on the Chattahoochee or Altamahaw ;
Patriarchs sit at supper with sons and grandsons and great grandsons around them,
In walls of adobe, in canvass tents, rest hunters and trappers after their day's sport.
The city sleeps and the country sleeps,
The living sleep for their time . . . . the dead sleep for their time,
The old husband sleeps by his wife and the young husband sleeps by his wife ;
And these one and all tend inward to me, and I tend outward to them,
And such as it is to be of these more or less I am.

I am of old and young, of the foolish as much as the wise,
Regardless of others, ever regardful of others,
Maternal as well as paternal, a child as well as a man,
Stuffed with the stuff that is coarse, and stuffed with the stuff that is fine,
One of the great nation, the nation of many nations — the smallest the same and the largest the same,
A southerner soon as a northerner, a planter nonchalant and hospitable,
A Yankee bound my own way . . . . ready for trade . . . . my joints the limberest joints on earth and the sternest joints on earth,
A Kentuckian walking the vale of the Elkhorn in my deerskin leggings,
A boatman over the lakes or bays or along coasts . . . . a Hoosier, a Badger, a Buckeye,
A Louisianian or Georgian, a poke-easy from sandhills and pines,
At home on Canadian snowshoes or up in the bush, or with fishermen off New-foundland,
At home in the fleet of iceboats, sailing with the rest and tacking,
At home on the hills of Vermont or in the woods of Maine or the Texan ranch,
Comrade of Californians . . . . comrade of free northwesterners, loving their big proportions,

Na piazza três matronas simpáticas caminham de braços dados ;
A tripulação do pesqueiro empilha camadas repetidas de linguado no porão,
O Missouriano cruza as planícies somando suas mercadorias e seu gado,
O cobrador atravessa o trem — anuncia sua chegada tilintando as moedas,
Os operários consertam o piso — latoeiros revestem o telhado — pedreiros pedem
mais argamassa,
Em fila indiana com seus cochos nos ombros passam os trabalhadores ;
Estações se revezam, a multidão indescritível se aglomera . . . . é Dia
da Independência . . . . que salvas de canhão e de armas de fogo !
Estações se revezam, o lavrador lavra, o ceifador ceifa, e os grãos de inverno
caem no chão ;
Lá nos lagos o pescador espera e espreita o buraco no gelo,
Os troncos rodeiam as clareiras, o posseiro dá pancadas com o machado,
Os condutores de chata ancoram no fim do dia, rentes aos choupos ou nogueiras,
Os capitães-do-mato cruzam as bandas do Rio Vermelho, ou as
banhadas pelo Tennessee ou banhadas pelo Arkansas,
Tochas brilham no escuro suspenso sobre o Chattahoochee ou o Altamahaw[7] ;
Os patriarcas sentam-se pra jantar rodeado de seus filhos, netos e bisnetos,
Nas paredes de adobe, sob tendas de lona, caçadores de pele descansam depois da
labuta do dia.
A cidade dorme e o campo dorme,
Em seu tempo os vivos dormem . . . . em seu tempo os mortos dormem,
O velho dorme ao lado da esposa e o jovem dorme ao lado da esposa ;
Se estendem pra dentro de mim, e eu me estendo para fora deles,
E seja lá o que forem mais ou menos eu sou.

Sou dos velhos e dos jovens, dos sábios e dos idiotas,
Indiferente com os outros, nunca indiferente com os outros,
Maternal e paternal, criança e homem,
Recheado de algo grosseiro, recheado de algo fino,
Membro da grande nação, da nação de muitas nações — tanto as maiores quanto as
menores,
Sulista mas nortista também, um lavrador desinteressado e hospitaleiro,
Um Ianque seguindo meu próprio caminho . . . . pronto pra negociar . . . . minhas
juntas as mais velozes e firmes da terra,
Um Kentuckiano andando pelo vale do Elkhorn com perneiras de pele de veado,
Um barqueiro pelos lagos ou baías ou pelo litoral . . . . ou um nativo de Indiana, de
Wisconsin, de Ohio,[8]
Um nativo da Luisiana ou da Geórgia, um vagal das dunas e dos pinheirais,
À vontade em raquetes de neve Canadenses ou no mato, ou com pescadores da Terra
Nova,
À vontade navegando com os quebra-gelos, navegando com o resto e bordejando,
À vontade nas colinas de Vermont ou nas matas do Maine ou no rancho no Texas,
Camarada dos Californianos . . . . camarada da gente livre do Noroeste, amando suas
proporções imensas,

Comrade of raftsmen and coalmen — comrade of all who shake hands and welcome to drink and meat ;
A learner with the simplest, a teacher of the thoughtfulest,
A novice beginning experient of myriads of seasons,
Of every hue and trade and rank, of every caste and religion,
Not merely of the New World but of Africa Europe or Asia . . . . a wandering savage,
A farmer, mechanic, or artist . . . . a gentleman, sailor, lover or quaker,
A prisoner, fancy-man, rowdy, lawyer, physician or priest.

I resist anything better than my own diversity,
And breathe the air and leave plenty after me,
And am not stuck up, and am in my place.

The moth and the fisheggs are in their place,
The suns I see and the suns I cannot see are in their place,
The palpable is in its place and the impalpable is in its place.

These are the thoughts of all men in all ages and lands, they are not original with me,
If they are not yours as much as mine they are nothing or next to nothing,
If they do not enclose everything they are next to nothing,
If they are not the riddle and the untying of the riddle they are nothing,
If they are not just as close as they are distant they are nothing.

This is the grass that grows wherever the land is and the water is,
This is the common air that bathes the globe.

This is the breath of laws and songs and behaviour,
This is the the tasteless water of souls . . . . this is the true sustenance,
It is for the illiterate . . . . it is for the judges of the supreme court . . . . it is for the federal capitol and the state capitols,
It is for the admirable communes of literary men and composers and singers and lecturers and engineers and savans,
It is for the endless races of working people and farmers and seamen.

This is the trill of a thousand clear cornets and scream of the octave flute and strike of triangles.

I play not a march for victors only . . . . I play great marches for conquered and slain persons.

Have you heard that it was good to gain the day ?
I also say it is good to fall . . . . battles are lost in the same spirit in which they are won.

Camarada dos balseiros e dos carvoeiros — camarada de todos os que apertam as
mãos e convidam pra beber e comer ;
Um aprendiz entre os mais simples, e um professor entre os mais sábios,
Um noviço pegando experiência com miríades de estações,
Sou de cada raça e cor e classe, sou de cada casta e religião,
Não só do Novo Mundo mas da África Europa ou Ásia .... um nômade selvagem,
Fazendeiro, mecânico, ou artista .... cavalheiro, marinheiro, amante ou quacre,
Prisioneiro, gigolô, arruaceiro, advogado, médico ou padre.

Resisto a tudo menos a minha própria diversidade,
Respiro o ar e deixo muito mais ar atrás de mim,
Não sou metido, estou no meu lugar.

A mariposa e as ovas de peixe estão em seu lugares,
Sóis que vejo e não vejo estão em seus lugares,
O palpável está em seu lugar, o impalpável está em seu lugar.

Estes pensamentos são os de todos os homens de todas as eras e terras, não se
originaram comigo,
Se não são seus tanto quanto meus, então não são nada, ou quase nada,
Se não abarcam tudo então são quase nada,
Se não são o enigma e a solução do enigma não são nada,
Se não estão perto tanto quanto longe não são nada.

Esta é a relva que grassa onde houver terra e água,
Este é o ar comum que banha o globo.

Este é o hálito das leis, canções, comportamento,
Esta é a água insípida das almas .... este é o verdadeiro alimento,
É pros iletrados .... pros juízes da suprema corte .... pra capital federal e o estado
do capitólio,
Pra comunidade admirável dos literatos e compositores e cantores e oradores e
engenheiros e sábios,
É para as raças infinitas de trabalhadores, agricultores e marinheiros.

Isto é o trinar de mil trompetes nítidos e o grito da oitava flauta e o ataque dos
triângulos.

Não toco marchas só pros vencedores .... também toco pros mortos e vencidos com
o mesmo espírito.

Já ouviu alguém dizer que foi bom ganhar o dia ?
Pois digo que também é bom fracassar .... batalhas são perdidas com o mesmo espírito
com que são vencidas.

I sound triumphal drums for the dead . . . . I fling through my embouchures the loudest and gayest music to them,
Vivas to those who have failed, and to those whose war-vessels sank in the sea, and those themselves who sank in the sea,
And to all generals that lost engagements, and all overcome heroes, and the numberless unknown heroes equal to the greatest heroes known.

This is the meal pleasantly set . . . . this is the meat and drink for natural hunger,
It is for the wicked just the same as the righteous . . . . I make appointments with all,
I will not have a single person slighted or left away,
The keptwoman and sponger and thief are hereby invited . . . . the heavy-lipped slave is invited . . . . the venerealee is invited,
There shall be no difference between them and the rest.

This is the press of a bashful hand . . . . this is the float and odor of hair,
This is the touch of my lips to yours . . . . this is the murmur of yearning,
This is the far-off depth and height reflecting my own face,
This is the thoughtful merge of myself and the outlet again.

Do you guess I have some intricate purpose ?
Well I have . . . . for the April rain has, and the mica on the side of a rock has.

Do you take it I would astonish ?
Does the daylight astonish ? or the early redstart twittering through the woods ?
Do I astonish more than they ?

This hour I tell things in confidence,
I might not tell everybody but I will tell you.

Who goes there ! hankering, gross, mystical, nude ?
How is it I extract strength from the beef I eat ?

What is a man anyhow ? What am I ? and what are you ?
All I mark as my own you shall offset it with your own,
Else it were time lost listening to me.

I do not snivel that snivel the world over,
That months are vacuums and the ground but wallow and filth,
That life is a suck and a sell, and nothing remains at the end but threadbare crape and tears.

Whimpering and truckling fold with powders for invalids . . . . conformity goes to the fourth-removed,
I cock my hat as I please indoors or out.

Shall I pray ? Shall I venerate and be ceremonious ?

Bato tambores triunfantes para os mortos . . . . lanço pelos bocais a música
mais animada e alta para eles,
Viva todos os fracassados, que tiveram seus navios de guerra naufragados, todos os
que afundaram no mar,
Viva os generais que perderam combates, todos os heróis vencidos, os inumeráveis
heróis desconhecidos que se equivalem aos heróis mais conhecidos.

Isto sim é comida servida com capricho . . . . isto sim é carne e bebida pra matar a
fome natural,
Servida tanto aos perversos quanto aos honestos . . . . tenho encontro marcado com
todos,
Nem uma só pessoa será desprezada ou deixada de lado,
Mulher manteúda e parasita e ladrão, estão todos convidados . . . . o escravo de lábios
grossos está convidado . . . . o doente venéreo está convidado,
Não vai haver diferença entre eles e os demais.

Isto é a pressão de uma mão tímida . . . . e isto o ondular e o odor dos cabelos,
Isto é o toque de meus lábios nos seus . . . . isto o murmúrio do tesão,
Isto é a profundidade e o clímax remotos refletindo meu rosto,
Isto é a fusão ponderada de mim mesmo e novamente a saída.

Acha que tenho alguma intenção intricada ?
Tenho sim . . . . como têm as chuvas de abril e a mica rente a rocha.

Acha que quero provocar assombro ?
A luz do dia não assombra ? ou o rabo-ruivo piando logo cedo pelo bosque ?
Provoco mais assombro do que eles ?

Nesta hora conto coisas em segredo,
Não contaria a todo mundo, mas pra você eu conto.

Quem vem lá ! excitado, grosso, místico, pelado ?
Como retiro força do bife que mastigo ?

E o que é o homem afinal ? O que sou eu ? e o que é você ?
Tudo o que assinalo como meu você tem que compensar com o que é seu,
Ou estaria perdendo seu tempo me ouvindo.

Não fico choramingando pelo mundo,
Dizendo que os meses são vácuos e a terra é só lama e lixo,
Que a vida é uma fraude e um fiasco, que no fim o que fica são farrapos miséria e
lágrimas.

Choradeira e submissão misturados com remédios para inválidos . . . . o conformismo
vai até a quarta geração,
Boto o chapéu como bem entender dentro ou fora de casa.

Será que devo rezar ? Venerar e ser cheio de cerimônias ?

I have pried through the strata and analyzed to a hair,
And counselled with doctors and calculated close and found no sweeter fat than sticks to my own bones.

In all people I see myself, none more and not one a barleycorn less,
And the good or bad I say of myself I say of them.

And I know I am solid and sound,
To me the converging objects of the universe perpetually flow,
All are written to me, and I must get what the writing means.

And I know I am deathless,
I know this orbit of mine cannot be swept by a carpenter's compass,
I know I shall not pass like a child's carlacue cut with a burnt stick at night.

I know I am august,
I do not trouble my spirit to vindicate itself or be understood,
I see that the elementary laws never apologize,
I reckon I behave no prouder than the level I plant my house by after all.

I exist as I am, that is enough,
If no other in the world be aware I sit content,
And if each and all be aware I sit content.

One world is aware, and by far the largest to me, and that is myself,
And whether I come to my own today or in ten thousand or ten million years,
I can cheerfully take it now, or with equal cheerfulness I can wait.

My foothold is tenoned and mortised in granite,
I laugh at what you call dissolution,
And I know the amplitude of time.

I am the poet of the body,
And I am the poet of the soul.

The pleasures of heaven are with me, and the pains of hell are with me,
The first I graft and increase upon myself.... the latter I translate into a new tongue.

I am the poet of the woman the same as the man,
And I say it is as great to be a woman as to be a man,
And I say there is nothing greater than the mother of men.

I chant a new chant of dilation or pride,
We have had ducking and deprecating about enough,
I show that size is only developement.

Tendo examinado os estratos e analisado nos mínimos detalhes,
E consultado doutores e calculado cuidadosamente e nada de encontrar gordura mais
gostosa do que a colada em meus ossos.

Em todo mundo vejo a mim, ninguém é um grão maior ou menor que eu,
Só falo bem ou mal de mim se falo deles também.

Só sei que sou saudável e robusto,
Para mim os objetos do universo convergem num fluxo perpétuo,
Todos são escritos para mim, e preciso entender o que a escrita significa.

E sei que sou imortal,
Sei que minha órbita não pode ser medida pelo compasso do carpinteiro,
Sei que não apagarei como floreios de luz que crianças fazem à noite com graveto aceso.

Sei que sou sublime,
Não torturo meu espírito para que se justifique ou seja compreendido,
Vejo que as leis elementares nunca se desculpam,
Percebo que não ajo com orgulho mais elevado que o nível onde planto minha casa,
afinal.

Existo como sou, isso me basta,
Se ninguém mais no mundo está ciente, fico contente,
E se cada um e todos estão cientes, fico contente.

Um mundo está ciente, e é de longe pra mim o mais imenso, eu mesmo,
E se chego a ser o que sou hoje ou em dez mil ou dez milhões de anos,
Posso aceitá-lo agora mesmo com alegria, ou com a mesma alegria posso esperá-lo.

Meu pedestal é encaixado e entalhado em granito,
Rio do que você chama de decomposição,
Sei da amplidão do tempo.

Sou o poeta do corpo,
E sou o poeta da alma.

Os prazeres do céu estão comigo, os pesares do inferno estão comigo,
Aqueles, enxerto e faço crescer em mim mesmo . . . . estes, traduzo numa nova língua.

Sou o poeta da mulher tanto quanto do homem,
E digo que é tão bom ser mulher quanto ser homem,
E digo que nada é maior que a mãe dos homens.

Canto uma nova canção de dilatação ou de orgulho,
Já nos subestimamos e nos insultamos demais,
Mostro que tamanho é só desenvolvimento.

Have you outstript the rest ? Are you the President ?
It is a trifle . . . . they will more than arrive there every one, and still pass on.

I am he that walks with the tender and growing night ;
I call to the earth and sea half-held by the night.

Press close barebosomed night ! Press close magnetic nourishing night !
Night of south winds ! Night of the large few stars !
Still nodding night ! Mad naked summer night !

Smile O voluptuous coolbreathed earth !
Earth of the slumbering and liquid trees !
Earth of departed sunset ! Earth of the mountains misty-topt !
Earth of the vitreous pour of the full moon just tinged with blue !
Earth of shine and dark mottling the tide of the river !
Earth of the limpid gray of clouds brighter and clearer for my sake !
Far-swooping elbowed earth ! Rich apple-blossomed earth !
Smile, for your lover comes !

Prodigal ! you have given me love ! . . . . therefore I to you give love !
O unspeakable passionate love !

Thruster holding me tight and that I hold tight !
We hurt each other as the bridegroom and the bride hurt each other.

You sea ! I resign myself to you also . . . . I guess what you mean,
I behold from the beach your crooked inviting fingers,
I believe you refuse to go back without feeling of me ;
We must have a turn together . . . . I undress . . . . hurry me out of sight of the land,
Cushion me soft . . . . rock me in billowy drowse,
Dash me with amorous wet . . . . I can repay you.

Sea of stretched ground-swells !
Sea breathing broad and convulsive breaths !
Sea of the brine of life ! Sea of unshovelled and always-ready graves !
Howler and scooper of storms ! Capricious and dainty sea !
I am integral with you . . . . I too am of one phase and of all phases.

Partaker of influx and efflux . . . . extoler of hate and conciliation,
Extoler of amies and those that sleep in each others' arms.

I am he attesting sympathy ;
Shall I make my list of things in the house and skip the house that supports them ?

I am the poet of commonsense and of the demonstrable and of immortality ;
And am not the poet of goodness only . . . . I do not decline to be the poet of wickedness also.

Deixou o resto pra trás ? Você é o Presidente ?
Isso é ninharia . . . . eles vão chegar na frente e irão mais longe ainda.

Sou o que segue com a suave e crescente noite ;
Chamo a terra e o mar semiabraçados pela noite.

Me abrace, noite de seios nus ! Me abrace, noite nutritiva e magnética !
Noite de ventos sul ! Noite de poucas e imensas estrelas !
Noite ainda dormente ! Noite de verão nua e demente !

Sorria ó terra sensual e de hálito fresco !
Terra de árvores sonolentas e líquidas !
Terra de poentes moribundos ! Terra de montanhas com picos neblinados !
Terra da vazão vítrea da lua recém tingida de azul !
Terra de luz e sombra salpicando a correnteza do rio !
Terra do cinza límpido das nuvens ainda mais luminosas e claras por causa de mim !
Terra de cotovelos varrendo longes ! Terra rica de macieiras em flor !
Sorria, seu amante chegou !

Pródiga ! você me deu amor ! . . . . por isso também lhe dou amor !
Ó amor apaixonado e indizível !

Propulsor que me prende com força e que eu prendo com força !
Nos machucamos como um casal de noivos se machuca.

E ah, mar ! também me entrego a você . . . . sei o que você quer dizer,
Da praia fico espiando seus dedos curvos e convidativos,
Você se recusa a recuar sem antes me sentir ;
Precisamos dar um rolé . . . . tiro a roupa . . . . leve-me logo pra longe da praia,
Me aconchega . . . . me nina em seu cochilo encrespado,
Me salpica com sua umidade amorosa . . . . te pago depois.

Mar dos vastos e tensos vagalhões !
Mar de fôlegos longos e murmúrios convulsivos !
Mar do sal da vida ! Mar de tumbas não cavadas e sempre abertas !
Uivante escavador de tempestades ! Mar caprichoso e guloso !
Você e eu somos um . . . . também sou de uma e de todas as fases.

Parceiro do influxo e do refluxo . . . . exaltador do ódio e da conciliação,
Exaltador dos amigos e daqueles que dormem nos braços um do outro.

Sou alguém que afirma a simpatia ;
Devo fazer uma lista de coisas dentro da casa deixando de fora a casa que as contém ?

Sou o poeta do senso comum e do que é demonstrável e da imortalidade ;
Não sou só o poeta da bondade . . . . não me recuso a ser também o poeta da maldade.

Washes and razors for foofoos . . . . for me freckles and a bristling beard.

What blurt is it about virtue and about vice ?
Evil propels me, and reform of evil propels me . . . . I stand indifferent,
My gait is no faultfinder's or rejecter's gait,
I moisten the roots of all that has grown.

Did you fear some scrofula out of the unflagging pregnancy ?
Did you guess the celestial laws are yet to be worked over and rectified ?

I step up to say that what we do is right and what we affirm is right . . . . and some is only the ore of right,
Witnesses of us . . . . one side a balance and the antipodal side a balance,
Soft doctrine as steady help as stable doctrine,
Thoughts and deeds of the present our rouse and early start.

This minute that comes to me over the past decillions,
There is no better than it and now.

What behaved well in the past or behaves well today is not such a wonder,
The wonder is always and always how there can be a mean man or an infidel.

Endless unfolding of words of ages !
And mine a word of the modern . . . . a word en masse.

A word of the faith that never balks,
One time as good as another time . . . . here or henceforward it is all the same to me.

A word of reality . . . . materialism first and last imbueing.

Hurrah for positive science ! Long live exact demonstration !
Fetch stonecrop and mix it with cedar and branches of lilac ;
This is the lexicographer or chemist . . . . this made a grammar of the old cartouches,
These mariners put the ship through dangerous unknown seas,
This is the geologist, and this works with the scalpel, and this is a mathematician.

Gentlemen I receive you, and attach and clasp hands with you,
The facts are useful and real . . . . they are not my dwelling . . . . I enter by them to an area of the dwelling.

I am less the reminder of property or qualities, and more the reminder of life,
And go on the square for my own sake and for others' sakes,

Loções e navalhas são pra almofadinhas[9] .... pra mim, sardas e barba cerrada.

Que papo é esse de virtude e vício ?
O mal me impele, e a reforma do mal me impele .... fico indiferente,
Meu andar não é de alguém que só critica ou rejeita,
Rego as raízes de tudo o que grassou.

Na gravidez infatigável você temeu alguma escrófula ?
Imaginava que as leis celestiais estão por serem melhoradas e retificadas ?

Me levanto pra dizer que o que fazemos e afirmamos é certo .... e algumas são só a
  liga do certo,
Somos testemunhas .... um lado equilibra seu antípoda do outro lado,
A doutrina branda ajuda tanto quanto a rígida,
Pensamentos e atos do presente são nosso despertar e partida.

Este minuto que chega até mim vindo de decilhões passados,
Não há nenhum melhor que este agora.

Que algo tenha agido bem no passado ou age hoje não causa
  espanto algum,
O espantoso é sempre existir um homem mesquinho ou infiel.

Infinito desdobrar de eras e palavras !
E a minha é uma palavra moderna .... a palavra *em massa.*

Uma palavra da fé que nunca falha,
Um tempo tão bom quanto qualquer outro .... aqui ou daqui pra frente é tudo igual
  pra mim.

Uma palavra de realidade .... embebida de materialismo do começo ao fim.

Viva a ciência positiva ! Vida longa à demonstração exata !
Arranque uma erva-espinheira e misture com cedro e galhos de lilás ;
Este é o lexicógrafo ou o químico .... este fez uma gramática dos antigos pergaminhos,
Estes marinheiros pilotando navios por mares perigosos e desconhecidos,
Este é o geólogo, este manipula o bisturi, e este é o matemático.

Eu os recebo, cavalheiros, e me junto e aperto suas mãos,
Seus fatos são úteis e reais .... no entanto não os domino .... entro neles por uma
  área que domino.

Sou menos as lembranças de propriedades ou qualidades, e mais as lembranças de
  uma vida,
E vou à praça por minha causa e pela causa dos outros,

And make short account of neuters and geldings, and favor men and women fully equipped,
And beat the gong of revolt, and stop with fugitives and them that plot and conspire.

Walt Whitman, an American, one of the roughs, a kosmos,
Disorderly fleshy and sensual . . . . eating drinking and breeding,
No sentimentalist . . . . no stander above men and women or apart from them . . . . no more modest than immodest.

Unscrew the locks from the doors !
Unscrew the doors themselves from their jambs !

Whoever degrades another degrades me . . . . and whatever is done or said returns at last to me,
And whatever I do or say I also return.

Through me the afflatus surging and surging . . . . through me the current and index.

I speak the password primeval . . . . I give the sign of democracy ;
By God ! I will accept nothing which all cannot have their counterpart of on the same terms.

Through me many long dumb voices,
Voices of the interminable generations of slaves,
Voices of prostitutes and of deformed persons,
Voices of the diseased and despairing, and of thieves and dwarfs,
Voices of cycles of preparation and accretion,
And of the threads that connect the stars — and of wombs, and of the fatherstuff,
And of the rights of them the others are down upon,
Of the trivial and flat and foolish and despised,
Of fog in the air and beetles rolling balls of dung.

Through me forbidden voices,
Voices of sexes and lusts . . . . voices veiled, and I remove the veil,
Voices indecent by me clarified and transfigured.

I do not press my finger across my mouth,
I keep as delicate around the bowels as around the head and heart,
Copulation is no more rank to me than death is.

I believe in the flesh and the appetites,
Seeing hearing and feeling are miracles, and each part and tag of me is a miracle.

Divine am I inside and out, and I make holy whatever I touch or am touched from ;
The scent of these arm-pits is aroma finer than prayer,
This head is more than churches or bibles or creeds.

E pouco me importa eunucos e castrados, prefiro homens e mulheres bem dotados,
E bato o tambor da revolta, e paro com os fugitivos, e com os que tramam e
conspiram.

Walt Whitman, americano, um bronco, um kosmos,
Agitado corpulento e sensual . . . . comendo e bebendo e procriando,
Nada sentimental . . . . alguém que não se põe acima de outros homens e mulheres
nem deles se afasta . . . . nem modesto nem imodesto.

Arranquem os trincos das portas !
Arranquem as próprias portas dos batentes !

Quem degrada uma pessoa me degrada . . . . e tudo que se diz ou se faz no fim volta
pra mim,
E o que eu faça ou diga volta pra mim.

A inspiração surgindo e surgindo de mim . . . . por mim a corrente e o índice.

Pronuncio a senha primeva . . . . dou o sinal da democracia ;
Por Deus ! Não aceito nada que não possa devolver aos demais nos mesmos termos.

Por mim passam muitas vozes mudas há tanto tempo,
Vozes das intermináveis gerações de escravos,
Vozes das prostitutas e pessoas deformadas,
Vozes dos doentes e desesperados e dos ladrões e anões,
Vozes dos ciclos de preparação e acreção,
E dos fios que conectam as estrelas — e do útero e do sêmen paterno,
E dos direitos dos que são oprimidos pelos outros,
Dos deformados e insignificantes e tontos e imbecis e desprezados,
Do fog no ar e besouros rolando bolas de bosta.

Por mim passam vozes proibidas,
Vozes dos sexos e luxúrias . . . . vozes veladas, e eu removo o véu,
Vozes indecentes esclarecidas e transformadas por mim.

Não pressiono o dedo sobre a boca,
Cuido bem dos meus intestinos tanto quanto a cabeça ou o coração,
Pra mim a cópula não é mais digna do que a morte.

Acredito na carne e nos apetites,
Ver e ouvir e sentir são milagres, como é milagre cada parte e migalha de mim.

Sou divino por dentro e por fora, torno sagrado tudo que toco ou que me toca ;
O odor dessas axilas é um perfume mais caro que uma oração,
Essa cabeça mais que igrejas ou bíblias ou todas as crenças.

If I worship any particular thing it shall be some of the spread of my body ;
Translucent mould of me it shall be you,
Shaded ledges and rests, firm masculine coulter, it shall be you,
Whatever goes to the tilth of me it shall be you,
You my rich blood, your milky stream pale strippings of my life ;
Breast that presses against other breasts it shall be you,
My brain it shall be your occult convolutions,
Root of washed sweet-flag, timorous pond-snipe, nest of guarded duplicate eggs, it shall be you,
Mixed tussled hay of head and beard and brawn it shall be you,
Trickling sap of maple, fibre of manly wheat, it shall be you ;
Sun so generous it shall be you,
Vapors lighting and shading my face it shall be you,
You sweaty brooks and dews it shall be you,
Winds whose soft-tickling genitals rub against me it shall be you,
Broad muscular fields, branches of liveoak, loving lounger in my winding paths, it shall be you,
Hands I have taken, face I have kissed, mortal I have ever touched, it shall be you.

I dote on myself . . . . there is that lot of me, and all so luscious,
Each moment and whatever happens thrills me with joy.

I cannot tell how my ankles bend . . . . nor whence the cause of my faintest wish,
Nor the cause of the friendship I emit . . . . nor the cause of the friendship I take again.

To walk up my stoop is unaccountable . . . . I pause to consider if it really be,
That I eat and drink is spectacle enough for the great authors and schools,
A morning-glory at my window satisfies me more than the metaphysics of books.

To behold the daybreak !
The little light fades the immense and diaphanous shadows,
The air tastes good to my palate.

Hefts of the moving world at innocent gambols, silently rising, freshly exuding,
Scooting obliquely high and low.

Something I cannot see puts upward libidinous prongs,
Seas of bright juice suffuse heaven.

The earth by the sky staid with . . . . the daily close of their junction,
The heaved challenge from the east that moment over my head,
The mocking taunt, See then whether you shall be master !

Dazzling and tremendous how quick the sunrise would kill me,
If I could not now and always send sunrise out of me.

Se venerar uma coisa mais que outra será alguma extensão do meu corpo ;
Translúcido molde de mim será você,
Saliências sombreadas e descansos, firme arado masculino, será você,
O que quer que me sulque até a raiz será você,
Você, meu rico sangue, colostro de minha vida em jatos brancos ;
Peito que aperta outros peitos, será você,
As circunvoluções ocultas de meu cérebro serão você,
Raiz de cálamo úmido, narceja tímida, ninho onde dois ovos se guardam com
 carinho, será você,
Feno emaranhado de cabeça e barba e músculo, será você,
Seiva gotejante do ácer, fibra de trigo macho, será você ;
Sol tão generoso será você,
Vapor iluminando e ensombrecendo meu rosto, será você,
Arroios e rocios suados, será você,
Ventos cujos genitais fazem cócegas quando roçam em mim, será você,
Campos amplos e musculosos, galhos de carvalho, adorável vadio em meus
 caminhos sinuosos, será você,
Mãos que segurei, face que beijei, mortal que um dia toquei, será você.

Sou doido por mim mesmo .... há tanto de mim e tudo é tão delicioso.
Cada momento e o que acontece me enche de prazer.

Não sei dizer como se dobram meus tornozelos .... nem a razão do meu mínimo
 desejo,
Nem o porquê da amizade que emito .... nem o porquê da amizade que recebo.

Andar até minha sacada é inexplicável .... Paro e penso se é possível isso,
O fato de eu comer e beber é um espetáculo suficiente para os grandes autores e escolas,
A ipomeia na janela me dá mais prazer que a metafísica dos livros.

Admirar o amanhecer !
A luz fraca dissolve as sombras diáfanas e imensas,
O ar é gostoso ao paladar.

Massas do mundo em movimento, com suas piruetas inocentes, erguendo-se em silêncio,
 exalando frescor,
Correndo obliquamente de alto a baixo.

Algo que não posso ver erige pontas libidinosas,
Oceanos de sucos brilhantes inundam o céu.

A terra de mãos dadas com o céu .... o fecho diário de sua junção,
O desafio lançado do leste sobre minha cabeça naquele momento,
A gozação ofensiva, Vamos ver se você é mesmo o mestre !

Ofuscante e colossal, com que rapidez o sol nascente me mataria,
Se não pudesse agora e sempre lançar o sol pra fora de mim.

We also ascend dazzling and tremendous as the sun,
We found our own my soul in the calm and cool of the daybreak.

My voice goes after what my eyes cannot reach,
With the twirl of my tongue I encompass worlds and volumes of worlds.

Speech is the twin of my vision . . . . it is unequal to measure itself.

It provokes me forever,
It says sarcastically, Walt, you understand enough . . . . why don't you let it out then ?

Come now I will not be tantalized . . . . you conceive too much of articulation.

Do you not know how the buds beneath are folded ?
Waiting in gloom protected by frost,
The dirt receding before my prophetical screams,
I underlying causes to balance them at last,
My knowledge my live parts . . . . it keeping tally with the meaning of things,
Happiness . . . . which whoever hears me let him or her set out in search of this day.

My final merit I refuse you . . . . I refuse putting from me the best I am.

Encompass worlds but never try to encompass me,
I crowd your noisiest talk by looking toward you.

Writing and talk do not prove me,
I carry the plenum of proof and every thing else in my face,
With the hush of my lips I confound the topmost skeptic.

I think I will do nothing for a long time but listen,
And accrue what I hear into myself . . . . and let sounds contribute toward me.

I hear the bravuras of birds . . . . the bustle of growing wheat . . . . gossip of flames . . . . clack of sticks cooking my meals.

I hear the sound of the human voice . . . . a sound I love,
I hear all sounds as they are tuned to their uses . . . . sounds of the city and sounds out of the city . . . . sounds of the day and night ;
Talkative young ones to those that like them . . . . the recitative of fish-pedlars and fruit-pedlars . . . . the loud laugh of workpeople at their meals,
The angry base of disjointed friendship . . . . the faint tones of the sick,
The judge with hands tight to the desk, his shaky lips pronouncing a death-sentence,
The heave'e'yo of stevedores unlading ships by the wharves . . . . the refrain of the anchor-lifters ;

Também nos levantamos ofuscantes e colossais como o sol,
Descobrimos a nós mesmos, minha alma, no sossego e no frescor da aurora,

Minha voz sai à caça do que meus olhos não alcançam.
Com um giro de língua abarco mundos e volumes de mundos.

A fala é gêmea da minha visão .... é parcial quando mede a si mesma.

Me provoca sempre,
E diz, sarcástica, Walt, você é tão sabido .... por que não libera o que sabe ?

Venha agora e não serei tantalizado[10] .... você perde tempo demais com articulações.

Não sabe como os brotos se dobram debaixo de você ?
Esperando na penumbra protegidos da geada,
Escória que recua diante dos meus gritos proféticos,
Apoiando causas para achar um equilíbrio enfim,
Minha sabedoria, as partes vivas de mim .... correspondendo ao sentido das
coisas,
Felicidade .... você que me escuta, saia à procura do hoje.

Me nego a dar meu mérito final .... me nego a dar o melhor de mim.

Abarque mundos, mas nunca tente me abarcar,
Entupo sua fala alvoroçada só de olhar pra você.

O dito e o escrito não provam quem sou,
Trago no rosto a prova mais plena e tudo mais,
Com o silêncio dos lábios confundo o mais cético dos céticos.

Agora só vou ficar ouvindo,
Para acrescer o que ouço dentro de mim .... e deixar que os sons me ajudem nisso.

Ouço as bravuras dos pássaros .... o alvoroço do trigo crescendo .... as futricas do
fogo .... estalo de galhos cozinhando minha comida.

Ouço o som da voz humana .... esse som que amo,
Ouço todos os sons enquanto são afinados para o uso .... sons da cidade e sons do
campo .... sons do dia e da noite ;
Dos jovens tagarelas com os amigos .... dos recitais dos peixeiros e
verdureiros .... da gargalhada dos trabalhadores durante as refeições,
A origem irritada da amizade desfeita .... dos tons tênues dos doentes,
Do juiz com as mãos tesas à mesa, seus lábios trêmulos pronunciando uma
sentença de morte,
Dos gritos de iça ! dos estivadores descarregando barcos no cais .... o refrão dos
levantadores de âncora ;

The ring of alarm-bells . . . . the cry of fire . . . . the whirr of swift-streaking engines and hose-carts with premonitory tinkles and colored lights,
The steam-whistle . . . . the solid roll of the train of approaching cars ;
The slow-march played at night at the head of the association,
They go to guard some corpse . . . . the flag-tops are draped with black muslin.

I hear the violincello or man's heart's complaint,
And hear the keyed cornet or else the echo of sunset.

I hear the chorus . . . . it is a grand-opera . . . . this indeed is music !

A tenor large and fresh as the creation fills me,
The orbic flex of his mouth is pouring and filling me full.

I hear the trained soprano . . . . she convulses me like the climax of my love-grip ;
The orchestra whirls me wider than Uranus flies,
It wrenches unnamable ardors from my breast,
It throbs me to gulps of the farthest down horror,
It sails me . . . . I dab with bare feet . . . . they are licked by the indolent waves,
I am exposed . . . . cut by bitter and poisoned hail,
Steeped amid honeyed morphine . . . . my windpipe squeezed in the fakes of death,
Let up again to feel the puzzle of puzzles,
And that we call Being.

To be in any form, what is that ?
If nothing lay more developed the quahaug and its callous shell were enough.

Mine is no callous shell,
I have instant conductors all over me whether I pass or stop,
They seize every object and lead it harmlessly through me.

I merely stir, press, feel with my fingers, and am happy,
To touch my person to some one else's is about as much as I can stand.

Is this then a touch ? . . . . quivering me to a new identity,
Flames and ether making a rush for my veins,
Treacherous tip of me reaching and crowding to help them,
My flesh and blood playing out lightning, to strike what is hardly different from myself,
On all sides prurient provokers stiffening my limbs,
Straining the udder of my heart for its withheld drip,
Behaving licentious toward me, taking no denial,
Depriving me of my best as for a purpose,
Unbuttoning my clothes and holding me by the bare waist,
Deluding my confusion with the calm of the sunlight and pasture fields,

Soar de alarmes .... grito de fogo .... zumbido de rápidos motores e
carros com seu tilintar premonitório e suas luzes coloridas,
O apito a vapor .... o sólido rolar dos vagões do trem chegando ;
A marcha lenta tocada de noite à frente do cortejo,
Vão velar um cadáver .... suas flâmulas drapejadas com musselina negra.

Ouço o violoncelo ou o lamento do coração do moço,
Ouço o trompete afinado ou o eco do poente.

Ouço o coral .... é uma grande ópera .... isso sim é música !

A voz vasta e vívida do tenor me preenche como a criação,
A flexão esférica de sua boca se derrama e me inunda por inteiro.

Ouço a soprano virtuose .... me causa convulsões como o clímax de meu
atrito amoroso ;
A orquestra me põe em órbitas para além de Urano,
Arranca calores inomináveis do meu peito,
Me faz soluçar com o mais profundo horror,
Me navega .... roço a água com os pés nus .... lambidos pelas ondas indolentes,
Estou exposto .... cortado pelo granizo amargo e venenoso,
Mergulhado na melífera morfina .... minha traqueia estrangulada pelas cordas da
morte,
Frouxa enfim para sentir o enigma dos enigmas,
Isso que chamamos Ser.

Ser, em qualquer forma, o que vem a ser ?
Se nada mais fosse evoluído o marisco em sua concha já seria muito.

A minha não é uma concha calosa,
Trago fios condutores instantâneos pelo corpo quando ando ou paro,
Eles agarram cada objeto e os transferem pra mim sem me ferir.

Apenas mexo, aperto, sinto com os dedos e fico feliz,
Tocar minha pessoa em outra é o máximo que posso suportar.

Então um toque é isso ? .... me estremecendo até ganhar uma nova identidade,
Chamas e éter acelerando minhas veias,
Ponta traiçoeira de mim chegando e se juntando pra ajudá-los,
Minha carne e meu sangue disparando raios, até atingir algo nada diferente de mim,
Por toda parte pruridos provocantes endurecendo meus membros,
Espremendo a teta do meu coração até alcançar a gota ali retida,
Folgando comigo, não aceitando não como resposta,
Tirando o meu melhor como se de propósito,
Desabotoando minhas roupas, me agarrando pela cintura nua,
Iludindo minha confusão com a luz tranquila do sol e das pastagens,

Immodestly sliding the fellow-senses away,
They bribed to swap off with touch, and go and graze at the edges of me,
No consideration, no regard for my draining strength or my anger,
Fetching the rest of the herd around to enjoy them awhile,
Then all uniting to stand on a headland and worry me.

The sentries desert every other part of me,
They have left me helpless to a red marauder,
They all come to the headland to witness and assist against me.

I am given up by traitors ;
I talk wildly . . . . I have lost my wits . . . . I and nobody else am the greatest traitor,
I went myself first to the headland . . . . my own hands carried me there.

You villain touch ! what are you doing ? . . . . my breath is tight in its throat ;
Unclench your floodgates ! you are too much for me.

Blind loving wrestling touch ! Sheathed hooded sharptoothed touch !
Did it make you ache so leaving me ?

Parting tracked by arriving . . . . perpetual payment of the perpetual loan,
Rich showering rain, and recompense richer afterward.

Sprouts take and accumulate . . . . stand by the curb prolific and vital,
Landscapes projected masculine full-sized and golden.

All truths wait in all things,
They neither hasten their own delivery nor resist it,
They do not need the obstetric forceps of the surgeon,
The insignificant is as big to me as any,
What is less or more than a touch ?

Logic and sermons never convince,
The damp of the night drives deeper into my soul.

Only what proves itself to every man and woman is so,
Only what nobody denies is so.

A minute and a drop of me settle my brain ;
I believe the soggy clods shall become lovers and lamps,
And a compend of compends is the meat of a man or woman,
And a summit and flower there is the feeling they have for each other,
And they are to branch boundlessly out of that lesson until it becomes omnific,
And until every one shall delight us, and we them.

Rechaçando os outros sentidos sem modéstia alguma,
Pediram propina em troca de um toque ou de ir pastar nas minhas margens,
Sem consideração, com descaso por meu cansaço ou minha raiva,
Se juntando ao resto da manada pra curti-la mais um pouco,
Depois todos juntos subindo num promontório pra me atormentar.

As sentinelas desertaram as outras partes de mim,
Me deixaram indefeso diante do saqueador vermelho,
Todos chegam ao promontório para testemunhar e depor contra mim.

Traidores me delatam ;
Falo coisas sem sentido .... perdi o juízo .... o grande traidor sou eu e mais
ninguém,
Fui o primeiro a chegar ao promontório .... minhas próprias mãos me levaram até lá.

Toque bandido ! o que está fazendo ? .... respiração presa na garganta ;
Abra suas comportas ! você é demais pra mim.

Toque cego amoroso briguento ! Toque embainhado encapuzado de dentes afiados !
Também doeu em você me abandonar ?

Partidas atraindo entradas .... pagamento perpétuo de empréstimo perpétuo,
Chuva rica e abundante, depois recompensa ainda mais rica.

Brotos enraízam e se multiplicam .... se apoiam no meio-fio prolífico e vital,
Projetos de paisagens másculas, em tamanho natural e douradas.

Todas as verdades esperam em todas as coisas,
Não apressam seu parto nem a ele resistem,
Não precisam do fórceps obstétrico do cirurgião,
O insignificante é tão grande quanto qualquer outro,
O que é maior ou menor que um toque ?

Sermões e lógicas jamais convenceram,
O sereno da noite entra mais fundo em minha alma.

Só o que a si mesmo prova a todo homem e mulher existe,
Só o que ninguém nega existe.

Um minuto e uma gota de meu ser serenam meu cérebro ;
Creio que torrões úmidos um dia serão amantes e lâmpadas,
E a carne de um homem ou uma mulher é o compêndio dos compêndios,
E que no sentimento mútuo há um cimo e uma flor,
E hão de estender seus galhos sem fim até essa lição tornar-se onífica,[11]
E até que cada um nos delicie, e nós a eles.

I believe a leaf of grass is no less than the journeywork of the stars,
And the pismire is equally perfect, and a grain of sand, and the egg of the wren,
And the tree-toad is a chef-d'ouvre for the highest,
And the running blackberry would adorn the parlors of heaven,
And the narrowest hinge in my hand puts to scorn all machinery,
And the cow crunching with depressed head surpasses any statue,
And a mouse is miracle enough to stagger sextillions of infidels,
And I could come every afternoon of my life to look at the farmer's girl boiling her iron tea-kettle and baking shortcake.

I find I incorporate gneiss and coal and long-threaded moss and fruits and grains and esculent roots,
And am stucco'd with quadrupeds and birds all over,
And have distanced what is behind me for good reasons,
And call any thing close again when I desire it.

In vain the speeding or shyness,
In vain the plutonic rocks send their old heat against my approach,
In vain the mastadon retreats beneath its own powdered bones,
In vain objects stand leagues off and assume manifold shapes,
In vain the ocean settling in hollows and the great monsters lying low,
In vain the buzzard houses herself with the sky,
In vain the snake slides through the creepers and logs,
In vain the elk takes to the inner passes of the woods,
In vain the razorbilled auk sails far north to Labrador,
I follow quickly . . . . I ascend to the nest in the fissure of the cliff.

I think I could turn and live awhile with the animals . . . . they are so placid and self-contained,
I stand and look at them sometimes half the day long.

They do not sweat and whine about their condition,
They do not lie awake in the dark and weep for their sins,
They do not make me sick discussing their duty to God,
Not one is dissatisfied . . . . not one is demented with the mania of owning things,
Not one kneels to another nor to his kind that lived thousands of years ago,
Not one is respectable or industrious over the whole earth.

So they show their relations to me and I accept them ;
They bring me tokens of myself . . . . they evince them plainly in their possession.

I do not know where they got those tokens,
I must have passed that way untold times ago and negligently dropt them,
Myself moving forward then and now and forever,
Gathering and showing more always and with velocity,

Creio que uma folha de relva não é menos que a jornada das estrelas,
E a formiga é igualmente perfeita, e um grão de areia, e o ovo da corruíra,
E a rã uma obra-prima comparável às maiores,
E a trepadeira de amoras-pretas podia enfeitar os salões do céu,
E a mínima junta de minha mão humilha qualquer máquina,
E a vaca pastando de cabeça baixa supera qualquer estátua,
E um ratinho um milagre bastante para abalar sextilhões de incrédulos,
E a cada tarde de minha vida eu voltaria para ver a filha do fazendeiro fervendo sua
chaleira e fazendo bolo.

Vejo que incorporo a gnaisse e o carvão e os longos filamentos dos musgos e frutas e
cereais e raízes suculentas,
Estou todo estucado com quadrúpedes e pássaros,
E me afastei do que ficou pra trás por bons motivos,
E chamo de volta qualquer coisa quando desejo.

Em vão a rapidez ou a timidez,
Em vão as rochas plutônicas enviam seu calor ancestral pra impedir que me aproxime,
Em vão o mastodonte recua sob seus ossos pulverizados,
Em vão os objetos ficam a léguas de distância e assumem formas diversas,
Em vão o oceano se assenta em suas fossas onde os grandes monstros jazem,
Em vão o abutre faz do céu a sua casa,
Em vão a cobra desliza pelas toras e trepadeiras,
Em vão o alce se embrenha fundo no bosque,
Em vão o mergulhão de bico afiado plana pro norte rumo ao Labrador,
Vou depressa atrás .... subo até um ninho na brecha do penhasco.

Creio que poderia voltar e viver entre os animais .... eles são tão plácidos e independentes,
Às vezes passo metade do dia só olhando pra eles.

Eles não sofrem nem lamentam sua condição,
Não ficam acordados no escuro chorando seus pecados,
Não me causam asco discutindo seus deveres com Deus,
Nenhum está insatisfeito .... nenhum está demente com a mania de possuir coisas,
Não se ajoelham diante de outro de sua espécie, nem de seus ancestrais que viveram
há milênios,
Nenhum é respeitável ou industrioso em toda a terra.

Revelam seu parentesco comigo e eu os aceito ;
Me trazem sinais de mim mesmo .... é claro e evidente que os possuem.

Não sei onde encontraram esses sinais,
Devo ter cruzado aquela trilha tantas vezes e sem querer os derrubei,
Eu mesmo seguindo em frente agora e para sempre,
Recolhendo e mostrando sempre mais e com velocidade,

Infinite and omnigenous and the like of these among them ;
Not too exclusive toward the reachers of my remembrancers,
Picking out here one that shall be my amie,
Choosing to go with him on brotherly terms.

A gigantic beauty of a stallion, fresh and responsive to my caresses,
Head high in the forehead and wide between the ears,
Limbs glossy and supple, tail dusting the ground,
Eyes well apart and full of sparkling wickedness . . . . ears finely cut and flexibly moving.

His nostrils dilate . . . . my heels embrace him . . . . his well built limbs tremble with pleasure . . . . we speed around and return.

I but use you a moment and then I resign you stallion . . . . and do not need your paces, and outgallop them,
And myself as I stand or sit pass faster than you.

Swift wind ! Space ! My Soul ! Now I know it is true what I guessed at ;
What I guessed when I loafed on the grass,
What I guessed while I lay alone in my bed . . . . and again as I walked the beach under the paling stars of the morning.

My ties and ballasts leave me . . . . I travel . . . . I sail . . . . my elbows rest in the sea-gaps,
I skirt the sierras . . . . my palms cover continents,
I am afoot with my vision.

By the city's quadrangular houses . . . . in log-huts, or camping with lumbermen,
Along the ruts of the turnpike . . . . along the dry gulch and rivulet bed,
Hoeing my onion-patch, and rows of carrots and parsnips . . . . crossing savannas . . . . trailing in forests,
Prospecting . . . . gold-digging . . . . girdling the trees of a new purchase,
Scorched ankle-deep by the hot sand . . . . hauling my boat down the shallow river ;
Where the panther walks to and fro on a limb overhead . . . . where the buck turns furiously at the hunter,
Where the rattlesnake suns his flabby length on a rock . . . . where the otter is feeding on fish,
Where the alligator in his tough pimples sleeps by the bayou,
Where the black bear is searching for roots or honey . . . . where the beaver pats the mud with his paddle-tail ;
Over the growing sugar . . . . over the cottonplant . . . . over the rice in its low moist field ;
Over the sharp-peaked farmhouse with its scalloped scum and slender shoots from the gutters ;

Infinito e omniforme, e semelhante a esses entre eles ;
Sem ser exclusivo demais com os que buscam minhas lembranças,
Pegando aqui e ali um que seja amigo meu,
Preferindo sair com ele em termos fraternais.

A beleza gigante de um garanhão, jovem e sensível às minhas carícias,
Fronte alta e orelhas bem separadas,
Membros elásticos e luzidios, o rabo varrendo o chão,
Olhos bem separados e cheios de perversidade cintilante .... orelhas bem talhadas se movem flexíveis.

Suas narinas se dilatam .... meus calcanhares o apertam .... seus membros bem torneados tremem de prazer .... damos uma carreira e retornamos.

Uso você por um tempo e o dispenso, garanhão .... pra que seu galope se sozinho galopo mais longe,
De pé ou deitado sou mais rápido que você.

Vento veloz ! Espaço ! Minha Alma ! Agora sei que é verdade o que eu já pressentia ;
O que pressentia vadiando na relva,
O que pressentia deitado sozinho na cama .... e de novo passeando pela praia sob as pálidas estrelas da manhã.

Lastros e cordames soltam-se de mim .... viajo .... navego .... apoio os cotovelos nas fissuras marinhas,
Circundo as serras .... as palmas de minhas mãos cobrem continentes,
Estou a caminho com minha visão.

Pelas casas quadrangulares da cidade .... nas cabanas de troncos, acampando com lenhadores,
Pelos sulcos da estrada .... pela ravina seca e pelas margens do arroio,
Capinando minha roça de cebola, e fileiras de cenouras e pastinagas .... cruzando savanas .... trilhando florestas,
Explorando .... cavando em busca de ouro .... cercando as árvores de uma nova propriedade,
Tornozelos tostados pela areia quente .... arrastando meu bote pelo raso do rio ;
Onde a pantera agitada se move num galho lá em cima .... onde o cervo investe com fúria contra o caçador,
Onde a cascavel toma sol em sua flácida extensão sobre uma rocha .... onde a lontra se empanturra de peixe,
Onde o crocodilo de espinhas duras dorme no igarapé,
Onde o urso negro procura raízes ou mel .... onde o castor bate na lama com seu rabo-remo ;
Sobre o canavial crescente .... sobre o algodoeiro .... sobre o arroz em seu campo baixo e úmido ;
Sobre a casa de fazenda de telhado pontudo com suas grinaldas de escória escorrendo e tênues brotos nascendo nas calhas ;

Over the western persimmon . . . . over the longleaved corn and the delicate blue-flowered flax ;
Over the white and brown buckwheat, a hummer and a buzzer there with the rest,
Over the dusky green of the rye as it ripples and shades in the breeze ;
Scaling mountains . . . . pulling myself cautiously up . . . . holding on by low scragged limbs,
Walking the path worn in the grass and beat through the leaves of the brush ;
Where the quail is whistling betwixt the woods and the wheatlot,
Where the bat flies in the July eve . . . . where the great goldbug drops through the dark ;
Where the flails keep time on the barn floor,
Where the brook puts out of the roots of the old tree and flows to the meadow,
Where cattle stand and shake away flies with the tremulous shuddering of their hides,
Where the cheese-cloth hangs in the kitchen, and andirons straddle the hearth-slab, and cobwebs fall in festoons from the rafters ;
Where triphammers crash . . . . where the press is whirling its cylinders ;
Wherever the human heart beats with terrible throes out of its ribs ;
Where the pear-shaped balloon is floating aloft . . . . floating in it myself and looking composedly down ;
Where the life-car is drawn on the slipnoose . . . . where the heat hatches pale-green eggs in the dented sand,
Where the she-whale swims with her calves and never forsakes them,
Where the steamship trails hindways its long pennant of smoke,
Where the ground-shark's fin cuts like a black chip out of the water,
Where the half-burned brig is riding on unknown currents,
Where shells grow to her slimy deck, and the dead are corrupting below ;
Where the striped and starred flag is borne at the head of the regiments ;
Approaching Manhattan, up by the long-stretching island,
Under Niagara, the cataract falling like a veil over my countenance ;
Upon a door-step . . . . upon the horse-block of hard wood outside,
Upon the race-course, or enjoying pic-nics or jigs or a good game of base-ball,
At he-festivals with blackguard jibes and ironical license and bull-dances and drinking and laughter,
At the cider-mill, tasting the sweet of the brown sqush . . . . sucking the juice through a straw,
At apple-pealings, wanting kisses for all the red fruit I find,
At musters and beach-parties and friendly bees and huskings and house-raisings ;
Where the mockingbird sounds his delicious gurgles, and cackles and screams and weeps,
Where the hay-rick stands in the barnyard, and the dry-stalks are scattered, and the brood cow waits in the hovel,
Where the bull advances to do his masculine work, and the stud to the mare, and the cock is treading the hen,
Where the heifers browse, and the geese nip their food with short jerks ;

Sobre o caquizeiro do oeste . . . . sobre o milho de folhas delgadas e o delicado linho
de flores azuis ;
Sobre o trigo-sarraceno branco e dourado, um beija-flor e uma cigarra com o resto,
Sobre o verde fosco do centeio que tremula e ensombrece na brisa ;
Escalando montanhas . . . . subindo com cuidado . . . . me agarrando nos ramos
retorcidos,
Andando pela trilha bem batida no capim e abrindo picadas no matagal ;
Onde a codorna assobia entre o bosque e o trigal,
Onde o morcego voa na noite de julho . . . . onde o grande escaravelho dourado
cai na escuridão ;
Onde o mangual espera sua hora no chão do celeiro,
Onde o riacho mina das raízes da velha árvore e flui rumo à campina,
Onde o gado para e espanta as moscas com o rápido tremer do couro,
Onde os sacos de curar queijo se penduram na cozinha, onde os trasfogueiros
descansam as pernas na lareira, e teias caem das vigas em guirlandas ;
Onde golpeiam os martelos-hidráulicos . . . . . onde a impressora gira seus cilindros ;
Onde quer que o coração humano pulse com espasmos terríveis sob as costelas ;
Onde o balão em forma de pera flutua à deriva . . . . eu mesmo flutuo nele e olho
tranquilo pra baixo ;
Onde o bote salva-vidas é puxado por uma corda . . . . onde o mormaço choca ovos
verde-claros na areia dentada,
Onde a baleia nada com seus filhotes sem nunca abandoná-los,
Onde o navio a vapor deixa pra trás seu longo penacho de fumaça,
Onde a barbatana do tubarão corta a água feito lâmina negra,
Onde o brigue semi-incendiado navega correntezas desconhecidas,
Onde conchas crescem no lodo do convés, e os mortos apodrecem embaixo ;
Onde a bandeira de estrelas e listras é erguida à frente dos regimentos ;
Chegando em Manhattan subindo pela ilha comprida,
Debaixo do Niágara, a catarata caindo como um véu em meu semblante ;
Sobre um degrau da porta . . . . lá fora sobre um banquinho de madeira,
Sobre a pista de corrida, ou curtindo piqueniques ou bailes ou um bom jogo de
beisebol,
Em festivais de macheza com zombarias escrotas e piadas sacanas, danças de búfalo,
porres, gargalhadas,
No moinho de cidra, provando o mosto doce e marrom . . . . tomando suco
de canudinho,
No descasque das maçãs, querendo beijos em troca de cada fruto vermelho que
encontro,
Nos bailes, luaus, tertúlias, debulhas, mutirões ;
Onde o tordo gorjeia gostoso e arrulha e grita e chora,
Onde o feno se amontoa no terreiro, onde se espalham os talos secos, onde a vaca
reprodutora espera na cocheira,
Onde o touro avança pra fazer seu trabalho de macho, onde o garanhão avança na
égua, onde o galo trepa na galinha,
Onde as novilhas pastam, onde gansos beliscam sua comida com rápidas
bicadas ;

Where the sundown shadows lengthen over the limitless and lonesome prairie,
Where the herds of buffalo make a crawling spread of the square miles far and near ;
Where the hummingbird shimmers . . . . where the neck of the longlived swan is curving and winding ;
Where the laughing-gull scoots by the slappy shore and laughs her near-human laugh ;
Where beehives range on a gray bench in the garden half-hid by the high weeds ;
Where the band-necked partridges roost in a ring on the ground with their heads out ;
Where burial coaches enter the arched gates of a cemetery ;
Where winter wolves bark amid wastes of snow and icicled trees ;
Where the yellow-crowned heron comes to the edge of the marsh at night and feeds upon small crabs ;
Where the splash of swimmers and divers cools the warm noon ;
Where the katydid works her chromatic reed on the walnut-tree over the well ;
Through patches of citrons and cucumbers with silver-wired leaves,
Through the salt-lick or orange glade . . . . or under conical firs ;
Through the gymnasium . . . . through the curtained saloon . . . . through the office or public hall ;
Pleased with the native and pleased with the foreign . . . . pleased with the new and old,
Pleased with women, the homely as well as the handsome,
Pleased with the quakeress as she puts off her bonnet and talks melodiously,
Pleased with the primitive tunes of the choir of the whitewashed church,
Pleased with the earnest words of the sweating Methodist preacher, or any preacher . . . . looking seriously at the camp-meeting ;
Looking in at the shop-windows in Broadway the whole forenoon . . . . pressing the flesh of my nose to the thick plate-glass,
Wandering the same afternoon with my face turned up to the clouds ;
My right and left arms round the sides of two friends and I in the middle ;
Coming home with the bearded and dark-cheeked bush-boy . . . . riding behind him at the drape of the day ;
Far from the settlements studying the print of animals' feet, or the moccasin print ;
By the cot in the hospital reaching lemonade to a feverish patient,
By the coffined corpse when all is still, examining with a candle ;
Voyaging to every port to dicker and adventure ;
Hurrying with the modern crowd, as eager and fickle as any,
Hot toward one I hate, ready in my madness to knife him ;
Solitary at midnight in my back yard, my thoughts gone from me a long while,
Walking the old hills of Judea with the beautiful gentle god by my side ;
Speeding through space . . . . speeding through heaven and the stars,
Speeding amid the seven satellites and the broad ring and the diameter of eighty thousand miles,

Onde as sombras do poente se estendem sobre a pradaria solitária e infinita,
Onde manadas de búfalo fervilham e ocupam lentamente as milhas próximas e distantes ;
Onde brilha o beija-flor . . . . onde o pescoço do velho cisne se curva e se dobra ;
Onde a gaivota dá rasantes pela praia e ri com sua risada quase humana ;
Onde colmeias se alinham num banco cinza no jardim escondido pelo capim alto ;
Onde perdizes de pescoço anelado se aninham num círculo no chão com a cabeça pra fora ;
Onde carros fúnebres entram pelos arcos dos portões do cemitério ;
Onde lobos de inverno uivam entre vastidões de neve e árvores congeladas ;
Onde a garça de coroa amarela chega à beira do charco à noite e se alimenta de siris ;
Onde a água espirrada por nadadores e mergulhadores refresca o calor do meio-dia ;
Onde o gafanhoto toca sua flauta cromática na nogueira sobre o poço ;
Por canteiros de cidreiras e pepinos com folhas de fios prateados,
Pelo cocho de sal ou na clareira laranja . . . . ou sob abetos cônicos[12] ;
Pelo ginásio . . . . pelo salão cortinado . . . . pelo escritório ou pelo prédio público ;
Feliz com o nativo e feliz com o estrangeiro, feliz com o novo e com o velho,
Feliz tanto com a mulher feiosa quanto a vistosa,
Feliz com a quacre quando tira a touca e fala melodiosamente,
Feliz com a música primitiva do coro da igreja caiada,
Feliz com as palavras fervorosas do suado pregador metodista, ou de qualquer pregador . . . . olhando sério no culto campal ;
A manhã toda espiando as vitrines da Broadway . . . . meu nariz grudado nas grossas vidraças,
Na mesma tarde passeando com a cara voltada pras nuvens ;
Meus braços direito e esquerdo envolvendo dois amigos e eu no meio ;
Chegando em casa com o caipira barbudo e de rosto moreno . . . . cavalgando atrás dele no drapear do dia ;
Longe dos assentamentos, estudando pegadas de animais ou de mocassins ;
Junto à maca de hospital, oferecendo limonada a um paciente com febre,
Junto ao cadáver no caixão quando tudo silencia, examinando com uma vela ;
Viajando a cada porto em busca de transações e de aventura ;
Me apressando com a multidão moderna, ansioso e volúvel como qualquer pessoa ;
Rude com quem odeio, pronto pra esfaqueá-lo na minha loucura ;
Solitário à meia-noite no quintal, meus pensamentos partem de mim por muito tempo,
Andando pelas antigas colinas da Judeia ao lado do deus belo e gentil ;
Acelerando pelo espaço . . . . acelerando pelo céu e pelas estrelas,
Acelerando entre os sete satélites e o imenso anel e seu diâmetro de oitenta mil milhas,

Speeding with tailed meteors . . . . throwing fire-balls like the rest,
Carrying the crescent child that carries its own full mother in its belly ;
Storming enjoying planning loving cautioning,
Backing and filling, appearing and disappearing,
I tread day and night such roads.

I visit the orchards of God and look at the spheric product,
And look at quintillions ripened, and look at quintillions green.

I fly the flight of the fluid and swallowing soul,
My course runs below the soundings of plummets.

I help myself to material and immaterial,
No guard can shut me off, no law can prevent me.

I anchor my ship for a little while only,
My messengers continually cruise away or bring their returns to me.

I go hunting polar furs and the seal . . . . leaping chasms with a pike-pointed staff . . . . clinging to topples of brittle and blue.

I ascend to the foretruck . . . . I take my place late at night in the crow's nest . . . . we sail through the arctic sea . . . . it is plenty light enough,
Through the clear atmosphere I stretch around on the wonderful beauty,
The enormous masses of ice pass me and I pass them . . . . the scenery is plain in all directions,
The white-topped mountains point up in the distance . . . . I fling out my fancies toward them ;
We are about approaching some great battlefield in which we are soon to be engaged,
We pass the colossal outposts of the encampments . . . . we pass with still feet and caution ;
Or we are entering by the suburbs some vast and ruined city . . . . the blocks and fallen architecture more than all the living cities of the globe.

I am a free companion . . . . I bivouac by invading watchfires.

I turn the bridegroom out of bed and stay with the bride myself,
And tighten her all night to my thighs and lips.

My voice is the wife's voice, the screech by the rail of the stairs,
They fetch my man's body up dripping and drowned.

I understand the large hearts of heroes,
The courage of present times and all times ;

Acelerando com o rabo dos meteoros . . . . lançando bolas de fogo com eles,
Levando a criança crescente que leva sua própria mãe plena em seu ventre ;
Se enfurecendo adorando tramando amando avisando,
Sustentando e suprindo, surgindo e sumindo,
Noite e dia cruzo esses caminhos.

Visito os pomares de Deus e contemplo seus esféricos produtos,
Considero os quintilhões já maduros e os quintilhões ainda verdes.

Meu voo é o voo de uma alma fluída e voraz,
Minha trajetória profunda além do alcance das sondas.

Vou me servindo do material e do imaterial,
Não há vigilância que me pegue, nem lei que me proíba.

Ancoro minha nave só por um segundo,
Meus mensageiros não param de partir ou trazer seus relatos pra mim.

Saio à caça de peles polares e focas . . . . salto abismos com um cajado pontiagudo . . . .
me agarro nos picos quebradiços e azuis.

Subo no mastro da proa . . . . já noite alta me ajeito no cesto da gávea . . . . navegamos
pelo ártico . . . . tem luz o bastante,
Pela atmosfera transparente me espreguiço na beleza maravilhosa,
Massas imensas de gelo passam por mim e eu por elas . . . . o cenário é plano em todas
as direções,
Montanhas com seus picos brancos apontam na distância . . . . lanço minhas fantasias
até elas ;
Chegamos a um grande campo de batalha onde logo entraremos em ação,
Passamos pelos postos avançados colossais dos acampamentos . . . . passamos com pés
silenciosos e cautela ;
Ou entramos nos subúrbios de uma vasta cidade devastada . . . . quarteirões e
a arquitetura destruída, mais que todas as cidades vivas do globo.

Sou um mercenário . . . . acampo junto às fogueiras invasoras.

Expulso o noivo da cama e fico com a noiva,
Eu a aperto a noite inteira com minhas coxas e lábios.

Minha voz é a voz da esposa, o grito agudo junto ao corrimão da escada,
Puxam o corpo do meu homem gotejante e afogado.

Entendo o grande coração dos heróis,
A coragem do presente e de todos os tempos ;

How the skipper saw the crowded and rudderless wreck of the steamship, and death chasing it up and down the storm,
How he knuckled tight and gave not back one inch, and was faithful of days and faithful of nights,
And chalked in large letters on a board, Be of good cheer, We will not desert you ;
How he saved the drifting company at last,
How the lank loose-gowned women looked when boated from the side of their prepared graves,
How the silent old-faced infants, and the lifted sick, and the sharp-lipped unshaved men ;
All this I swallow and it tastes good . . . . I like it well, and it becomes mine,
I am the man . . . . I suffered . . . . I was there.

The disdain and calmness of martyrs,
The mother condemned for a witch and burnt with dry wood, and her children gazing on ;
The hounded slave that flags in the race and leans by the fence, blowing and covered with sweat,
The twinges that sting like needles his legs and neck,
The murderous buckshot and the bullets,
All these I feel or am.

I am the hounded slave . . . . I wince at the bite of the dogs,
Hell and despair are upon me . . . . crack and again crack the marksmen,
I clutch the rails of the fence . . . . my gore dribs thinned with the ooze of my skin,
I fall on the weeds and stones,
The riders spur their unwilling horses and haul close,
They taunt my dizzy ears . . . . they beat me violently over the head with their whip-stocks.

Agonies are one of my changes of garments ;
I do not ask the wounded person how he feels . . . . I myself become the wounded person,
My hurt turns livid upon me as I lean on a cane and observe.

I am the mashed fireman with breastbone broken . . . . tumbling walls buried me in their debris,
Heat and smoke I inspired . . . . I heard the yelling shouts of my comrades,
I heard the distant click of their picks and shovels ;
They have cleared the beams away . . . . they tenderly lift me forth.

I lie in the night air in my red shirt . . . . the pervading hush is for my sake,
Painless after all I lie, exhausted but not so unhappy,
White and beautiful are the faces around me . . . . the heads are bared of their fire-caps,
The kneeling crowd fades with the light of the torches.

Como o capitão que viu o navio lotado e desgovernado naufragando, a morte o caçando
pela tempestade,
Como ele segurou firme e não cedeu nenhum centímetro, e foi fiel durante dias
e noites,
E escreveu em letras grandes numa tábua, Não desanimem, Não vamos
abandoná-los ;
Como enfim salvou os náufragos,
Como estavam magras as mulheres de vestidos soltos ao serem resgatadas
ao lado dos túmulos já preparados,
Como as crianças quietas e de rosto envelhecido, e os doentes de pé, e os homens de
lábios afiados e barbudos ;
Tudo isso engulo e gosto de seu sabor .... gosto bastante, passa a ser meu,
Eu sou o homem .... eu sofri .... eu estava lá.

O desdém e a calma dos mártires,
A mãe condenada como bruxa e queimada com madeira seca, seus filhos
assistindo a tudo ;
O escravo fugitivo que vacila na fuga, apoiado na cerca, ofegante, pingando de suor,
Fisgadas que ferem suas pernas e seu pescoço como agulhas,
O chumbo grosso assassino e as balas,
Tudo isso sinto ou sou.

Sou o escravo fugitivo .... estremeço com a mordida dos cães,
Inferno e desespero caem sobre mim .... atiradores disparam sem parar,
Agarro os paus da cerca .... meu sangue pingando com a lama da pele,
Caio sobre pedras e capim,
Cavaleiros esporeiam seus cavalos ariscos e me acuam,
Atiram insultos nos meus ouvidos atordoados .... me espancam violentamente na
cabeça com o cabo dos chicotes.

A agonia é uma de minhas mudas de roupa ;
Não pergunto pro ferido como ele se sente .... eu viro o ferido,
Minha dor se volta para mim, lívida, enquanto me apoio na bengala e observo.

Sou o bombeiro esmagado com o esterno quebrado .... paredes desabadas soterraram-me
em seus escombros,
Inalei fumaça e calor .... ouvi os gritos dos meus camaradas,
Ouvi os golpes distantes de suas pás e picaretas ;
Retiraram as vigas .... agora me erguem com cuidado.

Me deito no ar noturno, de camisa vermelha .... esse silêncio todo é por minha causa,
Sem dor enfim deitado exausto mas nem um pouco triste,
Brancos e belos são os rostos a meu redor .... as cabeças agora estão sem capacetes,
A multidão ajoelhada some com a luz das tochas.

Distant and dead resuscitate,
They show as the dial or move as the hands of me . . . . and I am the clock myself.

I am an old artillerist, and tell of some fort's bombardment . . . . and am there again.

Again the reveille of drummers . . . . again the attacking cannon and mortars and howitzers,
Again the attacked send their cannon responsive.

I take part . . . . I see and hear the whole,
The cries and curses and roar . . . . the plaudits for well aimed shots,
The ambulanza slowly passing and trailing its red drip,
Workmen searching after damages and to make indispensible repairs,
The fall of grenades through the rent roof . . . . the fan-shaped explosion,
The whizz of limbs heads stone wood and iron high in the air.

Again gurgles the mouth of my dying general . . . . he furiously waves with his hand,
He gasps through the clot . . . . Mind not me . . . . mind . . . . the entrenchments.

I tell not the fall of Alamo . . . . not one escaped to tell the fall of Alamo,
The hundred and fifty are dumb yet at Alamo.

Hear now the tale of a jetblack sunrise,
Hear of the murder in cold blood of four hundred and twelve young men.

Retreating they had formed in a hollow square with their baggage for breastworks,
Nine hundred lives out of the surrounding enemy's nine times their number was the price they took in advance,
Their colonel was wounded and their ammunition gone,
They treated for an honorable capitulation, received writing and seal, gave up their arms, and marched back prisoners of war.

They were the glory of the race of rangers,
Matchless with a horse, a rifle, a song, a supper or a courtship,
Large, turbulent, brave, handsome, generous, proud and affectionate,
Bearded, sunburnt, dressed in the free costume of hunters,
Not a single one over thirty years of age.

The second Sunday morning they were brought out in squads and massacred . . . . it was beautiful early summer,
The work commenced about five o'clock and was over by eight.

None obeyed the command to kneel,
Some made a mad and helpless rush . . . . some stood stark and straight,
A few fell at once, shot in the temple or heart . . . . the living and dead lay together,

Quem está longe e morto ressuscita,
Aparecem como o mostrador ou se movem como ponteiros de mim . . . . o relógio sou eu.

Sou um velho artilheiro, conto sobre o bombardeio ao meu forte . . . . e lá estou outra
vez.

Outra vez o toque de alvorada dos tambores . . . . outra vez o ataque dos canhões e
dos morteiros,
Outra vez os atacados respondem com canhões.

Participo . . . . vejo e ouço tudo,
Os gritos xingamentos e o rugido . . . . aplausos quando o tiro é certeiro,
A ambulância passando devagar deixando um rastro sanguinolento,
Trabalhadores examinando o estrago, consertando o que é preciso,
Granadas caindo pelo rasgo da tenda . . . . explosão em forma de leque,
Zunido de membros cabeças pedras madeira e ferro flutuando no ar.

Outra vez gorgoleja a boca do meu general agonizante . . . . ele agita a mão com raiva,
Fala sem fôlego pelo sangue coagulado . . . . Não se preocupem comigo . . . . cuidem
. . . . das trincheiras.

Não conto sobre a queda do Álamo[13] . . . . ninguém escapou pra contar sobre a queda
do Álamo,
Os cento e cinquenta ainda estão mudos em Álamo.

Agora ouça a história de uma aurora azeviche,
Do assassinato a sangue-frio de quatrocentos e doze jovens.

Na retirada formaram um quadrado usando as bagagens como parapeitos,
Novecentas vidas do inimigo que os cercava, que tinha nove vezes o seu número, foi o
preço que pagaram adiantado,
Seu coronel estava ferido e a munição no fim.
Negociaram uma rendição honrosa, escrita e selada, entregaram armas e marcharam
de volta prisioneiros de guerra.

Eram a glória da raça dos rancheiros,
Incomparáveis com um cavalo, um rifle, uma canção, uma ceia ou fazendo a corte,
Grandes, turbulentos, bravos, belos, generosos, orgulhosos e carinhosos,
Barbudos, bronzeados, vestidos com as roupas simples dos caçadores,
Nenhum com mais de trinta anos.

No segundo domingo de manhã foram trazidos para fora em grupos e massacrados
. . . . era um belo início de verão,
O trabalho começou lá pelas cinco e terminou às oito.

Ninguém obedeceu à ordem de se ajoelhar,
Uns tentaram uma investida louca e inútil . . . . outros ficaram imóveis e eretos,
Uns caíram na hora, atingidos na têmpora ou no peito . . . . vivos e mortos jaziam
juntos,

The maimed and mangled dug in the dirt . . . . the new-comers saw them there ;
Some half-killed attempted to crawl away,
These were dispatched with bayonets or battered with the blunts of muskets ;
A youth not seventeen years old seized his assassin till two more came to release him,
The three were all torn, and covered with the boy's blood.

At eleven o'clock began the burning of the bodies ;
And that is the tale of the murder of the four hundred and twelve young men,
And that was a jetblack sunrise.

Did you read in the seabooks of the oldfashioned frigate-fight ?
Did you learn who won by the light of the moon and stars ?

Our foe was no skulk in his ship, I tell you,
His was the English pluck, and there is no tougher or truer, and never was, and never will be ;
Along the lowered eve he came, horribly raking us.

We closed with him . . . . the yards entangled . . . . the cannon touched,
My captain lashed fast with his own hands.

We had received some eighteen-pound shots under the water,
On our lower-gun-deck two large pieces had burst at the first fire, killing all around and blowing up overhead.

Ten o'clock at night, and the full moon shining and the leaks on the gain,and five feet of water reported,
The master-at-arms loosing the prisoners confined in the after-hold to give them a chance for themselves.

The transit to and from the magazine was now stopped by the sentinels,
They saw so many strange faces they did not know whom to trust.

Our frigate was afire . . . . the other asked if we demanded quarters ? if our colors were struck and the fighting done ?

I laughed content when I heard the voice of my little captain,
We have not struck, he composedly cried, We have just begun our part of the fighting.

Only three guns were in use,
One was directed by the captain himself against the enemy's mainmast,
Two well-served with grape and canister silenced his musketry and cleared his decks.

Os feridos e mutilados cavavam a cova . . . . os que chegavam os viam ali ;
Uns moribundos tentavam se arrastar pra longe dali,
Estes eram despachados à baioneta ou espancados com a coronha dos mosquetes ;
Um jovem de menos de dezessete agarrou seu assassino até que outros dois viessem
libertá-lo,
Os três ficaram esfolados, e cobertos com o sangue do menino.

Às onze começou a queima dos corpos ;
E esta é a história do assassinato de quatrocentos e doze jovens,
Foi uma aurora azeviche.

Já leu nos livros sobre as antigas batalhas navais ?[14]
Aprendeu sobre quem venceu à luz da lua e das estrelas ?

Nosso inimigo não era nenhum covarde em seu navio, só digo isso,
Tinha a rude fibra inglesa, e não há outra mais valente ou leal, e nunca houve, nunca
haverá ;
No cair da noite avançou, horrivelmente, contra nós.

Nos debatemos com ele . . . . . as vergas se enroscaram . . . . o canhão mandou bala,
Meu capitão atacou rápido com as próprias mãos.

Nos atingiram com tiros de dezoito libras debaixo d'água,
No convés inferior dois canhões explodiram no primeiro disparo, matando todos em
volta e arrebentando tudo que estava por cima.

Dez da noite lua cheia e o vazamento aumentando, cinco pés de água anunciados,
O contramestre soltando os prisioneiros confinados no porão para dar-lhes chance de
escapar.

O trânsito de um lado pro outro no paiol agora é interrompido pelas sentinelas,
Viram tantas caras estranhas que não sabem mais em quem confiar.

Nossa fragata incendeia . . . . a outra pergunta se nos rendemos ? se nossa bandeira
estava arriada e se a luta tinha terminado ?

Ri de alegria quando ouvi a voz do meu pequeno capitão,
Não arriamos nossa bandeira, ele grita tranquilamente, Agora é que a luta começa.

Só três canhões funcionavam,
Um deles o próprio capitão apontava contra o mastro principal do inimigo,
Duas descargas certeiras silenciam suas armas e arrasam seu convés.

The tops alone seconded the fire of this little battery, especially the maintop,
They all held out bravely during the whole of the action.

Not a moment's cease,
The leaks gained fast on the pumps . . . . the fire eat toward the powder-magazine,
One of the pumps was shot away . . . . it was generally thought we were sinking.

Serene stood the little captain,
He was not hurried . . . . his voice was neither high nor low,
His eyes gave more light to us than our battle-lanterns.

Toward twelve at night, there in the beams of the moon they surrendered to us.

Stretched and still lay the midnight,
Two great hulls motionless on the breast of the darkness,
Our vessel riddled and slowly sinking . . . . preparations to pass to the one we had conquered,
The captain on the quarter deck coldly giving his orders through a countenance white as a sheet,
Near by the corpse of the child that served in the cabin,
The dead face of an old salt with long white hair and carefully curled whiskers,
The flames spite of all that could be done flickering aloft and below,
The husky voices of the two or three officers yet fit for duty,
Formless stacks of bodies and bodies by themselves . . . . dabs of flesh upon the masts and spars,
The cut of cordage and dangle of rigging . . . . the slight shock of the soothe of waves,
Black and impassive guns, and litter of powder-parcels, and the strong scent,
Delicate sniffs of the seabreeze . . . . smells of sedgy grass and fields by the shore . . . death-messages given in charge to survivors,
The hiss of the surgeon's knife and the gnawing teeth of his saw,
The wheeze, the cluck, the swash of falling blood . . . . the short wild scream, the long dull tapering groan,
These so . . . . these irretrievable.

O Christ ! My fit is mastering me !
What the rebel said gaily adjusting his throat to the rope-noose,
What the savage at the stump, his eye-sockets empty, his mouth spirting whoops and defiance,
What stills the traveler come to the vault at Mount Vernon,
What sobers the Brooklyn boy as he looks down the shores of the Wallabout and remembers the prison ships,
What burnt the gums of the redcoat at Saratoga when he surrendered his brigades,
These become mine and me every one, and they are but little,
I become as much more as I like.

Só as gáveas secundam o fogo dessa pequena bateria, especialmente a gávea
maior,
Elas se mantém bravamente durante toda a ação.

Nada de trégua,
Bombas de sucção não vencem vazamentos .... o fogo avança pro paiol de pólvora,
Atingiram uma das bombas .... todos acham que estamos afundando.

Sereno se mantém o pequeno capitão,
Não tem pressa .... não fala alto nem baixo,
Seus olhos brilham mais que nossas lanternas.

Por volta da meia-noite, sob feixes de luar, eles se renderam.

Deitada e quieta jaz a meia-noite,
Dois cascos imensos imóveis no seio das trevas,
Nosso navio crivado de balas e afundando devagar .... nos preparamos pra passar
pro navio que conquistamos,
O capitão no tombadilho superior dando ordens com frieza, a face pálido papel,
Perto do cadáver do garoto que servia na cabine,
Rosto morto do velho marujo de cabelos brancos compridos e suíças cuidadosamente
encaracoladas,
As chamas apesar dos nossos esforços tremeluzindo em cima e embaixo,
As vozes roucas de dois ou três oficiais ainda cumprindo o dever,
Pilhas disformes de corpos e corpos ao léu .... pedaços de carne sobre
mastros e vergas,
O corte do cordame e uma leve ondulação .... o balanço sutil das ondas,
Canhões negros e impassíveis, e sujeira das parcelas de pólvora, o cheiro forte,
Delicadas lufadas de maresia .... cheiro de grama juncada e dos campos perto da praia
.... mensagens dos agonizantes entregues ao vivos,
Silvo de bisturi, dentes afiados do serrote,
Chiado, baque, esguicho de sangue escorrendo .... breve grito selvagem, e o gemido
longo abafado vai sumindo,
Tudo isso .... tudo isso perdido.

Ó Cristo ! Meu ataque me domina !
O que disse o rebelde alegre ajustando sua garganta na corda da forca,
O que disse o selvagem no comício, seus olhos covas vazias, sua boca esguichando
gritos de guerra e desafio,
O que acalma o viajante ao chegar à cúpula em Mount Vernon,
O que sossega o menino do Brooklyn enquanto contempla as praias de Wallabout e
quando se lembra dos navios-presídio,
O que queimou as gengivas do soldado inglês em Saratoga enquanto suas brigadas se
rendiam,
Essas coisas se transformam em mim, eu nelas, e não são coisa qualquer,
Me transformo mais ainda se quiser.

I become any presence or truth of humanity here,
And see myself in prison shaped like another man,
And feel the dull unintermitted pain.

For me the keepers of convicts shoulder their carbines and keep watch,
It is I let out in the morning and barred at night.

Not a mutineer walks handcuffed to the jail, but I am handcuffed to him and walk by his side,
I am less the jolly one there, and more the silent one with sweat on my twitching lips.

Not a youngster is taken for larceny, but I go up too and am tried and sentenced.

Not a cholera patient lies at the last gasp, but I also lie at the last gasp,
My face is ash-colored, my sinews gnarl . . . . away from me people retreat.

Askers embody themselves in me, and I am embodied in them,
I project my hat and sit shamefaced and beg.

I rise extatic through all, and sweep with the true gravitation,
The whirling and whirling is elemental within me.

Somehow I have been stunned. Stand back !
Give me a little time beyond my cuffed head and slumbers and dreams and gaping,
I discover myself on a verge of the usual mistake.

That I could forget the mockers and insults !
That I could forget the trickling tears and the blows of the bludgeons and hammers !
That I could look with a separate look on my own crucifixion and bloody crowning !

I remember . . . . I resume the overstaid fraction,
The grave of rock multiplies what has been confided to it . . . . or to any graves,
The corpses rise . . . . the gashes heal . . . . the fastenings roll away.

I troop forth replenished with supreme power, one of an average unending procession,
We walk the roads of Ohio and Massachusetts and Virginia and Wisconsin and New York and New Orleans and Texas and Montreal and San Francisco and Charleston and Savannah and Mexico,
Inland and by the seacoast and boundary lines . . . . and we pass the boundary lines.

Our swift ordinances are on their way over the whole earth,
The blossoms we wear in our hats are the growth of two thousand years.

Aqui me transformo em qualquer presença ou verdade humana,
Vejo-me preso na forma de outro homem,
Sinto a dor abafada e contínua.

Carcereiros carregam suas carabinas e me vigiam,
Sou eu quem eles soltam de manhã e prendem de noite.

Nenhum amotinado caminha algemado pra cadeia sem que eu algemado caminhe a
seu lado,
Não sou tanto o alegre aqui, e sim o que segue em silêncio apertando o suor nos
lábios.

Nenhum pivete é preso por roubo sem que eu o acompanhe, e seja julgado e
condenado.

Nenhum colérico dá seu último suspiro sem que eu também dê o meu,
Meu rosto está cinza, meus tendões se retorcem .... pessoas fogem de mim.

Pedintes se encarnam em mim, e eu neles me encarno,
Estendo meu chapéu, sento envergonhado, mendigo.

Ergo-me em transe por cima de todos e me deixo levar pela gravitação verdadeira,
A rotação dentro de mim é meu elemental.

De algum jeito fiquei zonzo. Pra trás !
Deem um tempo pra minha cabeça ferida, o sono, sonhos, o pasmo,
Me vejo a ponto de cometer um erro comum.

Se pudesse esquecer os insultos e gozações !
Se pudesse esquecer as lágrimas escorrendo e os golpes de cassetete e as pancadas !
Se pudesse olhar com indiferença a minha própria crucificação e coroação sangrentas !

Me lembro bem .... retomo a fração excedida,
O túmulo de pedra multiplica o que foi confiado a ele .... ou para qualquer túmulo,
Cadáveres ressuscitam .... feridas cicatrizam .... bandagens se soltam.

Repleto do poder mais supremo vou avançando, um dos muitos nessa procissão infinita,
Caímos nas estradas de Ohio e Massachusetts e Virginia e Wisconsin e Nova
York e Nova Orleans e Texas e Montreal e São Francisco e Charleston e
Savannah e México,
Rumo ao interior, pelo litoral, até as linhas de fronteira .... cruzando todas as
fronteiras.

Nossas tropas velozes a caminho sobre toda a terra,
As flores que usamos nos chapéus são o crescimento de dois mil anos.

Eleves I salute you,
I see the approach of your numberless gangs . . . . I see you understand yourselves and me,
And know that they who have eyes are divine, and the blind and lame are equally divine,
And that my steps drag behind yours yet go before them,
And are aware how I am with you no more than I am with everybody.

The friendly and flowing savage . . . . Who is he ?
Is he waiting for civilization or past it and mastering it ?

Is he some southwesterner raised outdoors ? Is he Canadian ?
Is he from the Mississippi country ? or from Iowa, Oregon or California ? or from the mountains ? or prairie life or bush-life ? or from the sea ?

Wherever he goes men and women accept and desire him,
They desire he should like them and touch them and speak to them and stay with them.

Behaviour lawless as snow-flakes . . . . words simple as grass . . . .uncombed head and laughter and naivete ;
Slowstepping feet and the common features, and the common modes and emanations,
They descend in new forms from the tips of his fingers,
They are wafted with the odor of his body or breath . . . . they fly out of the glance of his eyes.

Flaunt of the sunshine I need not your bask . . . . lie over,
You light surfaces only . . . . I force the surfaces and the depths also.

Earth ! you seem to look for something at my hands,
Say old topknot ! what do you want ?

Man or woman ! I might tell how I like you, but cannot,
And might tell what it is in me and what it is in you, but cannot,
And might tell the pinings I have . . . . the pulse of my nights and days.

Behold I do not give lectures or a little charity,
What I give I give out of myself.

You there, impotent, loose in the knees, open your scarfed chops till I blow grit within you,
Spread your palms and lift the flaps of your pockets,
I am not to be denied . . . . I compel . . . . I have stores plenty and to spare,
And any thing I have I bestow.

Alunos, eu os saúdo,
Vejo a chegada de suas gangues inumeráveis .... vejo que vocês se entendem e a mim também,
E sabem que os que têm olhos são divinos, e cegos e aleijados divinos também,
E que meus passos se arrastam atrás dos seus embora estejam adiante,
Cientes de como estou com você tanto quanto com os outros.

O selvagem amistoso e fluente .... Quem é ele ?
Alguém à espera da civilização ou que a superou e agora a domina ?

Alguém do Sudoeste criado ao ar livre ? É um Canadense ?
Vem das bandas do Mississippi ? ou de Iowa, do Oregon, da Califórnia ? Vem das montanhas ? ou da pradaria, dos bosques ? do mar ?

Onde quer que ele vá, homens e mulheres o aceitam e o desejam,
Desejam que ele goste deles e os toque e converse e fique junto deles.

Atitude rebelde como flocos de neve .... palavras simples como capim .... cabelos revoltos e riso solto e inocência ;
Passos lentos e feições comuns, modos e emanações comuns,
Descem em novas formas das pontas de seus dedos,
Flutuam com o odor de seu corpo ou hálito .... esvoaçam de um relance de seus olhos.

Sol exibido, dispenso seu calor .... relaxa ....
Você só ilumina as superfícies .... eu forço superfícies e profundezas também.

Terra ! procura alguma coisa em minhas mãos,
Diz aí, velho penacho de índio ! O que você quer ?

Homem ou mulher ! talvez dissesse como gosto de vocês, mas não posso,
Talvez dissesse o que existe em mim e em vocês, mas não posso,
Talvez dissesse de minhas fissuras .... o pulso de minhas noites e dias.

Veja, não dou lições nem esmolas,
Quando me dou, é por inteiro.

E você, impotente, de pernas bambas, tire o lenço da boca pra que eu sopre em você um pouco de brio,
Abra a mão e levante a aba dos bolsos,
Você não tem como me recusar .... eu intimo .... tenho reservas de sobra pra gastar,
E dou todas pra você.

I do not ask who you are .... that is not important to me,
You can do nothing and be nothing but what I will infold you.

To a drudge of the cottonfields or emptier of privies I lean .... on his right cheek I put
the family kiss,
And in my soul I swear I never will deny him.

On women fit for conception I start bigger and nimbler babes,
This day I am jetting the stuff of far more arrogant republics.

To any one dying .... thither I speed and twist the knob of the door,
Turn the bedclothes toward the foot of the bed,
Let the physician and the priest go home.

I seize the descending man .... I raise him with resistless will.

O despairer, here is my neck,
By God ! you shall not go down ! Hang your whole weight upon me.

I dilate you with tremendous breath .... I buoy you up ;
Every room of the house do I fill with an armed force .... lovers of me, bafflers of graves :
Sleep ! I and they keep guard all night ;
Not doubt, not decease shall dare to lay finger upon you,
I have embraced you, and henceforth possess you to myself,
And when you rise in the morning you will find what I tell you is so.

I am he bringing help for the sick as they pant on their backs,
And for strong upright men I bring yet more needed help.

I heard what was said of the universe,
Heard it and heard of several thousand years ;
It is middling well as far as it goes .... but is that all ?

Magnifying and applying come I,
Outbidding at the start the old cautious hucksters,
The most they offer for mankind and eternity less than a spirt of my own seminal wet,
Taking myself the exact dimensions of Jehovah and laying them away,
Lithographing Kronos and Zeus his son, and Hercules his grandson,
Buying drafts of Osiris and Isis and Belus and Brahma and Adonai,
In my portfolio placing Manito loose, and Allah on a leaf, and the crucifix engraved,
With Odin, and the hideous-faced Mexitli, and all idols and images,
Honestly taking them all for what they are worth, and not a cent more,
Admitting they were alive and did the work of their day,

Não pergunto quem é você . . . . isso não me importa,
Não pode fazer nem ser nada além do que eu descubro em você.

Me curvo pro escravo da plantação de algodão, pro limpador de latrinas . . . . planto
na outra face um beijo familiar,
E juro por minha alma que jamais irei negá-lo.

Nas mulheres prontas pra parir faço bebês maiores e mais ágeis,
Hoje eu ejaculo repúblicas bem mais arrogantes.

A alguém que está morrendo . . . . corro até ele e giro a maçaneta,
Afasto os lençóis pro pé da cama,
Dispenso padre, dispenso médico.

Abraço o homem que desmaia . . . . e ergo-o com vontade irresistível.

Ó desesperado, esse é meu pescoço,
Meu Deus ! Você não vai cair ! Apoie seu peso todo em mim.

Eu te dilato com meu hálito tremendo . . . . te dou alento ;
Encho cada aposento da casa com uma força armada . . . . amantes mútuos,
saqueadores de túmulos :
Durma ! Eu e eles vigiaremos a noite inteira ;
Nem indecisão nem doença vão se atrever a encostar um dedo em você,
Eu o abracei, daqui pra frente o possuo,
E quando acordar de manhã descobrirá que é do jeito que eu disse.

Sou quem traz ajuda aos doentes que arfam deitados de costas,
E para homens fortes e eretos trago uma ajuda ainda mais necessária.

Ouvi o que foi dito do universo,
Há milhares de anos tenho ouvido ;
E até que não é nada mal . . . . mas é só isso ?

Ampliando e aplicando venho,[15]
Já de cara cubro o lance dos velhos e cautelosos trambiqueiros,
O máximo que oferecem à humanidade e à eternidade vale menos que um jato úmido
do meu sêmen,
Assumindo as dimensões exatas de Jeová e as exibindo,
Litografando Kronos e seu filho Zeus, e Hércules seu neto,
Comprando desenhos de Osíris de Ísis de Belus de Brahma de Adonai,
Deixando Manitu solto em meu portfólio, Alá na folha, e o crucifixo gravado,
Do lado de Odin, da Mexitli de horrível face, todos os ídolos e imagens,
Pagando um preço justo pelo que valem, nem um centavo a mais,
Admitindo que um dia viveram e fizeram o trabalho de seu tempo,

Admitting they bore mites as for unfledged birds who have now to rise and fly and sing for themselves,
Accepting the rough deific sketches to fill out better in myself . . . . bestowing them freely on each man and woman I see,
Discovering as much or more in a framer framing a house,
Putting higher claims for him there with his rolled-up sleeves, driving the mallet and chisel ;
Not objecting to special revelations . . . . considering a curl of smoke or a hair on the back of my hand as curious as any revelation ;
Those ahold of fire-engines and hook-and-ladder ropes more to me than the gods of the antique wars,
Minding their voices peal through the crash of destruction,
Their brawny limbs passing safe over charred laths . . . . their white foreheads whole and unhurt out of the flames ;
By the mechanic's wife with her babe at her nipple interceding for every person born ;
Three scythes at harvest whizzing in a row from three lusty angels with shirts bagged out at their waists ;
The snag-toothed hostler with red hair redeeming sins past and to come,
Selling all he possesses and traveling on foot to fee lawyers for his brother and sit by him while he is tried for forgery :
What was strewn in the amplest strewing the square rod about me, and not filling the square rod then ;
The bull and the bug never worshipped half enough,
Dung and dirt more admirable than was dreamed,
The supernatural of no account . . . . myself waiting my time to be one of the supremes,
The day getting ready for me when I shall do as much good as the best, and be as prodigious,
Guessing when I am it will not tickle me much to receive puffs out of pulpit or print ;
By my life-lumps ! becoming already a creator !
Putting myself here and now to the ambushed womb of the shadows !

. . . . A call in the midst of the crowd,
My own voice, orotund sweeping and final.

Come my children,
Come my boys and girls, and my women and household and intimates,
Now the performer launches his nerve . . . . he has passed his prelude on the reeds within.

Easily written loosefingered chords ! I feel the thrum of their climax and close.

My head evolves on my neck,

Admitindo que trouxeram insetos pros filhotes que agora devem se levantar e voar e
cantar sozinhos,
Aceitando esboços grosseiros e divinos pra que se completem melhor dentro de mim
.... oferecendo-os de graça a cada homem e mulher que vejo,
Descobrindo tanto ou mais no carpinteiro armando a estrutura da casa,
Dando mais valor àquele ali, de mangas arregaçadas, trabalhando com a marreta e
o cinzel ;
Sem objeção a revelações especiais .... considerando uma espiral de fumaça ou um
pelo nas costas da mão mais curiosos que qualquer revelação ;
Os rapazes do carro de bombeiro e da escada de incêndio não são inferiores aos
deuses das guerras antigas,
Ouvindo suas vozes reboarem através do estrondo da destruição,
Seus membros musculosos passando com segurança sobre madeiras carbonizadas
.... suas testas brancas inteiras, saindo intactas do fogo ;
Junto à mulher do mecânico com seu bebê ao seio intercedendo por cada pessoa
nascida ;
Três foices silvando na colheita uma atrás da outra nas mãos de três anjos vigorosos,
suas camisas caindo frouxas na cintura ;
O tratador de cavalos, de dentes estragados e cabelos vermelhos, redimindo pecados
passados e futuros,
Vendendo tudo o que tem, viajando a pé para encontrar advogados pro irmão
acusado de fraude e se sentando a seu lado :
O que foi espalhado mais longe espalhando-se por metros quadrados em torno de
mim, e nem assim os metros quadrados ficam cheios ;
O touro e o besouro nunca foram adorados o bastante,
O esterco e estrume são mais extraordinários do que imaginávamos,
O sobrenatural não tem importância .... eu mesmo espero minha vez de me tornar
um dos supremos,
O dia se prepara para mim quando farei tanto bem quanto os melhores, e serei
igualmente prodigioso,
Adivinhando meu desdém quando bajulado pelo púlpito ou pela letra impressa ;
Por minhas saliências vitais ! já me tornando um criador !
Me metendo aqui e agora na tocaia uterina das sombras !

.... Um grito no meio da multidão,
Minha própria voz, redonda e arrebatadora e definitiva.

Cheguem, meus filhos,
Cheguem mais perto, meus meninos e meninas, minhas mulheres, familiares e
chegados,
Agora o intérprete solta sua coragem .... já ensaiou seu prelúdio nas palhetas dentro
de si.

Acordes fáceis e ágeis ! Sinto o arpejo de seu clímax e seu finale.

Minha cabeça evolui em meu pescoço,

Music rolls, but not from the organ . . . . folks are around me, but they are no household of mine.

Ever the hard and unsunk ground,
Ever the eaters and drinkers . . . . ever the upward and downward sun . . . . ever the air and the ceaseless tides,
Ever myself and my neighbors, refreshing and wicked and real,
Ever the old inexplicable query . . . . ever that thorned thumb — that breath of itches and thirsts,
Ever the vexer's hoot ! hoot ! till we find where the sly one hides and bring him forth ;
Ever love . . . . ever the sobbing liquid of life,
Ever the bandage under the chin . . . . ever the tressels of death.

Here and there with dimes on the eyes walking,
To feed the greed of the belly the brains liberally spooning,
Tickets buying or taking or selling, but in to the feast never once going ;
Many sweating and ploughing and thrashing, and then the chaff for payment receiving,
A few idly owning, and they the wheat continually claiming.

This is the city . . . . and I am one of the citizens ;
Whatever interests the rest interests me . . . . politics, churches,newspapers, schools,
Benevolent societies, improvements, banks, tariffs, steamships, factories, markets,
Stocks and stores and real estate and personal estate.

They who piddle and patter here in collars and tailed coats . . . . I am aware who they are . . . . and that they are not worms or fleas,
I acknowledge the duplicates of myself under all the scrape-lipped and pipe-legged concealments.

The weakest and shallowest is deathless with me,
What I do and say the same waits for them,
Every thought that flounders in me the same flounders in them.

I know perfectly well my own egotism,
And know my omniverous words, and cannot say any less,
And would fetch you whoever you are flush with myself.

My words are words of a questioning, and to indicate reality ;
This printed and bound book . . . . but the printer and the printing-office boy ?
The marriage estate and settlement . . . . but the body and mind of the bridegroom ? also those of the bride ?
The panorama of the sea . . . . but the sea itself ?

A música rola, mas não vem do órgão não . . . . o povo à minha volta, mas ninguém
da minha família.

Sempre o chão duro e compacto,
Sempre os glutões e bebuns . . . . sempre o sol nascendo e se pondo . . . . sempre o ar
e as marés incessantes,
Sempre eu mesmo e os vizinhos, revigorados, pervertidos e reais,
Sempre a pergunta antiga e inexplicável . . . . sempre aquele espinho no dedo — o
sopro das coceiras e sedes,
Sempre alguém vaiando, *uuuu* !, até descobrirmos onde o malandro se esconde e o
trazemos pra fora ;
Sempre o amor . . . . sempre o soluçante líquido da vida,
Sempre a bandagem sob o queixo . . . . sempre os cavaletes da morte.

Zanzando por aí com moedas enfiadas nos olhos,
Só pra saciar a ganância da barriga, o cérebro serve-se de tudo sem pudor,
Comprando pegando ou vendendo ingressos, mas nunca entrando na festa ;
Tanta gente suando e arando e debulhando, pra depois receber uma migalha de
pagamento,
Uns à toa possuindo, mesmo assim pedindo trigo.

Esta é a cidade . . . . eu um de seus cidadãos ;
O que interessa aos demais me interessa . . . . política, igrejas, jornais, escolas,
Associações beneficentes, melhorias, bancos, tarifas, barcos a vapor, fábricas,
mercados,
Estoques e lojas e os imóveis e seus bens pessoais.

Esses seres saltitantes e tagarelas em seus colarinhos e fraques . . . . sei muito bem quem
são . . . . com certeza não são vermes nem pulgas,
Reconheço as duplicatas de mim mesmo disfarçados com suas caras raspadas e
pernas de pito.[16]

O mais fraco e superficial comigo vira imortal,
O que faço e o que digo o mesmo os espera,
Cada pensamento que se debate em mim se debate neles também.

Conheço muito bem meu egoísmo,
Conheço minhas palavras onívoras, e não posso dizer usando menos,
E buscaria você seja quem for e te enxertaria em mim.

Minhas palavras são interrogativas, e para indicar o real ;
Este livro impresso e encadernado . . . . mas e o impressor, e o ajudante da gráfica ?
Os dotes e as posses do casamento . . . . mas e o corpo, e a mente do noivo ? e os da
noiva também ?
O panorama do mar . . . . mas e o mar de verdade ?

The well-taken photographs . . . . but your wife or friend close and solid in your arms ?
The fleet of ships of the line and all the modern improvements . . . . but the craft and pluck of the admiral ?
The dishes and fare and furniture . . . . but the host and hostess, and the look out of their eyes ?
The sky up there . . . . yet here or next door or across the way ?
The saints and sages in history . . . . but you yourself ?
Sermons and creeds and theology . . . . but the human brain, and what is called reason, and what is called love, and what is called life ?

I do not despise you priests ;
My faith is the greatest of faiths and the least of faiths,
Enclosing all worship ancient and modern, and all between ancient and modern,
Believing I shall come again upon the earth after five thousand years,
Waiting responses from oracles . . . . honoring the gods . . . . saluting the sun,
Making a fetish of the first rock or stump . . . . powowing with sticks in the circle of obis,
Helping the lama or brahmin as he trims the lamps of the idols,
Dancing yet through the streets in a phallic procession . . . . rapt and austere in the woods, a gymnosophist,
Drinking mead from the skull-cup . . . . to shasta and vedas admirant . . . . minding the koran,
Walking the teokallis, spotted with gore from the stone and knife — beating the serpent-skin drum ;
Accepting the gospels, accepting him that was crucified, knowing assuredly that he is divine,
To the mass kneeling — to the puritan's prayer rising — sitting patiently in a pew,
Ranting and frothing in my insane crisis — waiting dead-like till my spirit arouses me ;
Looking forth on pavement and land, and outside of pavement and land,
Belonging to the winders of the circuit of circuits.

One of that centripetal and centrifugal gang,
I turn and talk like a man leaving charges before a journey.

Down-hearted doubters, dull and excluded,
Frivolous sullen moping angry affected disheartened atheistical,
I know every one of you, and know the unspoken interrogatories,
By experience I know them.

How the flukes splash !
How they contort rapid as lightning, with spasms and spouts of blood !

Be at peace bloody flukes of doubters and sullen mopers,
I take my place among you as much as among any ;

Fotografias bem batidas .... mas e sua esposa ou amigo próximos e firmes em seus
braços ?
A frota de navios de linha e todas as melhorias modernas .... mas e o talento e a
coragem do almirante ?
A louça, provisões e mobília — mas e o anfitrião e a anfitriã, e a expressão de seus
olhos ?
O céu lá em cima .... mas e aqui, a porta ao lado, ou o outro lado da rua ?
Os santos e os sábios da história .... mas e você ?
Sermões e credos e teologia .... mas e o cérebro humano, e o que chamamos de
razão, e o que chamamos de amor, e o que chamamos de vida ?

Padres, não desprezo vocês ;
Minha fé é a maior e a menor das fés,
Vai dos cultos ancestrais aos modernos, e tudo entre o antigo e o moderno,
Acreditando que voltarei à terra daqui a cinco milênios,
Esperando respostas dos oráculos .... honrando os deuses .... saudando o sol,
Fazendo um fetiche da primeira pedra ou do primeiro toco .... xamanizando com
gravetos no círculo dos Obis,
Ajudando o lama ou o brâmane a preparar as lâmpadas dos ídolos,
Dançando pelas ruas numa procissão fálica .... em transe e austero nos bosques, um
gimnosofista,[17]
Bebendo hidromel numa taça de crânio .... admirando Shastas e Vedas .... atento
ao Alcorão,
Andando pelos teocales mexicanos, manchado com o sangue da pedra e da faca —
batendo o tambor de pele de serpente ;
Aceitando os evangelhos, aceitando o crucificado, tendo a certeza de que ele é divino,
Me ajoelhando na missa — me erguendo para a oração do puritano — sentando
paciente num banco de igreja,
Delirando e espumando em meus surtos de loucura — feito um morto esperando meu
espírito despertar ;
Olhando para frente na calçada e na terra, ou fora da calçada e da terra,
Pertencendo aos que perfazem o circuito dos circuitos.[18]

Membro da gangue centrípeta e centrífuga,
Viro e falo como um homem que deixa tarefas antes da viagem.

Incrédulos desiludidos, idiotas e excluídos,
Frívolos apáticos deprimidos zangados ofendidos desalmados ateus,
Conheço cada um de vocês, conheço seus interrogatórios mudos,
Por experiência os conheço.

Como espirram as caudas das baleias !
Como se contorcem rápidas como um raio, com espasmos e jatos de sangue !

Fiquem em paz caudas sangrentas de incrédulos e apáticos e deprimidos,
Tomo meu lugar entre vocês assim como entre os demais ;

The past is the push of you and me and all precisely the same,
And the night is for you and me and all,
And what is yet untried and afterward is for you and me and all.

I do not know what is untried and afterward,
But I know it is sure and alive, and sufficient.

Each who passes is considered, and each who stops is considered, and not a single one can it fail.

It cannot fail the young man who died and was buried,
Nor the young woman who died and was put by his side,
Nor the little child that peeped in at the door and then drew back and was never seen again,
Nor the old man who has lived without purpose, and feels it with bitterness worse than gall,
Nor him in the poorhouse tubercled by rum and the bad disorder,
Nor the numberless slaughtered and wrecked .... nor the brutish koboo, called the ordure of humanity,
Nor the sacs merely floating with open mouths for food to slip in,
Nor any thing in the earth, or down in the oldest graves of the earth,
Nor any thing in the myriads of spheres, nor one of the myriads of myriads that inhabit them,
Nor the present, nor the least wisp that is known.

It is time to explain myself .... let us stand up.

What is known I strip away .... I launch all men and women forward with me into the unknown.

The clock indicates the moment .... but what does eternity indicate ?

Eternity lies in bottomless reservoirs .... its buckets are rising forever and ever,
They pour and they pour and they exhale away.

We have thus far exhausted trillions of winters and summers ;
There are trillions ahead, and trillions ahead of them.

Births have brought us richness and variety,
And other births will bring us richness and variety.

I do not call one greater and one smaller,
That which fills its period and place is equal to any.

Were mankind murderous or jealous upon you my brother or my sister ?

O passado empurra você e eu e todo mundo da mesmíssima maneira,
E a noite pertence a você e a mim e a todo mundo,
E o que ainda não foi experimentado e o que será depois é seu e meu e de todo mundo.

Não conheço o que não foi experimentado e o que vem depois,
Mas sei que é líquido e certo e vivo e o bastante.

Cada um que passa é considerado, cada um que para é considerado,
e nenhum só pode ter fracassado.

Não pode ter fracassado o rapaz que morreu e foi enterrado,
Nem a jovem que morreu e foi colocada a seu lado,
Nem a criança que espiou da porta e depois recuou e nunca mais foi vista,
Nem o velho que viveu sua vida em vão, e percebe isso com uma amargura pior que o
fel,
Nem o que está no asilo, tuberculoso alcoólatra e sifilítico,
Nem os inúmeros chacinados e naufragados .... nem os bestiais Kobus,[19] chamados
de excremento da humanidade,
Nem os sacos meramente boiando de boca aberta pra deixar a comida entrar,
Nenhuma coisa na terra, ou lá embaixo nas tumbas antigas da terra,
Nenhuma coisa nas miríades de esferas, nem ninguém nas miríades das miríades
que as habitam,
Nem o presente, nem o menor tufo do que é conhecido.
Hora de me explicar .... todos de pé.

Dispo-me do conhecido .... Me lanço com todos os homens e mulheres rumo ao
desconhecido.

O relógio indica o momento .... mas o que indica a eternidade ?

A eternidade repousa em represas sem fundo .... seus baldes são infinitamente
retirados,
Eles se derramam e se derramam e se evaporam.

Já gastamos trilhões de invernos e verões até agora ;
Existem trilhões adiante, e trilhões mais adiante.

Nascimentos nos trouxeram riqueza e variedade,
E outros nascimentos nos trarão riqueza e variedade.

Não digo que um é maior e outro menor,
Tudo o que preenche seu período e lugar é igual ao resto.

Os seres humanos foram assassinos e ciumentos com você, meu irmão e irmã ?

I am sorry for you . . . . they are not murderous or jealous upon me ;
All has been gentle with me . . . . . . I keep no account with lamentation ;
What have I to do with lamentation ?

I am an acme of things accomplished, and I an encloser of things to be.

My feet strike an apex of the apices of the stairs,
On every step bunches of ages, and larger bunches between the steps,
All below duly traveled — and still I mount and mount.

Rise after rise bow the phantoms behind me,
Afar down I see the huge first Nothing, the vapor from the nostrils of death,
I know I was even there . . . . I waited unseen and always,
And slept while God carried me through the lethargic mist,
And took my time . . . . and took no hurt from the foetid carbon.

Long I was hugged close . . . . long and long.

Immense have been the preparations for me,
Faithful and friendly the arms that have helped me.

Cycles ferried my cradle, rowing and rowing like cheerful boatmen ;
For room to me stars kept aside in their own rings,
They sent influences to look after what was to hold me.

Before I was born out of my mother generations guided me,
My embryo has never been torpid . . . . nothing could overlay it ;
For it the nebula cohered to an orb . . . . the long slow strata piled to rest it on . . . . vast vegetables gave it sustenance,
Monstrous sauroids transported it in their mouths and deposited it with care.

All forces have been steadily employed to complete and delight me,
Now I stand on this spot with my soul.

Span of youth ! Ever-pushed elasticity ! Manhood balanced and florid and full !

My lovers suffocate me !
Crowding my lips, and thick in the pores of my skin,
Jostling me through streets and public halls . . . . coming naked to me at night,
Crying by day Ahoy from the rocks of the river . . . . swinging and chirping over my head,
Calling my name from flowerbeds or vines or tangled underbrush,
Or while I swim in the bath . . . . or drink from the pump at the corner . . . . or the curtain is down at the opera . . . . or I glimpse at a woman's face in the railroad car ;

Sinto por você . . . . eles não são assassinos nem ciumentos comigo ;
Todos foram gentis comigo . . . . não ligo pra lamentações ;
O que tenho eu a ver com lamentações ?

Sou o clímax do que já se realizou, contenho coisas que ainda virão.

Meus pés atingem um ápice dos ápices das escadas,
Em cada degrau cachos de eras, e cachos ainda maiores entre os degraus,
Tudo bem explorado lá embaixo — e eu escalando e escalando.

A cada degrau fantasmas se curvam atrás de mim,
Bem longe, lá embaixo, vejo o grande Nada primordial, o vapor das narinas da morte,
Sei que já estive lá . . . . Sempre esperei sempre invisível,
E dormi enquanto Deus me levava pela névoa letárgica,
Não tive pressa . . . . nem me fez mal o carbono fétido.

Por muito tempo fui abraçado bem forte . . . . por muito, muito tempo.

Imensos foram os preparativos para minha chegada,
Fiéis e carinhosos os braços que me deram força.

Ciclos transportaram meu berço, remando e remando com barqueiros alegres ;
Pra me dar espaço as estrelas se afastaram de seus próprios anéis,
E me enviaram influências para tomar conta do que devia me amparar.

Gerações inteiras me guiaram antes de nascer de minha mãe,
Meu embrião nunca esteve adormecido . . . . nada pôde sufocá-lo ;
Por ele a nebulosa coeriu numa esfera . . . . os longos e lentos estratos se
acumularam para dar apoio . . . . vastos vegetais lhe deram sustento,
Sáurios monstruosos[20] o transportaram em suas bocas e o depositaram com cuidado.

Todas as forças foram empregadas sem descanso para me completar e me deliciar,
E agora estou neste lugar com minha alma.

Ah, extensão da juventude ! Incansável elasticidade ! Ó virilidade, equilibrada,
flórida e perfeita !

Meus amantes me sufocam !
Lotando meus lábios, infestando os poros da minha pele,
Trombando em mim pelas ruas e prédios públicos . . . . aparecendo pelados de noite
pra mim,
De dia gritando *Ahoy*[21] das rochas do arroio . . . . gingando e piando sobre minha
cabeça,
Chamando meu nome dos canteiros de flores ou vinhas ou do emaranhado do capim,
Ou enquanto nado . . . . enquanto bebo da bomba na esquina . . . enquanto a cortina
desce na ópera . . . . enquanto vejo de relance um rosto de mulher num vagão
de trem ;

Lighting on every moment of my life,
Bussing my body with soft and balsamic busses,
Noiselessly passing handfuls out of their hearts and giving them to be mine.

Old age superbly rising ! Ineffable grace of dying days !

Every condition promulges not only itself . . . . it promulges what grows after and out of itself,
And the dark hush promulges as much as any.

I open my scuttle at night and see the far-sprinkled systems,
And all I see, multiplied as high as I can cipher, edge but the rim of the farther systems.

Wider and wider they spread, expanding and always expanding,
Outward and outward and forever outward.

My sun has his sun, and round him obediently wheels,
He joins with his partners a group of superior circuit,
And greater sets follow, making specks of the greatest inside them.

There is no stoppage, and never can be stoppage ;
If I and you and the worlds and all beneath or upon their surfaces, and all the palpable life, were this moment reduced back to a pallid float, it would not avail in the long run,
We should surely bring up again where we now stand,
And as surely go as much farther, and then farther and farther.

A few quadrillions of eras, a few octillions of cubic leagues, do not hazard the span, or make it impatient,
They are but parts . . . . any thing is but a part.

See ever so far . . . . there is limitless space outside of that,
Count ever so much . . . . there is limitless time around that.

Our rendezvous is fitly appointed . . . . God will be there and wait till we come.

I know I have the best of time and space — and that I was never measured, and never will be measured.

I tramp a perpetual journey,
My signs are a rain-proof coat and good shoes and a staff cut from the woods ;
No friend of mine takes his ease in my chair,
I have no chair, nor church nor philosophy ;
I lead no man to a dinner-table or library or exchange,

Brilhando em cada momento da minha vida,
Beijando meu corpo com beijos brandos e balsâmicos,
Silenciosamente passando punhados de seus corações e entregando para virarem meus.

A velhice que se ergue majestosa ! Graça inefável dos dias moribundos !

Toda condição anuncia não só a si mesma .... também anuncia tudo aquilo que
grassa depois e a partir de si mesma,
E o silêncio sombrio anuncia tanto quanto o resto.

De noite abrindo a escotilha vejo os sistemas salpicados na distância,
E tudo que vejo, mesmo se multiplico ao máximo, só rela a borda dos sistemas mais
distantes.

Pra cada vez mais longe eles se espalham, se expandem, sempre em expansão,
Se propagando e se propagando e pra sempre se propagando.

Meu sol tem seu sol, e gira obediente em torno dele,
Junta-se a seus parceiros de um grupo de um circuito superior,
E grupos maiores se seguem, tornando meros pontos os maiores dentro deles.

Não há parada nem nunca pode haver parada ;
Se eu e você e os mundos e todos acima ou abaixo de suas superfícies e toda a vida
palpável neste momento fôssemos reduzidos novamente a uma pálida
flutuância, de nada adiantaria no fim da jornada,
Nós certamente chegaríamos de novo aonde estamos,
E certamente iríamos mais longe, longe, cada vez mais longe.

Alguns quatrilhões de eras, alguns octilhões de léguas cúbicas, não ameaçam a
expansão, nem a tornam impaciente,
Elas são partes apenas .... tudo que existe é uma parte apenas.

Por mais longe que se consiga ver .... há um espaço ilimitado para além disso,
Conte o quanto quiser .... há um tempo ilimitado em volta disso.

Nosso encontro está marcado .... Deus vai estar lá esperando por nós.

Sei que tenho o melhor tempo e espaço — e que nunca fui medido, nem jamais
poderei ser.

Vadio uma jornada perpétua,
Meus sinais são uma capa de chuva e sapatos confortáveis e um cajado arrancado do
mato ;
Nenhum amigo fica confortável em minha cadeira,
Não tenho cátedra, igreja, nem filosofia ;
Não conduzo ninguém à mesa de jantar ou à biblioteca ou à bolsa de valores,

But each man and each woman of you I lead upon a knoll,
My left hand hooks you round the waist,
My right hand points to landscapes of continents, and a plain public road.

Not I, not any one else can travel that road for you,
You must travel it for yourself.

It is not far . . . . it is within reach,
Perhaps you have been on it since you were born, and did not know,
Perhaps it is every where on water and on land.

Shoulder your duds, and I will mine, and let us hasten forth ;
Wonderful cities and free nations we shall fetch as we go.

If you tire, give me both burdens, and rest the chuff of your hand on my hip,
And in due time you shall repay the same service to me ;
For after we start we never lie by again.

This day before dawn I ascended a hill and looked at the crowded heaven,
And I said to my spirit, When we become the enfolders of those orbs and the pleasure and knowledge of every thing in them, shall we be filled and satisfied then ?
And my spirit said No, we level that lift to pass and continue beyond.

You are also asking me questions, and I hear you ;
I answer that I cannot answer . . . . you must find out for yourself.

Sit awhile wayfarer,
Here are biscuits to eat and here is milk to drink,
But as soon as you sleep and renew yourself in sweet clothes I will certainly kiss you with my goodbye kiss and open the gate for your egress hence.

Long enough have you dreamed contemptible dreams,
Now I wash the gum from your eyes,
You must habit yourself to the dazzle of the light and of every moment of your life.

Long have you timidly waded, holding a plank by the shore,
Now I will you to be a bold swimmer,
To jump off in the midst of the sea, and rise again and nod to me and shout, and laughingly dash with your hair.

I am the teacher of athletes,
He that by me spreads a wider breast than my own proves the width of my own,
He most honors my style who learns under it to destroy the teacher.

Mas conduzo a uma colina cada homem e mulher entre vocês,
Minha mão esquerda enlaça sua cintura,
Minha mão direita aponta paisagens de continentes, e a estrada pública.

Nem eu nem ninguém vai percorrer essa estrada por você,
Você tem que percorrê-la sozinho.

Não é tão longe assim . . . . está ao seu alcance,
Talvez você tenha andado nela a vida toda e não sabia,
Talvez a estrada esteja em toda parte sobre a água e sobre a terra.

Junte seus trapos, eu junto os meus, vamos em frente ;
Toparemos com cidades maravilhosas e nações livres no caminho.

Se você se cansar, entrega os fardos, descansa a mão macia em meu quadril,
E quando for a hora você fará o mesmo por mim ;
Pois depois de partir não vamos mais parar.

Hoje antes do amanhecer subi numa colina e contemplei o céu abarrotado,
E disse a meu espírito, Quando abraçarmos essas esferas, junto com o prazer
e o conhecimento de tudo o que nelas existe, estaremos satisfeitos e realizados ?
E meu espírito disse Não, só alcançamos essas alturas para passar e seguir em frente.

Você também me pergunta, e eu escuto ;
Respondo que não posso responder . . . . você tem que descobrir por si.

Senta um pouco, viajante,
Tem biscoitos pra comer e leite pra beber,
Mas assim que você dormir e relaxar em suas roupas frescas, dou um beijo de
despedida e abro o portão pra você partir.

Há muito tempo você tem tido sonhos vis,
Tiro a remela de seus olhos,
Você precisa se acostumar com o brilho ofuscante da luz e de cada instante de
sua vida.

Você ficou no raso muito tempo, na praia com uma prancha,
Agora quero você nadando com coragem,
Se atire no meio do mar, emerja de novo, e acene pra mim, grite e sacuda o cabelo
com um sorriso nos lábios.

Sou o mestre dos atletas,
Aquele que por minha causa estufa o peito mais que eu confirma a largura do meu,
Mais honra meu estilo quem com ele aprende a como destruir o mestre.

The boy I love, the same becomes a man not through derived power but in his own right,
Wicked, rather than virtuous out of conformity or fear,
Fond of his sweetheart, relishing well his steak,
Unrequited love or a slight cutting him worse than a wound cuts,
First rate to ride, to fight, to hit the bull's eye, to sail a skiff, to sing a song or play on the banjo,
Preferring scars and faces pitted with smallpox over all latherers and those that keep out of the sun.

I teach straying from me, yet who can stray from me ?
I follow you whoever you are from the present hour ;
My words itch at your ears till you understand them.

I do not say these things for a dollar, or to fill up the time while I wait for a boat ;
It is you talking just as much as myself . . . . I act as the tongue of you,
It was tied in your mouth . . . . in mine it begins to be loosened.

I swear I will never mention love or death inside a house,
And I swear I never will translate myself at all, only to him or her who privately stays with me in the open air.

If you would understand me go to the heights or water-shore,
The nearest gnat is an explanation and a drop or the motion of waves a key,
The maul the oar and the handsaw second my words.

No shuttered room or school can commune with me,
But roughs and little children better than they.

The young mechanic is closest to me . . . . he knows me pretty well,
The woodman that takes his axe and jug with him shall take me with him all day,
The farmboy ploughing in the field feels good at the sound of my voice,
In vessels that sail my words must sail . . . . I go with fishermen and seamen, and love them,
My face rubs to the hunter's face when he lies down alone in his blanket,
The driver thinking of me does not mind the jolt of his wagon,
The young mother and old mother shall comprehend me,
The girl and the wife rest the needle a moment and forget where they are,
They and all would resume what I have told them.

I have said that the soul is not more than the body,
And I have said that the body is not more than the soul,
And nothing, not God, is greater to one than one's-self is,
And whoever walks a furlong without sympathy walks to his own funeral, dressed in his shroud,

O garoto que amo vira um homem não por forças alheias mas por mérito próprio,
Antes perverso que virtuoso por conformismo ou medo,
Gostando de sua namorada, saboreando um bife,
Amor não correspondido ou ofensa o ferem mais que aço afiado,
Craque em cavalgar, brigar, acertar na mosca, pilotar um barco, cantar canções e tocar
banjo,
Preferindo caras com cicatrizes e marcas de varíola às bem barbeadas e as que fogem
do sol.

Ensino-os a me evitar, mas quem consegue me evitar ?
Daqui em diante vou segui-lo seja você quem for ;
Minhas palavras vão coçar os seus ouvidos até você entender.

Não falo destas coisas por grana ou pra matar o tempo enquanto espero um barco ;
É você quem fala tanto quanto eu . . . . ajo como se fosse sua língua,
Presa em sua boca . . . . começando a se soltar na minha.

Juro que dentro de casa não falarei mais de amor nem de morte,
E nunca mais me traduzirei, só pra ele ou pra ela que ficar só comigo ao ar livre.

Se você quer me entender vá para uma colina ou pra beira-mar,
O inseto mais próximo é uma explicação, e o movimento e a queda das ondas uma
pista,
O malho, o remo, o serrote, confirmam minhas palavras.

Nenhuma sala ou escola fechada comungam comigo,
Brutos e crianças comungam mais que elas.

O jovem mecânico é meu chegado . . . . ele me conhece muito bem,
O lenhador levando o machado e a moringa também me leva o dia todo,
O jovem sitiante que ara o campo sente-se bem quando escuta minha voz,
Nos navios que singram minhas palavras singram também . . . . sigo com os
pescadores e marinheiros e os adoro,
Meu rosto roça o rosto do caçador solitário debaixo do seu cobertor,
O condutor pensando em mim esquece o sacolejo do vagão,
A jovem mãe e a velha mãe vão me entender,
A moça e a esposa pousam a agulha e pausam por um momento e esquecem onde estão,
Todos e todas retomam o que disse no ponto em que parei.

Disse que a alma não é maior que o corpo,
Disse que o corpo não é maior que a alma,
E nada, nem Deus, é maior que nosso verdadeiro eu,
E uma pessoa que ande cem metros sem sentir simpatia caminha para seu próprio
funeral, vestido com sua mortalha,

And I or you pocketless of a dime may purchase the pick of the earth,
And to glance with an eye or show a bean in its pod confounds the learning of all times,
And there is no trade or employment but the young man following it may become a hero,
And there is no object so soft but it makes a hub for the wheeled universe,
And any man or woman shall stand cool and supercilious before a million universes.

And I call to mankind, Be not curious about God,
For I who am curious about each am not curious about God,
No array of terms can say how much I am at peace about God and about death.

I hear and behold God in every object, yet I understand God not in the least,
Nor do I understand who there can be more wonderful than myself.

Why should I wish to see God better than this day ?
I see something of God each hour of the twenty-four, and each moment then,
In the faces of men and women I see God, and in my own face in the glass ;
I find letters from God dropped in the street, and every one is signed by God's name,
And I leave them where they are, for I know that others will punctually come forever and ever.

And as to you death, and you bitter hug of mortality . . . . it is idle to try to alarm me.

To his work without flinching the accoucheur comes,
I see the elderhand pressing receiving supporting,
I recline by the sills of the exquisite flexible doors . . . . and mark the outlet, and mark the relief and escape.

And as to you corpse I think you are good manure, but that does not offend me,
I smell the white roses sweetscented and growing,
I reach to the leafy lips . . . . I reach to the polished breasts of melons.

And as to you life, I reckon you are the leavings of many deaths,
No doubt I have died myself ten thousand times before.

I hear you whispering there O stars of heaven,
O suns . . . . O grass of graves . . . . O perpetual transfers and promotions . . . . if you do not say anything how can I say anything ?

Of the turbid pool that lies in the autumn forest,
Of the moon that descends the steeps of the soughing twilight,
Toss, sparkles of day and dusk . . . . toss on the black stems that decay in the muck,
Toss to the moaning gibberish of the dry limbs.

E eu ou você sem um centavo no bolso podemos comprar o que a terra tem de melhor,
E um mero olhar de relance ou mostrar o feijão na vagem desconcerta o saber de todas as eras,
E não há nenhum negócio ou ocupação em que o jovem não possa se tornar um herói,
E não há objeto tão delicado que não possa servir de eixo para a roda que gira este universo,
E que todo homem ou mulher se mantenham calmos e serenos diante de um milhão de universos.

E digo à humanidade, Não fique especulando sobre Deus,
Pois eu que especulo sobre tudo não fico especulando sobre Deus,
Nenhuma sequência de palavras pode dizer como estou em paz com Deus e a morte.

Escuto e contemplo Deus em cada objeto, e assim mesmo não entendo quase nada,
Nem entendo como pode haver alguém mais maravilhoso do que eu mesmo.

Por que querer ver Deus melhor do que este dia ?
Vejo Deus em cada uma das vinte e quatro horas, em cada momento,
Nos rostos dos homens e mulheres vejo Deus, e no meu próprio rosto no espelho ;
Encontro cartas de Deus espalhadas pela rua, todas assinadas com Seu nome,
E as deixo onde estão, pois sei que onde quer que eu vá outras vão chegar pontualmente e para sempre.

E você, morte, e você, abraço amargo da mortalidade .... inútil tentar me assustar.

Sem hesitar a parteira vem fazer seu parto,
Vejo a velha mão pressionando recebendo amparando,
Me inclino no peitoril das portas delicadas e flexíveis .... e percebo a saída, e o alívio e a fuga.

E você, cadáver, rende um bom adubo, mas isso não me ofende,
Aspiro o aromacio das rosas brancas que grassam,[22]
Toco os lábios das folhas .... apalpo o peito luzidio dos melões.

E você, vida, suponho que seja o resíduo de muitas mortes,
Sem dúvida já morri mais de dez mil vezes.

Escuto seus sussurros, estrelas do céu,
Sóis ! .... Relva dos túmulos ! .... Perpétuas transferências e promoções .... se vocês nada dizem, o que ora direi ?

Da poça turva que jaz na floresta de outono,
Da lua que desce as escarpas do sussurrante crepúsculo,
Se lancem, centelhas do dia e do lusco-fusco .... se lancem sobre os negros estames que apodrecem no estrume,
Se lancem na fala sem sentido e triste dos ramos ressequidos.

I ascend from the moon . . . . I ascend from the night,
And perceive of the ghastly glitter the sunbeams reflected,
And debouch to the steady and central from the offspring great or small.

There is that in me . . . . I do not know what it is . . . . but I know it is in me.

Wrenched and sweaty . . . . calm and cool then my body becomes ;
I sleep . . . . I sleep long.

I do not know it . . . . it is without name . . . . it is a word unsaid,
It is not in any dictionary or utterance or symbol.

Something it swings on more than the earth I swing on,
To it the creation is the friend whose embracing awakes me.

Perhaps I might tell more . . . . Outlines ! I plead for my brothers and sisters.

Do you see O my brothers and sisters ?
It is not chaos or death . . . . it is form and union and plan . . . . it is eternal life . . . . it is happiness.

The past and present wilt . . . . I have filled them and emptied them,
And proceed to fill my next fold of the future.

Listener up there ! Here you . . . . what have you to confide to me ?
Look in my face while I snuff the sidle of evening,
Talk honestly, for no one else hears you, and I stay only a minute longer.

Do I contradict myself ?
Very well then . . . . I contradict myself ;
I am large . . . . I contain multitudes.

I concentrate toward them that are nigh . . . . I wait on the door-slab.

Who has done his day's work and will soonest be through with his supper ?
Who wishes to walk with me ?

Will you speak before I am gone ? Will you prove already too late ?

The spotted hawk swoops by and accuses me . . . . he complains of my gab and my loitering.

I too am not a bit tamed . . . . I too am untranslatable,
I sound my barbaric yawp over the roofs of the world.

The last scud of day holds back for me,

Me elevo da lua . . . . me elevo da noite,
E percebo no lívido lampejo os raios do sol do meio-dia refletidos,
E desemboco no que é estável e está no centro do maior ou menor rebento.

Aquela coisa em mim . . . . não sei o que é . . . . só sei que está em mim.

Cansado e suado . . . . calmo e fresco fica meu corpo ;
Durmo . . . . durmo por muito tempo.

Não sei o que é . . . . não tem nome . . . . é uma palavra não dita,
Não figura em nenhum dicionário nem expressão nem símbolo.

Algo que gira acima de algo mais imenso que a Terra onde giro,
Para ela a criação é o amigo cujo abraço me desperta.

Quem sabe diga mais alguma coisa . . . . Esboços ! Imploro a meus irmãos e irmãs.

Estão vendo isso Ó meus irmãos e irmãs ?
Não é caos nem morte . . . . é forma e união e plano . . . . é vida eterna . . . . é
felicidade.

O passado e o presente definham . . . . já os enchi e esvaziei,
Passo a encher minha próxima dobra de futuro.

Você escutando aí em cima ! . . .você mesmo . . . . algum segredo pra me contar ?
Me encare enquanto assopro o discreto poente,
Seja sincero, ninguém está te ouvindo, só vou ficar mais um minuto.

Me contradigo ?
Tudo bem, então . . . . me contradigo ;
Sou vasto . . . . contenho multidões.

Me concentro nos que estão perto . . . . espero na porta.

Quem terminou o batente e vai jantar mais cedo ?
Quem quer passear comigo ?

Você vai falar antes que eu vá embora ? Ou virá quando já for tarde demais ?

O falcão pintado dá um rasante sobre mim e me acusa . . . . reclama de minha
conversa fiada, minha vadiagem.

Também não sou nem um pouco amestrável . . . . também não sou traduzível,
Solto meu grito bárbaro sobre os telhados do mundo.

A última nuvem do dia se demora por mim,

It flings my likeness after the rest and true as any on the shadowed wilds,
It coaxes me to the vapor and the dusk.

I depart as air . . . . I shake my white locks at the runaway sun,
I effuse my flesh in eddies and drift it in lacy jags.

I bequeath myself to the dirt to grow from the grass I love,
If you want me again look for me under your bootsoles.

You will hardly know who I am or what I mean,
But I shall be good health to you nevertheless,
And filter and fibre your blood.

Failing to fetch me at first keep encouraged,
Missing me one place search another,
I stop some where waiting for you

Lança minha imagem atrás das outras, e fiel como qualquer outra nos ermos sombrios,
Me incita pro vapor e pro crepúsculo.

Vou-me feito vento . . . . agito meus cabelos brancos contra o sol fugitivo,
Esparramo minha carne em redemoinhos e a deixo flutuar em retalhos rendados.

Me entrego à terra pra crescer da relva que amo,
Se me quiser de novo me procure sob a sola de suas botas.

Vai ser difícil você saber quem sou ou o que estou querendo dizer,
Mas mesmo assim vou dar saúde,
Vou filtrar e dar fibra a seu sangue.

Não me cruzando na primeira não desista,
Não me vendo num lugar procure em outro,
Em algum lugar eu paro e espero você

Leaves of Grass

[A Song for Occupations]

COME closer to me,
Push close my lovers and take the best I possess,
Yield closer and closer and give me the best you possess.

This is unfinished business with me . . . . how is it with you ?
I was chilled with the cold types and cylinder and wet paper between us.

I pass so poorly with paper and types . . . . I must pass with the contact of bodies and souls.

I do not thank you for liking me as I am, and liking the touch of me . . . . I know that it is good for you to do so.

Were all educations practical and ornamental well displayed out of me, what would it amount to ?
Were I as the head teacher or charitable proprietor or wise statesman, what would it amount to ?
Were I to you as the boss employing and paying you, would that satisfy you ?

The learned and virtuous and benevolent, and the usual terms ;
A man like me, and never the usual terms.

Neither a servant nor a master am I,
I take no sooner a large price than a small price . . . . I will have my own whoever enjoys me,
I will be even with you, and you shall be even with me.

If you are a workman or workwoman I stand as nigh as the nighest that works in the same shop,
If you bestow gifts on your brother or dearest friend, I demand as good as your brother or dearest friend,
If your lover or husband or wife is welcome by day or night, I must be personally as welcome ;

Folhas de Relva

[Canção às Ocupações]

CHEGUEM junto de mim,
Cheguem junto, meus amores, e peguem o que tenho de melhor,
Cheguem cada vez mais junto e me deem o que vocês têm de melhor.

Meu negócio com vocês ficou pela metade . . . . e quanto a vocês ?
Fiquei gripado com tantos tipos frios e os cilindros e o papel úmido entre nós.

Passo mal com papel e tipos . . . . preciso passar pelo contato de corpos e almas.

Não te agradeço por gostar de mim como sou, por gostar do meu toque . . . . sei que também é bom pra você.

Se eu exibisse todos os conhecimentos práticos e ornamentais, o que significaria isso ?
Se eu fosse o diretor de escola ou proprietário caridoso ou sábio estadista, o que significaria isso ?
Se eu fosse o patrão que emprega e paga vocês, estariam satisfeitos ?

Letrados e virtuosos e benevolentes, e os termos comuns ;
Um homem igual a mim, nunca os termos comuns.

Não sou nem servo nem senhor,
Não me apresso em receber um preço mais alto ou baixo . . . . terei meu preço quando gostarem de mim,
Estarei quite com você, você comigo.

Se você for um trabalhador ou trabalhadora vou ficar tão próximo quanto o mais próximo na mesma loja,
Se você presenteia seu irmão ou seu melhor amigo, exijo o mesmo dado a seu irmão ou melhor amigo,
Se seu amante ou marido ou esposa é bem-vinda dia e noite, eu também quero ser bem-vindo ;

If you have become degraded or ill, then I will become so for your sake ;
If you remember your foolish and outlawed deeds, do you think I cannot remember my foolish and outlawed deeds ?
If you carouse at the table I say I will carouse at the opposite side of the table ;
If you meet some stranger in the street and love him or her, do I not often meet strangers in the street and love them ?
If you see a good deal remarkable in me I see just as much remarkable in you.

Why what have you thought of yourself ?
Is it you then that thought yourself less ?
Is it you that thought the President greater than you ? or the rich better off than you ? or the educated wiser than you ?

Because you are greasy or pimpled — or that you was once drunk, or a thief, or diseased, or rheumatic, or a prostitute — are so now — or from frivolity or impotence — or that you are no scholar, and never saw your name in print . . . . do you give in that you are any less immortal ?

Souls of men and women ! it is not you I call unseen, unheard, untouchable and untouching ;
It is not you I go argue pro and con about, and to settle whether you are alive or no ;
I own publicly who you are, if nobody else owns . . . . and see and hear you, and what you give and take ;
What is there you cannot give and take ?

I see not merely that you are polite or whitefaced . . . . married or single . . . . citizens of old states or citizens of new states . . . . eminent in some profession . . . . a lady or gentleman in a parlor . . . . or dressed in the jail uniform . . . . or pulpit uniform,
Not only the free Utahan, Kansian, or Arkansian . . . . not only the free Cuban . . . not merely the slave . . . . not Mexican native, or Flatfoot, or negro from Africa,
Iroquois eating the warflesh — fishtearer in his lair of rocks and sand . . . . Esquimaux in the dark cold snowhouse . . . . Chinese with his transverse eyes . . . . Bedowee — or wandering nomad — or tabounschik at the head of his droves,
Grown, half-grown, and babe — of this country and every country, indoors and outdoors I see . . . . and all else is behind or through them.

The wife — and she is not one jot less than the husband,
The daughter — and she is just as good as the son,
The mother — and she is every bit as much as the father.

Offspring of those not rich — boys apprenticed to trades,

Se você for rebaixado ou ficar doente, também sou e fico por sua causa ;
Se você se lembra de seus atos ilícitos e imbecis, por que eu não me lembraria dos meus ?
Se você enche a cara deste lado da mesa eu encho a cara do outro ;
Se você cruza um estranho na rua e se apaixona por ele ou por ela, eu não cruzo
estranhos e estranhas na rua e me apaixono ?
Se você vê uma coisa boa e marcante em mim eu vejo o mesmo em você.

Ora, o que você ficou pensando de si ?
Ficou pensando que era inferior ?
Ficou pensando que o Presidente era maior que você ? o rico mais próspero que você ? ou
o educado mais sábio que você ?

Por ser sebento e cheio de espinhas — ou por ter sido alcoólatra, ladrão, doente,
reumático, prostituta — ou que está nessa agora — por algo banal ou
impotência — ou por você não ser acadêmico, nunca ter visto seu nome
impresso . . . . só por isso você se acha menos imortal ?

Almas de homens e mulheres ! Não são vocês que eu convoco invisíveis, inauditas,
intocáveis e intocadas ;
Não é por vocês que argumento a favor ou contra, e decido se vocês existem ou não ;
Reconheço publicamente que vocês existem, se ninguém mais reconhecer . . . . e
confiro e vejo e escuto vocês, e o que vocês dão e recebem ;
O que existe que não possa ser dado nem tirado ?

Não vejo apenas que vocês são polidos ou pálidos . . . . casados ou solteiros . . . .
cidadãos de velhos ou novos estados . . . . eminentes em algumas profissões . . . .
uma dama ou cavalheiro num salão . . . . ou no uniforme de prisioneiro . . . .
ou de pregador,
Não só o homem livre de Utah, do Kansas ou do Arkansas . . . . não só o Cubano livre
. . . . não só o escravo . . . . não o Mexicano nativo, ou Pé chato[23], ou negro da
África,
Iroquês comendo sua carne de guerra — o destrinchador de peixe em sua toca de
pedra e areia . . . . Esquimós no iglu escuro e gelado . . . . Chineses e seus olhos
rasgados . . . . Beduíno — ou nômade errante — ou tabounschik[24] tocando
seu rebanho,
Adulto, meio-adulto, bebê — deste país e de todos os países, dentro e fora das
casas eu vejo . . . . e tudo mais que está atrás ou através deles.

A esposa — e ela não é nem menos nem mais que o marido,
A filha — e ela é tão boa quanto o filho,
A mãe — e ela é tão importante quanto o pai.

A prole dos pobres — meninos aprendizes de ofícios,

Young fellows working on farms and old fellows working on farms ;
The naive . . . . the simple and hardy . . . . he going to the polls to vote . . . . he who has a good time, and he who has a bad time ;
Mechanics, southerners, new arrivals, sailors, mano'warsmen, merchantmen, coasters,
All these I see . . . . but nigher and farther the same I see ;
None shall escape me, and none shall wish to escape me.
I bring what you much need, yet always have,

I bring not money or amours or dress or eating . . . . but I bring as good ;
And send no agent or medium . . . . and offer no representative of value — but offer the value itself.

There is something that comes home to one now and perpetually,
It is not what is printed or preached or discussed . . . . it eludes discussion and print,
It is not to be put in a book . . . . it is not in this book,
It is for you whoever you are . . . . it is no farther from you than your hearing and sight are from you,
It is hinted by nearest and commonest and readiest . . . . it is not them, though it is endlessly provoked by them . . . . What is there ready and near you now ?

You may read in many languages and read nothing about it ;
You may read the President's message and read nothing about it there,
Nothing in the reports from the state department or treasury department . . . . or in the daily papers, or the weekly papers,
Or in the census returns or assessors' returns or prices current or any accounts of stock.

The sun and stars that float in the open air . . . . the appleshaped earth and we upon it . . . . surely the drift of them is something grand ;
I do not know what it is except that it is grand, and that it is happiness,
And that the enclosing purport of us here is not a speculation, or bon-mot or reconnoissance,
And that it is not something which by luck may turn out well for us, and without luck must be a failure for us,
And not something which may yet be retracted in a certain contingency.

The light and shade — the curious sense of body and identity — the greed that with perfect complaisance devours all things — the endless pride and outstretching of man — unspeakable joys and sorrows,
The wonder every one sees in every one else he sees . . . . and the wonders that fill each minute of time forever and each acre of surface and space forever,

A moçada trabalhando nas fazendas e os marmanjos trabalhando nas fazendas ;
O ingênuo . . . . o simples e durão . . . . quem vai na urna votar . . . . quem se divertiu,
quem teve um dia terrível ;
Mecânicos, sulistas, recém-chegados, marujos, marinheiros, mercadores, práticos,
Vejo toda essa gente . . . . perto e longe vejo a mesma gente ;
Nenhuma vai me fugir, nenhuma vai querer fugir de mim.
Trago o que você tanto precisa, embora sempre tenha,

Não trago grana ou amores ou roupa ou comida . . . . mas é bom também ;
Não envio agente ou médium . . . . não ofereço representante de
valor — mas ofereço o valor em si.

Tem uma coisa que chega agora e sempre,
Não é o que é impresso ou pregado ou polemizado . . . . escapa a uma polêmica e
uma impressão,
Não é pra ser posto num livro . . . . não está neste livro,
É pra quem quer que você seja . . . . não está mais longe de você que sua audição e sua
visão,
Suas pistas estão nas coisas mais próximas e mais à mão e mais banais . . . . não são
elas, embora sejam o tempo todo provocadas por elas . . . . O que é isto agora
acessível e perto de você ?

Pode ler em muitas línguas que verá que nenhuma fala disso ;
Pode ler a mensagem do Presidente que não verá nada disso dito nela,
Não está nos relatórios do departamento de estado ou do tesouro . . . . ou
nos jornais diários ou semanários,
Ou no censo e restituições de receitas ou preços atuais ou
conta de estoque.

O sol e as estrelas que flutuam ao ar livre . . . . a terra em forma de maçã e a gente
sobre ela . . . . com certeza suas trajetórias são grandiosas ;
Não sei dizer o que é isso a não ser que é grandioso, que é a felicidade,
E que o motivo da gente estar aqui não é uma especulação, ou uma frase de efeito ou
um reconhecimento,
E não é algo que com sorte pode se tornar algo bom pra gente, ou sem sorte seja um fracasso
pra gente,
E não é coisa que possa ser desdita numa contingência específica.

A luz e a sombra — a sensação curiosa de ter um corpo e uma identidade — a avidez
perfeita e complacente que devora todas as coisas — o orgulho sem fim e
expansivo do ser humano — indizíveis prazeres e tristezas,
O milagre que todo mundo vê em todo mundo que ele vê . . . . e os milagres que
recheiam cada minuto do tempo pra sempre e cada acre de superfície e espaço
pra sempre,

Have you reckoned them as mainly for a trade or farmwork ? or for the profits of a store ? or to achieve yourself a position ? or to fill a gentleman's leisure or a lady's leisure ?

Have you reckoned the landscape took substance and form that it might be painted in a picture ?
Or men and women that they might be written of, and songs sung ?
Or the attraction of gravity and the great laws and harmonious combinations and the fluids of the air as subjects for the savans ?
Or the brown land and the blue sea for maps and charts ?
Or the stars to be put in constellations and named fancy names ?
Or that the growth of seeds is for agricultural tables or agriculture itself ?

Old institutions . . . . these arts libraries legends collections — and the practice handed along in manufactures . . . . will we rate them so high ?
Will we rate our prudence and business so high ? . . . . I have no objection,
I rate them as high as the highest . . . . but a child born of a woman and man I rate beyond all rate.

We thought our Union grand and our Constitution grand ;
I do not say they are not grand and good — for they are,
I am this day just as much in love with them as you,
But I am eternally in love with you and with all my fellows upon the earth.

We consider the bibles and religions divine . . . . I do not say they are not divine,
I say they have all grown out of you and may grow out of you still,
It is not they who give the life . . . . it is you who give the life ;
Leaves are not more shed from the trees or trees from the earth than they are shed out of you.

The sum of all known value and respect I add up in you whoever you are ;
The President is up there in the White House for you . . . . it is not you who are here for him,
The Secretaries act in their bureaus for you . . . . not you here for them,
The Congress convenes every December for you,
Laws, courts, the forming of states, the charters of cities, the going and coming of commerce and mails are all for you.

All doctrines, all politics and civilization exurge from you,
All sculpture and monuments and anything inscribed anywhere are tallied in you,
The gist of histories and statistics as far back as the records reach is in you this hour — and myths and tales the same ;
If you were not breathing and walking here where would they all be ?
The most renowned poems would be ashes . . . . orations and plays would be vacuums.

Pensou que essas coisas existem só pra serem usadas numa transação ou na lavoura ? ou pros lucros de uma loja ? ou pra ser promovido ? ou pra servir de passatempo para um cavalheiro ou uma dama ?

Pensou que a paisagem ganhou substância e forma só pra poder ser pintada num quadro ?
Ou que homens e mulheres existam só pra que se escrevam sobre eles, para que virem canções ?
Ou que a atração gravitacional e as grandes leis e combinações harmoniosas e os fluídos aéreos existem só pra sábios terem assunto ?
Ou que a terra seja marrom e o mar azul pra caberem em mapas e cartas náuticas ?
Ou que estrelas sejam postas em constelações só pra receberem nomes esquisitos ?
Ou que as sementes cresçam só pra caberem nas tabelas agrícolas ou na própria agricultura ?

Velhas instituições .... essas artes bibliotecas lendas coleções — e a prática transmitida com as manufaturas .... vamos dar um preço alto por elas ?
Vamos dar um preço tão alto pros nossos negócios e nossa prudência ? .... por mim tudo bem,
Meu preço por elas é o mais alto possível .... mas uma criança nascida de uma mulher e um homem não tem preço pra mim.

Achamos grandiosas a nossa União e nossa Constituição ;
Não digo que não sejam grandiosas e boas — pois são,
Hoje estou apaixonado por elas tanto quanto vocês,
Mas minha paixão eterna é por vocês e por todos os meus parceiros sobre a terra.

Consideramos bíblias e religiões divinas .... não digo que não são,
Digo que brotaram de você e vão continuar brotando de você,
Não são elas que dão a vida a você .... mas você que dá a vida a elas ;
Folhas não vertem das árvores ou árvores da terra mais do que vertem de você.

Na soma de todo valor e respeito conhecido eu adiciono você seja quem for ;
O Presidente está lá na Casa Branca por causa de você .... não é você que está aqui por causa dele,
Os Secretários agem em seus escritórios por causa de você .... e não você por eles,
O Congresso se reúne a cada dezembro por você,
Leis, cortes, a formação dos estados, os planos diretores das cidades, o ir e vir do comércio e dos correios são por você.

Todas as doutrinas, políticas e civilização surgem de você,
Todas as esculturas e monumentos e qualquer coisa inscrita em qualquer lugar são entalhados em você,
A essência das histórias e estatísticas até onde existam registros estão em você agora — e o mesmo com lendas e mitos ;
Se você não estivesse respirando e caminhando aqui o que seria de tudo isso ?
Os poemas mais célebres seriam cinzas .... discursos e peças seriam vácuos.

All architecture is what you do to it when you look upon it ;
Did you think it was in the white or gray stone ? or the lines of the arches and cornices ?

All music is what awakens from you when you are reminded by the instruments,
It is not the violins and the cornets . . . . it is not the oboe nor the beating drums — nor the notes of the baritone singer singing his sweet romanza . . . . nor those of the men's chorus, nor those of the women's chorus,
It is nearer and farther than they.

Will the whole come back then ?
Can each see the signs of the best by a look in the lookingglass ? Is there nothing greater or more ?
Does all sit there with you and here with me ?

The old forever new things . . . . you foolish child ! . . . . the closest simplest things — this moment with you,
Your person and every particle that relates to your person,
The pulses of your brain waiting their chance and encouragement at every deed or sight ;
Anything you do in public by day, and anything you do in secret betweendays,
What is called right and what is called wrong . . . . what you behold or touch . . . . what causes your anger or wonder,
The anklechain of the slave, the bed of the bedhouse, the cards of the gambler, the plates of the forger ;
What is seen or learned in the street, or intuitively learned,
What is learned in the public school — spelling, reading, writing and ciphering . . . . the blackboard and the teacher's diagrams :
The panes of the windows and all that appears through them . . . . the going forth in the morning and the aimless spending of the day ;
(What is it that you made money ? what is it that you got what you wanted ?)
The usual routine . . . . the workshop, factory, yard, office, store, or desk ;
The jaunt of hunting or fishing, or the life of hunting or fishing,
Pasturelife, foddering, milking and herding, and all the personnel and usages ;
The plum-orchard and apple-orchard . . . . gardening . . seedlings, cuttings, flowers and vines,
Grains and manures . . marl, clay, loam . . the subsoil plough . . the shovel and pick and rake and hoe . . irrigation and draining ;
The currycomb . . the horse-cloth . . the halter and bridle and bits . . the very wisps of straw,
The barn and barn-yard . . the bins and mangers . . the mows and racks:
Manufactures . . commerce . . engineering . . the building of cities, and every trade carried on there . . and the implements of every trade,
The anvil and tongs and hammer . . the axe and wedge . . the square and mitre and jointer and smoothingplane ;

Arquitetura é o que você faz a ela enquanto a observa ;
Pensou que estava na pedra cinza ou branca ? ou nas linhas dos arcos e das cornijas ?

Música é o que desperta de você quando os instrumentos se lembram de você,
Não são os violinos e trompetes .... nem o oboé nem o bater dos tambores —
nem as notas do barítono cantando sua suave romança .... nem dos corais masculinos, nem dos corais femininos,
Está mais perto e mais longe do que tudo isso.

O todo voltará, então ?
Cada um vê bons sinais ao se admirar no espelho ? não tem nada maior ou melhor ?
Tudo fica aí com você e aqui comigo ?

As velhas e eternas novidades .... sua criança ingênua ! .... as coisas mais simples e mais próximas — este instante com você,
Sua pessoa e cada partícula relacionada à sua pessoa,
A pulsação de seu cérebro esperando a chance e a coragem a cada ato ou visão ;
Tudo o que você faz em público de dia, ou na calada da noite,
O que se chama certo e errado .... o que você contempla ou toca .... o que te causa raiva ou espanto,[25]
Grilhões de escravo, cama de carpinteiro, baralho de jogador, chapa de forjador ;
O que é visto e aprendido na rua, ou intuitivamente aprendido,
O que se aprende na escola pública — ortografia, leitura, escrita e cálculo .... o quadro negro e os gráficos do professor :
Os vidros das janelas e tudo o que se vê através delas .... o passeio matinal e o gastar o dia sem objetivo ;
(E daí que você ganhou dinheiro ? e daí que conseguiu o que queira ?)
A rotina diária .... oficina, fábrica, jardim, escritório, loja ou escrivaninha ;
A caçada ou pescaria, ou a vida da caça e pesca,
Vida rural, forragem, ordenha e o rebanho e todo os objetos de uso pessoal e costumes ;
O pomar de cerejas e o pomar de macieiras .... jardinagem .... mudas, podas, flores, vinhas,
Grãos e estrumes .. marga, barro, argila .. o arado .. a pá e a picareta e o rastelo e a enxada .. irrigação e drenagem ;
A almofaça .. a manta .. o cabresto e as rédeas e os freios .. as mancheias de palha,
O celeiro e o terreiro .. as tulhas e manjedouras .. as medas e as grades :
Manufaturas .. comércio .. engenharia .. construção de docas, e cada atividade conduzida ali .. e os implementos de cada profissão,
A bigorna e pinças e o martelo .. o machado e a cunha .. o esquadro e a esquadria e a junteira e a plaina ;

The plumbob and trowel and level . . the wall-scaffold, and the work of walls and ceilings .. or any mason-work :
The ship's compass . . the sailor's tarpaulin . . the stays and lanyards, and the ground-tackle for anchoring or mooring,
The sloop's tiller . . the pilot's wheel and bell . . the yacht or fish-smack . . the great gay-pennanted three-hundred-foot steamboat under full headway, with her proud fat breasts and her delicate swift-flashing paddles ;
The trail and line and hooks and sinkers . . the seine, and hauling the seine ;
Smallarms and rifles . . . . the powder and shot and caps and wadding . . . . the ordnance for war . . . . the carriages :
Everyday objects . . . . the housechairs, the carpet, the bed and the counterpane of the bed, and him or her sleeping at night, and the wind blowing, and the indefinite noises :
The snowstorm or rainstorm . . . . the tow-trowsers . . . . the lodge-hut in the woods, and the still-hunt :
City and country . . fireplace and candle . . gaslight and heater and aqueduct ;
The message of the governor, mayor, or chief of police . . . . the dishes of breakfast or dinner or supper ;
The bunkroom, the fire-engine, the string-team, and the car or truck behind ;
The paper I write on or you write on . . and every word we write . . and every cross and twirl of the pen . . and the curious way we write what we think . . . . yet very faintly ;
The directory, the detector, the ledger . . . . the books in ranks or the bookshelves . . . . the clock attached to the wall,
The ring on your finger . . the lady's wristlet . . the hammers of stonebreakers or coppersmiths .. the druggist's vials and jars ;
The etui of surgical instruments, and the etui of oculist's or aurist's instruments, or dentist's instruments ;
Glassblowing, grinding of wheat and corn . . casting, and what is cast . . tinroofing, shingledressing,
Shipcarpentering, flagging of sidewalks by flaggers . . dockbuilding, fishcuring, ferrying ;
The pump, the piledriver, the great derrick . . the coalkiln and brickkiln,
Ironworks or whiteleadworks . . the sugarhouse . . steam-saws, and the great mills and factories ;
The cottonbale . . the stevedore's hook . . the saw and buck of the sawyer . . the screen of the coalscreener . . the mould of the moulder . . the workingknife of the butcher ;
The cylinder press . . the handpress . . the frisket and tympan . . the compositor's stick and rule,
The implements for daguerreotyping . . . . the tools of the rigger or grappler or sail-maker or blockmaker,
Goods of guttapercha or papiermache . . . . colors and brushes . . . . glaziers' implements,

O prumo e a espátula e a niveladora . . o andaime e o acabamento das paredes
e telhados . . ou qualquer trabalho de pedreiro :
A bússola do navio . . a lona do marinheiro . . os estais e as rizes, e os massames pra
ancorar e atracar,
A cana do leme da chalupa . . o leme e o sino do piloto . . o iate ou o barco de pesca . .
o grande e alegre e embandeirado vapor de noventa metros na velocidade
máxima, com sua proa avantajada e orgulhosa e suas pás delicadas apressadas
e flamejantes ;
A trilha e a linha e as iscas e chumbadas . . a rede de arrasto, e o arrastão ;
Armas leves e rifles . . . a pólvora e o tiro e as cápsulas e a bucha . . . .
a convocação pra guerra . . . as carretas de artilharia :
Objetos do dia a dia . . . as cadeiras da casa, o tapete, a cama e a coberta,
e ele ou ela dormindo de noite, e a brisa soprando, e seus ruídos indefinidos :
Nevasca ou temporal . . . . calças de estopa . . . a cabana na floresta, e a caça recente :
Cidade e campo . . lareira e vela . . luz a gás e aquecedor e aqueduto ;
A mensagem do governador, prefeito, ou delegado de polícia . . . os pratos do
café da manhã, da janta ou da ceia ;
O quarto de beliche, carro de bombeiro, filas de parelhas, e o carro ou vagão atrás ;
O papel em que eu ou você escrevemos . . e cada palavra que escrevemos . . e cada
asterisco e giro da caneta . . e o jeito curioso como escrevemos o que pensamos
. . . . embora bem vagamente ;
O catálogo, o detector, o livro razão . . . . os livros nas estantes ou nas prateleiras . . . .
o relógio grudado na parede,
O anel no seu dedo . . o bracelete da moça . . os martelos dos pedreiros ou dos
caldeireiros . . os frascos e potes do farmacêutico ;
O estojo de instrumentos cirúrgicos, o estojo de instrumentos do oculista ou do
otologista ou do dentista ;
Fabricação de vidro, moagem de trigo e milho . . fundição, e o que é fundido . .
telhadura de zinco, telhadura de madeira,
Carpintaria naval, lajeadores pavimentando calçadas . . construção de docas,
defumação de peixes, transporte de balsa ;
A bomba, o bate-estacas, o grande guindaste . . o forno da carvoaria ou da olaria,
A fundição ou tintura . . o engenho de açúcar . . serrarias, os grandes moinhos e
fábricas ;
O fardo de algodão . . o gancho dos estivadores . . a serra e o serrote do serrador . . a
peneira do carvoeiro . . o molde do moldador . . a faca do açougueiro ;
Prensa cilíndrica . . prensa manual . . frasqueta e tímpano do prelo . . lâmina e régua
do componedor,
Os acessórios de daguerreotipia . . . . as ferramentas do armador ou do atracador ou
do mestre veleiro ou do fabricante de roldanas,
Produtos de guta-percha ou de papel machê . . . . cores e pincéis . . . . os implementos
do vidraceiro,

The veneer and gluepot . . the confectioner's ornaments . . the decanter and glasses . . the shears and flatiron ;
The awl and kneestrap . . the pint measure and quart measure . . the counter and stool . . the writingpen of quill or metal ;
Billiards and tenpins . . . . the ladders and hanging ropes of the gymnasium, and the manly exercises ;
The designs for wallpapers or oilcloths or carpets . . . . the fancies for goods for women . . . . the bookbinder's stamps ;
Leatherdressing, coachmaking, boilermaking, ropetwisting, distilling, signpainting, limeburning, coopering, cottonpicking,
The walkingbeam of the steam-engine . . the throttle and governors, and the up and down rods,
Stavemachines and plainingmachines . . . . the cart of the carman . . the omnibus . . the ponderous dray ;
The snowplough and two engines pushing it . . . . the ride in the express train of only one car . . . . the swift go through a howling storm :
The bearhunt or coonhunt . . . . the bonfire of shavings in the open lot in the city . . the crowd of children watching ;
The blows of the fighting-man . . the upper cut and one-two-three ;
The shopwindows . . . . the coffins in the sexton's wareroom . . . . the fruit on the fruitstand . . . . the beef on the butcher's stall,
The bread and cakes in the bakery . . . . the white and red pork in the pork-store ;
The milliner's ribbons . . the dressmaker's patterns . . . . the tea-table . . the home-made sweetmeats :
The column of wants in the one-cent paper . . the news by telegraph . . . . the amusements and operas and shows :
The cotton and woolen and linen you wear . . . . the money you make and spend ;
Your room and bedroom . . . . your piano-forte . . . . the stove and cookpans,
The house you live in . . . . the rent . . . . the other tenants . . . . the deposite in the savings-bank . . . . the trade at the grocery,
The pay on Saturday night . . . . the going home, and the purchases ;
In them the heft of the heaviest . . . . in them far more than you estimated, and far less also,
In them, not yourself . . . . you and your soul enclose all things, regardless of estimation,
In them your themes and hints and provokers . . if not, the whole earth has no themes or hints or provokers, and never had.

I do not affirm what you see beyond is futile . . . . I do not advise you to stop,
I do not say leadings you thought great are not great,
But I say that none lead to greater or sadder or happier than those lead to.

Will you seek afar off ? You surely come back at last,
In things best known to you finding the best or as good as the best,

O compensado e o tacho de cola . . os ornamentos do confeiteiro . . o decanter e as retortas, . . o tesourão e o ferro de engomar ;
O furador e o apoiador de joelhos . . o medidor de meio litro e o medidor de quarto . . o balcão e a banqueta . . a caneta de pena ou metal ;
Os bilhares e boliches . . . . as escadas e cordames pendurados do ginásio, e os exercícios masculinos ;
Os motivos dos papéis de parede ou encerados ou tapetes . . . . ou bijuterias pra mulheres . . . . a estampilha do encadernador ;
Encadernando, fazendo carreto, caldeirando, encordoando, destilando, pintando letreiros, queimando cal, fazendo tonéis, algodoando,
O balancim da máquina a vapor . . a válvula de pressão e controladores, e os pistões alternantes,
Máquinas de fazer plainas e barris . . . . o vagão do cocheiro . . o ônibus . . a carreta pesada ;
O limpa-neve e duas máquinas o empurrando . . . . a carona no trem expresso de um só vagão . . . . a viagem veloz através da tempestade uivante :
Caçada de urso ou de guaxinim . . . . a fogueira de cavacos no terreno baldio de uma cidade . . a turma de crianças admirando ;
Os golpes do lutador . . o *upper-cut* e o um-dois-três ;
As vitrines . . . . os caixões no depósito do sacristão . . . . a fruta na fruteira . . . . o bife no balcão do açougueiro,
O pão e os bolos na padaria . . . . o porco branco e vermelho na casa de carnes ;
As fitas do chapeleiro . . os moldes do costureiro . . . a mesinha de chá . . . os doces caseiros ;
Os anúncios de procura-se nos jornais baratos . . notícias via telégrafo . . . . diversões e óperas e shows :
O algodão e a lã e o linho que você veste . . . o dinheiro que você ganha e gasta ;
Sua sala e seu quarto de dormir . . . . seu piano-forte . . . . fogão e panelas,
A casa onde você mora . . . . o aluguel . . . . os outros inquilinos . . . . o depósito nos bancos . . . . a pechincha na quitanda,
O pagamento na noite de sábado . . . . a volta pra casa, as compras ;
Nessas coisas o mais pesado dos pesos . . . . nelas bem mais do que você estimava, e bem menos também,
Nelas, e não em você mesmo . . . . você e sua alma abarcam todas as coisas, independente de valor,
Nelas seus temas e pistas e provocações . . não fossem elas, a terra toda não teria tantos temas ou pistas ou provocações, nem nunca tiveram.

Não afirmo que o que você vê além é fútil . . . . não te aconselho a parar,
Não digo que as orientações que você julgou importantes não são importantes,
Mas digo que nenhuma conduz ao melhor ou mais triste ou mais feliz do que elas conduzem.

Vai procurá-las longe daqui ? Com certeza você vai voltar no fim,
Nas coisas mais conhecidas encontrando o melhor ou tão bom quanto o melhor,

In folks nearest to you finding also the sweetest and strongest and lovingest,
Happiness not in another place, but this place . . not for another hour, but this hour,
Man in the first you see or touch . . . . always in your friend or brother or nighest
neighbor . . . . Woman in your mother or lover or wife,
And all else thus far known giving place to men and women.

When the psalm sings instead of the singer,
When the script preaches instead of the preacher,
When the pulpit descends and goes instead of the carver that carved the supporting desk,
When the sacred vessels or the bits of the eucharist, or the lath and plast, procreate as
effectually as the young silversmiths or bakers, or the masons in their overalls,
When a university course convinces like a slumbering woman and child convince,
When the minted gold in the vault smiles like the nightwatchman's daughter,
When warrantee deeds loafe in chairs opposite and are my friendly companions,
I intend to reach them my hand and make as much of them as I do of men and women.

Nas pessoas mais próximas encontrando as mais doces e fortes e amáveis,
A felicidade não está em outro lugar, mas bem aqui . . não é coisa pra outra hora,
mas agora,
O homem no primeiro que você ver ou tocar . . . . sempre em seu amigo ou irmão
ou vizinho mais próximo . . . . A mulher em sua mãe ou amante ou esposa,
E tudo que se sabe até aqui dando lugar aos homens e mulheres.

Quando o salmo cantar em vez do cantor,
Quando a escritura pregar em vez do pregador,
Quando o púlpito descer e partir em vez do carpinteiro que esculpiu o púlpito,
Quando os vasos sagrados ou os detalhes da eucaristia, ou a ripa e o reboco,
procriarem com a competência dos jovens artesãos ou padeiros, ou os
pedreiros em seus aventais,
Quando um curso universitário for mais convincente que o cochilo de uma mulher ou
uma criança,
Quando o ouro no cofre sorrir como a filha do guarda-noturno,
Quando títulos de propriedade folgarem na cadeira oposta e forem meus adoráveis
companheiros,
Vou querer estender minha mão e fazer deles o que faço com homens e
mulheres.

Leaves of Grass

[To Think of Time]

TO THINK of time . . . . to think through the retrospection,
To think of today . . and the ages continued henceforward.

Have you guessed you yourself would not continue ? Have you dreaded those earth-beetles ?
Have you feared the future would be nothing to you ?

Is today nothing ? Is the beginningless past nothing ?
If the future is nothing they are just as surely nothing.

To think that the sun rose in the east . . . . that men and women were flexible and real and alive . . . . that every thing was real and alive ;
To think that you and I did not see feel think nor bear our part,
To think that we are now here and bear our part.

Not a day passes . . not a minute or second without an accouchement ;
Not a day passes . . not a minute or second without a corpse.

When the dull nights are over, and the dull days also,
When the soreness of lying so much in bed is over,
When the physician, after long putting off, gives the silent and terrible look for an answer,
When the children come hurried and weeping, and the brothers and sisters have been sent for,
When medicines stand unused on the shelf, and the camphor-smell has pervaded the rooms,
When the faithful hand of the living does not desert the hand of the dying,
When the twitching lips press lightly on the forehead of the dying,
When the breath ceases and the pulse of the heart ceases,
Then the corpse-limbs stretch on the bed, and the living look upon them,
They are palpable as the living are palpable.

Folhas de Relva

[Pensar no Tempo]

PENSAR no tempo . . . . pensar retrospectivamente,
Pensar no hoje . . e nas eras e eras que estão por vir.

Achou que você mesmo não continuaria ? Já teve medo daqueles escaravelhos
terrestres ?
Teve medo do futuro não ser nada pra você ?

Será que o hoje é nada ? Será nada o passado sem origem ?
Se o futuro é nada, com certeza eles são nada.

Pensar que o sol se ergueu no leste . . . . que homens e mulheres eram ágeis e reais e
vivos . . . . que cada coisa era real e estava viva ;
Pensar que você e eu não vemos sentimos pensamos nem fazemos nossa parte,
Pensar que agora e aqui fazemos nossa parte.

Nem um dia se passa . . nem um minuto ou segundo sem um parto ;
Nem um dia se passa . . nem um minuto ou segundo sem um morto.

Quando as noites de tédio terminarem, e os dias de tédio também,
Quando a irritação de tanto ficar na cama terminar,
Quando o médico, depois de muito vacilar, der o olhar silencioso e terrível como
resposta,
Quando as crianças vierem correndo e chorando, e os irmãos e irmãs levados para
outro lugar,
Quando os remédios ficarem esquecidos na prateleira, e o cheiro da cânfora invadir
os quartos,
Quando a mão fiel dos vivos não desertar as dos que estão morrendo,
Quando os lábios trêmulos pressionarem de leve a testa do moribundo,
Quando a respiração parar e o pulso do coração parar,
Então os membros do cadáver estirados na cama, e os vivos olhando para eles,
São tão palpáveis quanto os vivos são palpáveis.

The living look upon the corpse with their eyesight,
But without eyesight lingers a different living and looks curiously on the corpse.

To think that the rivers will come to flow, and the snow fall, and fruits ripen .. and act upon others as upon us now . . . . yet not act upon us ;
To think of all these wonders of city and country . . and others taking great interest in them . . and we taking small interest in them.

To think how eager we are in building our houses,
To think others shall be just as eager . . and we quite indifferent.

I see one building the house that serves him a few years . . . . or seventy or eighty years at most ;
I see one building the house that serves him longer than that.

Slowmoving and black lines creep over the whole earth . . . . they never cease . . . . they are the burial lines,
He that was President was buried, and he that is now President shall surely be buried.

Cold dash of waves at the ferrywharf,
Posh and ice in the river . . . . half-frozen mud in the streets,
A gray discouraged sky overhead . . . . the short last daylight of December,
A hearse and stages . . . . other vehicles give place,
The funeral of an old stagedriver . . . . the cortege mostly drivers.

Rapid the trot to the cemetery,
Duly rattles the deathbell . . . . the gate is passed . . . . the grave is halted at . . . . the living alight . . . . the hearse uncloses,
The coffin is lowered and settled . . . . the whip is laid on the coffin,
The earth is swiftly shovelled in . . . . a minute . . no one moves or speaks . . . . it is done,
He is decently put away . . . . is there anything more ?

He was a goodfellow,
Freemouthed, quicktempered, not badlooking, able to take his own part,
Witty, sensitive to a slight, ready with life or death for a friend,
Fond of women, . . played some .. eat hearty and drank hearty,
Had known what it was to be flush . . grew lowspirited toward the last . . sickened . . was helped by a contribution,
Died aged forty-one years . . and that was his funeral.

Thumb extended or finger uplifted,
Apron, cape, gloves, strap . . . . wetweather clothes . . . . whip carefully chosen . . . . boss, spotter, starter, and hostler,

Os vivos olham pro cadáver com sua visão,
Mas sem visão demora-se um vivente diferente que olha o cadáver com curiosidade.

Pensar que os rios vão transbordar, e a neve cair, e as frutas amadurecer . . e agir
sobre os outros como em nós agora .. ainda assim não agir sobre nós ;
Pensar em todas essas maravilhas da cidade e do campo . . e outros se interessando
bastante por eles, e nós nos interessando pouco por eles.

Pensar no quanto somos ansiosos quando construímos nossas casas,
Pensar que outros são tão ansiosos quanto . . e nós tão indiferentes.

Vejo alguém construindo uma casa que o serviria por alguns anos . . . . ou setenta ou
oitenta anos no máximo ;
Vejo alguém construindo a casa que servirá por mais tempo do que isso.

Lentas fileiras negras se arrastam pelo planeta . . . . nunca param . . . . são linhas
funéreas,
O ex-Presidente foi enterrado, e o atual Presidente será certamente
enterrado.

Choque gelado de ondas nas docas da balsa,
Pedaços de gelo[26] no rio, lama semigelada nas ruas,
Acima o céu cinza e desanimador . . . . breve e derradeira luz diurna de dezembro,
Um carro funerário e diligências . . . . outros veículos dão lugar,
O funeral de um velho cocheiro . . . . no cortejo a maioria cocheiros.

Rápido o trote rumo ao cemitério,
Lento dobra o sino mortal . . . . passam pelo portão . . . . param diante do túmulo . . . .
os vivos alertas . . . . abrem o carro fúnebre,
Abaixam e ajeitam o caixão . . . . no caixão jaz o chicote,
Jogam terra rapidamente . . . . um minuto . . ninguém se mexe nem fala
. . . . acabou,
Foi despachado com decência . . . . faltou alguma coisa ?

Ele era um homem bom,
Língua solta, sangue quente, atraente até, capaz de tomar posição,
Esperto, com sensibilidade pra sutilezas, amigo pra vida e pra morte,
Mulherengo, . . chegado num jogo . . bom de garfo e bom de copo,
Soube o que era ser abastado . . ficou deprimido no final . . adoeceu . . foi ajudado
por uma doação,
Morreu aos quarenta e um anos . . e foi assim seu funeral.

Dedão estendido ou dedo levantado,
Avental, capa, luvas, açoite . . . . capa de chuva . . . chicote cuidadosamente escolhido
. . . . patrão, vigia, iniciante e tratador de cavalos,

Somebody loafing on you, or you loafing on somebody . . . . headway . . . . man before and man behind,
Good day's work or bad day's work . . . . pet stock or mean stock . . . . first out or last out . . . . turning in at night,
To think that these are so much and so nigh to other drivers . . and he there takes no interest in them.

The markets, the government, the workingman's wages . . . . to think what account they are through our nights and days ;
To think that other workingmen will make just as great account of them . . yet we make little or no account.

The vulgar and the refined . . . . what you call sin and what you call goodness . . to think how wide a difference ;
To think the difference will still continue to others, yet we lie beyond the difference.

To think how much pleasure there is !
Have you pleasure from looking at the sky ? Have you pleasure from poems ?
Do you enjoy yourself in the city ? or engaged in business ? or planning a nomination and election ? or with your wife and family ?
Or with your mother and sisters ? or in womanly housework ? or the beautiful maternal cares ?

These also flow onward to others . . . . you and I flow onward ;
But in due time you and I shall take less interest in them.

Your farm and profits and crops . . . . to think how engrossed you are ;
To think there will still be farms and profits and crops . . yet for you of what avail ?

What will be will be well — for what is is well,
To take interest is well, and not to take interest shall be well.

The sky continues beautiful . . . . the pleasure of men with women shall never be sated . . nor the pleasure of women with men . . nor the pleasure from poems ;
The domestic joys, the daily housework or business, the building of houses — they are not phantasms . . they have weight and form and location ;
The farms and profits and crops . . the markets and wages and government . . they also are not phantasms ;
The difference between sin and goodness is no apparition ;
The earth is not an echo . . . . man and his life and all the things of his life are well-considered.

You are not thrown to the winds . . you gather certainly and safely around yourself,
Yourself ! Yourself ! Yourself forever and ever !

Alguém folgando com você, você folgando com alguém .... para frente .... homem atrás e homem na frente,
Um bom ou mau dia de trabalho .... cavalo manso, cavalo arisco[27] .... primeiro a sair, o último a sair .... a voltar de noite,
Pensar que eles são tantos e tão íntimos dos outros cocheiros .. e ele ali não se interessa por eles.

Os mercados, o governo, os salários dos trabalhadores .... pensar no muito que significam em nossas noites e dias ;
Pensar que outros trabalhadores vão levá-los em conta tanto quanto eles .. no entanto não damos a mínima.

O vulgar e o chique .... o que você chama de pecado e o que você chama de bondade .. pensar quão grande a diferença ;
Pensar na diferença que continuará para outros, no entanto jazemos além da diferença.

Pensar em quanto prazer existe !
Você sente prazer quando olha pro céu ? Sente prazer com poemas ?
Você se diverte na cidade ? ou metido em negócios ? ou armando uma indicação e eleição ? ou com sua mulher e a família ?
Ou com sua mãe e irmãs ? ou em tarefas femininas ? ou nos lindos cuidados maternais ?

Estes também fluem para outros .... você e eu fluímos para frente ;
Mas no devido tempo você e eu teremos menos interesse neles.

Sua fazenda e lucros e safras .... pensar em como você é ocupado ;
Pensar que sempre haverá fazendas e rendimentos e safras .. mas de que valerá pra você ?

O que tem que ser será bom — pois o que é, é bom,
Interessar-se é bom, e não se interessar também é bom.

O céu continua lindo .... o prazer dos homens com as mulheres nunca será saciado .. nem o prazer das mulheres com os homens .. nem o prazer que provém dos poemas ;
As alegrias domésticas, o trabalho ou negócio diário, a construção de casas — não são fantasmas .. possuem peso e forma e local ;
As fazendas e os lucros e as safras .. os mercados e salários e o governo .. eles também não são fantasmas ;
A diferença entre pecado e bondade não é alguma aparição ;
A terra não é um eco .... o homem e sua vida e todas as coisas de sua vida são bem consideradas.

Você não está descartado .. você se junta com certeza e segurança ao redor de você mesmo,
De você mesmo ! Você mesmo ! Sempre você mesmo !

It is not to diffuse you that you were born of your mother and father — it is to identify you,
It is not that you should be undecided, but that you should be decided ;
Something long preparing and formless is arrived and formed in you,
You are thenceforth secure, whatever comes or goes.

The threads that were spun are gathered . . . . the weft crosses the warp . . . . the pattern is systematic.

The preparations have every one been justified ;
The orchestra have tuned their instruments sufficiently . . . . the baton has given the signal.

The guest that was coming . . . . he waited long for reasons . . . . he is now housed,
He is one of those who are beautiful and happy . . . . he is one of those that to look upon and be with is enough.

The law of the past cannot be eluded,
The law of the present and future cannot be eluded,
The law of the living cannot be eluded . . . . it is eternal,
The law of promotion and transformation cannot be eluded,
The law of heroes and good-doers cannot be eluded,
The law of drunkards and informers and mean persons cannot be eluded.

Slowmoving and black lines go ceaselessly over the earth,
Northerner goes carried and southerner goes carried . . . . and they on the Atlantic side and they on the Pacific, and they between, and all through the Mississippi country . . . . and all over the earth.

The great masters and kosmos are well as they go . . . . the heroes and good-doers are well,
The known leaders and inventors and the rich owners and pious and distinguished may be well,
But there is more account than that . . . . there is strict account of all.

The interminable hordes of the ignorant and wicked are not nothing,
The barbarians of Africa and Asia are not nothing,
The common people of Europe are not nothing . . . . the American aborigines are not nothing,
A zambo or a foreheadless Crowfoot or a Camanche is not nothing,
The infected in the immigrant hospital are not nothing . . . . the murderer or mean person is not nothing,
The perpetual succession of shallow people are not nothing as they go,
The prostitute is not nothing . . . . the mocker of religion is not nothing as he goes.

I shall go with the rest . . . . we have satisfaction :

Não foi pra se dispersar que você nasceu de pai e mãe — foi para te identificar,
Não foi pra que você fosse indeciso, mas que fosse decidido ;
Alguma coisa há tempos preparada e informe chegou e se formou em você,
Portanto você está salvo, haja o que houver.

Os fios que foram tecidos estão reunidos .... a trama atravessa a urdidura ... o
padrão é sistemático.

Os preparativos foram todos justificados ;
A orquestra já afinou os instrumentos o bastante .... a batuta já deu o sinal.

O convidado que estava vindo .... esperou o bastante por algum motivo .... ele
agora está acomodado,
Ele é um desses caras bonitos e felizes .... daqueles que só de paquerar e ficar junto é
o bastante.

Da lei do passado não há como escapar,
Da lei do presente e do futuro não há como escapar,
Da lei dos vivos não há como escapar .... é eterna,
Da lei da promoção e transformação não há como escapar,
Da lei dos heróis e benfeitores não há como escapar,
Da lei dos bêbados e dos delatores e das pessoas mesquinhas não há como escapar.

Fileiras negras lentamente se movem sobre a terra sem cessar,
Carregando nortista e sulista .... e os que estão no litoral do Atlântico e no litoral do
Pacífico, e aqueles no meio, e em toda a região do Mississippi .... e sobre toda
a Terra.

Os grandes mestres e o kosmos estão bem do jeito que estão .... os heróis e os
benfeitores também,
Os líderes ilustres e inventores e ricos proprietários e os piedosos e os distintos até podem
estar bem,
Mas há outro registro além desse .... um registro estrito de tudo isso.

As hordas intermináveis de ignorantes e depravados não são uma coisa qualquer,
Os bárbaros da África e da Ásia não são uma coisa qualquer,
As pessoas comuns da Europa não são uma coisa qualquer .... os aborígines
americanos não são uma coisa qualquer,
Um cafuzo ou Crowfoot ou Comanche não são uma coisa qualquer,[28]
Os infectados no hospital de imigrantes não são uma coisa qualquer, o assassino ou a
pessoa má não são uma coisa qualquer,
A perpétua sucessão de gente superficial não são uma coisa qualquer,
A prostituta não é uma coisa qualquer .... o zombador da religião não é uma coisa
qualquer enquanto avança.

Eu devo ir com o resto .... estamos satisfeitos :

I have dreamed that we are not to be changed so much . . . . nor the law of us changed ;
I have dreamed that heroes and good-doers shall be under the present and past law,
And that murderers and drunkards and liars shall be under the present and past law ;
For I have dreamed that the law they are under now is enough.

And I have dreamed that the satisfaction is not so much changed . . . . and that there is
no life without satisfaction ;
What is the earth ? what are body and soul without satisfaction ?

I shall go with the rest,
We cannot be stopped at a given point . . . . that is no satisfaction ;
To show us a good thing or a few good things for a space of time — that is no satisfaction ;
We must have the indestructible breed of the best, regardless of time.

If otherwise, all these things came but to ashes of dung ;
If maggots and rats ended us, then suspicion and treachery and death.

Do you suspect death ? If I were to suspect death I should die now,
Do you think I could walk pleasantly and well-suited toward annihilation ?

Pleasantly and well-suited I walk,
Whither I walk I cannot define, but I know it is good,
The whole universe indicates that it is good,
The past and the present indicate that it is good.

How beautiful and perfect are the animals ! How perfect is my soul !
How perfect the earth, and the minutest thing upon it !
What is called good is perfect, and what is called sin is just as perfect ;
The vegetables and minerals are all perfect . . and the imponderable fluids are perfect ;
Slowly and surely they have passed on to this, and slowly and surely they will yet pass on.

O my soul ! if I realize you I have satisfaction,
Animals and vegetables ! if I realize you I have satisfaction,
Laws of the earth and air ! if I realize you I have satisfaction.

I cannot define my satisfaction . . yet it is so,
I cannot define my life . . yet it is so.

Sonhei que não havíamos mudado muito . . . . nem nossa lei interna tinha mudado ;
Sonhei que os heróis e benfeitores estariam sob a lei do presente e do passado,
E que assassinos e bêbados e mentirosos estariam sob a lei do presente e do passado ;
Pois sonhei que a lei a que todos estão sujeitos agora é o bastante.

Sonhei que a satisfação não mudara muito . . . . e que não existe vida sem satisfação ;
O que é a terra ? O que são o corpo e a alma sem satisfação ?

Devo seguir com o resto,
Não vamos parar num determinado ponto . . . . isso não é satisfação ;
Mostrar uma ou algumas coisas boas por um tempo — isso não é satisfação ;
Precisamos ter a raça indestrutível dos melhores, não importa o tempo.

Se no entanto tudo terminar em cinzas de estrume ;
Se vermes e ratos nos roerem, então suspeita e traição e morte.

Você desconfia da morte ? Se eu desconfiasse da morte, morreria agora mesmo,
Acha que eu poderia caminhar alegre e bem-vestido rumo à aniquilação ?

Alegre e bem-vestido vou,
Não sei dizer pra onde, mas sei que é bom,
O universo todo indica que é bom,
Passado e presente indicam que é bom.

Que lindos e perfeitos são os animais ! Como minha alma é perfeita !
Como é perfeita a terra, e a coisa mais diminuta sobre ela !
O que é chamado de bem é perfeito, e o que é chamado pecado também ;
Os vegetais e os minerais são todos perfeitos . . e os fluídos imponderáveis são
perfeitos ;
Lenta e seguramente chegaram até aqui, e lenta e seguramente irão mais
além.

Oh, minha alma ! Se a percebo me satisfaço,
Animais e vegetais ! Se os percebo me satisfaço,
Leis da terra e do ar ! Se as percebo me satisfaço.

Não sei definir minha satisfação . . e no entanto a sinto,
Não sei definir minha vida . . e no entanto a sinto.

I swear I see now that every thing has an eternal soul!
The trees have, rooted in the ground . . . . the weeds of the sea have . . . . the animals.

I swear I think there is nothing but immortality!
That the exquisite scheme is for it, and the nebulous float is for it, and the cohering is for it,
And all preparation is for it . . and identity is for it . . and life and death are for it.

Leaves of Grass

[The Sleepers]

I WANDER all night in my vision,
Stepping with light feet . . . . swiftly and noiselessly stepping and stopping,
Bending with open eyes over the shut eyes of sleepers;
Wandering and confused . . . . lost to myself . . . . ill-assorted . . . . contradictory,
Pausing and gazing and bending and stopping.

How solemn they look there, stretched and still;
How quiet they breathe, the little children in their cradles.

The wretched features of ennuyees, the white features of corpses, the livid faces of drunkards, the sick-gray faces of onanists,
The gashed bodies on battlefields, the insane in their strong-doored rooms, the sacred idiots,
The newborn emerging from gates and the dying emerging from gates,
The night pervades them and enfolds them.

The married couple sleep calmly in their bed, he with his palm on the hip of the wife, and she with her palm on the hip of the husband,
The sisters sleep lovingly side by side in their bed,
The men sleep lovingly side by side in theirs,
And the mother sleeps with her little child carefully wrapped.

The blind sleep, and the deaf and dumb sleep,
The prisoner sleeps well in the prison . . . . the runaway son sleeps,

Juro que agora vejo que cada coisa tem uma alma eterna !
As árvores, enraizadas no chão . . . . as algas marinhas têm . . . . os animais.

Juro achar que só a imortalidade existe !
E que este esquema primoroso é por ela, e a flutuação nebulosa é por ela, e a coesão é
por ela,
E todo preparativo é por ela . . e a identidade é por ela . . e a vida e a morte, por ela.

Folhas de Relva

[Os Adormecidos]

VAGUEIO a noite toda em minha visão,
Pé ante pé, rápida e silenciosamente passando e parando,
Me debruçando de olhos abertos sobre os olhos fechados dos adormecidos ;
Errante e confuso . . . . perdido de mim . . . . desordenado . . . . contraditório,
Pausando e encarando e me debruçando e parando.

Como parecem solenes, estirados e quietos ali ;
Como respiram quietas, as crianças nos berços.

Os aspectos desgraçados dos entediados, a feição pálida dos cadáveres, as faces lívidas
dos bêbados, a face cinza e doente dos onanistas,[29]
Os corpos retalhados nos campos de batalha, os loucos em seus quartos de portas
maciças, os idiotas sagrados,[30]
Os recém-nascidos emergindo dos portões e os moribundos emergindo dos portões,
A noite os penetra e os envolve.

O casal dorme tranquilo em sua cama, ele com a palma no quadril da esposa, ela com
a palma no quadril do esposo,
As irmãs dormem docemente na cama, lado a lado,
Os homens dormem docemente lado a lado,
E a mãe dorme com sua criança cuidadosamente coberta.

O cego dorme, e o surdo-mudo dorme,
O prisioneiro dorme bem na sua cela . . . . o filho fugitivo dorme,

The murderer that is to be hung next day . . . . how does he sleep ?
And the murdered person . . . . how does he sleep ?

The female that loves unrequited sleeps,
And the male that loves unrequited sleeps ;
The head of the moneymaker that plotted all day sleeps,
And the enraged and treacherous dispositions sleep.

I stand with drooping eyes by the worstsuffering and restless,
I pass my hands soothingly to and fro a few inches from them ;
The restless sink in their beds . . . . they fitfully sleep.

The earth recedes from me into the night,
I saw that it was beautiful . . . . and I see that what is not the earth is beautiful.

I go from bedside to bedside . . . . I sleep close with the other sleepers, each in turn ;
I dream in my dream all the dreams of the other dreamers,
And I become the other dreamers.

I am a dance . . . . Play up there ! the fit is whirling me fast.

I am the everlaughing . . . . it is new moon and twilight,
I see the hiding of douceurs . . . . I see nimble ghosts whichever way I look,
Cache and cache again deep in the ground and sea, and where it is neither ground or sea.

Well do they do their jobs, those journeymen divine,
Only from me can they hide nothing and would not if they could ;
I reckon I am their boss, and they make me a pet besides,
And surround me, and lead me and run ahead when I walk,
And lift their cunning covers and signify me with stretched arms, and resume the way ;
Onward we move, a gay gang of blackguards with mirthshouting music and
wild-flapping pennants of joy.

I am the actor and the actress . . . . the voter . . the politician,
The emigrant and the exile . . the criminal that stood in the box,
He who has been famous, and he who shall be famous after today,
The stammerer . . . . the wellformed person . . the wasted or feeble person.

I am she who adorned herself and folded her hair expectantly,
My truant lover has come and it is dark.

Double yourself and receive me darkness,
Receive me and my lover too . . . . he will not let me go without him.

O assassino que será enforcado no dia seguinte .... como ele dorme ?
E o assassinado .... como ele dorme ?

A fêmea que ama sem ser correspondida está dormindo,
E o macho que ama sem ser correspondido está dormindo ;
A cabeça do milionário que tramou o dia todo está dormindo,
E as pretensões traiçoeiras e raivosas estão dormindo.

Fico parado cabisbaixo, olhando os sofredores e os agitados,
Passo e repasso minhas mãos lenitivas a centímetros deles ;
Os agitados afundam em suas camas .... num sono intermitente.

A terra recua de mim dentro da noite,
Vi que ela era linda .... e vejo que o que não é a terra é lindo.

Vou de cama em cama .... durmo junto com outros adormecidos, um de cada vez ;
Sonho em meu sonho todos os sonhos dos outros sonhadores,
E me transformo nos outros sonhadores.

Sou dança .... Música ! O acesso me faz girar depressa.

Sou o sempre risonho .... é lua nova e o crepúsculo,
Vejo as prendas ocultas .... vejo rápidos fantasmas por onde olho,
Novamente se escondem no fundo da terra e do mar, e onde não há terra nem mar.

Fazem direito seus ofícios, esses artifíces divinos,
Só de mim nada escondem e nem esconderiam mesmo se pudessem ;
Parece que sou eu quem manda aqui, e eles por sua vez me fazem de mascote,
E me cercam, me conduzem e correm à minha frente enquanto passo,
E levantam seus disfarces espertos e me lançam sinais com braços esticados, e retomam
o caminho ;
Avançamos juntos, uma gangue animada de safados com música alegritante e
selvagitadas flâmulas de prazer.

Sou o ator e a atriz ..... o eleitor .... o político,
O emigrante e o exilado .... o criminoso no banco dos réus,
O que já foi famoso, e o que será amanhã,
O gago .... o bem formado .. a pessoa definhada ou frágil.

Sou aquela que se enfeita e prende o cabelo cheia de expectativa,
Meu amante vagabundo chegou e anoiteceu.

Se duplique e me receba, treva,
Receba a mim e meu amante .... ele não vai me deixar ir sozinho.

I roll myself upon you as upon a bed . . . . I resign myself to the dusk.

He whom I call answers me and takes the place of my lover,
He rises with me silently from the bed.

Darkness you are gentler than my lover . . . . his flesh was sweaty and panting,
I feel the hot moisture yet that he left me.

My hands are spread forth . . I pass them in all directions,
I would sound up the shadowy shore to which you are journeying.

Be careful, darkness . . . . already, what was it touched me ?
I thought my lover had gone . . . . else darkness and he are one,
I hear the hear-beat . . . . I follow . . I fade away.

O hotcheeked and blushing ! O foolish hectic !
O for pity's sake, no one must see me now ! . . . . my clothes were stolen while I was abed,
Now I am thrust forth, where shall I run ?

Pier that I saw dimly last night when I looked from the windows,
Pier out from the main, let me catch myself with you and stay . . . . I will not chafe you ;
I feel ashamed to go naked about the world,
And am curious to know where my feet stand . . . . and what is this flooding me,
childhood or manhood . . . . and the hunger that crosses the bridge between.

The cloth laps a first sweet eating and drinking,
Laps life-swelling yolks . . . . laps ear of rose-corn, milky and just ripened :
The white teeth stay, and the boss-tooth advances in darkness,
And liquor is spilled on lips and bosoms by touching glasses, and the best liquor afterward.

I descend my western course . . . . my sinews are flaccid,
Perfume and youth course through me, and I am their wake.

It is my face yellow and wrinkled instead of the old woman's,
I sit low in a strawbottom chair and carefully darn my grandson's stockings.

It is I too . . . . the sleepless widow looking out on the winter midnight,
I see the sparkles of starshine on the icy and pallid earth.

A shroud I see — and I am the shroud . . . . I wrap a body and lie in the coffin ;
It is dark here underground . . . . it is not evil or pain here . . . . it is blank here, for reasons.

Rolo em você como numa cama . . . . me rendo ao crepúsculo.

Ele que me responde quando o chamo e toma o lugar do meu amante,
Levanta da cama comigo em silêncio.

Treva, você me trata melhor que meu amante . . . . sua carne suava e gotejava,
Sinto a umidade morna que ele deixou em mim.

Minhas mãos espalmadas . . . . passo as mãos sobre eles em todas as direções,
Eu sondaria a praia sombria para onde vocês seguem.

Cuidado, treva . . . . e agora, o que foi que me tocou ?
Achei que meu amante tinha sumido . . . . ou vai ver a treva e ele são um só,
Escuto o coração bater . . . . acompanho . . e apago.

Ah rubor sem-vergonha ! Oh corado imbecil !
Meu Deus, que ninguém me veja agora ! . . . . roubaram minhas roupas
enquanto dormia,
Agora me expulsam da cama, pra onde correr ?

Píer que vi de relance ontem de noite quando olhava pelas janelas,
Píer penetrando no mar, deixe-me agarrá-lo e ficar . . . . não vou esfolar você ;
Sinto vergonha de sair nu assim pelo mundo,
Estou curioso pra saber aonde pisam meus pés . . . . e o que é isso me inundando,
infância ou idade adulta . . . . e a fome que atravessa a ponte entre os dois.

O pano lambe o primeiro doce bocado e gole,
Lambe as gemas inchadas de vida . . . . lambe a orelha do milho rosa, cheio de leite
e no ponto :
O dente branco fica, e o dente pontudo se enfia na treva,
E um licor jorra nos lábios e nos peitos num brinde, e o melhor licor
vem depois.[31]

Desço meu curso oeste . . . . músculos exaustos,
Perfume e juventude correm por mim, e sou seu despertar.

É minha a face amarela e enrugada, não a face da anciã,
Sento-me numa cadeira de palha e costuro com cuidado as meias do meu neto.

É minha também . . . . a da viúva insone olhando pra fora na madrugada de inverno,
Vejo as centelhas de brilho estelar sobre a terra pálida e fria.

Um sudário eu vejo — e eu sou o sudário . . . . embrulho um corpo e me deito no
caixão ;
É bem escuro aqui embaixo . . . . nem dor nem mal existem aqui . . . . é um lugar
vazio aqui, e há motivos.

It seems to me that everything in the light and air ought to be happy ;
Whoever is not in his coffin and the dark grave, let him know he has enough.

I see a beautiful gigantic swimmer swimming naked through the eddies of the sea,
His brown hair lies close and even to his head . . . . he strikes out with courageous arms . . . . he urges himself with his legs.

I see his white body . . . . I see his undaunted eyes ;
I hate the swift-running eddies that would dash him headforemost on the rocks.

What are you doing you ruffianly red-trickled waves ?
Will you kill the courageous giant ? Will you kill him in the prime of his middle age ?

Steady and long he struggles ;
He is baffled and banged and bruised . . . . he holds out while his strength holds out,
The slapping eddies are spotted with his blood . . . . they bear him away . . . . they roll him and swing him and turn him :
His beautiful body is borne in the circling eddies . . . . it is continually bruised on rocks,
Swiftly and out of sight is borne the brave corpse.

I turn but do not extricate myself ;
Confused . . . . a pastreading . . . . another, but with darkness yet.

The beach is cut by the razory ice-wind . . . . the wreck-guns sound,
The tempest lulls and the moon comes floundering through the drifts.

I look where the ship helplessly heads end on . . . . I hear the burst as she strikes . . I hear the howls of dismay . . . . they grow fainter and fainter.

I cannot aid with my wringing fingers ;
I can but rush to the surf and let it drench me and freeze upon me.

I search with the crowd . . . . not one of the company is washed to us alive ;
In the morning I help pick up the dead and lay them in rows in a barn.

Now of the old war-days . . the defeat at Brooklyn ;
Washington stands inside the lines . . he stands on the entrenched hills amid a crowd of officers,
His face is cold and damp . . . . he cannot repress the weeping drops . . . . he lifts the glass perpetually to his eyes . . . . the color is blanched from his cheeks,
He sees the slaughter of the southern braves confided to him by their parents.

The same at last and at last when peace is declared,
He stands in the room of the old tavern . . . . the wellbeloved soldiers all pass through.

Me parece que todas as coisas à luz e no ar merecem ser felizes ;
Quem não está no seu caixão, na cova escura, que fique satisfeito com o que tem.

Vejo um nadador gigantesco e lindo nadando nu pelos redemoinhos do mar,
Seu cabelo castanho colado rente à testa .... bate na água com braçadas corajosas ....
se propele com suas próprias pernas.

Vejo seu corpo branco .... seus olhos destemidos ;
Odeio os rápidos redemoinhos que arremessariam sua cabeça nos rochedos.

O que estão fazendo, ondas briguentas e sanguinolentas ?
Vão matar o corajoso gigante ? Vão matá-lo no auge da meia-idade ?

Por muito tempo ele luta e resiste ;
Elas o socam e o acossam e o espancam .... ele aguenta enquanto suas forças
aguentam,
Os estapeantes redemoinhos se tingem com seu sangue .... eles o levam embora ....
e o rolam e o giram e o balançam :
Seu corpo lindo é carregado por redemoinhos .... continuamente ferido pelas rochas,
Pra longe e rapidamente é carregado seu corajoso cadáver.

Me reviro mas não me livro ;
Confuso .... um flashback[32] .... e um outro, mas com mais treva ainda.

A praia é lanhada pela navalha gelada do vento .... ouço os estrondos do naufrágio ....
A tempestade se aquieta e a lua se debate pelas correntezas.

Olho para onde o navio ruma indefeso .... ouço o estrondo quando ele colide
.... ouço os uivos de pavor .... ficando cada vez mais fracos.

Não consigo ajudar com meus dedos contorcidos ;
Só posso correr pra arrebentação e deixar que ela me encharque e me congele.

Procuro com a multidão .... ninguém da tripulação é devolvido com vida pelo mar ;
De manhã ajudo a pegar os mortos e os deito em filas num celeiro.

Agora os velhos dias de guerra .... a derrota no Brooklyn ;
Washington de pé dentro das linhas .. ele de pé nas colinas entrincheiradas em meio à
multidão de oficiais,
Sua face fria e deprimida .... não consegue segurar o choro .... o tempo todo
erguendo seu monóculo .... a cor empalidece nas faces,
Assiste a chacina de bravos sulistas confiados a ele por seus pais.

O mesmo enfim acontece quando a paz é declarada,
Ele de pé no salão da velha taverna .... os soldados bem-amados passam por ele.

The officers speechless and slow draw near in their turns,
The chief encircles their necks with his arm and kisses them on the cheek,
He kisses lightly the wet cheeks one after another .... he shakes hands and bids goodbye to the army.

Now I tell what my mother told me today as we sat at dinner together,
Of when she was a nearly grown girl living home with her parents on the old homestead.

A red squaw came one breakfastime to the old homestead,
On her back she carried a bundle of rushes for rushbottoming chairs ;
Her hair straight shiny coarse black and profuse halfenveloped her face,
Her step was free and elastic .... her voice sounded exquisitely as she spoke.

My mother looked in delight and amazement at the stranger,
She looked at the beauty of her tallborne face and full and pliant limbs,
The more she looked upon her she loved her,
Never before had she seen such wonderful beauty and purity ;
She made her sit on a bench by the jamb of the fireplace .... she cooked food for her,
She had no work to give her but she gave her remembrance and fondness.

The red squaw staid all the forenoon, and toward the middle of the afternoon she went away ;
O my mother was loth to have her go away,
All the week she thought of her .... she watched for her many a month,
She remembered her many a winter and many a summer,
But the red squaw never came nor was heard of there again.

Now Lucifer was not dead .... or if he was I am his sorrowful terrible heir ;
I have been wronged .... I am oppressed .... I hate him that oppresses me,
I will either destroy him, or he shall release me.

Damn him ! how he does defile me,
How he informs against my brother and sister and takes pay for their blood,
How he laughs when I look down the bend after the steamboat that carries away my woman.

Now the vast dusk bulk that is the whale's bulk .... it seems mine,
Warily, sportsman ! though I lie so sleepy and sluggish, my tap is death.

A show of the summer softness .... a contact of something unseen .... an amour of the light and air ;
I am jealous and overwhelmed with friendliness,
And will go gallivant with the light and the air myself,
And have an unseen something to be in contact with them also.

Os oficiais atônitos e lentos se aproximam um por um,
O comandante abraça seus pescoços e os beija no rosto,
Beija de leve as bochechas úmidas de cada um . . . . aperta suas mãos e dá adeus
ao pelotão.

Agora uma história que minha mãe contou durante a janta,
Do tempo em que ela era adolescente e vivia com seus pais no velho sítio.

Uma índia chegou na hora do café da manhã,
Nas costas um feixe de juncos pra forrar cadeiras ;
Seu cabelo liso brilhante grosso negro e profuso semiescondia seu rosto,
Seu jeito de andar era livre e elástico . . . . sua voz soava esquisita quando ela falava.

Minha mãe olhava admirada e deliciada para a estranha,
Olhava a beleza de sua face enorme e membros flexíveis e perfeitos,
Quanto mais a olhava mais a amava,
Nunca vira criatura mais maravilhosa e pura e bela ;
Ela a fez sentar-se num banco junto ao batente da lareira . . . . cozinhou pra ela,
Não tinha trabalho pra oferecer mas lhe deu memória e afeição.

A índia ficou a manhã toda, e no meio da tarde foi embora ;
Ah, não queria minha mãe que ela se fosse,
Passou a semana pensando nela . . . . meses e meses a esperou,
E se lembrou dela por muitos invernos e muitos verões,
Mas a índia nunca mais apareceu nem dela mais se ouviu falar.

Agora Lúcifer estava bem vivo[33] . . . . ou se estava morto sou seu herdeiro terrível e
infeliz ;
Tenho sido injustiçado . . . . sou oprimido . . . . odeio este que me oprime,
Ou ele me liberta ou o destruo.

Maldito seja ! Como ele me degrada,
Como entrega meu irmão e irmã e é pago pelo sangue deles,
Como ri enquanto abaixo os olhos e a cabeça depois de ver o navio levar minha
mulher.

Agora o vulto imenso e volumoso e sombrio de uma baleia . . . . parece ser o meu,
Cuidado, esportista ! embora passe tão lenta e sonolenta, meu tapa é morte certa.

Um show de suave verão . . . . o contato com algo invisível . . . . um namoro
de luz e de ar ;
Estou com ciúmes e inundado de amizade,
E eu mesmo vou flertar com a luz e o ar,
E tenho algo invisível também para me pôr em contato com eles.

O love and summer ! you are in the dreams and in me,
Autumn and winter are in the dreams . . . . the farmer goes with his thrift,
The droves and crops increase . . . . the barns are wellfilled.

Elements merge in the night . . . . ships make tacks in the dreams . . . . the sailor sails . . . .
the exile returns home,
The fugitive returns unharmed . . . . the immigrant is back beyond months and years ;
The poor Irishman lives in the simple house of his childhood, with the wellknown
neighbors and faces,
They warmly welcome him . . . . he is barefoot again . . . . he forgets he is welloff ;
The Dutchman voyages home, and the Scotchman and Welchman voyage home . . and
the native of the Mediterranean voyages home ;
To every port of England and France and Spain enter wellfilled ships ;
The Swiss foots it toward his hills . . . . the Prussian goes his way, and the Hungarian his
way, and the Pole goes his way,
The Swede returns, and the Dane and Norwegian return.

The homeward bound and the outward bound,
The beautiful lost swimmer, the ennuyee, the onanist, the female that loves unrequited,
the moneymaker,
The actor and actress . . those through with their parts and those waiting to commence,
The affectionate boy, the husband and wife, the voter, the nominee that is chosen and the
nominee that has failed,
The great already known, and the great anytime after to day,
The stammerer, the sick, the perfectformed, the homely,
The criminal that stood in the box, the judge that sat and sentenced him, the fluent
lawyers, the jury, the audience,
The laugher and weeper, the dancer, the midnight widow, the red squaw,
The consumptive, the erysipalite, the idiot, he that is wronged,
The antipodes, and every one between this and them in the dark,
I swear they are averaged now . . . . one is no better than the other,
The night and sleep have likened them and restored them.

I swear they are all beautiful,
Every one that sleeps is beautiful . . . . every thing in the dim night is beautiful,
The wildest and bloodiest is over and all is peace.

Peace is always beautiful,
The myth of heaven indicates peace and night.

The myth of heaven indicates the soul ;
The soul is always beautiful . . . . it appears more or it appears less . . . . it comes or lags
behind,

Ah o amor e o verão ! Vocês estão nos sonhos e em mim,
Outono e inverno estão nos meus sonhos . . . . o fazendeiro vai com seu vigor
vicejante,
Rebanhos e colheitas crescem . . . . as tulhas estão abarrotadas.

Elementos fundem-se na noite . . . . barcos bordejam nos sonhos . . . . o navegante
navega . . . . o exilado volta para casa,
O fugitivo volta sem um arranhão . . . . o imigrante está de volta após meses e anos ;
O irlandês pobre vive na casa simples de sua infância, com vizinhos e faces bem
familiares,
Eles o recebem de braços abertos . . . . está de novo descalço . . . . esquece que é bem de vida ;
O holandês viaja pra casa, e o escocês e o galês voltam pra casa . . . e o nativo do
Mediterrâneo volta pra casa ;
Em cada porto da Inglaterra França Espanha barcos lotados penetram ;
O suíço sobe a pé para suas colinas . . . . O prussiano segue caminho, e o húngaro toma
seu rumo, e o polaco toma seu rumo,
O sueco retorna, e o dinarmarquês e o norueguês retornam.

Quem chega e quem parte do país natal,
O nadador bonito e perdido, o entediado, o onanista, a fêmea que ama sem ser
correspondida, o milionário,
O ator e a atriz . . os que terminaram suas falas e os que esperam sua deixa,
O menino carinhoso, o marido e a mulher, o eleitor, o candidato indicado e o derrotado,
Quem já é reconhecido como grande, e o que será um dia desses,
O gago, o doente, o bem formado, o tosco,
O criminoso que se levantou no banco dos réus, o juiz que se sentou e o sentenciou,
os advogados bem-falantes, o júri, a audiência,
O de riso fácil e o chorão, o dançarino, a viúva da meia-noite, a índia,
O tuberculoso, o que sofre de erisipela, o idiota, o que foi injustiçado,
Os antípodas[34], e cada um entre isto e os que estão na escuridão,
Juro que estão todos nivelados . . . . nenhum é melhor que o outro,
A noite de sono os igualou, os restaurou.

Juro que todos são lindos,
Cada pessoa dormindo é linda . . . . cada coisa na noite fosca é linda,
A parte mais selvagem e sangrenta já passou e tudo está em paz.

A paz é sempre linda,
O mito do céu indica paz e noite.

O mito do céu indica a alma ;
A alma é sempre linda . . . . aparece mais ou aparece menos . . . . ela vem ou fica pra
trás,

It comes from its embowered garden and looks pleasantly on itself and encloses the world ;
Perfect and clean the genitals previously jetting, and perfect and clean the womb cohering,
The head wellgrown and proportioned and plumb, and the bowels and joints proportioned and plumb.

The soul is always beautiful,
The universe is duly in order . . . . every thing is in its place,
What is arrived is in its place, and what waits is in its place ;
The twisted skull waits . . . . the watery or rotten blood waits,
The child of the glutton or venerealee waits long, and the child of the drunkard waits long, and the drunkard himself waits long,
The sleepers that lived and died wait . . . . the far advanced are to go on in their turns, and the far behind are to go on in their turns,
The diverse shall be no less diverse, but they shall flow and unite . . . . they unite now.

The sleepers are very beautiful as they lie unclothed,
They flow hand in hand over the whole earth from east to west as they lie unclothed ;
The Asiatic and African are hand in hand . . . . the European and American are hand in hand,
Learned and unlearned are hand in hand . . and male and female are hand in hand ;
The bare arm of the girl crosses the bare breast of her lover . . . . they press close without lust . . . his lips press her neck,
The father holds his grown or ungrown son in his arms with measureless love . . . . and the son holds the father in his arms with measureless love,
The white hair of the mother shines on the white wrist of the daughter,
The breath of the boy goes with the breath of the man . . . . friend is inarmed by friend,
The scholar kisses the teacher and the teacher kisses the scholar . . . . the wronged is made right,
The call of the slave is one with the master's call . . and the master salutes the slave,
The felon steps forth from the prison . . . . the insane becomes sane . . . . the suffering of sick persons is relieved,
The sweatings and fevers stop . . the throat that was unsound is sound . . the lungs of the consumptive are resumed . . the poor distressed head is free,
The joints of the rheumatic move as smoothly as ever, and smoother than ever,
Stiflings and passages open . . . . the paralysed become supple,
The swelled and convulsed and congested awake to themselves in condition,
They pass the invigoration of the night and the chemistry of the night and awake.

I too pass from the night ;
I stay awhile away O night, but I return to you again and love you ;

Vem de seu jardim frondoso e olha com prazer para si mesma e envolve o mundo ;
Perfeitos e puros os genitais que ejacularam antes, perfeito e puro o útero que os uniu,
A cabeça bem-desenvolvida e proporcional e aprumada, e os intestinos e juntas
proporcionais e aprumados.

A alma é sempre linda,
Tudo no universo está em ordem . . . . também está em seu lugar,
O que chegou está em seu lugar, e o que espera, espera em seu lugar ;
O de crânio deformado espera . . . . o de sangue aquoso ou poluído espera,
O filho do glutão ou do doente venéreo espera bastante, e o filho do bêbado espera
bastante, e o próprio bêbado espera,
Os adormecidos que viveram e morreram esperam . . . . os que estão na frente vão
na sua vez, e os que estão atrás também,
Os diferentes não serão menos diferentes, e sim vão fluir e se unir . . . . eles se unem agora.

Os adormecidos estão lindos deitados nus assim,
Fluem de mãos dadas sobre toda a terra de leste a oeste deitados e nus assim ;
O asiático e o africano dão as mãos . . . . o europeu e o americano dão as mãos,
Letrados e analfabetos dão as mãos . . . . e o macho e a fêmea dão as mãos ;
O braço nu da moça atravessa o peito nu de seu amante . . . . eles se amassam sem
luxúria . . . . os lábios dele premem seu pescoço,
O pai segura seu filho crescido ou pequeno em seus braços com amor desmedido . . . . e
o filho segura o pai em seus braços com amor desmedido,
O cabelo branco da mãe brilha no pulso branco da filha,
A respiração do menino acompanha a respiração do homem . . . . amigo abraça
amigo,
O acadêmico beija o professor e o professor beija o acadêmico . . . . o torto se
endireita,
O grito do escravo e o do senhor viram um só . . e o senhor saúda o escravo,
O condenado se safa da prisão . . . . o insano fica são . . . . . o sofrimento
dos doentes é aliviado,
Cessam as febres e suores . . a garganta rouca fica boa . . os pulmões do tísico se
restauram . . a cabeça perturbada se liberta,
As juntas do reumático se movem suaves como nunca, mais ágeis do que nunca,
Asfixias e passagens se abrem . . . . o paralítico se torna ágil,
Os inchados e convulsivos e congestionados despertam em boas condições,
Passam pelo tônico da noite e pela química da noite e despertam.

Também estou de passagem pela noite ;
Fico fora um tempo, Ó noite, mas volto de novo pra você e te amo ;

Why should I be afraid to trust myself to you ?
I am not afraid . . . . I have been well brought forward by you ;
I love the rich running day, but I do not desert her in whom I lay so long :
I know not how I came of you, and I know not where I go with you . . . . but I know I came well and shall go well.

I will stop only a time with the night . . . . and rise betimes.

I will duly pass the day O my mother and duly return to you ;
Not you will yield forth the dawn again more surely than you will yield forth me again,
Not the womb yields the babe in its time more surely than I shall be yielded from you in my time.

Leaves of Grass

[I Sing the Body Electric]

THE bodies of men and women engirth me, and I engirth them,
They will not let me off nor I them till I go with them and respond to them and love them.

Was it dreamed whether those who corrupted their own live bodies could conceal themselves ?
And whether those who defiled the living were as bad as they who defiled the dead ?

The expression of the body of man or woman balks account,
The male is perfect and that of the female is perfect.

The expression of a wellmade man appears not only in his face,
It is in his limbs and joints also . . . . it is curiously in the joints of his hips and wrists,
It is in his walk . . the carriage of his neck . . the flex of his waist and knees . . . . dress does not hide him,

Por que eu teria medo de me entregar a você ?
Não tenho medo . . . . fui bem apresentado por você ;
Adoro a rica rapidez do dia, mas não abandono em quem me deitei por tanto
tempo :
Não sei como vim de você, nem sei aonde vou com você . . . . mas sei que vim bem e
assim prosseguirei.

Vou parar com a noite só por um momento . . . . despertarei a tempo.

Vou passar o dia pontualmente Ó minha mãe e pontualmente vou voltar pra você ;
Você dará de novo à luz à aurora com mais certeza do que dará à luz a mim de novo,
Tão certo quanto o ventre gera o bebê em meu tempo serei gerado de você.

Folhas de Relva

[Eu Canto o Corpo Elétrico]

CORPOS de homens e mulheres me cercam, e eu os cerco,
Não vão me soltar nem eu a eles enquanto não for com eles e os responda e os
ame.

Alguém imaginou que os que corrompem seus próprios corpos conseguiriam se
esconder de si mesmos ?
E se quem viola os vivos é tão perverso quanto os que violam os mortos ?

A expressão de um corpo de um homem ou mulher são demais da conta,
O macho é perfeito e a fêmea é perfeita também.

A expressão de um homem bem-feito não está só na sua face,
Está nos membros e articulações . . . . está curiosamente nas juntas dos quadris e dos
pulsos,
Está no jeito de andar . . na postura do pescoço . . na flexão da cintura e dos joelhos
. . . . não há roupa que o esconda,

The strong sweet supple quality he has strikes through the cotton and flannel;
To see him pass conveys as much as the best poem . . perhaps more,
You linger to see his back and the back of his neck and shoulderside.

The sprawl and fulness of babes . . . . the bosoms and heads of women . . . . the folds of their dress . . . . their style as we pass in the street . . . . the contour of their shape downwards;
The swimmer naked in the swimmingbath . . seen as he swims through the salt transparent greenshine, or lies on his back and rolls silently with the heave of the water;
Framers bare-armed framing a house . . hoisting the beams in their places . . or using the mallet and mortising-chisel,
The bending forward and backward of rowers in rowboats . . . . the horseman in his saddle;
Girls and mothers and housekeepers in all their exquisite offices,
The group of laborers seated at noontime with their open dinnerkettles, and their wives waiting,
The female soothing a child . . . . the farmer's daughter in the garden or cowyard,
The woodman rapidly swinging his axe in the woods . . . . the young fellow hoeing corn . . . . the sleighdriver guiding his six horses through the crowd,
The wrestle of wrestlers . . two apprentice-boys, quite grown, lusty, goodnatured, nativeborn, out on the vacant lot at sundown after work,
The coats vests and caps thrown down . . the embrace of love and resistance,
The upperhold and underhold — the hair rumpled over and blinding the eyes;
The march of firemen in their own costumes — the play of the masculine muscle through cleansetting trowsers and waistbands,
The slow return from the fire . . . . the pause when the bell strikes suddenly again — the listening on the alert,
The natural perfect and varied attitudes . . . . the bent head, the curved neck, the counting:
Suchlike I love . . . . I loosen myself and pass freely . . . . and am at the mother's breast with the little child,
And swim with the swimmer, and wrestle with wrestlers, and march in line with the firemen, and pause and listen and count.

I knew a man . . . . he was a common farmer . . . . he was the father of five sons . . . and in them were the fathers of sons . . . and in them were the fathers of sons.

This man was of wonderful vigor and calmness and beauty of person;
The shape of his head, the richness and breadth of his manners, the pale yellow and white of his hair and beard, the immeasurable meaning of his black eyes,
These I used to go and visit him to see . . . . He was wise also,
He was six feet tall . . . . he was over eighty years old . . . . his sons were massive clean bearded tanfaced and handsome,

Sua qualidade doce forte sutil transluz do algodão e da flanela ;
Vê-lo passar diz tanto quanto o melhor poema . . diz até mais,
Você se demora espiando suas costas, sua nuca e os contornos de seus ombros.

O espreguiçar e a completude dos bebês . . . . os seios e as cabeças das mulheres . . . . as dobras dos vestidos . . . . sua elegância quando passamos pela rua . . . . o contorno de sua forma de cima a baixo ;
O nadador pelado na piscina . . visto enquanto nada pelo sal translúcido e verde brilhante, ou boiando e rolando em silêncio com o crispar da água ;
Carpinteiros de mangas arregaçadas erguendo uma casa . . pondo as vigas em seus lugares . . ou usando o martelo e o formão,
A flexão pra frente e pra trás dos remadores em seus barcos . . . . o cavaleiro em sua sela ;
Moças e mães e governantas em suas estranhas tarefas,
A turma de trabalhadores sentados com as marmitas abertas ao meio-dia, e suas esposas esperando,
A mulher ninando a criança . . . . a filha do fazendeiro no jardim ou no curral,
O lenhador brandindo com pressa seu machado pela mata . . . . o moleque capinando o milharal . . . . o condutor de trenó conduzindo seus seis cavalos pela multidão,
A luta dos lutadores . . . . dois aprendizes, já crescidos, sensuais, amáveis, nativos, no terreno baldio ao pôr do sol depois do trampo,
Paletós e bonés jogados no chão . . . . o *clinch* amoroso e a resistência,
O gancho e a direita — o cabelo despenteado cegando os olhos ;
A marcha dos bombeiros em seus uniformes — o membro masculino jogando sob as calças justas e os cinturões,
O lento retorno depois do incêndio . . . . a pausa quando o sino volta a tocar de repente — todos em alerta,
As atitudes perfeitas variadas e naturais . . . . a cabeça inclinada, curva de nuca, a contagem :
Amo coisas assim . . . . me solto e passo livremente . . . . estou no seio materno com a criança,
Nado com o nadador, luto com os lutadores, marcho em fila com os bombeiros, paro e escuto e conto.

Conheci um homem . . . . um fazendeiro comum . . . . pai de cinco filhos . . . . e estes pais de outros filhos . . . . e estes pais de outros também.

Esse homem tinha um vigor maravilhoso, era uma beleza e tranquilidade de pessoa ;
O contorno da cabeça, a riqueza e extensão de seus gestos, o amarelo pálido e branco da barba e do cabelo, o imenso significado de seus olhos negros,
Coisas assim era o que eu ia ver quando o visitava . . . . era sábio também,
Um metro e oitenta de altura . . . . mais de oitenta anos . . . . seus filhos eram fortes e limpos e barbudos e bronzeados e bonitos,

They and his daughters loved him . . . all who saw him loved him . . . they did not love him by allowance . . . they loved him with personal love ;
He drank water only . . . . the blood showed like scarlet through the clear brown skin of his face ;
He was a frequent gunner and fisher . . . he sailed his boat himself . . . he had a fine one presented to him by a shipjoiner . . . . he had fowling-pieces, presented to him by men that loved him ;
When he went with his five sons and many grandsons to hunt or fish you would pick him out as the most beautiful and vigorous of the gang,
You would wish long and long to be with him . . . . you would wish to sit by him in the boat that you and he might touch each other.

I have perceived that to be with those I like is enough,
To stop in company with the rest at evening is enough,
To be surrounded by beautiful curious breathing laughing flesh is enough,
To pass among them . . to touch any one . . . . to rest my arm ever so lightly round his neck or her neck for a moment . . . . what is this then ?
I do not ask any more delight . . . . I swim in it as in a sea.

There is something in staying close to men and women and looking on them and in the contact and odor of them that pleases the soul well,
All things please the soul, but these please the soul well.

This is the female form,
A divine nimbus exhales from it from head to foot,
It attracts with fierce undeniable attraction,
I am drawn by its breath as if I were no more than a helpless vapor . . . . all falls aside but myself and it,
Books, art, religion, time . . the visible and solid earth . . the atmosphere and the fringed clouds . . what was expected of heaven or feared of hell are now consumed,
Mad filaments, ungovernable shoots play out of it . . the response likewise ungovernable,
Hair, bosom, hips, bend of legs, negligent falling hands — all diffused . . . . mine too diffused,
Ebb stung by the flow, and flow stung by the ebb . . . . loveflesh swelling and deliciously aching,
Limitless limpid jets of love hot and enormous . . . . quivering jelly of love . . . white-blow and delirious juice,
Bridegroom-night of love working surely and softly into the prostrate dawn,
Undulating into the willing and yielding day,
Lost in the cleave of the clasping and sweetfleshed day.

This is the nucleus . . . after the child is born of woman the man is born of woman ;
This is the bath of birth . . . this is the merge of small and large and the outlet again.

Eles e as irmãs o amavam . . . não havia como vê-lo e não amá-lo . . .
ninguém o amava em troca de recompensa . . . . amavam com amor pessoal ;
Só bebia água . . . . seu sangue escarlate se exibia pela pele morena da face ;
Fã de caçadas e pescarias . . . ele mesmo pilotava seu barco . . . tinha um bonito,
presente de um carpinteiro naval . . . . tinha também espingardas, que
homens que o amavam lhe deram ;
Quando ia pescar ou caçar com seus cinco filhos e seus muitos netos ele se destacava
como o mais bonito e vigoroso da gangue,
Você ia querer ficar um bom tempo com ele . . . . ia querer ficar sentado a seu lado no
barco, um tocando o outro.

Já percebi que estar junto de quem gosto me basta,
Ficar na companhia dos outros num fim de tarde me basta,
Estar cercado por suas carnes belas curiosas sorridentes e palpitantes me basta,
Passar no meio deles . . tocar qualquer um . . . . pousar meu braço bem de leve ao redor do
pescoço dele ou dela por um momento . . . . o que é isso ?
Não peço delícia maior . . . . mergulho nisso como num mar.

Tem alguma coisa em ficar perto de homens e mulheres e no olhar e no contato e nos
seus cheiros que satisfazem a alma,
Todas as coisas satisfazem a alma, mas essas sim satisfazem a alma.

Eis a forma feminina,
Um nimbo divino exala de si da cabeça aos pés,
Atrai com atração furiosa e irrecusável,
Sou sugado por sua respiração feito um vapor indefeso . . . . tudo desaba ao redor
menos ela e eu,
Livros, artes, religiões, tempo . . a terra visível e sólida . . a atmosfera e as franjas de
nuvens . . o que se esperava do céu e se temia do inferno agora se consome,
Filamentos loucos, incontroláveis brotos disparam de dentro dela . . a reação
igualmente incontrolável,
Cabelos, peito, quadris, curva de pernas, mãos caindo indolentes — todas difusas . . . .
as minhas também difusas,
O fluxo da maré picando o refluxo, o refluxo picando o fluxo . . . . carne amorosa
inchando e doendo deliciosamente,
Límpidas e ilimitadas ejaculações de amor quentes e imensas . . . . gelatina trêmula do
amor . . . suco delirante jato branco,
Noite-noivo amoroso avançando suave e seguro na aurora exausta,
Ondulando dentro do dia rendido e a fim,
Perdido na brecha apertada da carne suculenta do dia.

Eis o núcleo . . . depois da criança nascer da mulher o homem nasce da mulher,
Eis o banho batismal . . . eis a fusão do menor e do maior e de novo a saída.

Be not ashamed women . . your privilege encloses the rest . . it is the exit of the rest,
You are the gates of the body and you are the gates of the soul.

The female contains all qualities and tempers them . . . . she is in her place . . . . she moves with perfect balance,
She is all things duly veiled . . . . she is both passive and active . . . . she is to conceive daughters as well as sons and sons as well as daughters.

As I see my soul reflected in nature . . . . as I see through a mist one with inexpressible completeness and beauty . . . . see the bent head and arms folded over the breast . . . . the female I see,
I see the bearer of the great fruit which is immortality . . . . the good thereof is not tasted by roues, and never can be.

The male is not less the soul, nor more . . . . he too is in his place,
He too is all qualities . . . . he is action and power . . . . the flush of the known universe is in him,
Scorn becomes him well and appetite and defiance become him well,
The fiercest largest passions . . bliss that is utmost and sorrow that is utmost become him well . . . pride is for him,
The fullspread pride of man is calming and excellent to the soul ;
Knowledge becomes him . . . . he likes it always . . . . he brings everything to the test of himself,
Whatever the survey . . whatever the sea and the sail, he strikes soundings at last only here,
Where else does he strike soundings except here ?

The man's body is sacred and the woman's body is sacred . . . . it is no matter who,
Is it a slave ? Is it one of the dullfaced immigrants just landed on the wharf ?

Each belongs here or anywhere just as much as the welloff . . . . just as much as you,
Each has his or her place in the procession.

All is a procession,
The universe is a procession with measured and beautiful motion.

Do you know so much that you call the slave or the dullface ignorant ?
Do you suppose you have a right to a good sight . . . and he or she has no right to a sight ?
Do you think matter has cohered together from its diffused float, and the soil is on the surface and water runs and vegetation sprouts for you . . and not for him and her ?

Não se envergonhem, mulheres . . . . seu privilégio é conter o resto . . ser a saída para o resto,
Vocês são os portais do corpo e vocês são os portais da alma.

A fêmea contém todas as qualidades e as temperam . . . . está no lugar certo . . . . se move em perfeito equilíbrio,
Ela é todas as coisas devidamente veladas . . . . passiva e ativa ao mesmo tempo . . . . ela é quem gera tanto filhas quanto filhos, tanto filhos quanto filhas.

Assim como vejo minha alma refletida na natureza . . . . como se através de uma névoa com indizível plenitude e beleza e saúde a vejo . . . . com a cabeça inclinada e braços cruzados sobre o peito a vejo . . . . a fêmea eu vejo,
Vejo a portadora do grande fruto da imortalidade . . . . dela o que vem de bom não é saboreado por devassos, nem nunca será.

O macho não é menos alma nem mais . . . . também está em seu lugar,
Também possui todas as qualidades . . . . ação e força . . . . traz em si o fluxo do universo conhecido,
Desdém faz bem e apetite e desafios fazem bem a ele,
As paixões mais selvagens e vorazes . . a máxima alegria e a máxima tristeza fazem bem a ele . . . o orgulho faz bem,
O orgulho pleno do homem acalma e melhora a alma ;
A sabedoria lhe cai bem . . . . ele sempre a aprecia . . . . ele traz tudo para o teste de si mesmo,
Seja qual for a busca . . seja qual for o mar e a vela, ele faz suas sondagens só por aqui,
Onde mais sondar senão aqui ?

O corpo do homem é sagrado e o corpo da mulher é sagrado . . . . não importa de quem seja,
É de um escravo ? De um dos imigrantes de rosto abatido que acaba de desembarcar ?

Cada um pertence a este lugar ou a qualquer lugar tanto quanto os bem de vida . . . . tanto quanto você,
Cada um tem seu lugar na procissão.

Tudo é uma procissão,
O universo é uma procissão em seu movimento belo e ritmado.

Você é tão sabido a ponto de chamar de ignorantes o escravo e o imigrante abatido ?
Acha que só você tem direito a uma bela visão . . . e que ele ou ela não têm direito à visão ?
Acha que foi só por você que a matéria se coeriu em seu fluxo difuso, e que o solo está na superfície e a água corre e a vegetação viceja só por você . . . e não por ele ou por ela ?

A slave at auction !
I help the auctioneer . . . . the sloven does not half know his business.

Gentlemen look on this curious creature,
Whatever the bids of the bidders they cannot be high enough for him,
For him the globe lay preparing quintillions of years without one animal or plant,
For him the revolving cycles truly and steadily rolled.

In that head the allbaffling brain,
In it and below it the making of the attributes of heroes.

Examine these limbs, red black or white . . . . they are very cunning in tendon and nerve ;
They shall be stript that you may see them.

Exquisite senses, lifelit eyes, pluck, volition,
Flakes of breastmuscle, pliant backbone and neck, flesh not flabby, goodsized arms and legs,
And wonders within there yet.

Within there runs his blood . . . . the same old blood . . the same red running blood ;
There swells and jets his heart . . . . There all passions and desires . . all reachings and aspirations :
Do you think they are not there because they are not expressed in parlors and lecture-rooms ?

This is not only one man . . . . he is the father of those who shall be fathers in their turns,
In him the start of populous states and rich republics,
Of him countless immortal lives with countless embodiments and enjoyments.
How do you know who shall come from the offspring of his offspring through the centuries ?
Who might you find you have come from yourself if you could trace back through the centuries ?

A woman at auction,
She too is not only herself . . . . she is the teeming mother of mothers,
She is the bearer of them that shall grow and be mates to the mothers.

Her daughters or their daughters' daughters . . who knows who shall mate with them ?
Who knows through the centuries what heroes may come from them ?

In them and of them natal love . . . . in them the divine mystery . . . . the same old beautiful mystery.

Have you ever loved a woman ?

Leiloa-se um escravo !
Ajudo o leiloeiro . . . . o incompetente não sabe nem metade do seu negócio.

Cavalheiros, observem esta criatura curiosa,
Seja quantos forem os lances dos licitantes, nunca serão altos o bastante pra ele,
Para ele o globo se preparou por quintilhões de anos sem um animal ou planta,
Para ele os ciclos recorrentes rolaram exatos e firmes.

Nessa cabeça o desconcertante cérebro,
Dentro e debaixo dela a formação dos atributos dos heróis.

Examinem estes membros, vermelhos, negros ou brancos . . . . são bem atraentes em tendões e nervos ;
Tiremos suas roupas para que possam vê-los.

Sentidos aguçados, olhos vívidos, garra, vontade,
Bíceps avantajados, coluna e pescoço flexíveis, corpo sem gordura, boa proporção entre braços e pernas,
E outros milagres lá dentro.

Dentro dele corre sangue . . . . o mesmo velho sangue . . o mesmo sangue corrente e vermelho ;
Ali seu coração se dilata e bombeia . . . . Ali todas as paixões e desejos . . alcances e aspirações :
Acha que não existem só porque não são expressos em parlatórios e salas de conferência ?

Isto não é só um homem . . . . é o pai dos que serão pais quando chegar a vez deles,
Nele o começo de estados populosos e ricas repúblicas,
Dele vidas imortais e inumeráveis com inumeráveis encarnações e gozos.
Como sabe quem virá da prole de sua prole através dos séculos ?
De quem será que você teria saído se pudesse retroceder através dos séculos ?

Uma mulher em leilão,
Ela também não é só ela . . . . também é a fértil mãe das mães,
A portadora dos que vão crescer e ser os parceiros das mães.

As filhas ou as filhas de suas filhas . . quem vai saber quem serão seus parceiros ?
Quem sabe os heróis que delas hão de nascer pelos séculos ?

Nelas e delas o amor natal . . . . nelas o mistério divino . . . . o mesmo lindo e antigo mistério.

Você já amou uma mulher ?

Your mother . . . . is she living ? . . . . Have you been much with her ? and has she been much with you ?
Do you not see that these are exactly the same to all in all nations and times all over the earth ?

If life and the soul are sacred the human body is sacred ;
And the glory and sweet of a man is the token of manhood untainted,
And in man or woman a clean strong firmfibred body is beautiful as the most beautiful face.

Have you seen the fool that corrupted his own live body ? or the fool that corrupted her own live body ?
For they do not conceal themselves, and cannot conceal themselves.

Who degrades or defiles the living human body is cursed,
Who degrades or defiles the body of the dead is not more cursed.

Leaves of Grass

[Faces]

SAUNTERING the pavement or riding the country byroad here then are faces,
Faces of friendship, precision, caution, suavity, ideality,
The spiritual prescient face, the always welcome common benevolent face,
The face of the singing of music, the grand faces of natural lawyers and judges broad at the backtop,
The faces of hunters and fishers, bulged at the brows . . . . the shaved blanched faces of orthodox citizens,
The pure extravagant yearning questioning artist's face,
The welcome ugly face of some beautiful soul . . . . the handsome detested or despised face,
The sacred faces of infants . . . . the illuminated face of the mother of many children,

E sua mãe .... está viva ? .... Quanto tempo tem ficado com ela ? e ela tem ficado
bastante com você ?
Não vê que essas coisas são exatamente as mesmas pra todo mundo e em todas as
nações e eras da terra ?

Se a vida e a alma são sagradas o corpo humano é sagrado ;
E a glória e doçura de um homem são o dom de sua humanidade imaculada,
No homem ou na mulher um corpo limpo e firme e forte é bonito como o mais
bonito dos rostos.

Não viram o louco corrompendo o próprio corpo em vida ? ou a louca corrompendo
seu próprio corpo vivo ?
Pois eles não conseguem se esconder, não têm como se esconder de si.

Quem degrada ou corrompe o corpo humano vivo é amaldiçoado,
Quem degrada ou corrompe o corpo morto não é mais amaldiçoado.

Folhas de Relva

[Rostos]

FLANANDO pela calçada ou trotando por estradas rurais eu vejo rostos,
Rostos de amizade, precisão, cautela, suavidade, idealismo,
O rosto espiritual previdente, o sempre bem-vindo rosto comum benevolente,
O rosto de quem canta, os rostos ilustres dos advogados naturais e juízes de crânios
largos,
Rostos dos caçadores e pescadores, de testas salientes .... o rosto pálido e
escanhoado dos cidadãos ortodoxos,
O rosto puro e extravagante e ansioso e interrogativo do artista,
O rosto feio e bem-vindo de alguma alma bonita .... o rosto bonito detestável ou
desprezível,
O rosto sagrado dos infantes .... o rosto iluminado da mãe de muitos filhos,

The face of an amour . . . . the face of veneration,
The face as of a dream . . . . the face of an immobile rock,
The face withdrawn of its good and bad . . a castrated face,
A wild hawk . . his wings clipped by the clipper,
A stallion that yielded at last to the thongs and knife of the gelder.

Sauntering the pavement or crossing the ceaseless ferry, here then are faces ;
I see them and complain not and am content with all.

Do you suppose I could be content with all if I thought them their own finale ?

This now is too lamentable a face for a man ;
Some abject louse asking leave to be . . cringing for it,
Some milknosed maggot blessing what lets it wrig to its hole.

This face is a dog's snout sniffing for garbage ;
Snakes nest in that mouth . . I hear the sibilant threat.

This face is a haze more chill than the arctic sea,
Its sleepy and wobbling icebergs crunch as they go.

This is a face of bitter herbs . . . . this an emetic . . . . they need no label,
And more of the drugshelf . . laudanum, caoutchouc, or hog's lard.
This face is an epilepsy advertising and doing business . . . . its wordless tongue gives out the unearthly cry,
Its veins down the neck distend . . . . its eyes roll till they show nothing but their whites,
Its teeth grit . . the palms of the hands are cut by the turned-in nails,
The man falls struggling and foaming to the ground while he speculates well.

This face is bitten by vermin and worms,
And this is some murderer's knife with a halfpulled scabbard.

This face owes to the sexton his dismalest fee,
An unceasing deathbell tolls there.

Those are really men ! . . . . the bosses and tufts of the great round globe !

Features of my equals, would you trick me with your creased and cadaverous march ?
Well then you cannot trick me.

I see your rounded never-erased flow,
I see neath the rims of your haggard and mean disguises.

O rosto de um caso amoroso . . . . o rosto de veneração,
O rosto como de um sonho . . . . o rosto de uma rocha imóvel,
O rosto despojado de bem e de mal . . . . um rosto castrado,
De um falcão selvagem . . suas asas aparadas pela tesoura,
De um garanhão que finalmente cede à faca do castrador.

Flanando pelas ruas ou cruzando as balsas que não param, esses são os rostos ;
Eu os vejo e não reclamo e estou contente com tudo.

Acha que estaria assim contente se achasse que eles fossem seus movimentos finais ?

Esse agora é um rosto triste demais pra ser de um homem ;
Algum piolho asqueroso pedindo licença pra existir . . se encolhendo todo,
Alguma larva de nariz leitoso abençoando quem a deixa colear em seu buraco.

Esse rosto é o focinho de um cão fuçando o lixo ;
Serpentes se aninham naquela boca . . ouço sua ameaça sibilante.

Esse rosto uma neblina mais gelada que o oceano ártico,
Seus icebergs sonolentos e oscilantes colidem enquanto passam.

Esse é um rosto de capim-amargoso . . . . esse é um vomitivo . . . . não precisam de
rótulo,
Tem mais na prateleira da drogaria . . láudano, caucho, ou banha de porco.
Esse rosto é a epilepsia anunciando seu negócio . . . . sua língua sem palavras solta
um grito de outro mundo,
Suas veias saltam do pescoço . . . . seus olhos reviram até deixar os brancos à mostra,
Seus dentes rangem . . as palmas das mãos cortadas pelas próprias unhas fechadas,
O homem cai estrebuchando e espumando no chão enquanto segue
especulando.

Esse rosto está picado de vermes e insetos,
E esse o de um assassino sacando o punhal da bainha.

Esse rosto deve seu dízimo ao sacristão,
Um sino mortal incessante dobra ali.

Esses são homens de verdade ! . . . . as protuberâncias e tufos do globo grande e
redondo !

Feições de meus iguais, querem me enganar com sua marcha enrugada e cadavérica ?
Bem, não caio mais nessa.

Vejo seu fluxo redondo e nunca apagado,
Vejo sob as bordas de seus disfarces selvagens e maus.

Splay and twist as you like . . . . poke with the tangling fores of fishes or rats,
You'll be unmuzzled . . . . you certainly will.

I saw the face of the most smeared and slobbering idiot they had at the asylum,
And I knew for my consolation what they knew not ;
I knew of the agents that emptied and broke my brother,
The same wait to clear the rubbish from the fallen tenement ;
And I shall look again in a score or two of ages,
And I shall meet the real landlord perfect and unharmed, every inch as good as myself.

The Lord advances and yet advances :
Always the shadow in front . . . . always the reached hand bringing up the laggards.

Out of this face emerge banners and horses . . . . O superb ! . . . . I see what is coming,
I see the high pioneercaps . . . . I see the staves of runners clearing the way,
I hear victorious drums.

This face is a lifeboat ;
This is the face commanding and bearded . . . . it asks no odds of the rest ;
This face is flavored fruit ready for eating ;
This face of a healthy honest boy is the programme of all good.

These faces bear testimony slumbering or awake,
They show their descent from the Master himself.

Off the word I have spoken I except not one . . . . red white or black, all are deific,
In each house is the ovum . . . . it comes forth after a thousand years.

Spots or cracks at the windows do not disturb me,
Tall and sufficient stand behind and make signs to me ;
I read the promise and patiently wait.

This is a fullgrown lily's face,
She speaks to the limber-hip'd man near the garden pickets,
Come here, she blushingly cries . . . . Come nigh to me limber-hip'd man and give me
your finger and thumb,
Stand at my side till I lean as high as I can upon you,
Fill me with albescent honey . . . . bend down to me,
Rub to me with your chafing beard . . rub to my breast and shoulders.

The old face of the mother of many children :
Whist ! I am fully content.

Se espalhe e se retorça o quanto quiser .... cutuque as fuças confusas dos peixes e ratos,
Ficará livre da focinheira .... com certeza ficará.

Vi o rosto do idiota mais nojento e babento que havia no hospício,
E pra meu consolo sabia algo que eles não sabiam ;
Conheci os agentes que esvaziaram e quebraram meu irmão,
Os mesmos que esperam pra limpar o lixo do cortiço destruído ;
E irei olhar de novo em uma ou duas eras,
E encontrarei o verdadeiro proprietário perfeito e intacto, cada polegada dele tão boa quanto a minha.

O Senhor avança e avança ainda mais :
Sempre a sombra segue à frente .... sempre a mão estendida pra erguer os retardatários.

Bandeiras e cavalos emergem de seu rosto .... Ó sublime ! Vejo o que está chegando,
Vejo os chapéus pontudos dos pioneiros .... vejo os cajados dos mensageiros abrindo caminho,
Ouço os tambores da vitória.

Este rosto é um bote salva-vidas ;
Este é o rosto barbudo de quem manda .... não pede vantagens do resto ;
Este rosto, um fruto gostoso no ponto pra comer ;
Este rosto, o de um garoto saudável e honesto, o melhor dos programas.

Estes rostos dão seus testemunhos sonolentos ou acordados,
Mostram que descendem mesmo do Mestre.

Da palavra que disse não excluo ninguém .... peles-vermelhas brancos ou negros, todos são divinos,
Em cada casa existe o óvulo .... ele avança depois de um milênio.

Manchas ou trincas na janela não me incomodam,
Altas e suficientes, ficam atrás de mim fazendo sinais ;
Leio a promessa e espero com paciência.

Este é o rosto de um lírio todo aberto,
Conversa com um homem de ancas ágeis perto da cerca do jardim,
Vem cá, ela grita enrubescida .... chegue perto homem ágil e me dê seu polegar e indicador,
Fique a meu lado até que me apoie em você o mais alto que puder,
Me encha de mel alvorescente .... se incline sobre mim,
Esfregue sua barba áspera em mim .. esfregue-a nos meus peitos e nos meus ombros.

O velho rosto da mãe de muitos filhos :
Psiu ! Estou tão contente.

Lulled and late is the smoke of the Sabbath morning,
It hangs low over the rows of trees by the fences,
It hangs thin by the sassafras, the wildcherry and the catbrier under them.

I saw the rich ladies in full dress at the soiree,
I heard what the run of poets were saying so long,
Heard who sprang in crimson youth from the white froth and the water-blue.

Behold a woman !
She looks out from her quaker cap .... her face is clearer and more beautiful than the sky.

She sits in an armchair under the shaded porch of the farmhouse,
The sun just shines on her old white head.

Her ample gown is of creamhued linen,
Her grandsons raised the flax, and her granddaughters spun it with the distaff and the wheel.

The melodious character of the earth !
The finish beyond which philosophy cannot go and does not wish to go !
The justified mother of men !

[Song of the Answerer]

A YOUNG man came to me with a message from his brother,
How should the young man know the whether and when of his brother ?
Tell him to send me the signs.

And I stood before the young man face to face, and took his right hand in my left hand and his left hand in my right hand,
And I answered for his brother and for men .... and I answered for the poet, and sent these signs.

Him all wait for .... him all yield up to .... his word is decisive and final,
Him they accept .... in him lave .... in him perceive themselves as amid light,
Him they immerse, and he immerses them.

Beautiful women, the haughtiest nations, laws, the landscape, people and animals,
The profound earth and its attributes, and the unquiet ocean,

Sonolenta e lenta é a fumaça sobre a manhã do Sabbath,
Suspensa baixa sobre fileiras de árvores rentes às cercas,
Flutua fina pelo sassafrás, pela cerejeira silvestre e roseira-brava.

Vi damas ricas em traje de gala no sarau,
Ouvi o que o bando de poetas falava havia tanto tempo,
Ouvi o ser que brotou jovem e carmesim da branca espuma e do azul da água.

Contemple a mulher !
Ela encara de seu gorro quaker . . . . seu rosto é mais vistoso e bonito do que o céu.

Ela senta sob as sombras da varanda da sede da fazenda,
O sol rebrilha em sua velha cabeça branca.

Sua saia ampla é de linho cor de creme,
Seus netos cultivaram o linho, e suas netas a teceram com o fuso e a roca.

A qualidade melódica da terra !
O limite além do qual a filosofia não pode e não pretende ir !
A mãe legítima dos homens !

[Canção do Respondedor]

UM MOÇO chegou pra mim com uma mensagem de seu irmão,
Como ele saberia o se e quando do seu irmão ?
Diz pra ele me mandar os sinais.

E fiquei cara a cara com o moço, e peguei sua mão direita com minha mão esquerda e sua mão esquerda com minha mão direita,
E respondi por seu irmão e pela humanidade . . . . respondi pelo poeta, e enviei estes sinais.

Aqueles que todos esperam . . . . a quem todos se rendem . . . . é dele a última palavra, a que decide,
Ele todos aceitam . . . . nele se banham . . . . nele se percebem como se imersos na luz,
Nele todos mergulham, e ele mergulha em todos.

As mulheres mais bonitas, as nações mais arrogantes, leis, paisagem, pessoas e animais,
A terra profunda e seus atributos, o oceano inquieto,

All enjoyments and properties, and money, and whatever money will buy,
The best farms . . . . . others toiling and planting, and he unavoidably reaps,
The noblest and costliest cities . . . . others grading and building, and he domiciles there ;
Nothing for any one but what is for him . . . . near and far are for him,
The ships in the offing . . . . the perpetual shows and marches on land are for him if they are for any body.

He puts things in their attitudes,
He puts today out of himself with plasticity and love,
He places his own city, times, reminiscences, parents, brothers and sisters, associations employment and politics, so that the rest never shame them afterward, nor assume to command them.

He is the answerer,
What can be answered he answers, and what cannot be answered he shows how it cannot be answered.

A man is a summons and challenge,
It is vain to skulk . . . . Do you hear that mocking and laughter ? Do you hear the ironical echoes ?

Books friendships philosophers priests action pleasure pride beat up and down seeking to give satisfaction ;
He indicates the satisfaction, and indicates them that beat up and down also.

Whichever the sex . . . . whatever the season or place he may go freshly and gently and safely by day or by night,
He has the passkey of hearts . . . . to him the response of the prying of hands on the knobs.

His welcome is universal . . . . the flow of beauty is not more welcome or universal than he is,
The person he favors by day or sleeps with at night is blessed.

Every existence has its idiom . . . . every thing has an idiom and tongue ;
He resolves all tongues into his own, and bestows it upon men . . and any man translates . . and any man translates himself also :
One part does not counteract another part . . . . He is the joiner . . he sees how they join.

He says indifferently and alike, How are you friend ? to the President at his levee,
And he says Good day my brother, to Cudge that hoes in the sugarfield ;
And both understand him and know that his speech is right.

He walks with perfect ease in the capitol,

Todos os gozos e propriedades, dinheiro, e o que o dinheiro possa comprar,
As melhores fazendas . . . . outros labutando e plantando, e ele inevitavelmente
colhendo,
As cidades mais nobres e mais caras . . . . outros planejando e construindo, e é aqui
que ele mora ;
Nada é para ninguém senão para ele . . . . perto e longe são para ele,
Os barcos em alto-mar . . . . os perpétuos espetáculos e marchas na terra são para ele
se forem para outras pessoas.

Ele põe coisas em suas atitudes,
Ele tira o hoje de si com plasticidade e amor,
Ele situa sua própria cidade, tempos, reminiscências, pais, irmãos e irmãs, associações,
emprego e política, pra que depois o resto nunca os envergonhe, nem assuma
que mande neles.

Ele é o respondedor,
O que pode ser respondido ele responde, e o que não pode ele mostra como não pode ser
respondido.
Um homem é uma intimação e um desafio,
Inútil se esconder . . . . Ouve as risadas e a gozação ? Ouve os ecos irônicos ?

Livros amizades filósofos padres ação prazer orgulho se debatem buscando dar
satisfação ;
Ele indica a satisfação, e os indica aos que se debatem também.

Seja o sexo que for . . . . seja a estação ou lugar que for ele vai poder seguir seguro e
suave e fresco dia e noite,
Ele tem a senha dos corações . . . . para ele a reação das mãos girando a maçaneta.

Suas boas-vindas são universais . . . . o fluxo da beleza não é mais bem-vindo ou
universal do que ele,
A pessoa que ele ajuda de dia ou que dorme com ele de noite é abençoada.

Toda existência tem seu idioma . . . . cada coisa tem seu idioma e sua língua ;
Ele dissolve todas as línguas na sua, e a entrega aos homens . . e qualquer pessoa
pode traduzi-la . . e qualquer pessoa pode se traduzir :
Uma parte não se opõe à outra . . . . ele é o conector . . . . ele vê como elas se
conectam.

Ele diz indiferente e igual, Como vai, amigo ? ao Presidente em sua recepção,
E diz Bom dia, meu irmão, ao escravo[35] capinando o canavial ;
E ambos o entendem e sabem que o que fala está certo.

Ele passeia à vontade pelo capitólio,

He walks among the Congress . . . . and one representative says to another, Here is our equal appearing and new.

Then the mechanics take him for a mechanic,
And the soldiers suppose him to be a captain . . . . and the sailors that he has followed the sea,
And the authors take him for an author . . . . and the artists for an artist,
And the laborers perceive he could labor with them and love them ;
No matter what the work is, that he is one to follow it or has followed it,
No matter what the nation, that he might find his brothers and sisters there.

The English believe he comes of their English stock,
A Jew to the Jew he seems . . . . a Russ to the Russ . . . . usual and near . . removed from none.

Whoever he looks at in the traveler's coffeehouse claims him,
The Italian or Frenchman is sure, and the German is sure, and the Spaniard is sure . . . . and the island Cuban is sure.

The engineer, the deckhand on the great lakes or on the Mississippi or St. Lawrence or Sacramento or Hudson or Delaware claims him.

The gentleman of perfect blood acknowledges his perfect blood,
The insulter, the prostitute, the angry person, the beggar, see themselves in the ways of him . . . . he strangely transmutes them,
They are not vile any more . . . . they hardly know themselves, they are so grown :

You think it would be good to be the writer of melodious verses,
Well it would be good to be the writer of melodious verses ;
But what are verses beyond the flowing character you could have ? . . . . or beyond beautiful manners and behaviour ?
Or beyond one manly or affectionate deed of an apprenticeboy ? . . or old woman ? . . or man that has been in prison or is likely to be in prison ?

[Europe : The 72nd and 73rd Years of these States]

SUDDENLY out of its stale and drowsy lair, the lair of slaves,
Like lightning Europe le'pt forth . . . . half startled at itself,
Its feet upon the ashes and the rags . . . . Its hands tight to the throats of kings.

O hope and faith ! O aching close of lives ! O many a sickened heart !
Turn back unto this day, and make yourselves afresh.

Passeia pelo Congresso . . . . e um representante diz ao outro, Eis que aparece nosso
novo igual.

Os mecânicos o tomam por um mecânico,
E os soldados acreditam que ele é um capitão . . . . e os marinheiros, que ele tem
seguido o mar,
E o autor o toma por outro autor . . . . e os artistas por outro artista,
E os operários percebem que podem trabalhar com ele e o adoram ;
Não importa o trabalho, ele é alguém que se deve seguir ou o seguiu,
Não importa a nação, ele deve achar algum irmão ou irmã por lá.

O inglês pensa que ele é de linhagem inglesa,
O judeu o toma por um judeu . . . . o russo por um russo . . . . familiar e
íntimo . . . . estranho a ninguém.

Quem olha pra ele no café de viajantes pensa que é ele,
O italiano ou francês tem certeza, o alemão tem certeza, o espanhol tem certeza . . . . e
o cubano ilhéu tem certeza.

O engenheiro, o marujo nos Grandes Lagos ou no rio Mississippi ou São Lourenço
ou Sacramento ou Hudson ou Delaware.

O cavalheiro de sangue perfeito reconhece seu sangue perfeito,
O que insulta, a prostituta, o furioso, o mendigo, veem nele seus próprios modos . . . .
ele estranhamente os transmuta,
Agora não são mais perversos . . . . eles mal se reconhecem, cresceram tanto :

Você acha que seria bom ser autor de versos melodiosos,
Seria bom mesmo ser o escritor de versos melodiosos ;
Mas o que são versos diante da personalidade fluída que você pode assumir ? . . . .
para além dos bons modos e comportamentos ?
Ou diante da façanha viril ou carinhosa de um aprendiz ? . . ou da mulher idosa ?
. . ou do homem com passagem pela prisão ou que nela pode estar agora ?

[Europa : o 72.º e o 73.º Anos destes Estados]

DE REPENTE, de seu covil estagnado e sonolento, covil de escravos,
A Europa desperta feito um relâmpago . . . . meio surpresa consigo,
Pés sobre cinzas e farrapos . . . . Suas mãos esganando as gargantas dos reis.

Ah, fé e esperança ! Ah, doloridos fechos de vidas ! Tantos doentes de coração !
Retrocedam ao dia de hoje, e se renovem.

And you, paid to defile the People . . . . you liars mark :
Not for numberless agonies, murders, lusts,
For court thieving in its manifold mean forms,
Worming from his simplicity the poor man's wages ;
For many a promise sworn by royal lips, And broken, and laughed at in the breaking,
Then in their power not for all these did the blows strike of personal revenge . . or the heads of the nobles fall ;
The People scorned the ferocity of kings.

But the sweetness of mercy brewed bitter destruction, and the frightened rulers come back :
Each comes in state with his train . . . . hangman, priest and tax-gatherer . . . . soldier, lawyer, jailer and sycophant.

Yet behind all, lo, a Shape,
Vague as the night, draped interminably, head front and form in scarlet folds,
Whose face and eyes none may see,
Out of its robes only this . . . . the red robes, lifted by the arm,
One finger pointed high over the top, like the head of a snake appears.

Meanwhile corpses lie in new-made graves . . . . bloody corpses of young men :
The rope of the gibbet hangs heavily . . . . the bullets of princes are flying . . . . the creatures of power laugh aloud,
And all these things bear fruits . . . . and they are good.

Those corpses of young men,
Those martyrs that hang from the gibbets . . . those hearts pierced by the gray lead,
Cold and motionless as they seem . . live elsewhere with unslaughter'd vitality.

They live in other young men, O kings,
They live in brothers, again ready to defy you :
They were purified by death . . . . They were taught and exalted.

Not a grave of the murdered for freedom but grows seed for freedom . . . . in its turn to bear seed,
Which the winds carry afar and re-sow, and the rains and the snows nourish.

Not a disembodied spirit can the weapons of tyrants let loose,
But it stalks invisibly over the earth . . whispering counseling cautioning.

Liberty let others despair of you . . . . I never despair of you.

Is the house shut ? Is the master away ?
Nevertheless be ready . . . . be not weary of watching,
He will soon return . . . . his messengers come anon.

E vocês, pagos pra corromper o Povo . . . . prestem atenção, mentirosos :
Não foi por agonias infinitas, assassinatos, luxúrias,
Para a corte roubar em suas miríades de formas mesquinhas,
Parasitando os salários de fome dos pobres ;
Promessas demais foram juradas pelos lábios dos reis, E quebradas, por isso motivo de riso,
E que, uma vez no poder, não foi por nada disso que ressoam os golpes de vingança pessoal . . ou rolam as cabeças dos nobres ;
O Povo tinha nojo da ferocidade dos reis.

Mas a doçura do perdão destilou uma destruição amarga, e os regentes assustados retornaram :
Cada um paramentado com seu séquito . . . . carrasco, padre e coletor de impostos . . . . soldado, advogado, carcereiro e delator.

Por trás de tudo, repare, tem uma Forma,
Vaga como a noite, interminavelmente drapejada, testa e forma em dobras escarlates,
Com face e olhos que ninguém pode ver,
Fora de seus mantos apenas isso . . . . os mantos mesmos, vermelhos, erguidos pelo braço,
Um dedo aponta longe para cima, como cabeça de serpente aparecendo.

Enquanto isso cadáveres jazem em túmulos recentes . . . . cadáveres ensanguentados de jovens :
A corda da forca baqueia com força . . . as balas dos príncipes voam . . . . os poderosos gargalham,
E todas essas coisas geram frutos . . . . e eles são bons.

Cadáveres de jovens,
Esses mártires pendurados nas forcas . . . . com os corações varados de chumbo,
Frios e imóveis parecem . . vivem em algum lugar com uma vitalidade imassacrável.

Eles vivem em outros jovens, Oh, reis,
Vivem em seus irmãos, de novo prontos pra desafiar vocês :
Foram purificados pela morte . . . . Foram ensinados e exaltados.

Não há túmulo de alguém assassinado pela liberdade onde não grasse a semente da liberdade . . . . que por sua vez gera sementes,
Que o vento leva pra longe e ressemeia, sendo nutridas por chuvas e neves.

Não há espírito desencarnado capaz de deixar livres as armas dos tiranos,
Mas paira invisivelmente sobre a terra . . sussurrando e aconselhando e prevenindo.

Que outros se desesperem com você, Liberdade . . . . eu nunca me desespero.

A casa está fechada ? O professor saiu ?
No entanto fique esperto . . . . e não se canse de vigiar,
Ele logo vai voltar . . . . seus mensageiros estão chegando.

[A Boston Ballad]

CLEAR the way there Jonathan !
Way for the President's marshal ! Way for the government cannon !
Way for the federal foot and dragoons . . . . and the phantoms afterward.

I rose this morning early to get betimes in Boston town ;
Here's a good place at the corner . . . . I must stand and see the show.

I love to look on the stars and stripes . . . . I hope the fifes will play Yankee Doodle.

How bright shine the foremost with cutlasses,
Every man holds his revolver . . . . marching stiff through Boston town.

A fog follows . . . . antiques of the same come limping,
Some appear wooden-legged and some appear bandaged and bloodless.

Why this is a show ! It has called the dead out of the earth,
The old graveyards of the hills have hurried to see ;
Uncountable phantoms gather by flank and rear of it,
Cocked hats of mothy mould and crutches made of mist,
Arms in slings and old men leaning on young men's shoulders.

What troubles you, Yankee phantoms ? What is all this chattering of bare gums ?
Does the ague convulse your limbs ? Do you mistake your crutches for firelocks, and level them ?

If you blind your eyes with tears you will not see the President's marshal,
If you groan such groans you might balk the government cannon.

For shame old maniacs ! . . . . Bring down those tossed arms, and let your white hair be ;
Here gape your smart grandsons . . . . their wives gaze at them from the windows,
See how well-dressed . . . . see how orderly they conduct themselves.

Worse and worse . . . . Can't you stand it ? Are you retreating ?
Is this hour with the living too dead for you ?

Retreat then ! Pell-mell ! . . . . Back to the hills, old limpers !
I do not think you belong here anyhow.

But there is one thing that belongs here . . . . Shall I tell you what it is, gentlemen of Boston ?

I will whisper it to the Mayor . . . . he shall send a committee to England,
They shall get a grant from the Parliament, and go with a cart to the royal vault.

[Uma Balada de Boston]

ABRA caminho aí, Tio Sam !,[36]
Pro delegado do Presidente ! Pro canhão do governo !
Pra infantaria federal e os dragões .... pros fantasmas depois.

Levantei cedinho pra chegar a tempo em Boston ;
Olha só um bom lugar na esquina .... Preciso ficar e assistir a essa parada.

Adoro olhar a bandeira americana[37].... espero que os pífanos toquem Ianque Bobão.[38]

Como brilha a comissão de frente com seus sabres,
Cada homem segura firme seu revólver .... marcham duros pela cidade de Boston.

Uma cerração os segue .... seus ancestrais vêm mancando,
Uns aparecem com pernas de pau e outros enfaixados e exangues.

Isso sim é um show ! Fez até os mortos saírem da terra,
Os velhos cemitérios dos morros vieram correndo pra ver ;
Incontáveis fantasmas se reúnem nos flancos ou na retaguarda,
Chapéus de bicos roídos por traças e muletas de névoa,
Braços em tipoias, os velhos pendurados nos ombros dos jovens.

O que os aflige, fantasmas ianques ? Por que todo esse ranger de gengivas ?
A febre dá calafrios em seus membros ? Pensam que suas muletas são
espingardas, e as apontam ?

Se ficarem cegos com suas lágrimas não vão ver o delegado do Presidente,
Gemendo e suspirando assim vocês vão abafar o canhão do governo.

Que vergonha, velhos pirados ! .... Deponham e atirem suas armas, e deixem à
mostra seus cabelos brancos ;
Aqui seus netos boquiabertos .... suas esposas os espiam das janelas,
Vejam que bem-vestidos .... vejam como caminham em ordem.

Pior e pior .... Não conseguem aguentar ? Vão bater em retirada ?
Essa hora com os vivos está morta demais pra vocês ?

Caiam fora, então ! Pandemônio ! .... Voltem pro morro, velhos coxos !
Pensando bem, aqui não é lugar pra vocês.

Mas tem algo que pertence a este lugar .... Digo ou não digo, cavalheiros de Boston ?

Vou sussurrar pro Prefeito .... ele vai despachar um comitê pra Inglaterra,
Vão conseguir permissão do Parlamento, e ir com a carreta até a cripta real.

Dig out King George's coffin . . . . unwrap him quick from the graveclothes . . . .
box up his bones for a journey :
Find a swift Yankee clipper . . . . here is freight for you blackbellied clipper,
Up with your anchor ! shake out your sails ! . . . . steer straight toward Boston bay.

Now call the President's marshal again, and bring out the government cannon,
And fetch home the roarers from Congress, and make another procession and guard it
with foot and dragoons.

Here is a centrepiece for them :
Look ! all orderly citizens . . . . look from the windows women.

The committee open the box and set up the regal ribs and glue those that will not stay,
And clap the skull on top of the ribs, and clap a crown on top of the skull.

You have got your revenge old buster !. . . . The crown is come to its own and more than
its own.

Stick your hands in your pockets Jonathan . . . . you are a made man from this day,
You are mighty cute . . . . and here is one of your bargains.

[There Was a Child Went Forth]

THERE was a child went forth every day,
And the first object he looked upon and received with wonder or pity or love or
dread, that object he became,
And that object became part of him for the day or a certain part of the day . . . . or for
many years or stretching cycles of years.

The early lilacs became part of this child,
And grass, and white and red morningglories, and white and red clover, and the song of
the phoebe-bird,
And the March-born lambs, and the sow's pink-faint litter, and the mare's foal, and the
cow's calf, and the noisy brood of the barnyard or by the mire of the pond-side . .
and the fish suspending themselves so curiously below there . . and the beautiful
curious liquid . . and the water-plants with their graceful flat heads . . all became
part of him.

And the field-sprouts of April and May became part of him . . . . wintergrain sprouts, and
those of the light-yellow corn, and of the esculent roots of the garden,
And the appletrees covered with blossoms, and the fruit afterward . . . . and woodberries
. . and the commonest weeds by the road ;

Tirem o Rei George do caixão .... desembrulhem-no rápido de suas roupas de morto
.... encaixotem seus ossos pra viagem :
Achem um veloz veleiro ianque .... temos um frete pro seu veleiro negreiro,
Levantem as âncoras ! soltem as velas ! .... rumem direto pra baía de Boston.

Agora chamem de novo o delegado do Presidente, tragam o canhão do governo,
Tirem de suas casas os rugidores do Congresso, e façam outro desfile e o escoltem
com infantaria e dragões.

Eis a atração principal para eles :
Olhem ! cidadãos pacíficos .... olhem das janelas, mulheres.

O comitê abre a caixa e prepara as costelas do rei e cola as que não param quietas,
E coloca o crânio em cima das costelas, e crava uma coroa sobre o crânio.

Você conseguiu sua vingança, velho embusteiro ! .... A coroa voltou pro seu lugar e
mais do que seu próprio.

Meta as mãos nos bolsos, Tio Sam .... a partir de hoje você é um homem feito,
Você é mesmo esperto .... e essa é uma de suas barganhas.

[Tinha um Menino que Saía]

TINHA um menino que saía todo dia,
E a primeira coisa que ele olhava e recebia com surpresa ou pena ou amor ou
medo, aquela coisa ele virava,
E aquela coisa virava parte dele o dia todo ou parte do dia .... ou por muitos anos ou
longos ciclos de anos.

Os primeiros lilases viravam parte dele,
E a relva, e as ipomeias brancas e vermelhas, e o trevo branco e o vermelho, e o pio do
papa-moscas,
E os cordeiros de março, e a ninhada rosa tênue da porca, e o potro, e o bezerro, e o
bando barulhento no terreiro ou na lama do açude . . e os peixes suspensos lá
embaixo de um jeito curioso . . e o líquido bonito e esquisito . . e os aguapés
com suas cabeças chatas e graciosas . . tudo virava parte dele.

E os brotos de abril e maio viravam parte dele .... brotos de grãos de inverno, do milho
amarelo-claro, das raízes comestíveis do jardim,
E macieiras carregadas de flores, e de frutas depois .... as amoras silvestres . . e os
capins mais comuns à beira da estrada ;

And the old drunkard staggering home from the outhouse of the tavern whence he had lately risen,
And the schoolmistress that passed on her way to the school . . and the friendly boys that passed . . and the quarrelsome boys . . and the tidy and freshcheeked girls . . and the barefoot negro boy and girl,
And all the changes of city and country wherever he went.

His own parents . . he that had propelled the fatherstuff at night, and fathered him . . and she that conceived him in her womb and birthed him . . . . they gave this child more of themselves than that,
They gave him afterward every day . . . . they and of them became part of him.

The mother at home quietly placing the dishes on the suppertable,
The mother with mild words . . . . clean her cap and gown . . . . a wholesome odor falling off her person and clothes as she walks by :
The father, strong, selfsufficient, manly, mean, angered, unjust,
The blow, the quick loud word, the tight bargain, the crafty lure,
The family usages, the language, the company, the furniture . . . . the yearning and swelling heart,
Affection that will not be gainsayed . . . . The sense of what is real . . . . the thought if after all it should prove unreal,
The doubts of daytime and the doubts of nighttime . . . the curious whether and how,
Whether that which appears so is so . . . . Or is it all flashes and specks ?
Men and women crowding fast in the streets . . if they are not flashes and specks what are they ?
The streets themselves, and the facades of houses . . . . the goods in the windows,
Vehicles . . teams . . the tiered wharves, and the huge crossing at the ferries ;
The village on the highland seen from afar at sunset . . . . the river between,
Shadows . . aureola and mist . . light falling on roofs and gables of white or brown, three miles off,
The schooner near by sleepily dropping down the tide . . the little boat slacktowed astern,
The hurrying tumbling waves and quickbroken crests and slapping ;
The strata of colored clouds . . . . the long bar of maroontint away solitary by itself . . . . the spread of purity it lies motionless in,
The horizon's edge, the flying seacrow, the fragrance of saltmarsh and shoremud ;
These became part of that child who went forth every day, and who now goes and will always go forth every day,
And these become of him or her that peruses them now.

E o velho bebum cambaleando pra casa saindo da latrina da taverna de onde acabou
de levantar,
E a professora a caminho da escola . . e os garotos simpáticos passando . . e os
garotos briguentos . . e as garotas arrumadas e coradas . . e o negrinho e a
negrinha descalços,
E todas as transformações da cidade e do campo onde quer que fosse.

Seus próprios pais . . ele que de noite espirrou o esperma paterno, e o gerou . . e ela
que o concebeu em seu ventre e o gerou . . . . eles deram a este menino muito
mais que isto,
Deram a si mesmos para ele todos os dias . . . . viraram parte dele.

A mãe em casa em silêncio pondo os pratos na mesa de jantar,
Mãe de palavras meigas . . . . de touca e vestido limpos . . . . um odor saudável emana
de sua pessoa e roupas quando ela passa :
O pai, forte, autossuficiente, machista, mesquinho, irritado, injusto,
A porrada, a palavra alta e brusca, a barganha difícil, a mentira bem bolada,
Os costumes da família, a linguagem, a turma, a mobília . . . . o coração carente e
intumescido,
Carinho que não será negado . . . . O sentido do real . . . . a suspeita disso tudo afinal ser
irreal,
As dúvidas do dia e da noite . . . o curioso se e como,
Se aquilo que parece ser é de verdade . . . . ou tudo não passa de flashes e manchas ?
Homens e mulheres se aglomerando na correria das ruas . . se não são flashes e
manchas, serão o quê ?
As próprias ruas, e as fachadas das casas . . . . as mercadorias nas vitrines,
Carros . . parelhas . . o cais e suas pranchas pesadas . . e o imenso vai e vem das balsas ;
A vila na montanha vista de longe ao pôr do sol . . . . o rio no meio,
Sombras . . auréola e neblina . . luz batendo nos telhados e empenas brancas e
marrons a cinco quilômetros daqui,
A escuna sonolenta pertinho descendo a correnteza . . o barquinho sendo rebocado pela
popa na vazante,
Ondas quebrando apressadas e as cristas estilhaçadas se estapeando ;
As camadas coloridas de nuvens . . . . longa faixa de tinta marrom ao longe,
solitária e ao léu . . . . a expansão da pureza onde ela jaz imóvel,
A linha do horizonte, volante corvo marinho, fragrância de salina e areia úmida ;
Essas coisas todas tornaram-se parte do menino que saía todo dia, e que agora vai embora
e mais distante a cada dia,
E podem ser de quem agora lê-las com atenção.

[Who Learns My Lesson Complete ?]

WHO learns my lesson complete ?
Boss and journeyman and apprentice ? . . . . churchman and atheist ?
The stupid and the wise thinker . . . . parents and offspring . . . . merchant and clerk and porter and customer . . . . editor, author, artist and schoolboy ?

Draw nigh and commence,
It is no lesson . . . . it lets down the bars to a good lesson,
And that to another . . . . and every one to another still.

The great laws take and effuse without argument,
I am of the same style, for I am their friend,
I love them quits and quits . . . . I do not halt and make salaams.

I lie abstracted and hear beautiful tales of things and the reasons of things,
They are so beautiful I nudge myself to listen.

I cannot say to any person what I hear . . . . I cannot say it to myself . . . . it is very wonderful.

It is no little matter, this round and delicious globe, moving so exactly in its orbit forever and ever, without one jolt or the untruth of a single second ;
I do not think it was made in six days, nor in ten thousand years, nor ten decillions of years,
Nor planned and built one thing after another, as an architect plans and builds a house.

I do not think seventy years is the time of a man or woman,
Nor that seventy millions of years is the time of a man or woman,
Nor that years will ever stop the existence of me or any one else.

Is it wonderful that I should be immortal ? as every one is immortal,
I know it is wonderful . . . . but my eyesight is equally wonderful . . . . and how I was conceived in my mother's womb is equally wonderful,
And how I was not palpable once but am now . . . . and was born on the last day of May 1819 . . . . and passed from a babe in the creeping trance of three summers and three winters to articulate and walk . . . . are all equally wonderful.

And that I grew six feet high . . . . and that I have become a man thirty-six years old in 1855 . . . . and that I am here anyhow — are all equally wonderful ;
And that my soul embraces you this hour, and we affect each other without ever seeing each other, and never perhaps to see each other, is every bit as wonderful :
And that I can think such thoughts as these is just as wonderful,
And that I can remind you, and you think them and know them to be true is just as wonderful,

[Quem Aprende Minha Lição Inteira ?]

QUEM aprende minha lição inteira ?
O patrão o jornaleiro o aprendiz ? . . . . carola e ateu ?
O cretino e o sábio pensador . . . . pais e prole . . . . mercador e escrivão e porteiro
e o freguês . . . . editor, autor, artista e estudante ?

Cheguem perto e comecem,
Não é lição alguma . . . . derruba as barreiras para uma boa lição,
E essa às de outra, e assim por diante.

As grandes leis pegam e se espalham sem discussão,
Sou do mesmo estilo, pois sou íntimo delas,
Eu as amo e ficamos quites . . . . não mando parar nem faço salamaleques.

Me deito absorto e ouço histórias bonitas das coisas e a razão das coisas,
São tão bonitas que cutuco a mim mesmo pra escutar.

Não ouso dizer a ninguém o que ouço . . . . não consigo dizer nem pra mim . . . . é
lindo de morrer.

Não é coisa pouca, este globo redondo e gostoso, se movendo tão preciso e
eternamente em sua órbita, sem um tranco ou inverdade de um só segundo ;
Não acho que foi feito em seis dias, nem em dez mil anos, nem em dez
decilhões de anos,
Nem que tenha sido planejado e construído uma coisa após a outra, como um
arquiteto desenha e executa uma casa.

Não creio que setenta anos seja o tempo de vida de um homem ou uma mulher,
Nem que setenta milhões de anos seja o tempo de vida de um homem ou uma mulher,
Nem que os anos vão parar minha existência ou a de qualquer pessoa.

É maravilhoso que eu deva ser imortal ? como todos são imortais,
Sei que é maravilhoso . . . . mas ser capaz de ver é maravilhoso também . . . . e o jeito
como fui gerado no ventre de minha mãe é maravilhoso também,
E como eu não era palpável antes e agora sou . . . . . eu que nasci no último dia de
maio de 1819 . . . . e que de um bebê no transe rastejante de três verões e três
invernos começasse a articular e andar . . . . tudo isso é maravilhoso também.

Ter atingido a altura de um metro e oitenta e três . . . . ter me tornado um homem de
36 anos em 1855 . . . . e estar aqui agora — isso é maravilhoso também ;
E que minha alma abrace a sua neste instante, e que nos apaixonemos sem
que a gente nunca tenha se visto, e talvez nunca nos vejamos, é tão
maravilhoso quanto :
E que eu possa pensar estes pensamentos é maravilhoso também,
E que eu possa lembrá-los, e vocês possam pensá-los e sabê-los verdadeiros
também é maravilhoso,

And that the moon spins round the earth and on with the earth is equally wonderful,
And that they balance themselves with the sun and stars is equally wonderful.

Come I should like to hear you tell me what there is in yourself that is not just as wonderful,
And I should like to hear the name of anything between Sunday morning and Saturday night that is not just as wonderful.

[Great Are the Myths]

GREAT are the myths . . . . I too delight in them,
Great are Adam and Eve . . . . I too look back and accept them ;
Great the risen and fallen nations, and their poets, women, sages, inventors, rulers, warriors and priests.

Great is liberty ! Great is equality ! I am their follower,
Helmsmen of nations, choose your craft . . . . where you sail I sail,
Yours is the muscle of life or death . . . . yours is the perfect science . . . . in you I have absolute faith.

Great is today, and beautiful,
It is good to live in this age . . . . there never was any better.

Great are the plunges and throes and triumphs and falls of democracy,
Great the reformers with their lapses and screams,
Great the daring and venture of sailors on new explorations.

Great are yourself and myself,
We are just as good and bad as the oldest and youngest or any,
What the best and worst did we could do,
What they felt . . . do not we feel it in ourselves ?
What they wished . . do we not wish the same ?

Great is youth, and equally great is old age . . . . great are the day and night ;
Great is wealth and great is poverty . . . . great is expression and great is silence.

Youth large lusty and loving . . . . youth full of grace and force and fascination,
Do you know that old age may come after you with equal grace and force and fascination ?

Day fullblown and splendid . . . . day of the immense sun, and action and ambition and laughter,
The night follows close, with millions of suns, and sleep and restoring darkness.

Wealth with the flush hand and fine clothes and hospitality :

E que a lua gire em volta da terra e avance com a terra também é maravilhoso,
E que ambas se equilibrem com o sol e as estrelas também é maravilhoso.

Como gostaria de ouvir você dizer o que existe em você que não seja maravilhoso
também,
Como gostaria de ouvir o nome de todas as coisas entre a manhã de domingo e o
sábado à noite que não fossem maravilhosas também.

[Grandes São os Mitos]

GRANDES são os mitos . . . . também me delicio com eles,
Grande Adão e grande Eva . . . . também olho para trás e os aceito ;
Grande a ascensão e queda das nações, seus poetas, mulheres, sábios,
inventores, governantes, guerreiros e sacerdotes.

Grande a liberdade ! Grande a igualdade ! Sou seu seguidor,
Piloto das nações, escolha seu navio . . . . velejo onde você veleja,
Seus músculos são os da vida e os da morte . . . . a ciência perfeita . . . . tenho fé
absoluta em você.

Grande é o dia de hoje, tão bonito,
É bom viver neste tempo . . . . nunca existiu tempo melhor.

Grandes as depressões e contrações e triunfos e fracassos da democracia,
Grandes os reformistas com seus deslizes e gritos,
Grande o espírito de desafio e aventura dos marinheiros em novas explorações.

Grandes somos eu e você,
Somos tão bons e maus quanto os mais velhos e mais novos ou qualquer um,
O que de melhor ou pior fizemos,
Tudo o que sentiram . . . não sentem isso em vocês ?
O que desejaram . . não desejamos também ?

Grande é a juventude, e grande também a velhice . . . . grandes são o dia e a noite ;
Grande a riqueza e grande a pobreza . . . . grande a expressão e grande o silêncio.

Juventude imensa e sensual e sedutora . . . . juventude cheia de graça e força e fascínio,
Sabia que a velhice vai segui-la com a mesma graça e força e fascínio ?

Dia maduro e esplêndido . . . . dia do sol imenso, de ação, de ambição e risadas,
A noite segue de perto, com milhões de sóis, e sono e treva restauradora.

Riqueza de mãos generosas e roupas finas e hospitalidade :

But then the soul's wealth — which is candor and knowledge and pride and enfolding love :
Who goes for men and women showing poverty richer than wealth ?

Expression of speech . . in what is written or said forget not that silence is also expressive,
That anguish as hot as the hottest and contempt as cold as the coldest may be without words,
That the true adoration is likewise without words and without kneeling.

Great is the greatest nation . . the nation of clusters of equal nations.

Great is the earth, and the way it became what it is,
Do you imagine it is stopped at this ? . . . . and the increase abandoned ?
Understand then that it goes as far onward from this as this is from the times when it lay in covering waters and gases.

Great is the quality of truth in man,
The quality of truth in man supports itself through all changes,
It is inevitably in the man . . . . He and it are in love, and never leave each other.

The truth in man is no dictum . . . . it is vital as eyesight,
If there be any soul there is truth . . . . if there be man or woman there is truth . . . . If there be physical or moral there is truth,
If there be equilibrium or volition there is truth . . . . if there be things at all upon the earth there is truth.

O truth of the earth ! O truth of things ! I am determined to press the whole way toward you,
Sound your voice ! I scale mountains or dive in the sea after you.

Great is language . . . . it is the mightiest of the sciences,
It is the fulness and color and form and diversity of the earth . . . . and of men and women . . . . and of all qualities and processes ;
It is greater than wealth . . . . it is greater than buildings or ships or religions or paintings or music.

Great is the English speech . . . . What speech is so great as the English ?
Great is the English brood . . . . What brood has so vast a destiny as the English ?
It is the mother of the brood that must rule the earth with the new rule,
The new rule shall rule as the soul rules, and as the love and justice and equality that are in the soul rule.

Great is the law . . . . Great are the old few landmarks of the law . . . . they are the same in all times and shall not be disturbed.

Mas então a riqueza da alma — que é candura e conhecimento e orgulho e envolvente amor :
Quem vai querer homens e mulheres mostrando que a pobreza é mais rica que a riqueza ?

Fala expressiva . . no dito ou escrito não se esqueça que o silêncio também é expressivo,
E a angústia tão quente quanto a mais quente e o desdém tão frio quanto o mais frio possam não ter palavras,
Pois o culto verdadeiro também não precisa de palavras nem de se ajoelhar.

Grande é a maior das nações . . nação de aglomerados de nações iguais,

Grande é a terra, e o modo como virou o que é,
Você imagina que ela ficou nisso ? . . . . e que abandonou o crescimento ?
Fique sabendo deste tempo, como este está além do tempo em que a terra repousava repleta de águas e gases.

Grande é a qualidade de verdade no homem,
A qualidade de verdade num homem se sustenta em meio a todas as mudanças,
Está no homem inevitavelmente . . . . ele e ela estão apaixonados, e nunca se largam.

Verdade num homem não é só um provérbio . . . . é tão vital quanto a visão,
Se existe alma existe verdade . . . . se existe homem ou mulher existe verdade . . . . Se existe físico ou moral existe verdade,
Se existe equilíbrio ou vontade existe verdade . . . . se existem coisas sobre toda a terra existe verdade.

Ó verdade da terra ! Ó verdade das coisas ! Decidi ir até o fim pra chegar até você,
Soe sua voz ! Escalo montanhas ou mergulho no mar pra te encontrar.

Grande é a linguagem . . . . a mais poderosa das ciências,
Ela é a completude e cor e forma e diversidade da terra . . . . e dos homens e mulheres . . . . e de todas as qualidades e processos ;
Ela é maior que a riqueza . . . . maior que edifícios ou navios ou religiões ou pinturas ou música.

Grande língua inglesa . . . . Que língua é maior que esta ?
Grande linhagem inglesa . . . . Que linhagem teve destino tão vasto quanto esta ?
É a mãe da linhagem que deve dominar a terra com a nova regra,
Mas que a nova regra governe como a alma governa, como governam o amor e a justiça e a igualdade que existem na regra da alma.

Grande é a lei . . . . Grandes são as poucas e as antigas balizas da lei . . . . são as mesmas leis não importa o tempo e não devem ser incomodadas.

Great are marriage, commerce, newspapers, books, freetrade, railroads, steamers, international mails and telegraphs and exchanges.

Great is Justice ;
Justice is not settled by legislators and laws . . . . it is in the soul,
It cannot be varied by statutes any more than love or pride or the attraction of gravity can,
It is immutable . . it does not depend on majorities . . . . majorities or what not come at last before the same passionless and exact tribunal.

For justice are the grand natural lawyers and perfect judges . . . . it is in their souls,
It is well assorted . . . . they have not studied for nothing . . . . the great includes the less,
They rule on the highest grounds . . . . they oversee all eras and states and administrations,

The perfect judge fears nothing . . . . he could go front to front before God,
Before the perfect judge all shall stand back . . . . life and death shall stand back . . . . heaven and hell shall stand back.

Great is goodness ;
I do not know what it is any more than I know what health is . . . . but I know it is great.

Great is wickedness . . . . I find I often admire it just as much as I admire goodness :
Do you call that a paradox ? It certainly is a paradox.

The eternal equilibrium of things is great, and the eternal overthrow of things is great,
And there is another paradox.

Great is life . . and real and mystical . . wherever and whoever,
Great is death . . . . Sure as life holds all parts together, death holds all parts together ;
Sure as the stars return again after they merge in the light, death is great as life.

Grande é o casamento, comércio, jornais, livros, livre comércio, ferrovias, barcos a vapor, correio internacional e telégrafos e câmbios.

Grande é a Justiça ;
A justiça não é aquela feita por legisladores e leis . . . . está na alma,
Não pode ser alterada por estatutos, não mais que pelo amor ou pelo orgulho ou pela atração gravitacional,
Ela é imutável . . não depende das maiorias . . . . maiorias ou o que não vem afinal diante do mesmo tribunal isento e exato.

Pois a justiça está nos grandes e perfeitos juízes da natureza . . . . está em suas almas,
São bem variados . . . . não estudaram pra nada . . . . o maior inclui o menor,
Governam com os mais elevados princípios . . . . inspecionam todas as eras e estados e administrações,

O juiz perfeito nada teme . . . . ele poderia ficar cara a cara com Deus,
Diante do juiz perfeito todos recuam . . . . vida e morte recuam . . . . céu e inferno recuam.

Grande é a bondade ;
Não sei o que é bondade mais do que é saúde . . . . mais sei que ela é grande.

Grande é a maldade . . . . sempre me pego admirando-a tanto quanto a bondade :
Chama isso de paradoxo ? Com certeza é um paradoxo.

O eterno equilíbrio das coisas é grande, e a eterna subversão das coisas é grande,
E este é outro paradoxo.

Grande é a vida . . é real e mística . . seja aonde for e quem for,
Grande é a morte . . . . Certa como a vida junta todas as partes, a morte junta todas as partes ;
Certa como as estrelas retornam depois de fundirem-se na luz, a morte é tão grande quanto a vida.

NOTAS AOS POEMAS

[1] *Trippers* pode tanto se referir a alguém que se move com leveza quanto a um turista ou visitante.

[2] *Flag* também como abreviação da planta *Sweet flag, Acorus calamus* ou "cálamo aromático". Nativa do sudoeste dos Estados Unidos e em outras partes do planeta, é um rizoma que nasce em banhados e que tem qualidades curativas e afrodisíacas. Um símbolo de fecundidade e fálico, o qual seria utilizado por Whitman no grupo de poemas intitulado "Calamus". No Brasil, o equivalente ao lírio-amarelo-dos-charcos ou lírio dos pântanos, áçoro-falso. Há um termo em nossa língua, "bandeira", que significa "inflorescência da cana-de-açúcar; flecha".

[3] *Kanuck*, referência aos habitantes franceses do Canadá; *Tuckahoe*, referência aos habitantes da Virgínia, que se alimentavam do cogumelo de mesmo nome (ou "trufa de Virgínia"); *Cuff*, designação comum de pessoas de descendência africana.

[4] Era comum, nos tempos de desbravamento, o casamento entre nativas e caçadores de pele, como uma espécie de garantia de paz, por um lado, e de permissão para caçar nos territórios do novo parente. Referência ao quadro *The Trappers Bride* (1845), do pintor Alfred Jacob Miller.

[5] *Shuffle and breakdown* referem-se a tipos de dança de origem afro. *Shuffle*, tipo de dança onde se arrastava os pés, uma estratégia para burlar a proibição dos escravos dançarem erguendo os pés (semelhantes aos arrasta-pés nordestinos, ou forrós). Já *breakdown*, uma dança agitada e barulhenta, onde também se arrastava os pés.

[6] *Woollypate* designava o escravo negro, de *wooly* (de lã; *wool* sendo também "cabelo de negro") + *pate* (a parte da cabeça coberta por cabelo).

[7] *Chattahooche, Altamahaw*: rios do sul dos Estados Unidos.

[8] Whitman enfileira três apelidos de habitantes de diversas regiões: *a Hoosier, a Badger, a Buckeye*. Já *Wolverine*, citado anteriormente, é nativo de Michigan.

[9] *Foofoos*: gíria do tempo de Whitman para designar o dândi, a pessoa que se veste com esmero exagerado, o janota, almofadinha. Do francês *froufrou*, ou "fru-fru".

[10] A palavra deriva do mito de Tântalo: "Espicaçar ou atormentar com alguma coisa que, apresentada à vista, excite o desejo de possuí-la, frustrando-se este desejo continuamente por se manter o objeto dele fora de alcance, à maneira do suplício de Tântalo" *(Dicionário Aurélio)*.

[11] Criadora de tudo, de todas as coisas.

[12] Originalmente *conic furs*, na segunda edição Whitman mudou para *conic firs*, "abetos cônicos". Mesmo se fosse um erro, no contexto da passagem, *furs* (peles), e *conic furs*, algo como "peles cônicas", peles em forma de cone, poderia metaforicamente designar algumas ocas indígenas bastante características, pois na sequência imediata Whitman cataloga outras habitações e ambientes.

[13] A passagem refere-se ao episódio da resistência do forte Álamo, em 1836, para impedir a invasão do Texas pelo exército mexicano. Durante treze dias um grupo de texanos lutou contra milhares de homens do exército mexicano até a morte de todos os cerca de duzentos combatentes americanos (inclusive do mítico David Crockett). As perdas, do lado mexicano, foram de seiscentos homens.

[14] Numa mudança de tema, à maneira da música, como é característico nos *shifts* temporais e espaciais de "Canção de Mim Mesmo", a passagem alude ao episódio de uma das grandes batalhas navais durante a Guerra da Independência, em que se destacou John Paul Jones (1747-1792). As forças inglesas eram em número muito superior. Depois de ter sido atacado simultaneamente, com seu navio *Bon Homme Richard* incendiado e indo a pique, o capitão inglês perguntou, de seu barco, se ele iria entregar os pontos, ao que Jones respondeu: "Senhor, nem comecei ainda a lutar". Depois de muita luta, ele ganhou a batalha e forçou a rendição do navio *Serapis*.

[15] A seguir, uma lista de práticas religiosas, deuses e mitos e várias culturas e civilizações, uma boa amostra da técnica de catálogos do verso livre whitmaniano. *Kronos,* um Titã, filho de Urano e Geia. *Osíris,* deus egípcio do submundo. *Ísis,* deusa egípcia da fertilidade. *Belus,* legendário deus da Assíria. *Manitu,* espírito da natureza para os índios Algonquin (Estados Unidos). *Odin,* deus da guerra para os nórdicos. Escaravelho, inseto sagrado para os egípcios. *Obis,* prática de bruxaria africana. *Lama,* sacerdote tibetano. *Mexitli,* deus da guerra para os astecas.

[16] O trecho faz uma caricatura dos cidadãos almofadinhas e burgueses que ele descreve nas ruas. Whitman eliminou este trecho posteriormente, que pode ser lido tanto como "lábios em forma de ninho", "lábios escanhoados" ou "arranhados" ou ainda que provocam som desagradável como o arranhar de um violino + *pipe-legged,* com pernas de tubo, ou de gaita de fole, ou ainda pernas de cachimbo. Mais um problema para o tradutor. "Pito", no Brasil, pode designar cachimbo, tubo e flauta.

[17] *Gimnososfista*: membro de uma seita hindu cujos adeptos andavam nus. Cf. *Vidas Paralelas,* Plutarco, Alexandre Magno. O catálogo de práticas religiosas das mais diversas religiões é um bom exemplo de como a linha, na poesia de Whitman, exerce a função de "equalizar" os opostos e o diverso.

[18] *Winders of the circuit of circuits.* Whitman se refere simultaneamente aos "circuitos" (o movimento das estrelas e planetas), aos "winders" (clérigos que faziam um circuito por congregações) e ainda aos degraus de uma escada em espiral.

[19] Nativo de Palembang, Sumatra.

[20] *Monstruous sauroids.* Sáurios (lagartos) monstruosos. Quando Whitman escreveu o poema a palavra *dinossauro* (do grego dino, terrível, + *sauro*, lagarto) era bem recente, tendo sido cunhada em 1841. Mas não há dúvida que é a eles que o jornalista e devorador de artigos científicos Whitman se refere.

[21] Interjeição náutica que significa "Olá" ou "Ó de bordo" (como em *ship-ahoy).*

[22] *Sweetscented,* invenção de Whitman: doce e aromático ou cheiroso. No *Dicionário Houaiss*, encontro "macio" designando, por derivação de sentido, "brando, suave ao ouvido, à vista, ao paladar". E, em sentido figurado, como "que transmite prazer; que agrada; ameno, aprazível, agradável".

[23] *Flatfoot,* tribo indígena que habitava a região do estado de Wisconsin.

[24] Não consegui a referência desta palavra, mas, pelo contexto, designa algum tipo de nômade tocando a manada ou transportado para um "moderno" cowboy.

[25] Nesta longa passagem, um catálogo de utensílios, instrumentos, objetos e atividades das mais variadas profissões. Unidade na diversidade. O caráter divino de tudo o que existe ou dos objetos e atividades do cotidiano.

[26] *Posh,* gíria britânica do século 19, também designa o dândi afetado, significando também "luxuriante, elegante". Talvez cunhagem de Whitman para descrever a mistura de chuva e neve de um dia em Nova Iorque.

[27] Em se tratando de Whitman, ao tradutor é recomendável decidir uma solução pelo contexto da passagem, *pet stock and mean stock* pode se referir a várias coisas, graças à polissemia dessas palavras em inglês. Parece-me que ele se refere aqui a *stock horse,* ou ao Australian Stock Horse, usado para transporte, na cidade e no campo, para uso doméstico, para corrida e também para cuidar do gado em fazenda. Já *loafing,* de *loafer,* vagabundo ou pessoa que vive de trapaças, "picareta".

[28] *Zambo,* cafuzo, palavra espanhola para designar os latino-americanos com sangue índio e africano. *Crowfoot,* membro da tribo dos índios Blackfoot. *Comanche,* membro da nação desta outra tribo norte-americana.

[29] Masturbadores. Referência bíblica: no Gênesis (38:7-9). Onan, seguindo a prática tribal, teve de se casar com Tamar, mulher de seu falecido irmão, Er, para perpetuar a linhagem. Por continuar a praticar o coito interrompido com Tamar, acabou sendo morto por Deus.

[30] *Idiotas sagrados,* isto é, os epiléticos.

[31] Este e outros trechos de poemas da edição de 1855 foram eliminados por Whitman nas outras edições, num ato de autocensura. A passagem é intrincada e remete, com suas imagens, tanto ao *fellatio* (o boquete) quanto a um ato sexual (hetero e/ou homo).

[32] No original, *pastreading.* Deciframento ou leitura do passado? No entanto, houve alguns erros de tipografia nesta edição, e pode ser que o autor tenha querido dizer *past treading,* algo como um caminhar no passado, um passear que aconteceu no passado. Nas edições seguintes, a palavra apareceu hifenizada: *pastreading.* Decidi traduzir o termo para outra palavra em inglês, *flashback*: "uma interrupção na continuidade de uma história, filme etc pela narração ou descrição de algum episódio anterior" (Webster), que é o que ocorre com o sujeito lírico ao longo do poema.

[33] Depois de se metamorfosear em Lúcifer, o narrador torna-se um escravo e, depois, uma baleia mortal. A metáfora da baleia para expressar a escravidão e sua força já havia sido trabalhada num dos cadernos de notas.

[34] No pensamento dialético de Whitman, os opostos (ou antípodas) sempre se resolvem em uma nova síntese. "Antípodas", termo da botânica e que Whitman provavelmente conhecia, se referem também a "cada uma das três células que, no saco embrionário das angiospermas, se localizam no extremo oposto ocupado pelas sinérgides e pela ovocélula" *(Dicionário Aurélio).*

[35] "Habitante da Terra que, em relação a outro, vive em lugar diametralmente oposto" *(Dicionário Aulete).*

[36] *Brother Jonathan.* Irmão Jonathan era o apelido do habitante da Nova Inglaterra (um cara mal-educado, cafajeste, fanfarrão, intolerante, caipira e trapaceiro). Foi substituído pelo Uncle Sam (Tio Sam) como personificação do governo americano. Whitman ataca o governo e satiriza a indiferença dos cidadãos de Boston no episódio da prisão do escravo Anthony Burns, levado de volta ao seu proprietário no Sul pelas tropas federais em 24 de maio de 1854 (ver ensaio, pág. 242).

[37] *Stars & Stripes* (Listras e Estrelas), apelido da bandeira norte-americana.

[38] Canção popular norte-americana, em tom satírico, que teve origem durante a Guerra da Independência Americana. Seu refrão: *Yankee doodle, keep it up/ Yankee doodle dandy/Mind the music and the step/And with the girls be handy.* [Ianque bobão, pare não / Ianque bobão e janota / Atente pra música e pro chão/ Trate com jeito as garotas.]

POSFÁCIO

"Uma experiência de linguagem": Whitman e a primeira edição de *Folhas de Relva* (1855)

Rodrigo Garcia Lopes

Whitman, que numa redação do Brooklyn,
Entre o cheiro de tinta e de cigarro,
Toma e não diz a ninguém a infinita
Decisão de ser todos os homens
E de escrever um livro que seja todos

Jorge Luis Borges

Capa da primeira edição (1855).

1

"With the Man"

Na história humana existiram livros capazes de provocar uma verdadeira revolução estética: *Dom Quixote*, *A Metamorfose*, *Ulysses*, *The Waste Land*. Ou política e humana: *O Contrato Social*, *O Príncipe*, *O Capital*. Livros que fizeram a cabeça de gerações: *Robinson Crusoe*, *O Apanhador no Campo de Centeio*, *On the Road*. Ou de conteúdos proféticos: *A Bíblia*, *Assim Falou Zaratustra*, *Os Livros Proféticos*.

Poucos livros, porém, ambicionaram encarnar esses potenciais revolucionários simultaneamente. Menos ainda tiveram uma história tão extraordinária quanto a primeira edição de *Folhas de Relva* (1855), de Walt Whitman, um clássico da literatura universal.

"Todas as descobertas e invenções que fazem o século XX exceder todos os outros, para melhor ou pior, já estavam implícitas em seu trabalho", escreveu o poeta norte-americano William Carlos Williams (*An Essay*, p. 150).

Quem passou pelo gabinete frenológico dos irmãos Fowell & Wells, onde o livro estava sendo vendido em Nova York naquele verão de 1855, ao ver um volume de capa verde-musgo com um título aparentemente inocente, não imaginaria o potencial polêmico de sua forma e conteúdo. Muito menos que o livro (vendido ao lado de outros que hoje chamaríamos de autoajuda) causaria tamanho abalo nos alicerces da poesia e consciência americanas, com repercussões e impactos mundiais.

Primeiro, a tipografia "caótica" e a disposição do texto nas páginas confundiam o leitor. Os poemas não tinham métrica nem esquema de rimas, com versos de extensões variadas e livres. Sem medida fixa nem pentâmetros iâmbicos. Seria prosa? Poesia? Segundo, o livro não trazia o nome do autor nem na capa nem nas páginas de apresentação. A assinatura autoral só aparecia no meio do poema de abertura "Canção de Mim Mesmo", já na página 28: "Walt Whitman, um grosso, um kosmos". Quem era o autor, afinal?

Um jornalista e carpinteiro nova-iorquino de 36 anos, 1,83 m de altura e olhos azuis, já conhecido no meio, com fama de preguiçoso, e que preferia a companhia de gente do povo a intelectuais, totalmente fora dos círculos literários da época. Alguém que, antes de 1855, havia publicado alguns editoriais contundentes, resenhas, poemas, mas nada mais consistente. Um arrimo de uma família pobre e problemática do Brooklyn, que quase não frequentou a escola, se autoeducando na universidade das ruas, praias, antros, bibliotecas públicas, teatros, óperas e jornais de Nova York.

Publicado dois anos antes de *As Flores do Mal*, de Charles Baudelaire, trinta anos antes das *Illuminations*, de Arthur Rimbaud, e trinta e dois antes de *Um Lance de Dados*, de Stéphane Mallarmé, *Folhas de Relva* é a declaração de independência da poesia americana. Como essas outras obras inaugurais, o livro alterou os rumos da poesia moderna como uma onda gigantesca cujos impactos podem ser sentidos até hoje. O *tsunami* Whitman chegou às mais diversas partes do globo, afetando a sensibilidade e a obra de várias gerações de artistas, das mais variadas disciplinas. Para ficarmos apenas com o impacto sobre escritores, citemos alguns: Jules Laforgue, André Gide, Guillaume Apollinaire; Thomas Mann; Ruben Dario, César Vallejo, Vicente Huidobro, Jorge Luis Borges, Pablo Neruda; Virginia Woolf, Ivan Turguêniev, Vladimir Maiakóvski, Velimir Khlébnikov, Ievgueni Ievtuchenko; Gerard Manley Hopkins, William Rosseti, D.H. Lawrence; Federico García Lorca; Cesare Pavese; Fernando Pessoa. Isso sem mencionar boa parte dos principais poetas americanos do século 20 que também rolaram na relva de Whitman, sobretudo Carl Sandburg, T.S. Eliot, Ezra Pound, Robinson Jeffers, Hart Crane, Langston Hughes, Muriel Rukeyser, H.D., Adrienne Rich, William Carlos Williams, Wallace Stevens, George Oppen, Frank O'Hara, Allen Ginsberg e John Ashbery.[1] E foi Pound, talvez o poeta mais influente do século XX, quem melhor resumiu a importância de Whitman para a literatura e cultura norte-americanas: "Whitman é para minha pátria o que Dante é para a Itália".

Nascido numa época em que os efeitos da independência e a intolerância do puritanismo ainda estavam no ar, em que assuntos como reformas sociais, corrupção política, abolicionismo e expansão geográfica figuravam na pauta do dia, Whitman foi testemunha ocular do período mais complexo e fascinante da história americana: da construção do sonho de uma nação democrática, movida pela ideologia do Destino Manifesto[2], à crescente tensão política e social dos anos 1850. Do otimismo desenfreado causado pelo progresso e expansão territorial até os horrores da Guerra Civil (1861-1865), em que atuou, de forma extraordinária, como enfermeiro voluntário e correspondente. Do pós-guerra, período de reconstrução, invenções e descobertas científicas, até o triunfo da América do capitalismo selvagem e do materialismo no fim do século XIX (cujos excessos Whitman criticaria em *Democratic Vistas*, de 1871).

"A singularidade da poesia de Whitman no mundo moderno", escreve Octavio Paz, "só pode ser explicada em função de outra, ainda maior, que a engloba: a da América"

[1] Ainda não temos um estudo sobre a influência de Whitman na poesia brasileira, tão importante para poetas-chave do modernismo latino-americano. Em nossa língua, indicaria sua presença na obra de Luis Aranha, Ronald de Carvalho, Jorge de Lima, Murilo Mendes, Gilberto Freyre, Carlos Drummond de Andrade e, mais recentemente, Ana Cristina Cesar, Paulo Leminski, Roberto Piva e Wally Salomão. Como escreveu um de seus difusores no Brasil, o poeta e tradutor Mário Faustino, para quem *Leaves of Grass* era uma das principais fontes de poesia de nosso tempo: "Walt Whitman anuncia uma nova terra, um novo homem, uma nova liberdade, um novo amor. E coisas novas deviam ser ditas em forma nova — criou ele o seu verso originalíssimo, solto, flexível, expressivo e adaptável como poucos, posteriormente tão desfigurado pelos praticantes inferiores do *vers libre*" (*Poesia-Experiência*, p. 78).

[2] Doutrina nacionalista posta em circulação pelo líder democrata e editor John O. Sullivan, em 1845, para justificar e explicar a "vocação" expansionista e imperialista dos Estados Unidos, imbuída de um caráter de "missão divina".

(*O Arco, p.* 364). De fato, a vida e obra de Whitman se confundem com a formação de uma nação. As ambições de sua poesia "americana" e de seu país se fundiam numa só. Em suas buscas pelo "individualismo democrático" e otimismo expansionista, ambas eram empreitadas de risco. A própria América (vista por Whitman como "o maior poema") era definida como "uma experiência do volume de liberdade que uma sociedade pode suportar" (Zweig, p. 37). E é como uma experiência fascinante que ele define a obra de sua vida, *Folhas de Relva*, a seu biógrafo Horace Traubel: "Às vezes penso que o livro inteiro é só uma experiência de linguagem — que é uma tentativa de dar ao espírito, ao corpo e ao homem, novas potencialidades de fala — a busca de uma autoexpressão cosmopolita (pois o melhor da América é seu cosmopolitismo) e americana".

Escrito em meio à crescente tensão política, social e racial, seu otimismo democrático e libertário almejava fazer da poesia o grande instrumento unificador de sua nação, além do *link* "kósmico" entre as pessoas consigo mesmas e o Universo. Essa visão sofreria um baque com a experiência trágica e sangrenta da Guerra Civil. Mas a mensagem básica do "poeta do kosmos", em 1855, era a de que liberdade individual, liberdade sexual e de linguagem, liberdade política e poética, tinham de andar lado a lado. A poesia não como algo restrito a poucos iniciados e sim aberta e democrática, imersa nas questões de seu tempo, e que grassaria potencialmente em qualquer parte, em qualquer indivíduo. Uma poética que rompia as barreiras entre o privado e o público, masculino e feminino, corpo e alma, individual e coletivo. Tirando a poesia do gabinete e das torres góticas e atmosferas enfumaçadas, o poeta trazia a poesia para a rua, para os campos, para o espaço aberto. Apresentava seu poema não como o produto de algum gênio e sim de um homem comum. De cara, colocava-se no mesmo nível do "outro", como um convite a um rito de passagem cujo objetivo era a autotransformação, a revolução permanente do indivíduo. *Folhas de Relva* encara e se dirige diretamente ao leitor já nas primeiras linhas: "Eu celebro a mim mesmo,/ E o que eu assumo você vai assumir,/ Pois cada átomo que pertence a pertence a você". Assumir novas visões, novas identidades e novas responsabilidades eram o grito de guerra do pioneiro modernista.

Como discípulo da filosofia transcendentalista de Ralph Waldo Emerson (1803-1882), Whitman acreditava que a individualidade de cada pessoa era um fragmento completo do "eu" universal. A personalidade humana como um fragmento da personalidade de Deus ou do Universo. Ao celebrar seu "eu", o poeta colocava-se em pé de igualdade com o leitor. O "eu" que circula nas *Folhas de Relva* funcionava como uma espécie de médium ou xamã por onde todas as vozes da tribo podiam ser ouvidas, um "canal", para usar a própria expressão de Whitman no prefácio da edição de 1855: da criança ao moribundo, do trabalhador à mulher, do intelectual ao "grosso". "Ajo como se fosse a sua língua", escreveu. Bem antes da proclamação famosa de Rimbaud ("Eu é um outro"), Whitman defendia que os poetas tinham poderes de se tornar outro: "the other I am".

Acusado de charlatão, obsceno, indecente, adorador de falo, louco, exibicionista, por uns, e de o profeta da América e autor da Nova Bíblia, por outros, Whitman conheceu o inferno e o céu com seu livro: das gozações e ataques violentos que sofreu na época (críticas ferozes, um processo por obscenidade e a censura) até o reconhecimento mundial, já na velhice, e principalmente depois de sua morte (com direito a verdadeiras seitas de devotos, que o viam como a reencarnação de Cristo-poeta). Walt Whitman e seu livro são imagens especulares: ambos se fundem num mesmo projeto de vida e de linguagem. Ambos foram impiedosamente atacados pela crítica e marginalizados por seus contemporâneos. Futuramente, *Folhas de Relva* seria banido e alvo de fanáticos, que chegaram a queimá-lo em autos de fé.

Por que tanto barulho por um livro de poesia?

Pelo conteúdo explosivo, em que alusões ao homoerotismo e fantasias masturbatórias se misturavam com imagens sexuais em um culto quase religioso ao corpo e às "pessoas comuns". Por sua linguagem, considerada "grossa", e seus temas indigestos (sexo, autoerotismo, homossexualismo, religião, suicídio, racismo, metempsicose, corrupção). Pela aparência de miscelânea de discursos como o filosófico e jornalístico, o místico e o mundano, aparentemente editados por um jornalista louco. O próprio Emerson mencionou certa vez sua impressão de *Folhas de Relva* como "uma mistura do *Bhagavad-Gita* e do *New York Herald*" (citado em Loving, p. 69). O livro tinha estrutura rapsódica e peripatética, muitas vezes em forma de catálogos "caóticos". Não desenvolvia um tema definido nem possuía uma "unidade", nem apresentava os obrigatórios metros e rimas nos finais das linhas. Os versos livres grassavam pelas páginas e se fundiam uns nos outros, constantemente rompendo a expectativa sequencial do leitor. Ou seja, um verdadeiro desafio, principalmente para quem comprou o livro naquele julho de 1855.

Como escreve Paul Zweig em sua excelente biografia, o gênio de Whitman estava na sua "capacidade de escrever como se a literatura nunca tivesse existido". Ele havia inventado um novo caminho, escrevendo uma poesia radicalmente experimental, que incorporava o espírito americano em todo seu excesso, otimismo, expansão e complexidade, ao mesmo tempo que estimulava a busca pelo autoconhecimento. Como o poeta assume, quase no fim de "Canção de Mim Mesmo": "Me contradigo? Tudo bem, então,/ me contradigo ; / Sou vasto, contenho multidões".

1.1. A IMPORTÂNCIA DA PRIMEIRA EDIÇÃO

Embora Whitman e seu livro fossem companheiros de viagem, e ele tenha escrito poemas memoráveis depois de 1855, o impacto da primeira edição e sua originalidade de concepção são únicos, como têm apontado os principais críticos de sua obra (Ivan Marki, Malcolm Cowley, Ed Folsom, entre outros).

Do *design* da capa, do prefácio aos doze poemas,[3] a primeira edição é uma obra coesa, conceitual e poeticamente projetada. Além do mais, é nesta edição que "Walt Whitman"

[3] A primeira edição é composta de poemas (originalmente sem títulos) que ficaram conhecidos, pela ordem da edição de 1855, como "Song of Myself", "A Song for Occupations", "To Think of Time", "The Sleepers", "I Sing the Body Electric", "Faces", "Song of the Answerer", "Europe", "A Boston Ballad", "There Was a Child Went Forth", "Who Learns My Lesson Complete?" e "Great Are the Myths".

faz sua estreia, mostra sua pegada e leva o leitor a nocaute em doze *rounds*. Uma das "vítimas" foi nada menos que o maior intelectual e figura literária de seu tempo, Emerson. Numa carta histórica enviada ao poeta em julho de 1855, maravilhado, o filósofo e poeta transcendentalista escrevia: "Esfreguei meus olhos um pouco para ver se este raio de sol não era ilusão". E resumiu *Folhas de Relva* como "a mais extraordinária peça de inteligência e sabedoria que a América jamais produziu" (Cowley, p. ix). O impacto da carta generosa de Emerson foi, sem dúvida, decisivo para a continuidade do projeto poético-existencial de Whitman.

Logo após a primeira edição, a partir de 1856, Whitman foi vertiginosamente expandindo seu livro em sucessivas edições. A nona e última, em 1892 (chamada de *deathbed edition ou* "edição de leito de morte"), foi organizada por ele poucos meses antes de morrer. Nas edições seguintes à primeira, ele eliminou o ensaio introdutório ou Prefácio, hoje considerado um verdadeiro manifesto e um dos principais documentos da poesia americana. Reescreveu e revisou (às vezes para pior) alguns poemas da primeira edição. Atenuou trechos mais fortes do livro (sobretudo as alusões ao sexo). Retirou versos e passagens inteiras que considerou chocantes demais. Como relva, para usarmos sua imagem-matriz, o livro cresceu orgânica e rizomaticamente: sofreu um processo de expansão, adaptação, remanejamento e revisão. De doze poemas escritos em 1855, teríamos mais de quatrocentos em 1892.

Curiosamente, apesar da fama mundial de *Folhas de Relva*, a primeira edição é a menos conhecida, a que menos circulou publicamente ao longo dos anos. Sendo também a menos reeditada em seu tempo, sua leitura acabou ficando restrita a alguns círculos acadêmicos. O livro só voltou a circular em sua versão original em 1959, graças a Malcolm Cowley (*Walt Whitman's Leaves of Grass, His Original Edition*, Viking Press). Como relata Ivan Marki, pouquíssimas cópias da primeira edição sobreviveram até nossos dias, e hoje ele é "um dos mais raros e valiosos livros americanos". Sua importância também está em revelar um Whitman que ninguém conhecia. Não a pessoa de Walter Whitman Jr., mas a *persona* literária de *Walt Whitman*, o poeta do corpo e da alma, o bardo da democracia e da liberdade.

É na primeira edição que Whitman nos entrega suas descobertas em primeira mão, no auge de suas forças, quando o jorro de sua verve está intacto, sem os retoques e correções posteriores. Concordo com Ivan Marki quando escreve que, embora as edições subsequentes tenham feito o livro ganhar em variedade e complexidade, "a voz distinta de Whitman nunca foi tão forte, sua visão tão clara e seu *design* tão firme quanto nos doze poemas da primeira edição" (*The Trial, p.* 3). E completa: "O Whitman que o mundo foi capaz de esquecer surge com força total e em sua forma mais pura na primeira edição; as edições posteriores podem reforçar e, particularmente em 1860, até ressaltar sua estatura enquanto poeta, mas seu impacto como 'figura cultural' perde força a cada reaparição. Em nenhuma edição subsequente a integridade de visão e estrutura é realizada com mais sucesso que na primeira" (idem).

Como dissemos, naturalmente Whitman escreveu dezenas de obras-primas depois de 1855. Basta citar poemas que devem figurar obrigatoriamente em qualquer antologia, como "Cruzando a Balsa do Brooklyn", "Enquanto Ele Refluía Com o Oceano da Vida", "Do Berço em Eterno Balanço", "Quando os Lilases Floriram pela Última Vez no Jardim", "Para uma Locomotiva no Inverno", "Este Composto", "Sussurros de Morte Celestial", "Passagem para a Índia", "Canção da Estrada Aberta" e "Repiques de Tambor". A questão aqui é que a *edição-matriz* de seu ambicioso projeto poético ficou, assim, ignorada do público, tornando-se possível entender por que Malcolm Cowley, em sua introdução, ao resgatar a primeira edição para o público americano, diz que ela é "a obra-prima esquecida da escrita americana" (Cowley, p. x). Ou, como escreve Paul Zweig, "a primeira edição sobressai como uma eriçada afirmação antiliterária. É a aventura mais radical de Whitman, sem sombra do impulso conservador que o convenceria a retornar à 'literatura' com o passar dos anos" (Zweig, p. 242).

Na edição de 1855, Whitman desenvolveu uma poética ao mesmo tempo americana e universal. Além do fundamental Prefácio, foi ali que fizeram suas primeiras aparições obras-primas como "Canção de Mim Mesmo" — um dos mais extensos e belos poemas em língua inglesa, ocupando metade da primeira edição —, além dos igualmente sublimes "Os Adormecidos", "Eu Canto o Corpo Elétrico", e poemas essenciais como "Tinha um Menino que Saía", "Canção às Ocupações", "Uma Balada de Boston" e "Europa".

Verdadeiro grito de independência da poesia norte-americana, a originalidade de *Folhas de Relva* estava em sua demonstração prática das possibilidades de um novo sujeito e de uma nova poesia: um novo modo de ver, sentir e estar no mundo. De que as picadas abertas pela poesia estavam livres para todos que se arriscavam a explorar novos territórios. Se as experiências que o livro colocava em circulação, via linguagem, eram acessíveis a qualquer um, o poema de abertura advertia que essas "folhas de relva" eram, no máximo, um guia para essa conquista. Não valeriam nada se o leitor não as conquistasse, primeiro, dentro de si mesmo.

1.2. EM BUSCA DE UMA POÉTICA AMERICANA

Desde a experiência histórica, épica e bem-sucedida da Revolução Americana (1775-1783), o país viu a possibilidade real de se libertar do passado inglês. De deixar sua condição colonial e passar a ser uma nação soberana, econômica e politicamente independente. Os reflexos de uma revolução dessa dimensão faziam-se sentir em todo o espectro cultural. Escritores e intelectuais do porte de Benjamin Franklin ou Noah Webster já haviam defendido antes uma independência cultural das tradições inglesas e europeias. Mas, no terreno da literatura, podemos dizer que a "revolução" demorou cinquenta anos para acontecer. Só com a Guerra Civil e o período de Reconstrução a revolução americana se completaria. As décadas seguintes à "primeira" revolução, até por volta de 1815, são consideradas o tempo fraco da literatura nacional.

Num ambiente em que ainda se tentava dar uma cara e identidade para a "América", país que dia a dia recebia fabulosos contingentes de imigrantes de todas as partes do mundo, com as pessoas lutando pela sobrevivência básica e "inventando" uma nação, as sementes de uma poética especificamente nativa demoraram para germinar e grassar. Na prática, a regra geral era a imitação da poesia inglesa e europeia, pura e simplesmente (caso dos "poetas Brâmanes", análogos aos bramanês hindus, como eram denominados um grupo de escritores de Boston, todos pertencentes à classe alta e formados na Universidade de Harvard). Poesia (a não ser em manifestações populares, baladas, ou nos cantos dos negros), como literatura escrita, também permanecia algo distante das preocupações da maioria das pessoas. E para o leitor da época, a palavra poesia quase sempre significava "emoção recolhida em tranquilidade" (como na famosa formulação de William Wordsworth), sinônimo de "discurso metrificado e com rima", "sentimental" e "musical". Havia ainda a suspeita geral de que livros de qualidade não poderiam ser escritos por americanos. A demanda era por uma literatura mais prática, sem muitas dificuldades. Com uma natureza selvagem para ser conquistada, infinitos problemas políticos e nacionais para serem resolvidos, a literatura não estava na pauta do dia. O país precisava de advogados, trabalhadores, pioneiros, tudo, menos poetas e escritores. As condições para o florescimento de um sistema literário (distribuição, pagamento de direitos autorais, público, divulgação) eram precárias. Os livros eram artigos de luxo e tinham que ser importados. A literatura estrangeira (sobretudo inglesa) tinha preferência, enquanto os escritores nativos que se aventuravam a sobreviver da escrita morriam de fome ou viam seus direitos autorais naufragarem, já que a prática da pirataria era uma regra. Os jornais, que surgiam em grande número a cada dia, eram basicamente a fonte que a grande massa da população tinha da palavra escrita (além da *Bíblia*, é claro). E também foram, significativamente, o laboratório textual e a fonte de renda para escritores como Edgar Allan Poe, Herman Melville e Whitman.

Nesse contexto, o incipiente sistema literário dos Estados Unidos, além do impacto tardio do Romantismo em solo americano, atrasaram o surgimento de uma literatura cultural e estilisticamente independente. Sintomática do estágio das artes em 1820 é a frase do crítico inglês Sidney Smith: "Nos quatro cantos do globo, quem é que lê um livro americano ou vai assistir a uma peça de teatro americana ou contemplar uma pintura americana?". E havia verdade nisso: com raríssimas exceções, os Estados Unidos não tinham ainda produzido uma literatura de qualidade, que fosse genuinamente local, que traduzisse a experiência americana. Mas o problema não era só esse: dividindo a mesma língua e herdeiros da tradição literária britânica, os escritores da época de Whitman tiveram que confrontar os autores canônicos do passado, como Shakespeare e Milton, ou clássicos contemporâneos como Tennynson e Wordsworth. Como se libertar do peso da tradição inglesa?

Em algum momento das primeiras décadas do século XIX a situação começou a mudar. O romantismo, mesmo tardio, teve enorme influência nas mentes e nos textos de duas geracoes, como o "retorno à natureza" e o "homem natural", defendidos pelo francês Rousseau em *Emílio ou da Educação*, além de sua crítica à sociedade em *Contrato Social;* ou a filosofia do alemão Kant, de impacto direto sobre o transcendentalismo (via os ingleses Carlyle e Coleridge). O interesse por outras religiões e culturas não-europeias (egípcia, hindu, chinesa etc.); a crítica ao racionalismo e sua visão mecanicista do mundo (substituída pelo organicismo); a crítica à industrialização sem limites, ao materialismo desenfreado e também à miséria e exclusão provocados pelo capitalismo; a defesa da cidadania, da liberdade de expressão (literária ou não); o amor à natureza; o incentivo à experimentação poética, o conceito de forma orgânica: todos esses temas que fazem parte da pauta romântica teriam efeitos decisivos na agenda dos escritores americanos.

O arsenal de formas e informações trazido pelo romantismo europeu, submetido a um verdadeiro processo de "antropofagia", com sua ênfase no indivíduo, no "faça você mesmo", no olhar atento para a realidade imediata, deu liberdade para os autores buscarem suas próprias veredas. Num período de transformações radicais na sociedade, os postulados básicos dos românticos europeus adquiriram novas leituras e fusões, resultando em obras-primas originalíssimas. Por volta de 1850, a literatura americana já possuía um time de primeira, capaz de encarar e mesmo superar o ataque inglês ou europeu com tranquilidade: Herman Melville, Ralph Waldo Emerson, Edgar Allan Poe, Emily Dickinson (só descoberta posteriormente), Henry David Thoreau, James Fenimore Cooper, Nataniel Hawthorne, William Cullen Bryant, Henry Wadsworth Longfellow, Frederick Douglass e James Russell Lowell. Time esse que ganharia um atacante de peso em 1855, com Walt Whitman e a publicação de *Folhas de Relva*.

Num período de formação, Whitman foi o poeta que empunhou mais alto a bandeira de uma literatura da experiência americana, bem como da necessidade de uma ruptura mais radical com as convenções literárias e culturais de seu tempo. Sua postura era bem diferente das adotadas pelos contemporâneos de Whitman, como os citados poetas "brâmanes", que se isolavam da experiência nativa e se colocavam numa posição de superioridade. Ou de Poe, que, embora inovador, era um escritor de sensibilidade europeia. Apesar de estar com os dois pés no romantismo, *Folhas de Relva* revisava e expandia americanamente seus postulados, enquanto antecipava e fundava o modernismo na poesia mundial. Nos anos 1840 e 1850, trilhando seu próprio e silencioso caminho, distante dos círculos literários e academias, lutando para sobreviver na selva de Manhattan, Whitman elaborava uma poética nova e vigorosa, além de uma nova maneira de pensar o mundo. Essa poética "kósmica", por sua vez, seria uma síntese dos vários interesses acumulados nos seus anos de formação: da pseudociência da frenologia à geologia, da filosofia transcendentalista e o misticismo pagão de Emerson, à história e à realidade mais imediata de seu país.

Poeta urbano por excelência, a experiência de viver em cidades cosmopolitas e babélicas, como Brooklyn, New Orleans e Nova York, não pode ser esquecida. Também é importante dizer que o *self* de que Whitman nos fala nada tem a ver com o individualismo egoísta de nossos dias. Paradoxalmente, quanto mais Whitman canta seu "eu", mais ele é universal, mais ele transcende tempos e espaços. O resultado prático seria a verdadeira intervenção cultural que foi a primeira edição de *Folhas de Relva*. Além do fundamental texto introdutório (apesar de seus excessos retóricos e trechos prolixos), em que o novo papel do poeta é estabelecido, a procura de uma poética americana é tema recorrente em prosas, ensaios, cartas e em três resenhas anônimas que publicou do próprio livro de 1855. Está em *Democratic Vistas* (1871) e em *Specimen Days* (1882). Mas, sobretudo, está encapsulada num ensaio escrito na primeira década dos anos 1950, no projeto de um dicionário que abarcaria todas as palavras em uso em seu país. Também está presente em *An American Primer* ("Uma Cartilha Americana"), projeto nunca concluído, publicado apenas em 1904. Nesses textos existem vários imperativos caros a seu tempo: a necessidade de encarar e decifrar a experiência social e coletiva da América; a criação de uma nova pessoa humana; a necessidade de se desvencilhar da influência cultural e literária europeia; a busca de material poético no local e nas próprias raízes e fatos da experiência dos Estados Unidos, suas histórias e ritmos, tornando-se assim os impulsos básicos de sua poesia. Em 1844, no ensaio "O Poeta", Emerson já havia apontado:

> Nossas assistências mútuas, campanhas eleitorais, seus mutirões[4], nossas pescarias, nossos Negros, e Índios, nossa arrogância, e nossos repúdios, a ira dos malandros, e a pusilanimidade de homens honestos, o comércio do Norte, a plantação do Sul, a fronteira do Oeste, Oregon e Texas, ainda estão por serem cantados. E, no entanto, a América é um poema em nossos olhos; sua ampla geografia atordoa a imaginação, e não ficará à espera de metros.

E mais adiante:

> Uma nova nobreza é conferida nos bosques e pastos, não em castelos, ou pela faca, não mais.[5]

Sua concepção de poesia e do papel do poeta aprofundam questões levantadas por Emerson em ensaios como "Natureza", "Autoconfiança", e sobretudo "O Poeta". Neste último, Emerson prenunciava o advento de um poeta capaz de abraçar as realidades, maravilhas e exuberância de seu país. A leitura do ensaio, nos anos 1840, acendeu na cabeça de Whitman a centelha definitiva e a ambição de que talvez *ele* teria de assumir este papel. Como dissemos, o impulso era o de se libertar do peso da Musa europeia, de sair dos gabinetes e das torres de marfim, do decoro e das normas da linguagem poética, e buscar um contato mais direto com a realidade imediata. A linguagem seria mais simples, mais aberta, o poema seria guiado mais pelo seu próprio impulso e processo associativo do que constrangido por técnicas herdadas acriticamente, ou obedientes a uma parafernália de convenções.

A poesia de Whitman, enfim, significou a libertação da poesia americana da "tirania" europeia. Uma poesia libertária, para o humano de hoje, sem distinções. Uma poética

[4] *Log-rolling* (rolagem de toras), termo usado pelos pioneiros para designar um mutirão para abrir uma clareira numa área a ser habitada.

[5] *American Transcendentalism Web.* Disponível em: < http://www.vcu.edu/engweb/transcendentalism/index.html >.

visionária, revolucionária, em que o verso livre significava nada menos que liberdade de linguagem. Era missão do poeta, "antena da raça" (como definiria Pound), explorar todas as possibilidades de sua língua e se jogar no mundo e em sua cultura de olhos bem abertos. "Uma experiência *na linguagem*, mais do que uma mera representação *através dela*" (como escreveu Steve McFreey em *Politics of Poetic Form*). Whitman, de fato, chamou para si a responsabilidade de ser o poeta de uma nova era, reassumindo o papel ancestral de xamã da tribo: "Ele confere a cada objeto ou qualidade suas proporções exatas, nem mais nem menos. Ele é o árbitro da diversidade e é também a chave. Ele é o equalizador de seu tempo e de sua terra . . . . ele supre o que precisa ser suprido e checa o que precisa ser checado" (Prefácio, 1855).

Poesia era coisa séria demais para deixar nas mãos de acadêmicos e poetas de gabinete. A linguagem não podia mais continuar sendo entendida como palavras mortas encarceradas em dicionários, formas velhas, discurso floreado, ornamental. Um país "experimental" e que se expandia diariamente forçava o poeta e o escritor a também experimentar e expandir sua linguagem de maneira visceral. Mudar e se renovar tem sido o destino da língua inglesa, desde suas origens. Não podemos esquecer que a história da língua inglesa é um fascinante resultado de acumulação e transformação de línguas e culturas estrangeiras como a nórdica, anglo-saxã, celta, alemã, viking, francesa e latina. A expansão do léxico, para ele, era uma necessidade histórica e cultural determinada pela experiência única da cultura americana. Em sua "experiência de linguagem", Whitman não dava hierarquia às palavras. Todas estavam em pé de igualdade, prontas para serem transformadas em material poético.

Como é evidente em sua poesia, em seu ensaio *An American Primer* Whitman defendia que todas as palavras eram pertinentes e tinham peso igual: termos retirados da geografia e da biologia, de outras culturas, dos índios americanos, das mais variadas profissões, da navegação, das novas tecnologias, do mundo da indústria e invenções, das ocupações, das religiões, da medicina. Via beleza nos termos da ópera e no dialeto negro, na linguagem dos jornais, nas gírias urbanas, dos pioneiros, no humor e nas expressões populares, na astronomia, na política, e até mesmo nos dialetos da bandidagem, das prostitutas e dos bêbados. A relação do escritor com as palavras devia ser vital e visceral: "Um perfeito escritor deve ser capaz de fazer as palavras cantarem, dançarem, beijarem, parirem crianças, chorarem, sangrarem, enfurecerem, esfaquearem, roubarem, dispararem canhão, pilotarem navios, saquearem cidades, atacarem com cavalaria ou infantaria, ou fazerem qualquer coisa que um homem ou uma mulher de poderes naturais pode fazer".

É possível tirar algumas conclusões: Whitman via uma conexão indissociável entre linguagem e mundo. Palavras são signos vivos de uma cultura. Para ele, tudo era linguagem: ela não estava só no poder de falar, nos dicionários, mas incluía gestos, relacionamentos, atos, afetos, sons, emblemas, ideias, conceitos. O pessoal é sempre político. O corpo não está separado da mente. Não existe linguagem privada: ela é sempre social e pública. Influenciado por Emerson, Whitman via as palavras como símbolos das coisas da natureza (que inclui a natureza humana). Não à toa, escolheu para sua obra, como imagem-mônada, o mais comum dos símbolos: a relva. A relva cresce espontaneamente e se espalha na horizontal, sem escolher lugar. Ela "grassa", democraticamente, no jardim dos ricos e na fazendinha do pioneiro, num parque no meio da cidade e nas florestas desconhecidas. Em solo americano, novas palavras brotavam como relva por toda parte, todos os dias, enquanto outras adquiriam novos sentidos. As possibilidades da língua e das experiências, Whitman acreditava, eram extensas como a geografia americana. O escritor deveria se aproveitar ao máximo dessa situação privilegiada: "O novo mundo, os novos tempos, as novas pessoas e as novas perspectivas precisam de uma língua que os corresponda — sim, e mais, eles terão essa nova língua — e ela não ficará satisfeita até que evolua".

O filósofo francês Gilles Deleuze (1925-1995) aponta dois aspectos importantes do projeto whitmaniano: "a espontaneidade ou sentido inato pelo fragmentário, e a reflexão sobre as relações dinâmicas que precisam ser constantemente adquiridas e criadas" (Deleuze escreve, p. 8). E: "A experiência do escritor americano é inseparável da experiência americana, mesmo quando ele não fala da América". É essa identificação total e textual de Whitman com a utopia democrática americana, com seu povo, seus falares, ocupações, paisagens, filosofias e modos de vida que o tornam o primeiro poeta distintamente norte-americano. *Folhas de Relva*, escreveu William Carlos Williams, "foi um desafio a todo o conceito de ideia poética, de um novo ponto de vista, um ponto de vista rebelde, um ponto de vista americano. Numa palavra e logo no começo, o livro anunciava uma verdade chocante, a de que o solo comum é, ele mesmo, uma fonte poética". Ou ainda, como afirma Henry Seidel Canby, enquanto poeta do individualismo democrático americano, "ele articulou e deu uma vida duradoura ao sonho americano de um continente onde as pessoas pudessem escapar das injustiças do passado e estabelecer uma vida nova e uma vida melhor acessível a qualquer um" (em Untermeyer, p. xxvi).

Se a primeira edição de *Folhas de Relva* antecipou, de modo profético, os conflitos que dividiriam o país em 1861 com a Guerra Civil e os movimentos libertários e estéticos do século XX (dos modernistas aos *beats*, dos *hippies* à revolução sexual dos anos 1960), o que ele diz em 1855 — sobre liberdade individual, de expressão, de pensamento, de opção sexual, intolerância e guerra —, diz muito também sobre o atual momento mundial: um mundo de guerras, xenofobia, terrorismo global, imensas desigualdades, individualismo, intolerância religiosa, consumismo e cultura midiática. Também é uma chave para compreendermos a crise da cultura americana e mundial pós-Onze de Setembro.

Seu "grito bárbaro sobre os telhados do mundo" ainda é ouvido, 150 anos depois.

2

De Walter Whitman Jr. a Walt Whitman (1819 a 1855)

Tinha um menino que saía todo dia,
E a primeira coisa que ele olhava e recebia com surpresa ou pena ou amor ou medo, aquela coisa ele virava,
E aquela coisa virava parte dele o dia todo ou parte do dia .... ou por muitos anos ou longos ciclos de anos.

Whitman, "There Was a Child Went Forth"

Numa das cartas mais famosas e importantes da literatura americana, enviada a Whitman em julho de 1855, Emerson comenta: "para tamanha estreia deve ter havido um longo plano inicial em algum lugar". Whitman até podia ter alguma reputação como jornalista em Nova York. Como poeta, no entanto, era um ilustre desconhecido. Se o sábio de Concord achou o livro uma aventura projetada, com certeza não poderia imaginar a vida de seu arquiteto.

A família Whitman foi pioneira na América. John, o primeiro Whitman, chegou da Inglaterra em 1602, se estabelecendo em Weymouth, estado de Massachusetts. Seu irmão, Zechariah, veio no mesmo barco. Joseph, seu filho, migrou para Huntington, Nova York, em 1657. Ali, os Whitman aproveitaram as terras férteis e as águas abundantes da região e se estabeleceram como proprietários de terras. O avô materno do poeta, Cornelius Van Velsor, veterano da Revolução Americana, ganhava a vida como criador de cavalos. Ele tinha o apelido de "Major", ganho durante as milícias. O patriotismo fervoroso acabou se tornando uma tradição da família.

Walter Whitman Sr. (1789-1855), pai do poeta, era carpinteiro, tinha pouca formação educacional, mas gostava de ler, sobretudo livros de conteúdo político. Depois de trabalhar uns anos em Nova York, voltou para Long Island. Apesar de trabalhar duro e ser bom carpinteiro, Walter não levava jeito para os negócios. E, aos 34 anos, já aparentava ter mais de cinquenta anos. Esse envelhecimento precoce seria uma herança genética da família, como veremos ocorrer com o poeta. Cansado de batalhar para melhorar a condição de sua família, frustrado, o pai de Whitman começou a beber. Às vezes tinha acessos de raiva. Em outras, caía num silêncio tumular. Whitman raramente falava sobre seu pai, mas um instantâneo familiar pode ser visto no poema presente já na primeira edição de 1855, "There Was a Child Went Forth". O pai gostava de contar sobre sua amizade com Tom Paine, o articulador político e herói da Independência, e sobre a vez em que o encontrou em seus últimos dias, decadente e alcoólatra, pelas ruas de Nova York.

A mãe de Whitman, Louisa Van Velsor (1795-1873), era descendente de holandeses e galeses. Adepta da seita religiosa quacre[1], casou com Walter em 1816. Tiveram nove filhos. O primeiro a nascer foi Jesse (1818-1870), seguido de duas meninas (Mary, 1822--1899; Hannah, 1823-1908), além de um filho que morreu aos seis meses (sem nome). Depois vieram Andrew Jackson (1827-1863), George Washington (1829-1901) e Thomas Jefferson (Jeff, 1833-1890), nomes dados em homenagem aos "pais fundadores" da nação. Edward (Ed, 1835-1902), provavelmente portador de Síndrome de Down, era o caçula, e não recebeu a mesma homenagem.

2.1. EM 1819, WHITMAN NASCIA

Casa onde Whitman nasceu, restaurada.

Segundo filho mais velho da família, Walter Whitman Jr. nasceu em 31 de maio de 1819 no vilarejo de West Hills, em Long Island (estado de Nova York). A família o chamava de Walt, para diferenciá-lo do pai. Aos quatro anos, sua família vendeu o pouco que tinha em West Hills e se mudou para o Brooklyn. Era um menino de bom temperamento e saudável, que mais tarde desenvolveria uma grande sensibilidade e uma tendência à preguiça. De boa saúde, até a idade madura o poeta se gabava de nunca ter ficado doente. Importante para sua formação familiar foi o puritanismo e o livre-pensamento do pai, de quem não se aproximava muito, ao lado da formação quacre e do temperamento sensível da mãe. Walt tinha verdadeira veneração por Louisa, que funcionava como mediadora e unificadora da família. Os irmãos eram todos muito diferentes, e raramente brincava com eles. Da família, além da mãe e das irmãs, o irmão mais chegado de Walt seria Jeff. Também gostava de George, que lutaria na Guerra Civil, mas nunca se tornaria íntimo dele. O menino Walt gostava de beisebol e de nadar. Devido às mudanças constantes de casa, tinha dificuldade em sustentar amizades. Com facilidade de fazer amigos na rua, acabava na companhia de gente simples do povo: cocheiros, agricultores, barqueiros, pescadores, pastores. Entre as memórias marcantes de Whitman está o mar, sempre presente em sua vida e poesia, as excursões pelos bosques da ilha, as perambulações pelo bairro, além do vaivém de pessoas e barcos pelas docas do

[1] Seita cristã originada na Inglaterra (metade do século XVII) por George Fox, que pregava, entre outras coisas, experiência direta com Deus, acessível a qualquer pessoa; a ideia de que Deus habita todas as pessoas (conceito de "luz interior"); e ênfase no aqui e agora, em vez de fé no destino além-morte. Entre seus princípios estão a simplicidade (no vestir, no falar, bem como ênfase na vida espiritual mais do que na material), igualdade (fé na igualdade espiritual entre os sexos) e integridade (colocar Deus no centro de todas as coisas, não levar vantagem em negócios, não jurar dizer a verdade, apenas afirmar que o que se diz é verdade). Esses princípios estão muito presentes na poesia e no modo de vida de Whitman.

East River. Do outro lado estava a cidade que ele gostava de chamar pelo nome que deram os habitantes nativos: *Mannahatta* ("terra de muitas colinas").

Em 1825, Nova York tinha menos de 170 mil habitantes. O Brooklyn, 11 mil. Nessa época, em ambas as cidades, se o turista caminhasse algumas quadras em direção à periferia, encontraria fazendas e matas. O primeiro *boom* de Nova York e do Brooklyn acontecerá com a abertura do canal do Eire, que irá movimentar seus portos e ativar a economia local e nacional. A partir daí, as duas cidades teriam uma rápida explosão industrial e populacional. Whitman adorava viajar até a propriedade dos avós maternos em Long Island, ilha que ele gostava de chamar pelo nome indígena original, *Paumanok*, "em forma de peixe". Sentiu muito a morte da avó Amy, em 1829, cujos princípios quacre tiveram grande influência nele. Passava horas se deliciando com as aventuras e histórias que seus avós contavam, relatos do tempo da Guerra da Independência. Nessas ocasiões, o menino entrava em contato direto com a natureza, a apenas alguns quilômetros da civilização. Essas experiências alternantes, segundo aponta James Miller, podem ser verificadas em sua poesia, com as rápidas mudanças entre cenários naturais e urbanos (*Whitman, p.* 16).

Em suas memórias, Whitman se lembrava como momentos mágicos as travessias quase diárias de *ferry-boat* até Manhattan e a experiência da multidão e do burburinho da cidade, que ele adorava. Aos dez anos, acompanhou os pais para assistir a um sermão do quacre e rebelde religioso Elias Hicks, que pregava em sua doutrina que, mais que apenas venerar Deus, era preciso fazer deste mundo, aqui e agora, o melhor de todos. A rebelião de Hicks teve influência importante para o futuro poeta do corpo e do momento presente. Embora na época o menino não entendesse muito o conteúdo, ficou marcado pelos sermões e pela performance verbal tempestuosa de Hicks e de outros reformistas e religiosos da época. Também inesquecível foi o Dia da Independência de 1825, quando nada menos que o general Lafayette (herói da Revolução Americana) levantou Walt no meio da multidão durante as comemorações.

A família de Whitman era problemática. O pai não tinha jeito para negócios, mesmo quando boas oportunidades apareciam. De temperamento difícil, tinha crises de depressão e tendência para o alcoolismo. O mesmo acontecia com Jesse, que mais tarde desenvolveria um comportamento violento, terminando seus dias num asilo de loucos. Depois que morreu, sua mulher virou prostituta, criando mais um problema para a família. Outro irmão, Andrew, também bebia e estava sempre desempregado. O caçula, Ed, tinha retardo mental. Mais tarde, Hanna se casaria com um pintor neurótico e, depois da morte dele num asilo psiquiátrico, virou hipocondríaca. Apenas os irmãos Mary, George e Jeff eram o que poderíamos chamar de "pessoas comuns". Pouco antes da morte do pai, em 1855, Whitman já era o responsável por toda a família, com exceção de George. Esse contexto familiar explica em parte a verdadeira obsessão do poeta por saúde, sua e coletiva, além do tema do despedaçamento familiar, motivo de inúmeros editoriais e textos que escreveria mais tarde. O alcoolismo, por exemplo, é tema de sua primeira tentativa literária de fôlego, a novela *Franklin Evans; or The Inebriate* (1842). A má qualidade da água, além do hábito de beber entre as refeições, estimulavam o consumo de álcool. Em sua fase boêmia, nos anos 1840 e 1850, Whitman seria um bebedor eventual, mas nunca se tornaria alcoólatra.

Rua do Brooklyn.

Os Whitman foram para o Brooklyn em busca de melhores perspectivas. A cidade já era um lugar movimentado e barulhento. A população era composta de barqueiros, pescadores, vendedores de ostras, pequenos negociantes, trabalhadores irlandeses e negros livres. A cidade, repleta de estalagens, estábulos, destilarias e cortiços. Com péssimas condições sanitárias, não havia no Brooklyn iluminação urbana, guarda noturna, bombeiros, calçadas nem polícia. O lixo era jogado nas ruas e epidemias eram comuns. Nessa cidade o pai de Whitman se estabeleceu primeiro como carpinteiro e, depois, no ramo imobiliário. Isso era um tormento para a família, pois significava mudanças constantes de casa. A rotina era estressante e seguia um padrão: o pai comprava um terreno e construía nele uma casa. Poucos meses depois, a família se mudava para outra casa recém-construída. Moravam nela por alguns meses até que outra ficasse pronta e fosse vendida, então começava tudo de novo.

Devido à situação econômica precária da família, o garoto teve uma educação básica e curta: apenas seis anos. Walt foi matriculado na escola pública distrital do Brooklyn, que carregava o estigma de ser destinada a crianças de famílias pobres. Ali, entre crianças de todas as procedências (com os negros segregados nas salas no andar debaixo), a rotina era basicamente a leitura da *Bíblia* (na versão do rei James, de grande influência em sua poesia), ditado, pronúncia, vocabulário, aritmética, geografia e caligrafia. Whitman falava pouco de sua experiência como estudante, mas sempre recordava sua indignação com a punição corporal que era dada aos alunos (a ele inclusive). Futuramente, o jornalista condenaria a prática em várias críticas ao sistema de educação. O pai provavelmente também era violento com ele algumas vezes. Um de seus professores se lembraria dele como "um garoto grande, bem-humorado, de aparência desajeitada e malvestido, mas, mesmo assim, digno de nota". Aos onze anos, Walt teve de abandonar os estudos. Começou a trabalhar como *office-boy* para um advogado do Brooklyn, James B. Clarke.

2.2. NA UNIVERSIDADE DAS RUAS

Foi nesse período que Whitman recebeu sua verdadeira educação. Seu primeiro chefe lhe ensinou composição e redação. Dele, ganhou acesso à biblioteca do Brooklyn ("o principal evento em minha vida naquela época"). Ali, abastecia sua imaginação com o universo de *As Mil e Uma Noites*, de *Robinson Crusoe*, com os poemas e novelas de sir Walter Scott, como *Ivanhoé*. Depois de um ano nesse primeiro emprego, Whitman foi trabalhar para um médico. Aos treze anos, ingressou no mundo da comunicação como aprendiz de tipógrafo, trabalhando com Samuel E. Clements, editor do jornal *Long Island Patriot*. Na época os jornais, vendidos a 2 *pennies*, eram fontes vitais de informação e formação para a maioria das pessoas. Todos pertenciam, invariavelmente, a um partido político. Nova York era o centro nevrálgico do jornalismo na América, e Walt participaria ativamente dessa efervescência nas próximas décadas. Pode-se dizer que, na gráfica e no jornal, o garoto aprendeu bem mais do que aprendeu nos bancos escolares. Foi ali que reforçou sua autoeducação, se aprimorando em pontuação, pronúncia e composição de frases. Também aprendeu gramática e a soletrar na mesa de composição e, logo cedo, a dura realidade das ruas. Seu patrão Clements foi o primeiro a estimular o garoto, deixando-o publicar em seu jornal suas primeiras tentativas literárias, algumas histórias infantis (hoje perdidas, infelizmente). Depois de Clements, o garoto teve outros professores informais, como William Hartstone, que ensinou a ele todos os macetes das artes gráficas (evidente no tratamento dado por Whitman a *Folhas de Relva* e em outras edições). Mais tarde, Whitman se lembraria de nunca considerar um poema terminado enquanto não o visse impresso. Naquele tempo, jornais diários geralmente eram editados por uma pessoa e mais um repórter-impressor.

Aos treze anos, Whitman trabalhou no *Long Island Star*. Aprendeu sobre política acompanhando os debates intensos que aconteciam nas redações. Também foi nos jornais que Whitman assimilou os ideais democráticos[2] de Andrew Jackson (1767-1845), um dos fundadores do Partido Democrata e sétimo presidente dos Estados Unidos, em 1824. Aos catorze anos, pela primeira vez, Walt morou sozinho. A família voltou por um tempo para a antiga propriedade em West Hills, na esperança de que a agricultura a tirasse do atoleiro. Whitman morou em pensões baratas no Brooklyn enquanto trabalhava como tipógrafo. Apesar de travar amizade com gente do povo, tinha poucos amigos íntimos. Era, basicamente, um solitário, solto no mundo. Grandalhão, de profundos olhos azuis, o pré-adolescente não era muito de amizades femininas e preferia a companhia de meninos. No entanto, não era misógino. É difícil saber com certeza se Whitman era visto como "itifálico" (um eufemismo para homossexual, como sugeriu um dos primeiros críticos de *Folhas de Relva*). A verdade é que, na época, a camaradagem e a intimidade entre meninos eram a norma. Desde cedo, Whitman demonstrou ser uma pessoa muito sensível e de sentidos aguçados.

Nas horas livres, o que Whitman mais gostava de fazer era flanar pelas ruas do Brooklyn e de Manhattan. Observar os deslocamentos da multidão e mergulhar em sua diversidade de "atrações", classes sociais, raças e ocupações. Isso quando não escapava para as praias e os pântanos de Long Beach, não distantes dali. Em contato com

[2] Basicamente, os democratas se opunham à criação de um banco nacional e às altas tarifas protecionistas; à interferência na questão da escravidão e ao auxílio federal para as melhorias no interior. Sua força política se concentrava nos trabalhadores e fazendeiros da fronteira, que se expandia a cada dia.

a natureza e o mar, outro mundo também se abria. Whitman explorava as matas em "expedições" fictícias, e cultivaria durante toda a vida uma verdadeira obsessão pelo mar. Suas leituras na época eram as aventuras de James Fenimore Cooper, Shakespeare, Ossian, além de poetas e dramaturgos gregos (traduzidos para o inglês, já que ele não dominava nenhuma língua além do inglês, mesmo tendo a chance de aprender um pouco de francês em sua passagem por New Orleans, em 1848). Muitas vezes, nesses passeios idílicos, levava livros para as praias e colinas. Mais tarde, o poeta lembraria de ter lido Dante à sombra de uma árvore. De ler a *Odisseia* numa gruta marinha. E de recitar poemas para pássaros e ondas. Adolescente, um dia viu um navio a toda vela e sentiu um desejo de escrever um poema sobre a cena. O "impulso criativo" de "Song of Myself " já estava sendo gestado. Tanto o contato com a natureza quanto a experiência urbana, portanto, vão moldando sua consciência. As memórias dessa fase e suas investidas à natureza, onde tinha a sensação de se fundir com tudo o que encontrava no caminho, são o tema do belo "Tinha Um Menino que Saía", da primeira edição.

2.3. PROFESSOR, EDITOR E REFORMISTA

Aos dezessete anos Whitman já havia decidido seguir a carreira de jornalista e gráfico. Um incêndio arrasou o bairro que concentrava os jornais e gráficas de Nova York, inclusive o do jornal onde trabalhava, o *Star*. Em 1836, desempregado, e com o país em plena crise econômica, Whitman voltou para a propriedade da família em Hampstead. Tendo sua vocação profissional interrompida, e sem vontade de ajudar na fazenda da família, começou a dar aulas: em junho, conseguiu emprego como professor em Norwich. Nos cinco anos seguintes Whitman ganharia a vida como professor itinerante em dezenas de escolas públicas rurais de Long Island. Não foi uma boa experiência. Nas péssimas condições do ensino público da época, ser professor era uma profissão deplorável. Ganhava-se mal e trabalhava-se muito. As salas tinham mais alunos do que seria possível educar decentemente, e as turmas eram das mais variadas, em termos de idade. Whitman fazia o que podia, trazendo algumas técnicas didáticas menos tradicionais, abolindo a punição corporal e incentivando os alunos a pensar. Acreditava que a verdadeira faculdade estava fora das salas de aula. Para se manter intelectualmente ativo, nessa época começou a se interessar por política, tornando-se um militante apaixonado do recém-fundado Partido Democrata. Jacksoniano convicto, Whitman chegou a fazer campanha para a presidência de Van Buren, em 1836.

Nova York já era o centro do jornalismo americano em 1840. Cerca de vinte jornais se aglomeravam numa mesma vizinhança. Eles tinham de dar conta de um novo fenômeno: o agrupamento de culturas de países diferentes numa área pequena e densamente povoada, com suas diversidades e contrastes. Se havia o imponente City Hall e a agitação financeira de Wall Street, a algumas quadras dali havia Five Points e outros bairros "barra-pesada", onde as condições de vida e a miséria haviam piorado pelo fluxo imigratório impressionante daquele período.

Em 1838, a carreira de professor foi interrompida por alguns meses. Num gesto ousado, Whitman fundou seu próprio jornal, o *Long Islander*, enquanto editava outro diário em Nova York. Era um trabalho de cão: ele era responsável, praticamente sozinho, por escrever o jornal inteiro (geralmente de oito páginas no formato *standard*), anúncios publicitários e editoriais, além de compô-lo, imprimi-lo e distribuí-lo (a cavalo) pelo bairro de Huntington. A experiência deu certo durante um ano, quando, novamente sem opções de trabalho, voltou a lecionar. No outono de 1840, Whitman teve a primeira fagulha de que escreveria um livro: "E quem irá dizer que não seja um livro bem bonito? Quem sabe eu seja capaz de fazer algo respeitável?". No mesmo ano, se decepcionou com a derrota de Van Buren para Henry Harrison. Nesses anos, começou a ter ambições literárias. Na primeira metade da década de 1840 escreveu e publicou ficção em dezenas de jornais, alguns de prestígio. Sua primeira história publicada levava, curiosamente, o título de "Morte na Sala de Aula".

2.4. DÂNDI, EDITOR E JORNALISTA

Em 1841, aos 22 anos, Whitman largou de repente o emprego de professor em escolas rurais e voltou para a cidade. Os motivos são nebulosos: alguns biógrafos argumentam que Whitman teria sido forçado a sair da escola e do vilarejo por ter mantido relações sexuais com um aluno em Southold. Outros defendem que nada disso aconteceu, sendo apenas mais uma lenda para justificar sua "homossexualidade" (o termo só passaria a existir no fim do século XIX). O mais provável é que Whitman não aguentava mais dar aula, nem o ambiente medíocre que encontrou. Numa carta escrita nessa época, desabafou: "Estou cheio de me desgastar polegada a polegada, e de desperdiçar a porção mais bela de minha curta vida aqui nesta toca de ursos, neste abandono de toda a criação de Deus". Andava deprimido, tinha começado a beber muito, e não via a menor perspectiva de vida como professor.

De volta a Nova York, aproveitou para cair de novo na boemia. Frequentava bares, teatros e óperas. Trabalhou numa série de jornais, como tipógrafo, repórter, escritor ou editor (ou tudo isso ao mesmo tempo). Nesses anos, se engajou brevemente num movimento que surgiu na época, a "Temperança", que pregava a moderação dos apetites, sobretudo contra o abuso do álcool e seus *spirits*, vistos como o grande mal da sociedade. Além dele, seu pai também estava bebendo muito. Em 1842, a pedido de um editor, Park Benjamin, Whitman estreou na literatura com a novela *Franklyn Evans; or The Inebriate*. Era a história de um garoto sulista que ia parar na cidade grande, onde era seduzido pelos prazeres urbanos, virava alcoólatra, se "destemperava" e acabava provocando uma grande tragédia. O livro, sensacionalista, melodramático e com cenas de sangue, bem ao gosto da época, vendeu nada menos que 20 mil exemplares: marca que, em vida, Whitman jamais alcançaria novamente.

Aos 25 anos, Whitman era um jornalista relativamente conhecido e respeitado no meio. Havia trabalhado nos principais diários e semanários de Nova York. Tinha conhecimento tanto de logística quanto de técnicas jornalísticas. Conhecia o leitor e sabia exatamente o que o interessava. Ficava admirado com a repercussão da letra impressa na vida das pessoas. O jornalista escrevia sobre os temas mais variados: crimes, acidentes, segurança e saúde pública (publicou artigos sobre a importância da natação), além de assuntos que estavam na ordem do dia, como desemprego, política e a questão abolicionista. Nesse período, ele começou a escrever resenhas literárias, dando pistas preciosas para os autores e leituras daquela época, como Rosseau, Carlyle, Emerson e George Sand.

Whitman nos anos 1840.

Nos anos 1830 e 1840, livros importantes foram publicados. Whitman acompanhou avidamente as primeiras safras de qualidade da literatura americana: Henry Wadsworth Longfellow, John Greenleaf Whittier, Oliver Wendell Holmes, James Russell Lowell e Emerson publicaram seus livros. Isso sem falar de autores como Nathaniel Hawthorne e Edgar Allan Poe. Em 1836, Emerson publicou seu ensaio "Natureza". Poe, também dublê de escritor e jornalista, publicou *Tales of the Grotesque and Arabesque*. 1841 foi o ano em que Emerson lançou seu primeiro volume de ensaios, tão fundamentais para Whitman, incluindo "Autoconfiança". Enquanto Whitman editava jornais e ensaiava seu grande poema-livro, Poe virava o editor do *Graham's Magazine* na Filadélfia e Herman Melville (que era praticamente vizinho de Whitman, embora os dois nunca tenham se conhecido) fazia uma viagem de dezoito meses numa baleeira (experiência usada em *Moby Dick*). No ano seguinte, Tennyson lançava *Poems*. Em 1845, Emerson publicou o segundo volume de seus ensaios, enquanto Poe lançava um marco da literatura romântica americana, *The Raven and Other Poems*. Ainda em 1845, Thoreau começava a viver no lago Walden. Foi também a época do surgimento da expressão negra na literatura, com o abolicionista Frederick Douglass e sua *Narrative of the Life of Frederick Douglas, an American Slave*.

Um fato crucial se deu em 1842: Whitman foi assistir a uma palestra de Emerson cujo título era "O Poeta", uma verdadeira aula de visão poética e "transcendentalista" da vida. Whitman ficou impressionadíssimo, descrevendo a experiência num artigo para o jornal em que trabalhava na época, o *Aurora*, como sendo "uma das composições mais ricas e belas, tanto por seu assunto quanto por seu estilo, que jamais se ouviu em qualquer lugar, em qualquer tempo". Mas nada indicava que, nessa época, as ideias do transcendentalismo estivessem plenamente assimiladas e transformadas por ele como estariam em 1855. As resenhas que escreveu em 1846 demonstram que seu gosto era bem eclético: Schlegel, Schiller, Goethe, Ruskin, Margareth Fuller, Martin Farquhar Tupper, Sand, além de romances populares, histórias, folhetins dramáticos, tratados sobre saúde e frenologia.

Esses anos também foram os de sua fase dândi. Assim um colega de jornal o descrevia nessa época: "Ele era alto e gracioso na aparência, e possuía olhos bem marcantes e gentis e uma fisionomia contente, de quem está feliz. Ele costumava usar sobretudo e chapéu alto, carregava uma pequena bengala, e a lapela de seu casaco quase sempre ornamentada com uma abotoadura". Vestido de preto, como era comum entre os homens da época, Whitman virou figura mais ou menos conhecida: flanava pela cidade, bares respeitáveis e pocilgas, fazia amizades e batia papo com barqueiros, bombeiros, cocheiros e trabalhadores. Sua paixão era a Broadway, com seus cafés, teatros, intensa vida noturna e de onde retirou muito de seu catálogo de tipos que aparecem em *Folhas de Relva* (como no poema "Faces", p. 183).

Nesta época, começou a registrar em cadernetas seus encontros e "conquistas" amorosas. Era um homossexual não assumido, embora não possamos afirmar se ele teve relações com homens nesse período. Não há nas biografias de Whitman, nenhuma evidência de que ele teria tido algum dia relações com mulheres. A sexualidade de Whitman não é facilmente explicável. Ainda que existissem atos homossexuais, ainda era rara a figura do homossexual. É preciso entender o contexto cultural e temporal em que ele vivia. Como Reynolds explica: "intimidade apaixonada entre pessoas do mesmo sexo era comum... a falta de categorias sexuais claras (homo-, hetero-, bi-) fazia a afeição pelo mesmo sexo algo inconsciente e disseminado" (*Walt Whitman's, p.* 391). Só nos poemas abertamente homossexuais de "Cálamo", nos anos 1860, é que o amor entre homens seria tematizado explicitamente, embora também apareça nas páginas da primeira edição de *Folhas de Relva*.

O jornalista se alimentava de todas as informações que uma grande cidade podia oferecer. Frequentava o teatro e a ópera, galerias de arte e o "museu" de egiptologia. No teatro, ficava fascinado com a performance oral de um texto, o impacto que uma interpretação podia ter diante de uma plateia (admirava Shakespeare, principalmente peças históricas como *Ricardo III*). Não é por acaso que a poesia de Whitman constantemente se dirige a "você" e "vocês". Do mesmo modo, podemos ver um poema como "Canção de Mim Mesmo" como um monólogo dramático, uma verdadeira performance de uma *persona* que almeja ser todas.

A ópera, por sua vez, deixava Whitman em estado de êxtase. Embora não entendesse outras línguas, amava a música de Grieg, Verdi, Bizet e virou especialista no assunto. A técnica do *bel canto* — em que passagens melódicas se alternam com trechos arabescados, com a voz se tornando um instrumento de sopro — o impressionava muito. Ia ao transe principalmente ao ouvir a soprano virtuose Marietta Alboni. Considerada a maior cantora do mundo, ela passou dois anos em Nova York. O catálogo de sons de "Canção de Mim Mesmo" também revela seu fascínio pela frase musical da voz, pela música da linguagem. Com a ópera, Whitman aprende a possibilidade da palavra cantada e musical levar a mente às maiores viagens e profundezas. Ele revelaria mais tarde, que "se não fosse pela ópera eu jamais teria escrito *Folhas de Relva*".

2.5. "GO WEST"

O ano de 1843 marcou o início da famosa conquista do oeste, com um imenso contingente de pessoas se movendo para a Califórnia e o Oregon. Milhares de pioneiros desafiavam a fome, o perigo e o cansaço em busca de novas oportunidades de vida, uma experiência que Whitman irá cantar em seus poemas. Em 1844, o candidato democrata James Polk, cuja agenda era expansionista, ganhou a presidência. A população americana já passava dos 17 milhões. No mesmo ano Poe publicou "Filosofia da Composição", que Whitman leu. Também foram anos libertários e reformistas: em julho de 1848, por exemplo, foi organizada a primeira convenção pelos direitos das mulheres. No mesmo ano morreu Poe, e Thoreau publicou seu libelo, *Desobediência Civil*. A escrava Harriet Tubman (1820-1913) fugiu para o norte e começou a liderar um movimento para ajudar os negros a fugirem do sul para o Canadá, que ficará conhecido como "Underground Railroad". Ela ajudou centenas de escravos a escapar dos horrores do regime de *apartheid* sulista.

Em 11 de maio de 1846 começou a guerra contra o México (1846-1848), evento que eletrizou Whitman. Em 14 de junho, colonos americanos proclamaram a independência da República da Califórnia, anexada em agosto pelos Estados Unidos. No dia 15 daquele mês, o Novo México foi anexado à União. Em 22 de dezembro de 1847 o congressista Abraham Lincoln fez um discurso condenando a guerra. Nacionalista democrata, Whitman apoiou o confronto armado, bem como a ideologia expansionista do Destino Manifesto: a de que a América e sua democracia estavam "destinadas", pela divina Providência, a se espalhar por outras partes da América e do mundo.

De fato, na primeira metade do século XIX, os Estados Unidos aumentaram seu território de forma espetacular. Em 1803 o país havia adquirido da França boa parte dos atuais Estados Unidos: de Lousiana, no sul, a Montana, ao noroeste. A Flórida foi cedida pela Espanha em 1819. O Texas foi "libertado" do México pelos "Americanos" e anexado à União em 1845. No ano seguinte, o Oregon, também no noroeste, foi adquirido através de tratado com a Inglaterra. Em 1848, como reparação de guerra, os Eatados Unidos receberam do México todo o atual sudoeste americano (futuros estados de Novo México, Arizona, Utah, Nevada e Califórnia). Assim, em quatro décadas os Estados Unidos já ocupavam o continente americano de leste a oeste. Whitman assistia à expansão territorial de seu país com otimismo e excitação. Como escreverá no início do texto de introdução a *Folhas de Relva*:

> Os americanos de todas as nações em qualquer era sobre a terra provavelmente têm a natureza poética mais completa. Os Estados Unidos são essencialmente o maior de todos os poemas. De agora em diante na história da terra os maiores e mais agitados poemas vão parecer domesticados e bem-comportados diante da sua grandeza e agitação ainda maiores. Enfim aqui alguma coisa nos atos humanos que corresponde com os atos que o dia e a noite transmitem. Enfim aqui não só uma nação, mas uma nação proliferante de nações. Enfim aqui a ação

> livre de amarras necessariamente cegas aos destacamentos e particularidades que se movem magnificamente em imensas massas.

As décadas de 1840 e 1850 também foram marcadas pelos debates em torno da abolição da escravatura. Desde os primeiros tempos da colonização o trabalho escravo negro se transformara numa das principais bases da economia americana. Na metade do século XIX a escravidão bateu um recorde no país, chegando a 4 milhões. De março de 1846 a março de 1848, Whitman virou o editor-chefe do jornal mais importante do Brooklyn, o *Eagle*. No mesmo ano, Frederick Douglass fundava o jornal abolicionista *North Star*. Whitman era defensor ardoroso do "Solo Livre" e do *Walmot Proviso* (lei que propunha a abolição em todo território novo que fosse conquistado pelos Estados Unidos), embora também criticasse o radicalismo dos abolicionistas e seu ódio contra a União. O lema do partido era "Solo Livre, Fala Livre, Trabalho Livre e Homem Livre". Em 18 de março de 1846, publicou artigo atacando as leis escravagistas que permitiam a importação de escravos do Brasil.

Nessa época, porém, sua consciência racial ainda não havia amadurecido totalmente a ponto de defender a abolição total e irrestrita. Para ele, antes dos negros, os interesses de seu país tinham prioridade. A principal, naqueles anos, como veremos, era manter a união entre os estados. Lembremos que a defesa da política do "Solo Livre" se opunha à expansão da escravidão apenas nos novos territórios: a proposta não previa a abolição nos estados da União onde ela já existia. Ou seja, era uma meia abolição, movida em parte pelo medo dos nortistas da competição com a massa de trabalhadores negros, que, supostamente, migrariam para o norte com o fim da escravidão. O norte, mais industrializado, a cada ano se inclinava para a abolição. O sul, cuja economia estava baseada na exploração do trabalho escravo, não podia nem ouvir falar na possibilidade de ficar sem suas principais propriedades (além do que, escravos eram "produtos caros" no mercado).

E foi em sua experiência efêmera no sul, onde se horrorizou com os leilões de escravos em New Orleans, que Whitman assumiu uma posição mais firme sobre o assunto. Em *Folhas de Relva* o tema aparece, de passagem ou de forma direta, em "Canção de Mim Mesmo" (p. 45), "Uma Balada de Boston" (p. 197), "Os Adormecidos" (p. 159) e, de forma mais extensiva, no poema "Eu Canto o Corpo Elétrico" (p. 173). A causa do "Solo Livre" acabou custando seu emprego no jornal. Em maio de 1848, depois de uma discussão em que teria jogado o editor escada abaixo, foi despedido.

2.6. NA ESTRADA

Sem emprego, no fim de janeiro de 1848, Whitman recebeu uma notícia que causaria verdadeira febre em milhares de pessoas em busca do "sonho americano": a descoberta de ouro na Califórnia. Em 9 de fevereiro, no intervalo de uma ópera, ele foi convidado para trabalhar num jornal em New Orleans, *The Crescent*. Fechou negócio em quinze minutos. Pela primeira vez na vida faria sua primeira grande viagem, a primeira além das redondezas de Nova York.

Foi uma verdadeira aventura, e deu a chance de Whitman ver de perto a vastidão e beleza de regiões selvagens dos Estados Unidos. Seu irmão Jeff foi junto, para trabalhar como *office-boy* no mesmo jornal. A viagem foi dura, perigosa e cansativa, e levou cerca de duas semanas. A aventura de Whitman rumo ao extremo sul do país começou de trem até Baltimore, chegando até a brecha de Cumberland, no estado de Maryland. De lá, os irmãos cruzaram, de diligência, os montes Apalaches. Vinte quatro horas depois, exaustos e quebrados, chegaram a Wheeling (Virgínia). Ali pegaram o barco a vapor no rio Ohio e cruzaram as grandes planícies da região. Durante toda a viagem, Whitman anotava coisas que via e ouvia em seu diário. No caminho, conheceu cidades como Cincinnati e Louisville até chegar ao grande rio Mississippi. Daí, rumo ao sul, prosseguiu pelo Mississippi até New Orleans.

A experiência no *The Crescent* durou três meses, mas tempo suficiente para abastecê-lo com imagens para o resto da vida. Capital da Louisiana, New Orleans fervilhava com seu porto movimentado. Whitman encontrou uma cidade multicultural, apinhada de bares, de gente de todos os cantos do mundo. Era uma cidade de contrastes sociais agudos, mas também com muita música e movimentação, ainda maior com a chegada e partida dos homens que iam lutar na guerra contra o México. A visão dos homens indo e voltando para a guerra teria efeitos marcantes sobre Whitman. Morava num bairro boêmio e, nas horas livres, passeava pela cidade. Frequentava o Bairro Francês, com seus bares e saloons. Nas ruas, uma babel de línguas que desconhecia, sobretudo o francês, espanhol e dialetos africanos. Whitman ficou maravilhado com aquela cidade que era um verdadeiro *melting pot* de raças, línguas e culturas diferentes. Mas a experiência sulista durou pouco. Logo começou a se desentender com um dos editores e, três meses depois, pediu demissão do jornal. Além do mais, seu irmão vivia doente e com saudades de casa. Whitman decidiu voltar.

Durante os 94 dias que durou sua estada no sul, Whitman teria tido um relacionamento amoroso. O poema "Once I Passed Through a Populous City" (1860) é uma reminiscência de sua temporada sulista. Embora na versão publicada o texto mencione "ela" e "mulher", o original encontrado em 1925 revelou que Whitman eliminou as palavras "ele" e "homem", provavelmente para evitar mais problemas com a censura:

> Uma vez passei por uma cidade populosa impressa em meu cérebro para uso
> futuro com seus shows, arquitetura, costumes, tradições,
> No entanto tudo que me lembro daquela cidade agora é de um homem que
> encontrei ao acaso que me deteve por seu amor a mim,
> Dia após dia e noite após noite ficamos juntos — o resto há tempos esqueci,
> Lembro-me só daquele homem que apaixonadamente se agarrou em mim,
> De novo vagamos, amamos, e nos separamos,

> De novo ele me segura em seus braços, diz pra não partir,
> Vejo-o bem perto do meu lado com lábios silenciosos e trêmulos.[3]

No dia 27 de maio os irmãos tomaram um barco no Mississippi e subiram o grande rio. Dias depois, alcançaram os Grandes Lagos, na fronteira com o Canadá. Passaram por St. Louis, onde ficaram uns dias, depois foram até La Salle, onde foram transferidos para um barco de canal. A viagem foi desconfortável, com o barco lotado e os irmãos tendo de dormir no chão. Chegaram a Chicago, onde ficaram dois dias passeando pela cidade, até pegarem outro barco para Milwaukee. Depois de outras baldeações no caminho por Mackinaw, Cleveland, chegaram a Buffalo no dia 12 de junho. Dali, tomaram um trem para Niágara, onde Whitman se fascinou com as famosas cataratas. Outro trem até Albany. De lá, tomaram um barco e desceram o rio Hudson, até chegar finalmente à baía de Nova York.

O que ele viu pelo caminho foi maravilhoso, e deu bem a dimensão exuberante e desconhecida de seu país. Mais que isso: deu a certeza de que, para escrever sobre essa experiência, talvez fosse necessária uma nova linguagem. Falando sobre o poeta americano ideal, ele escreverá no prefácio da primeira edição de *Folhas de Relva*:

> Seu espírito corresponde ao espírito de seu país .... ele encarna sua geografia e a vida natural e rios e lagos. O Mississippi com suas cheias anuais e corredeiras cambiantes, os rios Missouri e Columbia e Ohio e São Lourenço com suas quedas e o Hudson belo e viril, não desembocam onde afluem mais do que desembocam nele. A extensão azul do mar interior da Virgínia e de Maryland e do mar do Massachusetts e do Maine e sobre a baía de Manhattan e Champlain e Erie e sobre o Ontário e o Huron e o Michigan e o Superior, e sobre os mares do Texas México Flórida Cuba e sobre os mares da costa da Califórnia e do Oregon, não correspondem à extensão azul das águas abaixo mais que a extensão de cima é correspondida nele.

Na tarde de 15 de junho, Whitman chegou são e salvo ao Brooklyn. Uma viagem e tanto! Em três meses ele havia visto mais de seu país do que veria em toda a sua vida. Mais tarde ele dirá: "Para melhor compreender o quanto a poesia importada da Inglaterra ou de qualquer outro modo reproduzida e imitada aqui nos parece anacrônica [...], é preciso, eu asseguro, ter viajado durante bastante tempo pelo Mississippi".

Na volta, retomou suas rotinas habituais: óperas, museus, política, e mergulhou com voracidade no labirinto das ruas. Passou a se vestir de maneira "grossa" e virou frequentador habitual da vida boêmia de Nova York.

---

[3] *Once I pass'd through a populous city/ imprinting my brain for future use with its shows, architecture, customs, tradition,/ Yet now of all that city I remember only a man I casually met there who detained me for love of me,/ Day by day and night by night we were together — all else has long been forgotten by me,/ I remember I saw only that man who passionately clung to me,/ Again we wander, we love, we separate again,/ Again he holds me by the hand, I must not go,/ I see him close beside me with silent lips sad and tremulous.*

2.7. AOS TRINTA ANOS, WHITMAN MERGULHA NA POLÍTICA

Depois de sua aventura *on the road*, o jornalista provavelmente passou aquele verão desempregado, a não ser por frilas eventuais. Era ano de eleição, por isso a temperatura política logo atrairia sua atenção. Esses foram os anos de maior militância política de Whitman e também os de maiores desilusões ideológicas. A questão do solo livre dividia o mundo político. Ao mesmo tempo, a jovem nação via sua frágil "união" se deteriorar a cada dia, com crescentes animosidades entre o norte industrial e o sul escravista.

Os anos 1850 marcaram um período de turbulência na história americana e de Nova York, em que a miséria, a corrupção política, a superpopulação e as guerras de gangues pelo controle das ruas aumentavam dramaticamente. A rixa entre nativos protestantes e irlandeses imigrantes (só em 1841, 1 milhão deles havia desembarcado em Nova York, fugindo da fome) aumentava o clima de conflito racial e social na cidade. E essa turbulência toda, para ele, traduzia o impulso democrático do sonho americano. Em Nova York, Whitman tinha à sua disposição uma experiência social inédita, todos os dias, em cada esquina. Como bom estudioso das ruas de Nova York, no futuro usaria essas experiências nos "catálogos" de *Folhas de Relva*, ao descrever as pessoas com um profundo sentimento coletivo. Ele se excitava com o tráfego, o barulho, a multidão composta de muitas raças e culturas, de todos aqueles novos modos de viver e de novas linguagens. Whitman absorvia e celebrava as diferenças *en masse*, e a diversidade que fazia uma grande cidade ou país.

Foram anos de grande impacto sobre *Folhas de Relva*, e igualmente fundamentais para a consolidação econômica e tecnológica dos Estado Unidos. Invenções e descobertas aceleraram o desenvolvimento e a produtividade da agricultura e da indústria. Os estados do norte viviam um *boom* industrial. Os do sul se tornavam uma potência com seu gado e principalmente com as *plantations*. Em 1850, 90% do algodão consumido no mundo vinha do sul dos Estados Unidos. A importação de escravos, claro, também aumentou nesse período. Enquanto isso, massas de pioneiros expandiam o território em direção ao oeste. Novas estradas de ferro iam, aos poucos, interligando quase metade do país, facilitando o transporte de pessoas e produtos. O telégrafo (1835) e o código Morse (1844) facilitaram a vida e os negócios. Em 1847 foi inventada a rotativa, que causou uma revolução editorial, provocando um crescimento na indústria jornalística da qual Whitman foi ativo participante.

A população dos Estados Unidos explodiu nesse período: se em 1812 era de 7.250.000 pessoas, em 1852 já passava dos 23 milhões. Além do florescimento da agricultura em áreas antes selvagens, houve expansão industrial tanto na costa leste quanto oeste (principalmente depois da descoberta do ouro na Califórnia, em 1848). Se foram anos de progresso, utopias e expansionismo, também foram tempos de desintegração e corrupção política, além do aumento alarmante da desigualdade social, que acirrou a divisão entre ricos e pobres; de genocídios de índios, guerra com o México e "negócios sujos"; de devastação ambiental, expansionismo imperialista selvagem e violento; de exploração de trabalhadores e imigrantes; de péssimas condições; de moradia urbana, do crescimento da violência urbana; e das gangues de rua que colocariam Nova York em pânico. Sem falar da escravidão, que se tornava um paradoxo insuportável para um país fundado sob o emblema da liberdade. Nesse período os índios viram sua raça e cultura serem dizimadas, com suas terras tomadas à força ou por tratados injustos oferecidos pelo branco.

Com tensões crescentes entre norte e sul, a cada dia os "estados" iam ficando menos "unidos". Os dois partidos, o Whig e o Democrata, já divididos internamente, ganharam mais um concorrente em 1848, com a criação do já mencionado Partido do Solo Livre, que durou pouco tempo. Whitman, militante radical, foi um dos quinze delegados escolhidos para representar o partido na histórica convenção de Buffalo. A convenção reuniu 30 mil pessoas à beira do Lago Eire. Whitman ficou eletrizado. Nos dias 9 e 10 de agosto, assistiu a palestras e debates entre os principais oradores de seu tempo, como o ex-escravo e abolicionista Frederick Douglass, que acabou abandonando a convenção, dizendo que a questão racial não havia sido tocada.

Em setembro daquele ano Whitman fundou o jornal *Brooklyn Freeman*, cuja agenda apoiava as causas do solo livre. Defendeu o voto contra candidatos que apoiavam a escravidão e escreveu editoriais inflamados.

Toda essa situação política e social fez sua mente fermentar, o que o levou a escrever os primeiros poemas em que se esboça o estilo de *Folhas de Relva*. Whitman publicou poemas furiosos e sarcásticos nesses anos, tendo a escravidão ou a política da época como pano de fundo, revelando seu desapontamento e desejo de mudanças. Nessa época, começou a usar a poesia como um instrumento para, entre outras coisas, denunciar as autoridades, promover direitos individuais e liberdades democráticas, e tentar manter a união do país.

2.8. 1850-1855: CARPINTEIRO E POETA

Em 1850 Whitman editava o *Daily News*, em Nova York. Foi seu último emprego fixo até 1857. De 1850 a 1855, viveu no Brooklyn. Aprendeu o ofício de seu pai e começou a ajudá-lo na construção de casas e a atuar na especulação imobiliária. "Júnior" também teve uma grande chance de ganhar dinheiro durante a explosão imobiliária do Brooklyn. Porém, como seu pai, perdia oportunidades seguidas de fazer bons negócios. Talvez fosse a "prudência" puritana falando mais alto. Nessa época, a família voltou à velha rotina de mudar constantemente. Whitman contribuía ocasionalmente para jornais, mas não o bastante para viver.

Em 1850 ele publicou "Resurgemus" (mais tarde rebatizado de "Europe", p. 193). Este é um dos dois poemas escritos nesse período que farão parte da primeira edição de *Folhas de Relva*. Com imagens góticas que lembram o universo de Edgar Allan Poe, trazia a excitação e frustração pelo fracasso das revoluções nacionalistas que sacudiram a Europa em 1848 e que foram finalmente abafadas pelos governos autoritários. A mensagem do poema, basicamente, era de que viver é uma revolução permanente. As revoluções podem ter sido abafadas, mas não o espírito da liberdade: "Não há túmulo de alguém assassinado pela liberdade onde não cresça a semente da liberdade . . . . que por sua vez gera sementes". "Como outros poemas de 1850", escreve Zweig, 'Ressurgemus' ['Europa'] se assemelha mais a um editorial irado do que a um poema. Entretanto, Whitman gostava bastante dele para incluí-lo em *Folhas de Relva*, e entende-se por quê. O instinto rítmico de Whitman — sua melhor característica como poeta — está presente em 'Ressurgemus', que viria apenas a recompor, dentro das linhas mais amplas de seu livro, deixando o fraseado do poema em grande parte intacto." (129)

Já no poema "Dough-Face Song", publicado em 1850, criticava os políticos nortistas (ou ianques) que "comiam na mão" dos fazendeiros sulistas. Em 22 de março, Whitman publicou no *New York Tribune* o poema "Blood-Money" ("Dinheiro de Sangue", como "Dough-Face Song" também não incluído em *Leaves*), onde comparava os democratas que apoiavam a Lei do Escravo Fugitivo a Judas.

Numa visita a Greenport, em 1851, Whitman aproveitou para tirar umas férias. Ficou vadiando e curtindo o tempo livre, a pretexto de escrever uma matéria turística sobre o lugar. Apresentou sua irmã, Hanna, a um pintor amigo. Ela se casou depois com ele, e em pouco tempo o casamento armado por Whitman se revelou um desastre.

Nesses anos cruciais para a escrita de *Leaves of Grass*, Whitman abriu uma papelaria e gráfica no andar debaixo da casa onde morava a família: o pai, a mãe e mais seis irmãos. Com a doença progressiva do pai nesses anos, aumentaram as responsabilidades familiares de Walt, que passou, pouco a pouco, a assumir o papel de chefe da casa. Em 1854, a situação política derrubou os preços dos mercados, inclusive imobiliário. Whitman voltou a escrever eventualmente para o *Star* e o *Eagle*, para tentar sobreviver e sustentar a família.

A anexação do Texas, que havia sido admitido na república mesmo sendo escravagista, causou um desequilíbrio de forças entre os estados da União que eram pró-escravidão e os "livres". O país estava totalmente dividido, entre estados onde a escravidão era legal e estados onde ela havia sido abolida. No Compromisso de 1850, a Califórnia foi aceita na União como estado não escravo, mas ficou acordado que não haveria restrições à escravidão nos novos estados de Utah e Novo México. Para agradar os sulistas, em 1850 o congresso aprovou a abominável Lei do Escravo Fugitivo: escravos que fossem capturados não teriam direito a julgamento e quem os ajudasse teria de pagar multa de mil dólares ou seis meses de cadeia. Mais munição para o movimento abolicionista. Whitman agora sabia que a escravidão era religiosamente imoral e feria a Declaração da Independência. Texto fundador da democracia americana, ela previa a extinção da escravidão e colocava como "verdade autoevidente" o fato de que "todos os homens são criados iguais, que todos são dotados pelo Criador com certos direitos inalienáveis, que entre esses direitos estão a vida, a liberdade e a busca da felicidade".

Há tempos a União vinha sendo sustentada por meio de "compromissos" políticos que davam equilíbrio às forças do país. Em 1854, a temperatura política subiu de vez com a aprovação do Ato de Kansas-Nebraska pelo Congresso. O Ato anulava o Compromisso do Missouri (1820), que estabelecia que, para oeste daquele estado, a escravidão não seria permitida. Mas o ato criava dois novos territórios, Kansas e Nebraska, que estavam além do limite autorizado. Pelo compromisso firmado em 1820, portanto, a escravidão não seria tolerada nesses estados. Pior: o ato dava autonomia para os novos territórios decidirem por si mesmos entre optar pela escravidão ou pelo "solo livre", jogando o país numa grande controvérsia. Nesse momento entrou em cena um congressista recém-eleito, Abraham Lincoln (adorado por Whitman). Num discurso em 1854, o futuro presidente defendeu que a legislação nacional deveria ser emoldurada pelo princípio adotado pelos pais da república: de que a escravidão era uma instituição que deveria ser restrita e finalmente abolida. Lincoln atacava o princípio de "soberania popular" prevista no documento, argumentando que a escravidão era uma preocupação do país como um todo.

A aprovação do Ato teve reflexos imediatos. Aumentou a tensão entre os estados da União, e provocou um banho de sangue no Kansas. Sulistas e nortistas correram para esses territórios. O conflito entre os que eram contra e a favor da escravidão resultou na morte de mais de duzentas pessoas. Um grupo pró-escravidão incendiou uma parte da cidade de Lawrence. Em retaliação, um abolicionista branco, fanático, John Brown, armou um grupo e acabou matando quatro simpatizantes da escravidão que estavam desarmados. Quando chegou a vez do novo estado fazer sua constituição, o conflito foi inevitável.

Um ano antes da publicação de *Folhas de Relva*, os eventos ocorridos no "Kansas sangrento", conforme expressão da época, emitiam sinais claros de que a guerra civil era uma questão de tempo. Whitman estava atento a isso. A situação estava tão caótica que o ato também rachou os partidos. Em 1855 o Kansas teria duas constituições: uma banindo e outra aprovando a escravidão. O resultado da luta política pelo Kansas acabou dando origem ao Partido Republicano, fundado em 1854, que tinha na agenda a proibição da escravidão nos novos territórios. Para o democrata Whitman, a desilusão política veio quando seu partido resolveu apoiar e aprovar o ato de Kansas-Nebraska. Sentiu-se traído.

Ao lado de "Europe", nessa época Whitman escreveu outro poema que mostra o quanto ele estava imerso nas questões de seu tempo. "A Boston Ballad" ("Uma Balada de Boston", p. 197), um dos poemas da primeira edição de *Folhas de Relva*, foi baseado num fato que causou polêmica nacional: o escravo Anthony Burns fugiu de seu proprietário na Virgínia e foi parar em Boston. Em 24 de maio de 1854 ele foi preso por um delegado federal e confinado no Palácio de Justiça. Depois de um longo julgamento, o juiz decidiu que ele seria levado de volta a Virgínia. Para garantir que a Lei do Escravo Fugitivo fosse cumprida, e com a maioria da população contra a decisão do juiz, o governo enviou, como proteção, um grande contingente de tropas federais. Entre fanfarras e demonstrações de força, as tropas garantiram o embarque de Burns e seu retorno à Virgínia e à escravidão.

"Uma Balada de Boston" nos dá a chance de ver Whitman praticando um *mix* de editorial jornalístico e poema-protesto. Nele, fazia uso da linguagem da subversão contra a linguagem da autoridade, corrupta e injusta. Com sarcasmo e humor negro, o poema narra o "desfile" das tropas do governo pelas ruas de Boston, apinhadas de gente, enquanto passavam por prédios e pessoas que ostentavam tarjas escuras de protesto. No poema, Whitman imaginava as tropas sendo perseguidas pelos fantasmas dos patriotas que combateram na revolução americana. O poema já chegava intimando os "Johnathans" (nome que se dava aos nortistas, ou ianques): "Abra caminho aí, Tio Sam!,/ Pro delegado do Presidente! Pro canhão do governo!/ Pra infantaria federal e os dragões .... e os fantasmas depois.// Levantei cedinho pra chegar a tempo em Boston;/ Aqui na esquina é um bom lugar .... Preciso ficar e assistir a esse espetáculo". Embora o escravo Burns não seja mencionado no poema, Whitman escreveu um veemente poema-protesto contra as autoridades, numa clara demonstração de seu desapontamento com a política da época. Com cinismo, o narrador sugeria que, se a liberdade não pudesse ser um direito nos Estados Unidos, talvez fosse melhor então reunir os ossos de George III (o rei da Inglaterra na época da Guerra da Independência) e recolocá-lo no poder. Isso significaria que os valores democráticos duramente conquistados estavam indo por água abaixo. A cena da reposição dos ossos do rei inglês no poder é sarcasticamente descrita no fim do poema, marcado por imagens góticas.

O gradual afastamento de Whitman da militância política, por outro lado, fez com que ele se dedicasse cada vez mais à poesia, com um foco na política do indivíduo, em questões espirituais e filosóficas mais abrangentes. No Prefácio de 1855 ele escreveu que o gênio dos Estados Unidos não deveria ser buscado nem em juízes nem em presidentes, "mas nas pessoas comuns". O povo e os trabalhadores estavam acima de tudo. A igualdade absoluta entre as pessoas, fossem homens ou mulheres, ricos ou pobres, negros ou brancos, passava a ser um componente vital em sua agenda. Quanto às autoridades, Whitman passou a apontar uma inversão de posições: não é o povo que devia tirar o chapéu para o presidente e sim o contrário.

Livre da política e das atividades diárias do jornalismo, Whitman começou também a dedicar mais tempo para fazer as coisas que fazia quando criança. Passeava pelas praias desertas e nadava. Apesar de cético em relação aos políticos, e atento às contradições sociais, nutria grande otimismo por seu país. Em 1855, ainda colocava todas as fichas no sonho americano. "Sonhar" também foi algo que Whitman começou a fazer com mais frequência, principalmente desde sua viagem de iniciação pelos Estados Unidos. Vem dessa época sua fama de "preguiçoso" e "indolente", como se estivesse sempre no mundo da lua.

Das revoluções libertárias da Europa, em 1848, passando pelos utópicos socialistas, feministas, espíritas, as pessoas buscavam uma nova concepção do ser humano. Whitman também passou a acreditar na doutrina da metempsicose, que postulava a transmigração das almas. As descobertas astronômicas, geológicas e científicas, as teorias evolucionistas, como veremos, também o fascinaram e fluíram para sua poesia. Desde 1849, quando Whitman fez seu mapa frenológico, ele frequentava o gabinete dos irmãos Fowler & Wells (os futuros distribuidores da primeira edição de *Folhas de Relva*). Havia se transformado num adepto dessa pseudociência, que pregava que a análise das protuberâncias e depressões do crânio de uma pessoa podia indicar traços da sua personalidade e de suas faculdades mentais. A frenologia dividia o cérebro em áreas, que ganhavam qualidades e características como destrutividade, benevolência, inteligência etc. Após a análise do crânio, essas qualidades recebiam uma nota de 1 a 7. Whitman tirou 7 em benevolência, filoprogenitura, sublimação e autoestima e 6 em força do sistema, amatividade (amor entre homens e mulheres), adesividade (amor entre homens), alimentatividade, aquisitividade, cuidado, firmeza, veneração, suavidade, idealidade, entre outras.

É importante mencionar esses termos estranhos, pois eles não só refletiram no *self* cantado por Whitman como alguns deles ingressariam no vocabulário e na lógica poética de *Folhas de Relva*. O mapa frenológico de Whitman indicou isto: "Este homem tem uma grande construção física, e poder para viver até uma idade avançada. Sem dúvida, ele descende da linhagem mais sólida e resistente. Tamanho de cabeça, grande. Principais traços do caráter parecem ser Amizade, Simpatia, Sublimidade e Autoestima, uma tendência ao prazer da Voluptuosidade e Alimentatividade, e um certo descuidado instinto animal, pouco se preocupando, provavelmente, com a convicção dos outros". Whitman gostou tanto do diagnóstico que o republicaria em algumas edições de *Folhas da Relva*. Apesar de ser ridicularizada em seu tempo, a frenologia lançou intuições que seriam retomadas por neurologistas no século XX, com a descoberta de áreas internas do cérebro específicas para pensamentos e emoções.

No vigor da juventude, em 1854, um ano antes da publicação de *Folhas de Relva*, num retrato que ficou conhecido como "o Cristo Carpinteiro". *Daguerreótipo de William Garisson.*

O futuro poeta do corpo e da alma se apresentava nessa época como "um dos grossos", "turbulento, corpulento, sensual, comendo, bebendo e procriando...". Alguns biógrafos identificam que Whitman sofresse de hipersensibilidade, principalmente ao toque e à audição. Nunca teve filhos. Anos depois, para se proteger da acusação de ser pederasta, Whitman se referiu a um caso com uma mulher que ele teria tido em sua passagem por New Orleans. E embora ele tenha dito que tivesse filhos, não há nenhuma evidência.

Em 1853, um grande evento aconteceu em Nova York: a Feira Mundial. Whitman virou frequentador habitual. A feira passou a ser o local aonde ia se alimentar de imagens e novidades. Feito uma réplica do Palácio de Cristal em Londres, em sua construção gigantesca de ferro e vidro se encontrava de tudo: de exposições de pintura a invenções. Como seria comum, Whitman anotou em sua caderneta que conheceu um jovem na exposição: "Bill Guess — idade 22. Um menino descontraído, forte, natureza animal generosa, fã de prazeres diretos, de comer, beber, mulheres etc.". Aqui o biógrafo Paul Zweig aponta um dos muitos paradoxos da personalidade de Whitman: "Um homem que amava a ópera italiana, carregava Homero e

Shakespeare no bolso, [...] preferia a companhia de homens como Bill Guess". Há outras referências a jovens que ele conheceu no período: "Peter", "George Fitch, Yankee Boy", um motorista de ônibus. O fato é que Whitman procurava a amizade e companhia de cocheiros, bombeiros, estivadores e barqueiros. "Tocar minha pessoa em outra é o máximo que posso suportar". "Meus braços ao lado de dois amigos meus e eu no meio". Anotava suas caçadas em suas cadernetas. "Chegando na casa com o caipira barbudo e de bochechas escuras .... cavalga atrás de mim/ no fim do dia".

Outro programa obrigatório de Whitman nesse tempo era o mesmo de milhares de nova-iorquinos: o museu de P. T. Barnum, inaugurado em 1841. Barnum foi o primeiro gênio da indústria de entretenimento de massa nos Estados Unidos. Em seus espetáculos no American Museum — que ele mesmo apresentava para uma multidão de todas as classes — passavam curiosidades, atrações exóticas e "monstruosidades": negros, índios, seres humanos com deformidade, mulheres barbadas, anões, irmãos siameses, gigantes. Um catálogo que Whitman usará em "Eu Canto o Corpo Elétrico" e "Canção de Mim Mesmo" para atacar os que degradam o corpo e a alma do ser humano.

Em 1854, o poeta também se interessou por uma arte então recente: a fotografia. Essa nova técnica causou profunda impressão em Whitman, sendo o primeiro a usá-la num livro de poemas. A ideia da fotografia como um "naco da realidade", um instantâneo de tempo, significou uma revolução no olhar e influenciou os primeiros exercícios com catálogos de imagens. Criticada como substituta da pintura, a fotografia não era tratada como arte, mas picaretagem. Para Whitman, no entanto, a fotografia oferecia o exemplo de uma forma democrática, que colhia no ar um instante vital. Ele mesmo seria uma das pessoas mais fotografadas na história da literatura americana. As lições aprendidas com as galerias de arte, a pintura e a fotografia terão impacto sobre o poeta: as sequências de imagens diferentes, ao mostrar a realidade como um fluxo de coisas, acabaram sendo decisivas para a parataxe (frases justapostas lado a lado, com ou sem conjunções como recurso) de seus catálogos em *Folhas de Relva*.

Um avanço importante na direção do estilo de Whitman se dá no poema "Pictures", escrito por volta de 1853. É a primeira tentativa de Whitman com a forma longa. O poema é basicamente uma enumeração de quadros ou imagens que o sujeito do poema possui nas paredes de sua "casa" (a mente como uma galeria de quadros). As imagens e cenas são das mais variadas fontes, períodos históricos, civilizações, tempos e espaços, que aparecem em sequência sem causalidade lógica, como num sonho. Cada linha mostra uma cena: "Nomeio as coisas como vêm" (ideia que será retomada por um Allen Ginsberg, pelo viés do zen, na fórmula *First thought*, *best thought*, "primeira ideia, melhor ideia"). O efeito em Whitman é o de fusão (ou *merge*, para usar um conceito seu). Imediatismo, dinamismo, multiplicidade. É o embrião de uma técnica que será usada no século XX, conhecida como "fluxo de consciência". Poeta de Nova York, jornalista, Whitman viu que o recurso da enumeração imagética poderia captar com eficácia a variedade e diversidade de uma metrópole (também a usando ao ar livre, na zona rural). O catálogo, como a fotografia, colocava lado a lado o rico e o pobre, o antigo e o novo, a história e o agora, o alto e o baixo, sem distinções. Uma espécie de "cartografia psíquica", como chamou Harold Bloom. Faltava ao poema, no entanto, o uso da reiteração e do paralelismo, que potencializaria o uso do catálogo. Mas Whitman havia achado o caminho.

2.9. AOS 35 ANOS, EM BUSCA DA POESIA

Nessa época Whitman era frequentador assíduo das reuniões de um grupo de pintores do Brooklyn. A convivência e o contato com os artistas e suas obras lhe deram *insights* sobre a poesia que pensava em escrever. Também se tornara, a essa altura, um leitor voraz e eclético. Desde que saíra do *Daily News* havia decidido pegar mais leve no trabalho e se concentrar mais na leitura e na literatura, completando de vez sua autoeducação. O pensamento de Hegel, com seu pensamento dialético, por exemplo, foi fundamental. A leitura de George Sand também impactou Whitman, e dois livros dela serviriam de modelos para a *dramatis personae* que ele criaria em *Folhas de Relva*: o romance *A Condessa de Rudolstadt* trazia como personagem principal um poeta vagabundo que anunciava uma nova religião para o mundo. *The Journeyman Joiner* contava a história de um filósofo da classe operária que trabalhava como carpinteiro com seu pai, mas que também devotava o tempo para a arte e para as amizades. Whitman também estava lendo Shakespeare, Milton, Carlyle, Rosseau, entre outros, e estava familiarizado com o panteísmo das religiões orientais, principalmente a hindu (*Upanishads*, *Vedas*, *Bhagavad-Gita*). Estava absorvendo as ideias de Emerson e do místico sueco Swedenborg, que defendia que "o microcosmo individual reflete o macrocosmo universal". A visão do processo criativo como algo orgânico, e não mecanicista, a natureza e a criação como processos, mais que fórmulas, também eram ideias que produziriam brotos mágicos na sensibilidade do poeta.

Entre 1850 e 1855 o leque de interesses de Whitman se ampliaria bastante: egiptologia, astronomia, etnologia, botânica, filosofia, geologia, história, antropologia, ciência. *Folhas de Relva* está salpicada de conceitos, palavras e imagens extraídas desses discursos. Frequentando o pequeno Museu Egípcio e nas conversas com o proprietário, dr. Abott, o poeta absorveu o respeito por outras culturas e pela ancestralidade do que se conhece por civilização, além da consciência de que nenhuma cultura era superior a outra, que todas tiveram seu tempo e lugar. Era também fascinado por mitos. O que estava sendo descoberto, na época, era que as culturas ditas "primitivas" possuíam, na verdade, graus inimagináveis de sofisticação e complexidade. Whitman desenvolveu o hábito de colecionar datas e dados sobre as mais diferentes culturas. Passou a acreditar que não existe religião e sim religiões, que são tão diversas quanto são as culturas, e todas válidas em suas formas particulares de se religarem com o divino e com um plano superior. Com a geologia, Whitman aprendeu sobre a formação e a idade do nosso planeta.

Da astronomia e das ciências, retirou uma série de imagens e vocabulário para certas passagens de "Canção de Mim Mesmo" ou poemas como "To Think of Time" ("Pensar no Tempo"). Aprendia e se maravilhava com os fenômenos astronômicos, com a idade

Whitman em junho de 1854.

do universo, com as imensas distâncias entre as estrelas e o vácuo do espaço, onde o tempo humano não existe. Numa passagem do poema de abertura de *Folhas de Relva*, o narrador acelera pelo espaço: "Visito os pomares do Senhor e contemplo seus esféricos produtos,/ Considero os quintilhões já maduros e os quintilhões ainda verdes". O poeta havia adquirido uma consciência "kósmica", para além de limites nacionais e culturais. A ciência e a antropologia haviam descoberto como o universo e a civilização eram mais antigos do que se supunha, e levantado dados sobre culturas ancestrais, como a asteca, os hindus, por exemplo. E foi só na época de Whitman que o ser humano descobriu as dimensões do tempo (geológico, evolutivo, cosmológico etc.). Hoje sabemos que o universo tem 4 bilhões e 600 milhões de anos. Essa consciência permeia "Canção de Mim Mesmo": "Este minuto que chega até mim vindo de decilhões passados,/ Nada melhor do que ele e este agora". Adicione-se a isso, claro, o livre-pensamento de um reverendo quacre como Elias Hicks. Ele pagará tributo a Hicks em sua formação ao escrever: "Outros falam de Bíblias, santos, igrejas, exortações, expiações — os cânones fora de você mesmo e separados do homem — Elias Hicks fala para a religião dentro da natureza mesma do homem". Também importantes influências são a filosofia de Epicuro, de que a vida foi feita para ser gozada, e a de Lucrécio, que defendia que a fonte da felicidade está em cada um.

Na reta final de *Folhas de Relva*, o poeta-carpinteiro havia mudado o visual: no lugar do dândi europeizado e da aparência sensível e meio abobalhada da foto de 1840, entrava em cena o trabalhador americano, saudável, "rude" e forte. Isso fica claro nos daguerreótipos tirados em 1854, ou na imagem que aparece na primeira edição como sua verdadeira assinatura autoral. Whitman passou a se vestir de maneira informal e grosseira: calças rústicas (sempre enfiadas dentro das botas), chapéu inclinado para o lado, roupas simples, camiseta ou camisa de mangas arregaçadas. Em 1854, continuava as visitas a Nova York, principalmente indo a teatros, óperas, flanando e andando de ônibus pela Broadway. Conhecia a cidade como a palma de sua mão, bem como partes de Long Island.

A esta altura, já temos uma boa amostra da quantidade de informações acumuladas na cabeça do autor naqueles anos cruciais. Desde 1847, como os cadernos de notas revelam, Whitman estava "fervendo" seu poema. Faltava dar a forma final a seu texto.

2.10. TRANSCENDENTALISMO

No verão de 1854, Whitman levava para cima e para baixo um livro de ensaios de Emerson. Fez uma releitura em profundidade do autor que ele chamaria de "Mestre". Como o próprio Whitman diria mais tarde, o impacto de Emerson sobre *Folhas de Relva* foi definitivo: "Eu estava cozinhando em banho-maria; Emerson me fez ferver". De fato, a influência do transcendentalismo de Emerson sobre *Folhas de Relva* foi tão grande que, em alguns momentos, ele parece estar pondo em prática, na carne dos poemas, porém adaptando os postulados para sua poética do "corpo", alguns conceitos presentes em ensaios como "O Poeta", "Autoconfiança" e "Natureza". O transcendentalismo (que tinha como integrantes Hawthorne, Margaret Fuller, Thoreau e Emerson, entre outros) estava já em declínio, mas teve em Whitman seu último instante de brilho. Martin Bickman descreve o transcendentalismo nestes termos:

> Uma nova visão da mente que substituía o modelo empírico, materialista e passivo de Locke por outra que enfatizava o papel da própria mente ao dar forma às experiências. Contra o argumento de Locke de que não há nada na mente que não tenha estado ali através dos sentidos, os transcendentalistas respondem com Leibniz, sim, nada exceto a própria mente. Mas enquanto Kant enfatizava o poder da mente, ele também enfatizava seus limites, sua inabilidade em conhecer alguma coisa absolutamente. A visão dos transcendentalistas ia além de Kant ao insistir que a mente pode apreender verdades espirituais absolutas diretamente, sem ter que passar pelo desvio dos sentidos, sem os mandamentos de autoridades e instituições do passado, e sem o esforço trabalhoso do raciocínio. Nesse sentido particularmente, o transcendentalismo era a extensão lógica (ou supralógica) tanto da reforma Protestante quanto do individualismo democrático norte-americano (em *American Transcendentalist Web*).

Em linhas gerais, o idealismo transcendental de Emerson pregava a primazia da intuição sobre a razão, enquanto colocava o indivíduo como centro espiritual do universo (o que guiará a lógica de "Canção de Mim Mesmo"). À maneira de Swedenborg, em "O Poeta" Emerson defendia que a alma de cada pessoa é um microcosmo do mundo. Um fractal, diríamos hoje: "forma geométrica, de aspecto irregular ou fragmentado, que pode ser subdividida indefinidamente em partes, as quais, de certo modo, são *cópias reduzidas do todo*" (*Dicionário Aurélio*, itálicos meus). Cada indivíduo é um kosmos. A natureza é cheia de símbolos espirituais, e o poeta é seu "tradutor". Toda pessoa é um poeta, na mesma proporção de sua capacidade ou incapacidade de se maravilhar com o mistério da natureza. O poeta, no entanto, é aquele capaz de traduzir para a linguagem humana "as conversas que ele tem com a natureza", como escreveu Emerson, para quem "cada toque deve causar arrepio". A natureza, nesse contexto, surge como um duplo de nossa psique. Movido pela energia divina chamada amor, o poeta é aquele que "diz" e nomeia o mundo. O poeta, "por uma percepção intelectual ulterior, dá aos símbolos que encontra na natureza uma força que faz com que esqueçamos seus antigos usos". O poeta "coloca olhos e língua em cada objeto mudo e inanimado". Como Whitman resume na "Canção do Respondedor": "Toda existência tem seu idioma . . . . cada coisa tem seu idioma e sua língua;/ Ele dissolve todas as línguas na sua, e a entrega aos homens . . e qualquer pessoa/ pode traduzi-la . . e qualquer pessoa pode se traduzir:/ Uma parte não se opõe a outra . . . . ele é o conector . . . . ele vê como elas se conectam".

Ainda no mesmo ensaio, Emerson argumentava que o que faz um poema ser poesia não é a métrica ou o verso, mas "um pensamento tão apaixonado e vivo que, como o espírito de uma planta ou um animal, possui uma arquitetura própria, e adorna a natureza com uma nova coisa. O pensamento e a forma são iguais na ordem do tempo, mas na ordem da gênese o pensamento é anterior à forma". "O poeta tem um novo pensamento: ele tem toda uma nova experiência para desdobrar; ele dirá a nós sobre sua experiência, e todos os homens ficarão mais ricos com sua fortuna. Pois a experiência de cada nova era requer uma nova confissão, e o mundo parece sempre à espera de seu poeta". Na visão do idealismo transcendental, Deus e mundo são uma só coisa. Se cada coisa na natureza é sagrada, e se a natureza é sagrada, então cada parte que a compõe é igualmente sagrada. Cada coisa ou ser na natureza, por sua vez, está em ligação direta com o todo, ou com a Superalma, segundo Emerson. A alma humana transcende, pelo poder da autoconsciência, as demais formas de vida, e é parte do espírito universal (a chamada *Oversoul* ou "Superalma"). Não devemos viver temendo a morte, porque ao morrer a alma individual volta para a "Superalma". Portanto, a vida é que deve ser vivida aqui e agora, em toda a sua plenitude ("Um mundo de cada vez", escreveria outro transcendentalista, Thoreau). Todo conhecimento verdadeiro pressupõe autoconhecimento. Esse preceito já estava implícito no dito socrático "Conheça-te a ti mesmo". "O homem é só metade de si mesmo, a outra metade é sua expressão", completava Emerson em "O Poeta". A linguagem funcionaria, assim, como um conector entre matéria e espírito, corpo e alma.

2.11. OS *NOTEBOOKS*: O LABORATÓRIO TEXTUAL DE *FOLHAS DE RELVA*

Desde 1847 Whitman desenvolvera o hábito de fazer comentários nas margens dos livros, jornais e revistas, como se "conversasse" com os textos que estava lendo. Também começou a cortar e colecionar trechos das mais variadas procedências. Coisas que lia e achava interessante, ou que de certa forma confirmavam suas intuições.

Sobre um trecho de um livro sobre o poeta John Keats, onde o inglês afirmava que "Um poeta é a coisa mais antipoética de todas que existem no mundo, porque ele não tem identidade", Whitman escreveu: "O grande poeta *absorve a identidade de outros, e a experiência de outros*, e elas são definitivas nele ou dele; mas ele as percebe todas através da *pressão sobre si mesmo*" (itálicos meus). Pressão esta que resultou em *Folhas de Relva*. Em outro exemplo: nas margens de um livro de crítica literária, Whitman refutava a importância de alusões e citações na poesia. Em outro trecho, anotou: "O poema perfeito é simples, saudável, natural — nada de grifos, anjos, centauros — nada de histéricos ou fogo azul — nada de dispepsia nem intenções suicidas".

Num artigo que escreveu em 1849, "Poesia e Poetas Modernos", mais uma pista para seu pensamento: "Como milhares de arroios se misturam num amplo rio, da mesma forma os instintos, energias e faculdades, bem como associações, tradições e outras influências sociais que constituem a vida nacional, são reconciliadas nele a quem o futuro há de reconhecer como o poeta da nação" (itálicos meus). Nesse mesmo artigo, escreveu: "Os poetas são os *médiuns* divinos — por eles passam espíritos e matérias para todas as pessoas, homens e mulheres" (itálicos meus). Lembremos que o espiritismo de Allan Kardec já estava conseguindo muitos adeptos na década de 1850.

Os manuscritos da primeira edição, com exceção de uma página, foram perdidos. Whitman, um fanático colecionador de todo tipo de papéis até o fim da vida, revelou em 1888 que os manuscritos foram guardados durante anos pelos irmãos Rome, donos de uma gráfica em Nova York e impressores do livro. Em depoimento a seu biógrafo, Horace Traubel, Whitman afirmou que, segundo os Rome, os manuscritos da primeira edição "foram usados para atiçar a lareira e para alimentar o catador de papéis" (Traubel, p. 92). Por isso, os "notebooks" desse período são as únicas pistas para adentrarmos no mistério de seu livro. Neles vemos o poeta afiando seus instrumentos, treinando a pegada para sua grande obra.[4]

Um dos preciosos cadernos de anotações de Whitman, que datam da década de 1840 e 1850.

Desde 1847, Whitman passou a colecionar cadernetas de anotações que carregava no bolso, por onde ia. Isso lhe possibilitava continuar escrevendo seu livro mesmo quando estivesse em trânsito. Neles, anotava seus pensamentos itinerantes, reformulava ideias e conceitos. São fragmentos em prosa, aforismos, frases soltas, trechos de poemas que seriam "reconciliados" em seu livro. Sua importância é que são os únicos manuscritos que restaram da composição original de *Folhas de Relva* (1855).

Num desses cadernos acompanhamos o desenvolvimento de uma poética: "Não faça citações nem referência a outros escritores". "Não entulhe o texto com coisa alguma, deixe-o fluir levemente como um pássaro voa no ar, como um peixe nada no mar." Ou ainda, vemos Whitman reelaborando *insights* anteriores:

> Um estilo perfeitamente transparente, cristalino, sem artifício, sem ornamentos ou tentativas de ornamento pelo ornamento — estes só caem bem quando parece com a beleza da pessoa ou do caráter por natureza e intuição, e nunca quando introduzidos por exibicionismo... Não use quaisquer exemplos tirados

[4] Alguns manuscritos e páginas das cadernetas relativos aos poemas da primeira edição estão acessíveis no site: <http://bailiwick.lib.uiowa.edu. O ensaio de Ed Folsom é leitura obrigatória>.

> dos clássicos. Não faça qualquer menção ou alusão a eles, exceto quando se relacionarem com coisas presentes... Clareza, simplicidade, nada de frases tortuosas ou obscuras, a mais translúcida clareza, sem variação. Expressões e frases comuns — americanismos e vulgarismos — baixo calão somente quando muito oportuno (cit. em Zweig 16)

As primeiras entradas dos cadernos datam de 1847. No entanto, Whitman retornaria às mesmas páginas posteriormente. Em outros manuscritos, os mesmos temas reaparecem, mas mais próximos de sua forma final. Os cadernos nos dão, sobretudo, o acesso à gênese de “Canção de Mim Mesmo”, o primeiro e mais longo poema da primeira edição.

No manuscrito abaixo vemos Whitman elaborando a ideia de uma identidade ou *self* que se metamorfoseia e se funde com tudo o que experimenta: “A alma ou espírito se transmuta em toda a matéria — em pedras, e pode viver a vida de uma pedra — em mar, e pode sentir ele mesmo o mar — em carvalho, ou outra árvore — em animal, e sentir-se um cavalo, um peixe, ou pássaro — na terra — nos movimentos dos sóis e estrelas [...]”. O trecho revela a intenção de atingir o estado de conexão com todas as coisas, o que Whitman chamava de *merge*: a fusão e a identificação do “eu” com o “outro”, da alma com a natureza. Uma consciência animista do mundo, não diferente da que índios e outros povos “primitivos” tinham da natureza. “Para entender esse processo um homem deve se imaginar a si mesmo correndo com os planetas, colidindo com o trovão no céu”, continua o manuscrito. O poeta equaliza todas essas metamorfoses em si. Esse trecho dará origem aos seguintes versos: “Acelerando pelo espaço . . . . acelerando pelo céu pelas estrelas,/ Acelerando entre os sete satélites e o imenso anel e seu diâmetro de oitenta mil milhas,// Acelerando com o rabo dos meteoros . . . . lançando bolas de fogo com eles,/ Levando a cria crescente que traz sua mãe cheia em seu ventre”.

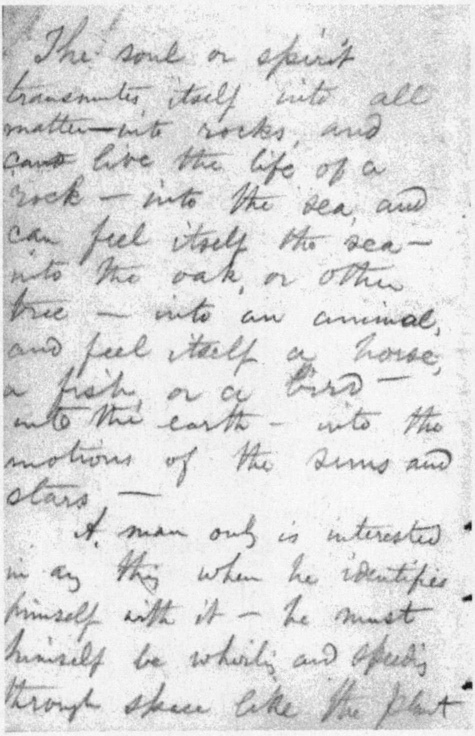
The soul or spirit
transmutes itself into all
matter—into rocks, and
can live the life of a
rock—into the sea, and
can feel itself the sea—
into the oak, or other
tree—into an animal,
and feel itself a horse,
a fish or a bird—
into the earth—into the
motions of the suns and
stars—
A man only is interested
in any thing when he identifies
himself with it—he must
himself be whirling and speeding
through space like the planet

A caligrafia delicada de Whitman revela velocidade de pensamento (“o lápis do repórter passa voando sobre o bloco de notas”, como diz num trecho de “Canção de Mim Mesmo”): travessões se atropelam, linhas se rasuram, reaparecem transformadas. Passagens são apagadas e reescritas, ideias são reformuladas. O paralelismo, um dos procedimentos que marcam a poesia de Whitman, começa a aparecer como um princípio rítmico para as coisas que ele pretendia dizer. Tem a ver com uma tática de convencimento retórico: além de dar velocidade, é desse recurso que o tom oral e profético do livro tira sua força magnética. O mais surpreendente, para quem folheia as cadernetas e manuscritos que restaram, é observar a luta de Whitman para resolver a ideia central do poema, a construção de uma personalidade que absorva todas à sua volta. Como neste trecho (disponível em: <http:// bailiwick.lib.uiowa. Edu>):

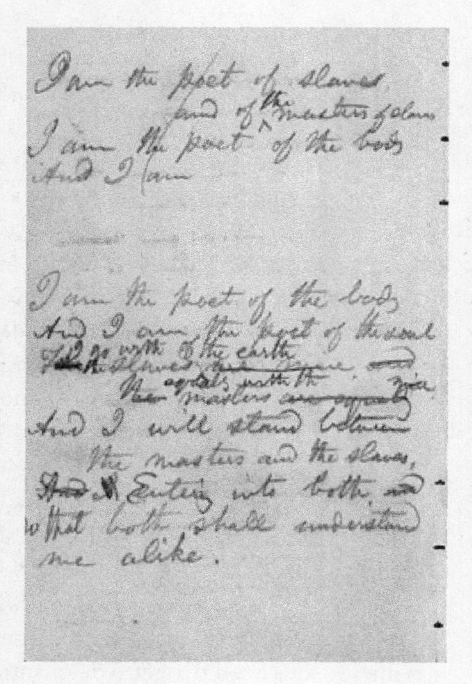

I am the poet of slaves,
    and of masters of slaves
I am the poet of the body
And I am

[*Toda esta passagem riscada ou eliminada*]

I am the poet of the body
And I am the poet of the soul
~~The~~ I go with the slaves of the earth ~~are mine and~~
~~The~~ equally with the masters ~~are equally~~ [ilegível]

And I will stand between
    the masters and the slaves,
~~And I~~ Entering into both, and
so that both shall understand
me alike.

Whitman, em sua luta com as palavras, soltava seu pensamento usando a forma rapsódica com mais determinação que em escritos anteriores. Havia achado sua lingua-gem. Um grande poema orgânico capaz de absorver os mais diversos materiais. Certas páginas dos cadernos amontoavam palavras "exóticas" e estranhas que Whitman pensava incluir numa determinada passagem do livro. A reiteração da conjunção *and* (e) indicava a continuidade do tempo presente, reforçando o momento imediato, "sempre a caminho". O paralelismo e a repetição, cada vez mais, eram responsáveis por dar ritmos "primitivos" e "selvagens" ao verso.

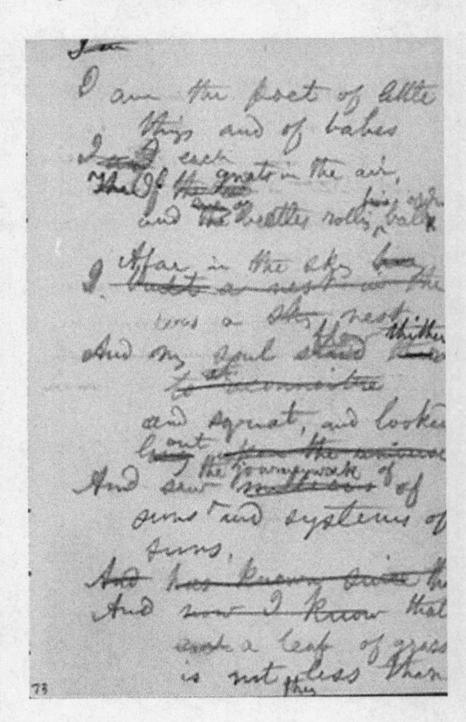

~~I am~~
I am the poet of little
things and of babes
~~I am~~ each
~~The~~ Of [~~ilegível ilegível~~] gnats in the air
and ~~the~~ ~~even~~ of beetles rolling ~~his~~ ball of dung
Afar in the sky [ilegível]
~~I built a nest in the~~
was ~~a sky~~ nest.
And my soul ~~?stood? there~~ flew thither
~~to~~ ~~at~~ ~~reconnoitre~~
and squat, and looked
~~long~~ out ~~upon the universe~~
And saw ~~millions~~ the journeywork of of
suns and systems of
suns.
~~And has known since that~~
And now I know that
~~each~~ a leaf of grass
is not less than
this

O trecho acima aparece no caderno mais antigo, o de 1847, mas quem garante que não possa ter sido revisado e reescrito em 1854, por exemplo? Aqui, o tom indignado presente em "Boston Ballad" (p. 204) toma a forma whitmaniana típica, com o paralelismo sendo usado com muito mais eficácia e impacto, ao lado de um pensamento feito de polarizações, suposições, afirmações.

Ler os cadernos é simplesmente assistir, de camarote, à dinâmica de seu processo criativo. Permite acesso à experiência do que é escrever um livro. É fascinante reconhecer, espalhadas por suas páginas, passagens que seriam transformadas e incorporadas na primeira edição.

No manuscrito seguinte, escrito a nanquim e provavelmente datado de 1854 ou 1855, temos Whitman chegando bem próximo do tom e da dicção da famosa abertura de "Canção de Mim Mesmo":

___ [ilegível] myself to celebrate [ilegível]
~~It is you talking~~ I am your voice It was ?tied? in
you — In me it begins to ~~be ?loosened?.~~ talk.—
I celebrate myself to celebrate ~~you;~~ every man and woman
alive;
~~I transpose my my spirit~~

I pass as [ilegível] ~~quickly through the ears that hear me~~;
I [ilegível] loosen the ~~voice~~ tongue that was tied in ~~you~~ them.
~~In me~~ It begins to talk out of my mouth
~~I pass ?quiet?~~
I celebrate myself to celebrate you:
~~I am the voice of another man~~ I ~~speak~~ say the same word for
~~I speak~~
~~What I The What I speak~~ [ilegível] ~~I say for of~~ every man and woman alive
And I say that the soul is not greater than the Body
And I say that the Body in not greater than the Soul.

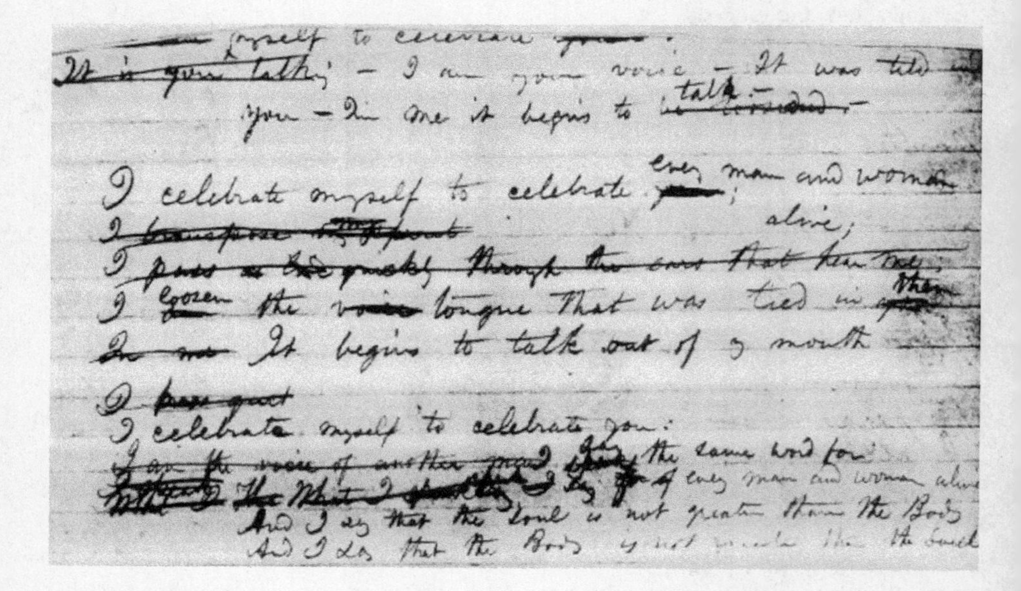

O manuscrito seguinte, descoberto por Ed Folsom, revela a busca por uma estrutura e organização final para seu livro. Entre números e cálculos, manchas de café, rabiscos, neste papel está nada menos que o "plano de voo" da primeira edição, no momento em que o livro estava sendo finalizado. Whitman costumava chamar seus poemas pelas primeiras palavras. Só a partir da segunda edição é que os poemas ganhariam títulos. A seguir, entre parênteses, indicamos os títulos que eles ganhariam nas futuras edições: no centro da folha, o poema "I Celebrate Myself " ("Song of Myself") aparece abrindo o livro. Na sequência viriam "A Young Man Came to Me" ("Song of the Answerer"), "A Child Went Forth" ("There was a Child Went Forth"), "Sauntering the Pavement" ("Faces"), "Great Are the Myths" ("Great Are the Myths"), "I Wander All Night" ("The Sleepers"), "Come Closer to Me" ("A Song for Occupations"), "Who Learns My Lesson complete" ("Who Learns My Lesson Complete"), "Clear the Way There Jonathan" ("A

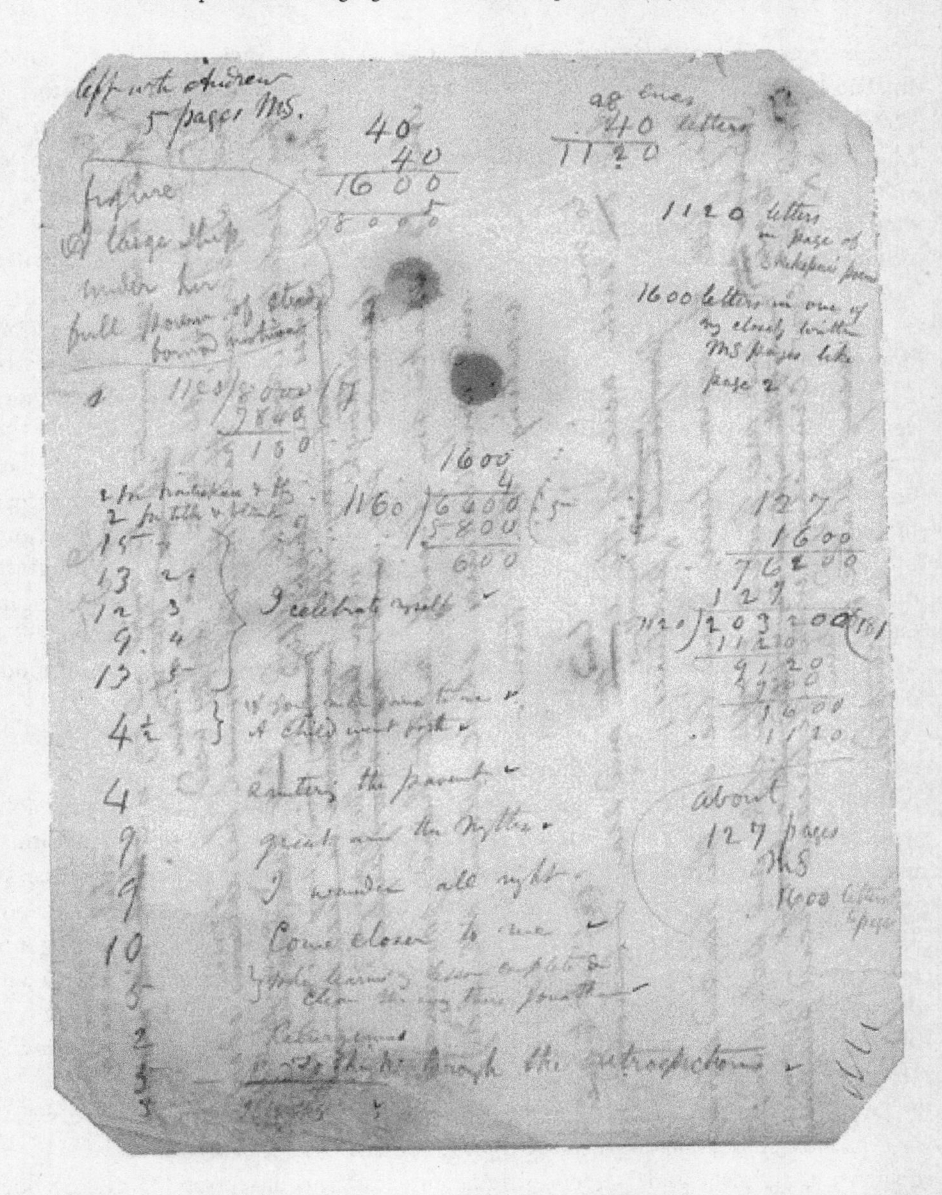

Boston Ballad"), "Resurgemus" ("Europe: The 72nd and 73rd Years of These States"), "To Think Through the Retrospections" ("To Think of Time"), e "Slaves" ("I Sing the Body Electric").

Na floresta de rabiscos de sua caligrafia elétrica, como revela o estudo de Folsom, Whitman calculava quantas linhas-versos ele teria escrito àquela altura. E comparava o total de seu livro com o de outros autores, como Shakespeare. Em cima disso, fazia cálculos aproximados para saber quantas páginas seriam necessárias para imprimir o volume.

Apesar de ter uma quantidade respeitável de texto, incluindo o Prefácio, o número final acabou sendo bem menos do que ele esperava: 98 páginas. Isto devido ao formato grande (em quarto) que ele teve que adotar para a primeira edição. Dessa forma, as linhas livres de seus poemas poderiam se expandir com liberdade sobre a página impressa. Como aponta Folsom, no canto superior esquerdo da página aparece a indicação de que o poeta deixou "cinco páginas de manuscritos com Andrew" (Andrew Rome, o impressor responsável pela edição). Isso prova, segundo Folsom, que a organização final do livro foi decidida em cima da hora, bem perto ou até mesmo durante a impressão.

Em fins de junho de 1855, Whitman e os irmãos Rome começaram a composição e impressão de *Folhas de Relva*, que ele pagou do próprio bolso. O livro, Whitman sabia, não se parecia com nada que jamais fora escrito ou que ele mesmo havia escrito. Nada da versificação, métrica e sentimentalismo da maioria de seus poemas da década de 1840. Em vez disso, uma fusão incomum de prosa e poesia, lírico e épico, sagrado e profano, *sermo nobilis* e *sermo vulgaris*, vida pública e vida privada. Glorificando o *self*,o corpo humano e o sexo, cantando o mistério da natureza e do mundo — encontrado até mesmo em folhas vulgares de relva — Whitman cantava um "eu" que era também todos os outros. Cantava o poder transcendental do amor entre as pessoas e a "camaradagem". Celebrava a eternidade do momento presente. Propunha que seu sonho de igualidade democrática e felicidade virasse parte de nós, incitando uma revolução em nossos modos de ver e viver o mundo.

Ao lermos "Canção de Mim Mesmo" ou mesmo os manuscritos, parece que Whitman estava intoxicado com a força da *persona* poética que havia acabado de criar para si. Uma *persona* que era de todos, pois já na segunda linha o leitor e seu próprio poema estão no mesmo plano: o que o poeta "assume" o outro "assume". A invenção de "Walt Whitman, um americano, um bronco, um Kosmos" foi a solução encontrada para balancear sua personalidade complexa: "the other I am". Ou, como afirmará Rimbaud décadas depois: "Je est un autre". Stephen Railton escreve que "[a] tranformação de Walter Whitman na metade dos anos 1850 no Walt Whitman que salta das páginas de *Folhas de Relva* é um dos maiores milagres estéticos da história da literatura. Nunca será possível explicar completamente tamanha transformação" (*The Cambridge Companion to Walt Whitman, p.* 18), que também tem intrigado biógrafos como Jerome Loving e Paul Zweig.

Em algum momento, na primeira metade dos anos 1850, Whitman teria sofrido alguma crise emocional ou psicológica profunda que teria deslanchado de vez a escrita do livro. Uma pista pode ser encontrada num caderno da época: "O grande poeta *absorve a identidade de outros, e a experiência de outros*, e elas são definitivas nele ou dele; mas ele as percebe todas através da *pressão sobre si mesmo*". Embora não saibamos o que exatamente ocorreu, e desde quando ele sentia essa pressão, só podemos fazer o que críticos e biógrafos têm feito desde então: especular. Whitman teria tido algum tipo de experiência mística? Uma iluminação? Uma viagem extracorporal? Uma experiência xamânica? Teria descoberto e "assumido" sua sexualidade? Sem incorrer em idealizações românticas, acredito haver um mistério, um elemento de possessão em toda criação poética. Quem escreve poesia sabe que o poema normalmente nasce de uma pressão interna muito grande, o que nos permite um acerto de contas com as nossas experiências de vida e linguagem. Ou como escreve Harold Bloom em "Walt Whitman como centro do cânone americano":

> Creio que Emerson estava correto em sua primeira impressão de Whitman como um xamã americano. O xamã é necessariamente autodividido, sexualmente ambíguo, e difícil de distinguir do divino. Como xamã, Whitman é infinitamente metamórfico, capaz de estar em vários lugares ao mesmo tempo, e conhecedor de assuntos que Walt Whitman Jr., o filho do carpinteiro, dificilmente poderia ter conhecido. Começamos a ler Whitman corretamente quando vemos nele uma regressão à antiga Cítia, a estranhos curandeiros que eram demoníacos, que sabiam possuir ou ser possuídos por um eu mágico ou oculto (*O Cânone, p.* 267).

Apesar de entendermos que o processo da obra em progresso de Whitman tenha implicado estudo, disciplina, questionamentos e principalmente trabalho, o que se depreende da leitura da primeira edição de *Folhas de Relva* é que Whitman estava num estado eufórico, de liberdade espiritual e de transe muito próximos da experiência xamânica ou da iluminação mística. Ele tentaria explicar mais tarde o que se passava no momento poético: "a melhor coisa é estar inspirado como se em possessão divina" [...] Um transe, embora com todos os sentidos alertas — apenas um exaltado estado de inspiração — o tangível e o material com todas as suas amostragens, o mundo objetivo suspenso ou transposto por um tempo, e os poderes em exaltação, liberdade, visão — embora os sentidos não estão perdidos nem contrapostos" (citado em Untermeyer, p. 1183). Sobre a relação entre poesia e experiência xamânica, vejamos o que diz o especialista no assunto, Mircea Eliade: "O ato poético mais puro parece recriar a linguagem de uma experiência interior que, como o êxtase e a inspiração religiosa dos 'primitivos', revela a essência das coisas" (*Shamanism, p.* 510). Podemos dizer que "Canção de Mim Mesmo" é um verdadeiro rito de passagem: o poeta nos conduz por paisagens terrestres, passando por tempos e períodos históricos distintos. Um roteiro que inclui batalhas, reencarnações, naufrágios, rituais de fecundidade, relações sexuais, coisas do cotidiano, histórias de luta e de dor, experiências e fantasias, um mergulho ao submundo, e até mesmo uma viagem espacial. Por fim, o retorno cíclico à beira da estrada, onde o poema começou. Mas não é uma viagem para qualquer um: se há momentos de alegria e prazer, também somos conduzidos à morte, ao pecado, à culpa e ao universo do inconsciente (como em "Os Adormecidos", p. 159).

Walter Whitman Jr. estava pronto para assumir os difíceis papéis que ele mesmo havia conferido a Walt Whitman: o de revolucionário "poeta do kosmos", curandeiro, amante, unificador, dilatador da consciência, amante universal, conector entre as pessoas e o universo, místico, profeta. A hora estava chegando. Nos meses anteriores à publicação, como contou seu irmão George, o poeta "ficava na cama até tarde, e depois de levantar escrevia por algumas horas — às vezes saía e ficava fora o resto do dia. Todo mundo estava trabalhando — menos Walt". Ledo engano, George. No ático superior da casa da rua Ryerson, número 99, Whitman havia mergulhado de cabeça na escrita e composição do livro. A represa havia finalmente arrebentado: era preciso aproveitar o momento. O próprio Whitman, na velhice, explicaria com bom humor o que aconteceu: "Eu estava trabalhando com carpintaria e ganhando dinheiro quando me vieram estas *Folhas de Relva*. Parei de trabalhar e daí em diante começou minha ruína".

Whitman encomendou a impressão (não sabemos quanto teria pago) aos irmãos Rome. Foram impressos 759 exemplares. Uma parte teve problemas de secagem da tinta. Duzentos exemplares foram enviados para encadernação em capa dura, com tratamento *de luxe*: capa, contracapa e lombada verde-musgo, gravadas a ouro. O resto da edição foi impressa em material mais barato. Whitman registrou seu livro legalmente no dia 15 de maio. Em junho de 1855, passava boa parte dos dias na gráfica, fazendo ele mesmo parte da composição e revisando as primeiras provas. Também foi o *designer* da capa e das letras, além de ter acompanhado o processo de tratamento de imagem da gravura usada no frontispício.

Resultado de um longo processo de vida e elaboração, aos 36 anos o veterano jornalista e escritor estava prestes a dar seu grande passo na literatura. Mais que uma "experiência de linguagem", como ele um dia chamaria sua obra-prima, Whitman queria que suas "folhas de relva" fossem extensões de sua própria existência e que sua mensagem grassasse no coração do leitor. Ele mesmo advertia, em seu caderno de notas: "Ninguém vai entender meus versos se quiser interpretá-los como performances literárias".

Whitman sabia que as chances de fracasso eram muitas. As ambições, extraordinárias. Já um escritor em pleno domínio de seu talento, ele estava tomado de um entusiasmo por suas descobertas e intuições. Acreditava que seria entendido. No final do longo prefácio da primeira edição, confirmamos que sua aposta era alta: "Um indivíduo é tão soberbo quanto uma nação quando possui as qualidades que fazem soberba uma nação. A alma da maior e mais rica e orgulhosa nação pode muito bem andar até a metade do caminho para encontrar a de seus poetas. Os sinais são eficazes. Não há medo de errar. Se um é verdadeiro o outro também é. A prova de um poeta é seu país absorvê-lo tão afetuosamente quanto ele o absorveu". Os dados haviam sido lançados.

Casa da rua Ryerson, 99.

Folhas de Relva chegou às livrarias no começo de julho de 1855, um dia antes ou depois do Dia da Independência americana. Richard Bridgman, na introdução da edição facsimilar de *Leaves of Grass* (Chandler Publishing Company, 1968) escreve: "Se os Fowler and Wells abriram aquele dia, e eles disseram que estariam abertos, o livro fez seu *début* no Dia da

GREAT ATTRACTION at the CRYSTAL PALACE.

M'LLE RACHEL—MR. RAPHAEL FELIX,

NIBLO'S GARDEN.—

BROADWAY THEATER.—Boxes and Parquette,

NATIONAL THEATER—A. H. PURDY, Manager and Proprietor.

BARNUM'S AMERICAN MUSEUM—

J. R. SMITH'S TOUR OF EUROPE AND SIEGE OF SEVASTOPOL.

LAST DAY of the SPEAKING and WALKING AUTOMATON

DUSSELDORF GALLERY, No. 497 Broadway.

New Publications.

THE NEW NOVEL on FASHIONABLE RELIGION, WHICH: THE RIGHT OR THE LEFT?

A GREAT RUN PREDICTED. MARY LYNDON; OR, REVELATIONS OF A LIFE.

THE MOST POPULAR BOOK of the DAY.— THE ENGLISH ORPHANS: OR, A HOME IN THE NEW WORLD.

SEVASTOPOL SLAUGHTER. CHANDLER'S NEW MAP

ENGLISH REPORTS—NEW VOLUME.— Just published. ENGLISH REPORTS In LAW and EQUITY. The COMMON LAW, EQUITY, CRIMINAL, ADMIRALTY and ECCLESIASTICAL REPORTS combined. Edited by EDMUND H. BENNETT & CHAUNCEY SMITH, Esqs. Volume XXVII, 8vo, $2, containing Cases in the HOUSE of LORDS and EQUITY COURTS, during the year 1854. LITTLE BROWN & Co., Law and Foreign Booksellers, No. 112 Washington-st., Boston.

WALT WHITMAN'S POEMS, "LEAVES OF GRASS," 1 vol. small quarto, $2, for sale by SWAYNE, No. 210 Fulton-st., Brooklyn, and by FOWLERS & WELLS, No. 308 Broadway, N. Y.

SCHUBERTH & Co.'s MUSIC DEPOT, No. 539 Broadway, N. Y.—Publishing house founded 30 years ago at Hamburg and Leipsic.

Wants.

A RESPECTABLE Girl wishes a situation as CHAMBERMAID and WAITER or to TAKE CARE of CHILDREN.

A YOUNG LADY, a Graduate of Mt. Holyoke Seminary, desires a situation as TEACHER.

SITUATION WANTED—By a smart, respectable Protestant young Woman

SITUATION WANTED—By a respectable Protestant Girl as CHAMBERMAID and SEAMSTRESS,

WANTED—By a French young Lady, a situation as FRENCH TEACHER

WANTED.—An American Widow Lady is desirous of obtaining a situation as HOUSEKEEPER

WANTED—By a respectable Woman, a situation as COOK,

WANTED—By a young Woman a situation as WAITRESS

WANTED—By a respectable young Woman a situation as SEAMSTRESS and CHAMBERMAID or NURSE.

No alto à dir., no terceiro quadro, um dos anúncios da primeira edição que Whitman publicou.

Independência, 1855. O 4 de julho era uma data de especial importância para Whitman. Não só Whitman era um patriota, mas em seu livro ele proclamava uma independência pessoal para si mesmo e, por extensão, para todos os americanos".

No dia 6 de julho, Whitman colocou um pequeno anúncio no *Tribune*:

> POEMAS DE WALT WHITMAN, "FOLHAS DE RELVA", 1 vol. in-quarto pequeno, $ 2, à venda com SWAYNE, Fulton St. N.º 210, Brooklyn, e com FOWLER & WELLS, Broadway, N.º 308, N.Y.

Cinco dias depois, aos 64 anos, morria o pai de Whitman.

3

Leaves of Grass, 1855

Meu negócio com vocês ficou pela metade .... e quanto a vocês ?
Fiquei gripado com tantos tipos frios e os cilindros e o papel úmido entre nós.

Passo mal com papel e tipos .... preciso passar pelo contato de corpos e almas.

Whitman, "Canção às Ocupações"

Na capa e no frontispício da primeira edição, intrigava a ausência de qualquer indicação do autor. No verso da página de título, apenas a informação, em corpo 8, de que o livro "Deu entrada de acordo com o Ato do Congresso no ano de 1855, por WALTER WHITMAN, no Tabelião de Ofício da Corte Distrital dos Estados Unidos para o Distrito do Sul de Nova York". Como se "Walter Whitman" fosse apenas o nome da pessoa física que registrou o livro, diferente da *persona* autoral cujo nome só seria revelado na página 29 do original.

Frontispício e capa da primeira edição de *Folhas de Relva* (1855), desenhada pelo próprio Whitman.

3.1. O *DESIGN* DA CAPA E O TÍTULO

Voltemos para julho de 1855 e imaginemos encontrar a primeira edição numa livraria. A estranheza do volume, para o padrão da época, já começava pelo formato da capa (em quarto: 22,86 x 30,48 cm, obtido quando uma folha é dobrada duas vezes para formar oito páginas). Um tamanho incomum para livros na época, sendo mais usados no período elizabetano (como nas edições de Shakespeare). Por que Whitman teria escolhido um formato tão grande? Por uma razão muito simples: era o que os irmãos Rome tinham no estoque.

A lombada original da primeira edição (*design* de Whitman).

Na capa e contracapa, apropriadamente em verde-musgo, vemos ornamentos em relevo de folhas, botões e pequenas flores. Três linhas gravadas em ouro funcionavam de moldura. No centro, em letras douradas em relevo, apenas o título. Como dissemos, nenhuma indicação do autor e nem da editora.

Aproximando os olhos, a primeira surpresa: as letras de *Folhas de Relva* são feitas de capim, raízes, folhas, tufos e caules. Delas germinam bulbos, rizomas, trepadeiras e parasitas. É uma relva literal. O efeito do *design* concebido por Whitman segue a tradição do letrismo que ele conhecia tão bem, em que letras eram transformadas em animais, seres, objetos etc. A solução exprime com eficácia a ideia de forma orgânica do livro. Traduz a ideia de uma poesia selvagem, viva, que se expande e se entrelaça como numa relva densa e variada. E, mais importante, serve de perfeita tradução visual para o conceito de *merge* ou fusão, básico para o livro. "Fusão" que poderíamos traduzir pelo conceito filosófico de "devir": duas coisas ou dois seres se mixam, formando uma terceira identidade, dual. Da mesma forma, aqui, *letras são relva e relva são palavras*. Como capim, grassam em qualquer lugar.

O título *Folhas de Relva* apresenta uma curiosa multiplicidade de sentidos, todas pertinentes ao projeto de Whitman. Vale lembrar que o título, em corpo maior e em bold, funciona como um refrão ao longo de todo o livro, aparecendo no alto de todas as páginas ou pontuando alguns poemas. Assim, a reiteração do título nas páginas internas empresta mais unidade à obra, como se todos os textos se ramificassem num só, fossem variações de um mesmo "libreto". Vale a pena se embrenhar nessa relva de significados mais um pouco.

Leaves pode se referir tanto a folhas de uma planta ou relva quanto às folhas do próprio livro. Mais: a folha de papel onde se imprime o poema e a folha de grama (*grass*) são irmãs naturais: ambas são feitas de celulose.

Já *grass* possibilita várias leituras. O dicionário *Webster* dá o sentido primeiro de *grass* (originariamente *groes*) como "qualquer uma das várias plantas verdes com folhas em formato de lâmina que são comidas por animais no pasto; por causa de sua maciez e denso crescimento, *grass* também são frequentemente cultivados em jardins". Em português, *grass* pode ser traduzido por *grama* (palavra de parecença fônica com *grass*), *capim* (bela palavra de origem tupi, de *caá* (mato) + *caapii* (folha delgada)) e também *relva*, *pasto* e *erva*. De cara, portanto, um problema para o tradutor. Fiquei tentado a traduzir o título por *Folhas de Grama*. E, numa homenagem ao gosto de Whitman por palavras indígenas, por *Folhas de Capim*. No entanto, a palavra "grama", no Brasil, está associada mais à civilização que à natureza selvagem. Traz à mente um gramado de uma casa ou um campo de futebol. Ou seja, grama sugere mais a ideia de uma natureza que foi domesticada.

Segundo o *Aurélio*, a palavra "relva" é derivada da palavra latina *relevare*, ("levantar", por via popular). Relevar é "dar relevo a; tornar saliente; fazer sobressair". Relva seria tudo aquilo que salta e se levanta sobre uma superfície plana. Como ocorre, curiosamente, com a imagem de Whitman, no frontispício. Relvar é cobrir de relva. Apesar de não ser tão próxima de "grass" como "grama", em termos de semelhança sonora, ou mesmo inusitada como "capim", a palavra não deixa dúvida sobre sua característica de rizoma e como indicação de natureza selvagem, não domesticada: relva designa "erva rala e rasteira" e "vegetação formada de ervas desse tipo, gramíneas quase sempre, que crescem espontaneamente pelos campos e caminhos". Já o *Houaiss* define relva como o "conjunto de ervas rasteiras que juncam um terreno","lugar coberto por essas ervas; relvado". Por fim, segundo o próprio *design* de letras elaborado por Whitman na capa, o que temos é uma multiplicidade vegetal, uma verdadeira *assemblage*: capim, grama, cachos, parasitas, videiras, bulbos e trepadeiras. Tudo isso nos leva à opção mais generalizante da palavra relva, sugerindo, pelo menos mentalmente, um conjunto mais selvagem e variado de plantas. A palavra "relva" parece-me mais adequada à linguagem do tempo de Whitman. Relva: selva. Portanto, decidi por *Folhas de Relva*, embora na tradução, onde achei adequado, traduza a palavra ora como relva, ora como capim e outras vezes como grama. Para marcar a tradução e o conceito organicista da obra, utilizo também um verbo rico de significados e pouco usado entre nós: *grassar*.[1]

Com seu apetite voraz pela etimologia e possibilidades das palavras, ele próprio sendo impressor e tipógrafo, naturalmente Whitman sabia que *grass* também era o nome que se dava, no século XIX, às impressões de escritos de valor dúbio ou aos "experimentos" que impressores e tipógrafos faziam quando não estavam trabalhando em algo "sério" e "rentável". Ou seja, folhas de *grass* também poderiam ser lidas na época como "páginas de qualidade suspeita".

Importante mencionar também as implicações bíblicas do título. Na versão do rei James, e que Whitman leu durante toda a vida, temos Isaías (versículo 40) dizendo:

> *The voice said, Cry. And he said, What shall I cry? All flesh is grass, and all the goodliness thereof is as the flower of the field: 7: The grass withereth, the flower fadeth: because the spirit of the LORD bloweth upon it: surely the people is grass. 8: The grass withereth, the flower fadeth: but the word of our God shall stand for ever.*
>
> A voz disse: Grite. E ele disse: O que irei gritar? Toda a carne é relva, e todas as graças portanto são como a flor do campo. 7: A relva secou, a flor murchou: porque

[1] O verbo *to grass* significa cobrir uma superfície com grama ou capim. Ou seja: relvar. Em inglês, *grass* também indica a estação da primavera, quando a relva cresce e viceja. A palavra *grassation* (de origem latina) significa "crescer exuberantemente e se espalhar como uma planta". Mas também significa "passar o tempo à toa gastando dinheiro", e também no sentido de "andar ao léu, vadiar, perambular". E, perambulando entre o *Webster* e o *Aurélio*, curiosamente encontro em português o verbo grassar (por sua vez também derivado do latim "*grassare*; por *grassari*, 'caminhos'; 'marchar contra'"). *Grassar* significa "desenvolver-se; alastrar-se, propagar-se progressivamente" e também "propalar-se, propagar-se, difundir-se, divulgar-se". Um dos usos populares do verbo "gramar", no Brasil, é o de "andar, trilhar". Mais ou menos por esse mesmo motivo, dizer de um sujeito que ele é "desgramado" é dizer que ele está, literalmente, "sem rumo", "sem chão", "desencaminhado", "desgraçado".

o espírito do SENHOR soprou nelas: certamente as pessoas são *relva* 8: A *relva* secou, a flor murchou, mas a palavra de Deus permanecerá para sempre.

Desde tempos antigos *grass* era usado como símbolo da transitoriedade da vida humana. Uma força maior, Deus, é o que a faz germinar, murchar e secar. Não podemos afirmar que Whitman soubesse, mas em tempos ancestrais se acreditava numa profunda conexão entre palavras e plantas. Talvez em sua intuição o poeta soubesse disso, pois ele a coloca na prática em seu livro. Na cultura xamânica há a visão de que as plantas são as mães das palavras. As longas linhas de seu poema se estendem até as grandes margens e se ramificam, como capim, em poemas.

O seguinte trecho de "Autoconfiança", de Emerson, também deve ter passado pela cabeça de Whitman quando pensava em um título: "O homem é tímido e apologético: ele não mais se apruma; não se atreve a dizer 'eu penso', 'eu sou', mas cita algum santo ou sábio. Sente-se envergonhado ante a *folha de relva* ou a rosa que desabrocha. Essas rosas sob minha janela não fazem referência a rosas anteriores ou melhores; elas são pelo que são; existem hoje com deus. Não há, para elas, o tempo. Há simplesmente a rosa; ela é perfeita em cada momento de sua existência". (*Ensaios, p.* 50, itálicos meus). A lâmina de capim ou de grama (*spear of grass*, no original), portanto, serve de modelo do homem que tem os pés no presente de sua existência e consciência, alguém capaz de fundir passado e futuro no agora.

Essa polissemia de significados para o título, acredito, faz parte da poética elaborada para o livro. Afinal, símbolos servem exatamente para isso. No caso, folhas de relva também como metáfora da democracia americana (individual e coletiva), de um *self* mais criativo e espontâneo, e do mistério da natureza que o poeta deve "traduzir" e dar uma linguagem (a natureza como uma "floresta de símbolos", como escreveria Baudelaire). Um mistério que não está no inacessível e distante, e sim evidente no mais vulgar e comum. Para expressar tal ideia, que símbolo melhor e mais universal que a grama que está sob nossos pés e por toda parte no caminho? Como expressara Carlyle, antes de Whitman: "... Deus não se faz presente em cada lâmina de grama?" (citado em Untermeyer, p. 1191). Whitman reelaborou o símbolo central de sua obra em algumas passagens, principalmente neste trecho do poema de abertura, que remete a Isaías:

> Uma criança disse, O que é a relva? trazendo um tufo em suas mãos ;
> O que dizer a ela ? .... sei tanto quanto ela o que é a relva.
>
> Vai ver é *a bandeira do meu estado de espírito*, tecida de uma substância de esperança verde.
>
> Vai ver é o *lenço do Senhor*,
> *Um presente perfumado e o lembrete derrubado por querer,*

Trazendo o nome do dono escrito num dos cantos, pra que possamos ver e examinar, e dizer É seu ?
Vai ver a relva é *a própria criança . . . . o bebê gerado pela vegetação.*

Vai ver é *um hieróglifo uniforme,*
E quer dizer, Germino tanto em zonas amplas quanto estreitas,
Grassando em meio a gente negra e branca,
Kanuck, Tuckahoe, Congressista, Cuff, o que lhes dou recebo, o que me dão, recebem.

E agora a relva parece *a cabeleira comprida e bonita dos túmulos.*

Como esta passagem crucial revela, o significante *grass* se multiplica, rizomaticamente, em vários significados, todos pertinentes ao livro. Se torna, assim, uma tradução perfeita ou símbolo perfeito para sua escrita proliferante, nomádica, orgânica e universal, capaz de abraçar realidades díspares, sem defesas nem preconceitos. Uma poesia democrática, aberta e sempre em expansão, pois pode grassar em qualquer parte.

3.2. O RETRATO

Se o leitor já havia estranhado a capa e o *design* das letras, ao abrir o frontispício se defrontava com outro aspecto intrigante e não menos importante da primeira edição: a imagem que se tornaria um dos ícones da cultura americana. O processo pelo qual passou a imagem original até ganhar a página do livro revela pistas para a construção do livro e da *persona Walt Whitman.* A matriz é um daguerreótipo tirado por um amigo de Whitman, o ex-pintor e fotógrafo Gabriel Harrison, num dia quente de 1854. Posteriormente, ele pediu que o artista Samuel Hollyer retrabalhasse a imagem. Como ainda não existia impressão de fotos em livros, foi preciso fazer uma gravura em metal do daguerreótipo para poder imprimi-la.

Gravura em metal feita por Samuel Hollyer de um daguerreótipo tirado em julho de 1854 por Gabriel Harrison (*daguerreótipo original perdido*).

Whitman foi provavelmente o primeiro escritor a usar uma foto num livro de poemas. Ela funciona como sua verdadeira e única assinatura, já que em nenhum momento deixa claro que é o autor. O nome "Walt Whitman", como vimos, só vai aparecer no alto da página 29, e surge como uma assinatura: "Walt Whitman, um Americano, um bronco, um kosmos [...]". Descrição que nos remete, novamente, à imagem do frontispício.

No século XIX, a maioria das representações de escritores, em pintura, gravura ou daguerreótipo, enfatizava o traje chique, a postura solene e a cabeça geralmente apoiada pelas mãos (significando o poder do intelecto). Poses sisudas e formais, tiradas geralmente de perfil e em gabinetes fechados e escuros, eram a praxe. E com o que o leitor se deparava? Com um jovem de barba curta e precocemente grisalha, forte, aparentando entre trinta e quarenta anos, em posição desafiadora e provocante. De roupas simples, como se a imagem tivesse sido tirada enquanto o homem estava no meio de algum trabalho. Camisa branca com mangas arregaçadas, desabotoada no colarinho, o homem traz um chapéu vistoso em sua cabeça, num ângulo que dá um ar blasé. A pose é relaxada: uma mão está no bolso, a outra, em punho, se apoia com firmeza sobre a cintura. O homem encara diretamente o leitor, com olhar desafiador.

Ed Folsom argumenta, com propriedade, que a gravura de Whitman rompe as convenções de representação iconográfica da época ao mostrar o autor como um homem comum. Alguém que você poderia topar em qualquer esquina, na mercearia, no boteco da esquina. O fato da autoria não ter sido indicada reflete ainda mais essa "mundanidade". Não somos apresentados a um "homem de letras", circundado por musas, inalcançável em suas névoas herméticas e em sua torre de marfim, e sim a um sujeito comum, um "homem das ruas". A escolha de Whitman nada tem de ingênua: ela encarna o homem do povo. A imagem remete à luz do dia, ao exterior. A atitude da foto, portanto, revela muito da atitude do livro e do "eu" a ser celebrado no poema de abertura. Podemos dizer que, seguindo o raciocínio de Folsom, da mesma forma que o design e a escolha do título traduzem a concepção de Whitman para seu livro, a gravura também incorpora com sucesso as ambições da poética de Whitman:

> Retratos de poetas no século XIX indicavam que a poesia era uma questão do intelecto, era um negócio formal conduzido em salas enfileiradas de livros onde as ideias alimentavam a cabeça através das palavras. Whitman, claro, estava disposto a desprezar essa concepção, levar a poesia para as ruas, desformalizá-la, arrancá-la da autoridade da tradição, e insistir que a poesia emergisse do coração, dos pulmões, dos genitais e das mãos, tanto quanto da cabeça. Ele queria que o poeta democrático representativo falasse em seus poemas, e a ausência de seu próprio nome da página de título permitia que o retrato representativo falasse para a autoria: esses são poemas escritos por uma pessoa democrática e representativa, vivendo no mundo, experimentando a vida através dos cinco sentidos, um eu (*self*) que encontrou a autoridade na experiência, que não tirava o chapéu para ninguém, que se recusava a seguir o decoro de tirar o chapéu dentro de casa ou mesmo nos livros (Folsom, p. 140).

Apesar de gostar do retrato, posteriormente o próprio autor teria uma impressão dúbia sobre ele: "A pior coisa naquilo é que eu pareço tão extravagante — como seu eu estivesse rogando praga a alguém — cheio de pragas loucas — dizendo, desafiadoramente,

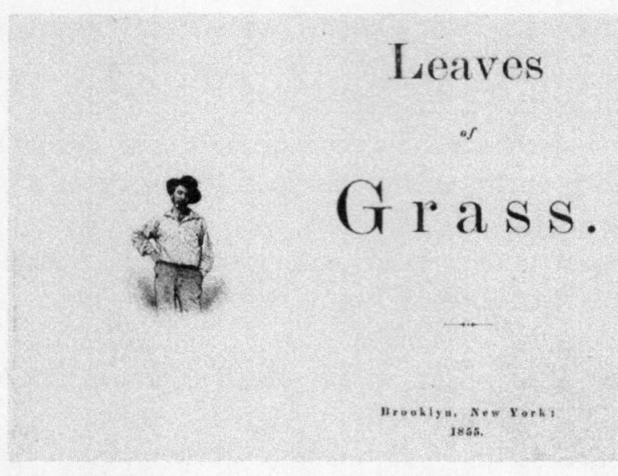

Página dupla do frontispício da primeira edição.

vão pro inferno!". Por outro lado, o poeta elogiava o acerto da escolha da imagem para apresentar "Walt Whitman, um kosmos": "ela é natural, honesta, à vontade: Tão espontânea quanto você, como sou eu, neste instante, enquanto caminhamos juntos". De fato, a imagem estava tão associada ao conteúdo do livro que ele a usaria em algumas edições futuras. Quando a incluiu novamente na edição de 1881, colocou-a lado a lado com a primeira página de "Canção de Mim Mesmo", argumentando que o retrato era parte inextricável do poema.

Outro detalhe do retrato reforça o conceito de "fusão" desejado por Whitman: na parte inferior, Hollyer e Whitman colocaram um efeito de sombra ao redor das pernas. Estas, por sua vez, se transformam em linhas que se fundem e somem no espaço branco da página. O efeito é de como se o próprio autor, a identidade de Walt Whitman, emergisse da página do livro, como relva, funcionando como uma assinatura autoral para sua poética do corpo, da natureza, da rua, da vida.

3.3. O "PREFÁCIO" DA PRIMEIRA EDIÇÃO

Antes de mergulhar na relva densa dos poemas, na primeira edição o leitor deparava com dez páginas de introdução. Impresso em coluna dupla e em corpo de difícil leitura, a inclusão de um ensaio, à primeira vista, parece um recurso incompreensível para um autor que, há um minuto, parecia estar pronto para pular nos braços do leitor. Sua inclusão, porém, enfatiza o caráter único da edição de 1855: nele está um resumo de sua poética, de sua visão de mundo, de seu programa.

Compelido a escrevê-lo, talvez, pelo exemplo do prefácio de *Lyrical Ballads*, do romântico inglês William Wordsworth, o ensaio de Whitman é bastante influenciado pelo ensaio "O Poeta", de Emerson, o que não retira sua originalidade e força. Fica visível na decisão de se tornar o poeta-profeta que personificaria a América, como havia sido anunciado por Emerson. Alterando passagens bastante prolixas (um desafio para o tradutor) com momentos brilhantes (onde a prosa roça a poesia), criticado pela verborragia de algumas passagens, a performance textual turbulenta de Whitman tem sido, injustamente, um dos pontos menos discutidos da primeira edição.

Escrito na terceira pessoa, contrastando com o uso da primeira pessoa, que emergirá no poema de abertura, o texto defende algumas posições ético-estéticas de Whitman que já abordamos aqui. Glorifica a diversidade e peculiaridade da América e sua terra. Afirma que "os Estados Unidos são, essencialmente, o maior de todos os poemas". Diz que a genialidade do seu país não deve ser buscada em intelectuais, inventores, juízes e, sim, "mais e principalmente nas pessoas comuns". E afirma que sua diversidade, sua linguagem, a peculiaridade de sua cultura "esperam o tratamento gigantesco e generoso que merecem".

Depois de uma sequência em que descreve a característica americana e sua história, o poeta cai em nacionalismos e num discurso que parece influenciado pela doutrina do Destino Manifesto. Mas a mensagem básica é a de que o poeta deve estar de olhos abertos não para o passado, mas para o que está à sua frente no momento em que escreve:

> Tudo o que já aconteceu . . . tudo o que acontece e tudo o que pode ou vai acontecer, está contido nas leis vitais . . . estas são suficientes para todo e qualquer caso . . . nenhuma será apressada ou retardada . . . qualquer acontecimento ou pessoa miraculosos é inadmissível no esquema vasto e claro onde cada movimento e cada haste de relva e as estruturas e o espírito dos homens e das mulheres e tudo o que dizem respeito a eles são indiscutivelmente milagres perfeitos todos se referindo à todos e cada um distinto e em seu lugar. Também não é consistente com a realidade da alma admitir que haja qualquer coisa no universo conhecido que seja mais divino do que os homens e as mulheres.

O Prefácio adverte que, para o poeta, tudo é matéria de poesia, e ela é para todos e não para poucos sábios: "O poeta vê como certeza que alguém que não é um grande artista pode ser tão sagrado e perfeito quanto o maior dos artistas. . . . .". O poeta tem sim uma tarefa essencial nessa arena, e é apresentado quase como um médium de sua tribo.

No poeta, "penetram as essências das coisas verdadeiras e os eventos passados e presentes". Ele "funde tempos, espaços, culturas". É "o equalizador de seu tempo e de sua terra". Libertário, antecipa novas formas, novos modos de vida e de ver. Ele é o que corresponde à sua realidade, mundo, é o "respondedor" de sua era. A poesia, sua arma de resistência: "Na guerra ele é a força bélica mais devastadora. Quem o recruta está recrutando cavalos e pés . . . ele organiza manobras de artilharia que a engenharia militar sequer imagina. Se o clima se torna indolente e pesado ele sabe como melhorá-lo . . . ele pode fazer cada palavra que sai de sua boca sangrar. O que quer que estagne no pântano do costume ou da obediência ou da legislação ele nunca estagna". O uso da terceira pessoa tem o efeito de distanciamento: como se fosse outra pessoa que estivesse apresentando o poeta anunciado, e não o próprio autor.

Em uma sequência de metamorfoses, que anunciam os longos catálogos dos poemas, o ensaio argumenta que o poeta ideal é aquele que será capaz de incorporar a grandeza, estranheza e diversidade de seu país, de sua gente, de sua natureza: "A terra e o mar, os animais, peixes e pássaros, o céu do firmamento e os orbes, as florestas montanhas e rios, não são temas pequenos . . . mas as pessoas esperam que o poeta indique mais do que a beleza e dignidade que sempre se ligam aos objetos reais e mudos . . . eles esperam que ele indique o caminho entre a realidade e suas almas". Esse traço expansivo de sua prosa é captado por Paul Zweig: "A própria gramática do prefácio de Whitman comunica um sentido de expansão ilimitada. Suas sentenças se desdobram em grandes curvas sintáticas, distendendo-se e quase que desaparecendo por entre rosários de substantivos; são sentenças como pradarias ou trechos abertos de rio, ou como as flexíveis mudanças imprevisíveis de um ser vivo" (Zweig, p. 233).

Se, por um lado, a prosa bloqueava o acesso direto aos poemas, por outro ela é um dos documentos essenciais de sua poética. Composto enquanto a primeira edição já estava em parte impressa, "no calor da hora", podemos dizer que esse texto, ao lado de *An American Primer* e *Specimens Days*, é um dos documentos mais importantes da literatura americana. Uma verdadeira "declaração de independência". Whitman escreveu o Prefácio aproveitando tudo o que havia absorvido até então. Algumas passagens foram retiradas de seus cadernos. Outras, de ideias esboçadas em vários textos publicados em jornais. Ele decidiu retirar o ensaio das edições futuras. Várias passagens acabaram sendo incorporadas em poemas.

Naturalmente, Whitman escreveria grandes poemas até o fim de sua vida. Dos doze poemas da primeira edição, temos quase quatrocentos na edição conhecida como "de leito de morte" (se incluirmos os poemas nunca publicados). No entanto, podemos dizer com segurança que o "núcleo duro" de sua poética, a matriz de todo seu subsequente projeto de vida e linguagem, está nos doze poemas que ele publicou em 1855. Além do importante ensaio introdutório,esta edição traz poemas-chave como "The Sleepers", "I Sing the Body Electric", "There Was a Child Went Forth", "Europe" e, sobretudo, a obra-prima "Song of Myself ", que ocupa 60% do volume.

Temos o otimista "Canção às Ocupações", que incorpora em seu organismo os movimentos de uma nação em construção, e que é o nascimento do próprio poema. No poema, que tem a responsabilidade de vir na sequência do miniépico "Canção de Mim Mesmo", Whitman chama o leitor para um cara a cara. É um canto às coisas e às pessoas comuns, um catálogo das ricas possibilidades do ser humano. O heroísmo do cotidiano, digamos assim, é mostrado nas mais diversas profissões, nas atividades humanas mais prosaicas, com o poeta-profeta dando ênfase na importância de se viver plenamente a "hora do mundo". O amante democrático se apresenta como se quisesse fazer amor com todas as pessoas, das mais diversas ocupações. Como escreve Gay Wilson Allen, neste poema "a simpatia do poeta pelos homens e mulheres se estende igualmente para seus ambientes, e daí para todo o cosmos" (Allen, p. 164). Uma canção para o indescritível milagre de viver: "O milagre que cada um vê em alguém que também vê . . . . e os milagres que recheiam/ cada minuto de tempo pra sempre e cada acre de superfície e espaço pra sempre [...]". "Se você não estivesse respirando e caminhando aqui o que seria de tudo isso?/ Os poemas mais célebres seriam cinzas . . . . orações e peças seriam vácuos". As coisas não são meras coisas, e sim moldadas pela consciência e por nossas "ocupações" com elas.

"To Think of Time" fala da consciência da morte e de sua presença em todos os momentos da vida, sobretudo da coragem necessária para enfrentá-la. Este é o princípio que move o poema, em contraposição à consciência da vida, que move a "Canção de Mim

Mesmo". Ao mesmo tempo que a morte é onipresente, a consciência da eternidade e da imortalidade dá força ao ser humano para que ele continue vivo. Ao mesmo tempo que morremos, a lembrança das coisas boas que fizemos fica na memória das pessoas. Cada momento é eterno e imortal.

"The Sleepers" é um mergulho xamânico nas camadas mais selvagens do inconsciente, ou "uma patrulha noturna pela cidade dos mortos" marcada por voyeurismo e por uma "tirania escopófila", como chama Camille Paglia (*Personas Sexuais, p.* 553). Antes de *A Interpretação dos Sonhos*, de Freud, é uma verdadeira "viagem a bordo da noite". Poema-chave da primeira edição, ocupa, estrategicamente, a exata metade do volume. Hoje considerado um dos mais belos de sua obra, "Os Adormecidos" foi durante muito tempo pouco estudado e valorizado. Posteriormente, Whitman o chamou de "Night Poem" ("Poema Noturno") e "Sleep Chasings" ("Caçadas ou Caçadores de Sono"). É uma viagem pelo inconsciente e pelo mistério da noite, da morte e do sono. Essa viagem é captada por uma técnica e abordagem que antecipam as *Illuminations* de Rimbaud, o fluxo de consciência de Joyce e a poesia surrealista. Apesar de captar a atmosfera onírica, Whitman dá um tratamento hiperrealista: como se a imagem do sonho extraída por ele fosse mais real que a da realidade. O poeta perambula pelos sonhos de outras pessoas, entrando e saindo como um fantasma, sofrendo uma série de metamorfoses, fusões. Tudo se passa numa noite: o poema começa com o narrador em estado de vigília. Mergulhando no sonho, depois de passar pelo mundo dos excluídos e da morte, o poeta emerge com os olhos abertos e "restaurado". Sonhando os sonhos da humanidade, é capaz de instaurar uma democracia onírica. O sonho nos dá a chance de ver mais do que se estivéssemos de olhos abertos.

No importante "Eu Canto o Corpo Elétrico" (1854), um dos mais polêmicos escritos pelo poeta, Whitman toca na indigesta questão da escravidão e da prostituição, enquanto vislumbra o corpo humano como carregado de alta voltagem sexual, algo avançadíssimo para a época. "O corpo do homem é sagrado e o corpo da mulher é sagrado .... não importa de quem seja,/ É de um escravo? De um dos imigrantes de rostos rotos que acaba de desembarcar?/ Cada um pertence a este lugar ou a qualquer lugar tanto quanto os bem de vida ... tanto quanto você,/ Cada um tem seu lugar na procissão."

Em "Faces" entra em cena o poeta-fisionomista, capaz de ler o rosto das pessoas e também os rostos da natureza. "Enquanto desce a calçada do mundo, vai listando as "caras" da América. Ele tem o poder de fazer relações, de perceber a unidade na multiplicidade, ao mesmo tempo que é capaz de se identificar profundamente com a paisagem demótica do que vê, sem distinção.

Os poemas mais políticos e góticos "Europe, The 72nd and 73rd Years of These States" (1850) e "A Boston Ballad" (1854), já comentados brevemente aqui, permaneceram nas futuras edições, bem como o autobiográfico "There Was a Child Went Forth" (que funciona como um contraponto diurno ao cenário de "Os Adormecidos") e "Who Learns My Lesson Complete". Já o poema que fecha a primeira edição de *Folhas de Relva*, "Great Are the Myths", foi omitido nas edições seguintes.

4

De Walt Whitman ao "bom poeta barbudo" (1855 a 1892)

A terra e o mar, os animais peixes e pássaros, o céu do firmamento e os orbes, as florestas montanhas e rios, não são temas pequenos... mas as pessoas esperam que o poeta indique mais do que a beleza e dignidade que sempre se anexam nos objetos reais e mudos.... eles esperam que ele indique o caminho entre a realidade e suas almas.

Whitman, Prefácio da primeira edição

4.1. DISTRIBUIÇÃO E PRIMEIRAS RECEPÇÕES

A distribuição de *Folhas de Relva* ficou a cargo de Fowler & Wells, os frenologistas e editores amigos de Whitman. O grosso da tiragem de 795 exemplares ficou no depósito do empório. Como os irmãos tinham uma filial em Boston e editavam várias revistas, Whitman achou que isso facilitaria a divulgação. Levou o livro para casa, mostrou para seu irmão George, que achou que não valia a pena lê-lo, dando apenas uma folheada. Ele também enviou dezenas de cópias para a imprensa, alguns escritores e personalidades. Um de seus primeiros leitores teria sido o ex-lenhador e futuro presidente Abraham Lincoln. Outros leitores, que se tornariam importantes amigos e defensores de Whitman, foram os escritores Henry David Thoreau, Bronson Alcott, John Trowbridge e John Swinton. Cópias mais baratas foram enviadas a algumas pessoas do meio literário. Uma pequena parte da tiragem seguiu para Londres. Nos Estados Unidos, a primeira edição podia ser adquirida em duas livrarias em Boston. Finalmente, cerca de sessenta cópias foram deixadas em consignação na livraria Swayne's, em Manhattan.

A distribuição da primeira edição resumiu-se basicamente a isso. Embora provavelmente tenha vendido pouco, boa parte foi distribuída, e um ano depois estava esgotada. A verdade é que a primeira edição foi pouco lida fora de um âmbito restrito. E demoraria muitos anos ainda para que as mensagens e a "experiência de linguagem" de Whitman começassem a ser compreendidas.

Whitman havia apostado tudo nesse livro. As últimas palavras do prefácio deixavam claro a grande expectativa que ele havia criado: "A prova de um poeta será que seu país o absorva tão afeiçoadamente quando ele o absorveu". Em vez da popularidade instantânea que esperava receber, ocorreu justamente o contrário. Sintomático de seu desapontamento é que ele, na segunda edição (1856), reescreveu o trecho final do prefácio e o utilizou no poema "Poem of Many in One" nestes termos: "O teste de um poeta será *severamente adiado* até que seu país o absorva tão afeiçoadamente quando ele o absorveu." (itálicos meus).

Imediatamente após a publicação, Whitman começou um hábito que se tornaria comum em sua carreira poética. Temendo que seu livro caísse no vazio, ele mesmo foi responsável pelas primeiras resenhas que foram publicadas. Num lance que hoje chamaríamos de "autopromoção" ou "autoassessoria de imagem", ele publicou anonimamente três resenhas sobre seu livro no fim de 1855 e começo de 1856. O interessante é que, como aponta Paul Zweig, "essas autorresenhas iniciais nos dizem como Whitman queria ser lido em 1855; e, o que é mais importante, como queria ser visto e ouvido" (Zweig, p. 282). Começava aí a longa construção autoral de "Walt Whitman". Numas das resenhas, temos o crítico "anônimo" fazendo um suspeitíssimo perfil do poeta:

> De pura raça americana, grande e robusto — idade trinta e seis anos (1855) — jamais tomou qualquer remédio — nunca se vestiu de preto, sempre se veste livre e limpamente com roupas rudes — pescoço aberto, colarinho da camisa chato e amplo, semblante bronzeado de vermelho transparente, barba bem pintalgada de branco, cabelo como relva depois de empilhada e amarrada no campo — sua fisiologia confirma sua frenologia áspera — uma pessoa singularmente amada e procurada, especialmente pelos jovens e iletrados — alguém com quem tenha firmes ligações e associados — alguém que não se associa a literatos — um homem que nunca é chamado para fazer discursos em jantares públicos — nunca está nos palanques entre as multidões de clérigos ou professores, vereadores e parlamentares — mas lá embaixo, na baía, com os pilotos em seus barcos — ou ao ar livre, numa excursão com os pescadores num barco pesqueiro — ou viajando num ônibus da Broadway, lado a lado com o motorista — ou com um bando de vagabundos nas terras abertas do campo — apreciador de Nova York e do Brooklyn — apreciador da vida nas grandes barcas — alguém de quem, se você quer conhecê-lo, não se deve esperar nada de extraordinário — alguém em quem você verá a singularidade que consiste em não ter singularidade alguma — cujo contato não admira nem fascina, nem requer qualquer deferência, mas tem o fascínio fácil de tudo o que é familiar, costumeiro — como alguma coisa que você já conhecia e pela qual estava esperando (Zweig, p. 283).

Apesar de seus excessos, este parece um autorretrato bastante honesto de Whitman. Numa atitude que misturava autoconfiança, desespero de causa e senso de marketing, Whitman se descrevia em outra resenha anônima: "Autoconfiante, com olhos altivos, assumindo todos os atributos de seu país, entra Walt Whitman na literatura, falando como um homem que não tem consciência de que já existiu algum dia produção tal como um livro ou ser tal como um escritor. Cada movimento seu tem o jogo livre do músculo daquele que nunca soube o que era sentir-se na presença de um superior. Cada palavra que sai de sua boca demonstra silencioso desdém e desafio às velhas teorias e formas" (idem, p. 282). O jornalista (ou seja, o próprio Whitman) apresentava o poeta quase como um super-homem, esbanjando saúde mental e física. Alguém narcisista e rebelde. Argumentava ser um escritor que se fez de si mesmo, alguém que se rebelara contra as convenções de seu tempo. Apresentava-se como um marginal, um fora da lei dos círculos literários, e alguém que era a cara de seu país. Um homem do povo, um "bronco", viajante e vagabundo (nesses anos, de fato, a não ser pela carpintaria, Whitman não teria um emprego fixo até 1857). E, se no caso de Whitman, seu livro e sua vida são inseparáveis, ele mesmo foi responsável por essa fusão.

As primeiras resenhas do livro revelavam o choque, a violência e a reação moralista que seria a rotina por décadas (lembremos que, já no século XX, Whitman sofreu uma descanonização violenta por parte da Nova Crítica). Um livro ousado, "indecente", que dividiria opiniões, que seria queimado em praça pública por religiosos e ameaçado de processo por obscenidade, *Folhas de Relva* celebrava o sexo e o corpo masculino e feminino de uma maneira inédita. Com cenas de erotismo e autoerotismo explícitos, passagens fortes e violentas, escrito totalmente fora das convenções literárias de sua época, o livro logo receberia o ataque da sociedade puritana e dos primeiros críticos. Imagine o leitor e a leitora de 1855 deparando com versos como estes, de "Canção de Mim Mesmo": "Sou o poeta da mulher tanto quanto do homem,/ E digo que é tão bom ser mulher quanto ser homem". Ou que descrevem os fluidos de uma orgia sexual: "Límpidas e ilimitadas ejaculações de amor quentes e imensas .... gelatina trêmula do amor .... suco delirante jato branco,/ Noite de núpcias trabalhando com firmeza e suavidade dentro da aurora ereta,/ Ondulando dentro do dia pronto e produtivo,/ Perdido na brecha apertada na carne tenra e macia do dia". Ou neste, em que o *voyeur* canta "a marcha dos bombeiros em seus trajes — o membro masculino jogando sob as calças bem justas e os cinturões". Ou ainda este fragmento de "Os Adormecidos", onde descreve sexo oral (*fellatio*) e ejaculação: "O pano lambe o primeiro doce bocado e gole, / Lambe as gemas inchadas de vida .... lambe a orelha do milho rosa, cheio de leite e no ponto : / O dente branco fica, e o dente pontudo se enfia na treva, / E um licor jorra nos lábios e nos peitos num brinde, e o melhor licor vem depois". Claro que *Folhas de Relva* tinha muitas outras coisas, como a construção de uma nova cartografia humana, mas numa sociedade puritana, e numa época de movimentos moralistas de reforma, esses versos eram chocantes, e continuariam a sê-lo por muitas décadas.

Mas o livro foi criticado também por suas técnicas, linguagem e temáticas. A artilharia da crítica não poupava Whitman: um resenhista afirmava, na *North American Review*, que não existia no livro "uma só palavra que se destine a atrair o leitor por causa de sua grosseria". O *New York Daily Tribune* de 23 de julho de 1855 trazia resenha de um certo

Charles Dana sobre o livro do "poeta sem nome": "Sua linguagem é frequentemente descuidada e indecente, embora isso pareça emergir mais de uma consciência inocente do que de sua mente impura. Suas palavras poderiam ter sido passadas entre Adão e Eva no Paraíso, antes que folhas de parreira fossem necessárias para encobrir a vergonha". O artigo previa, acertadamente, que o livro teria dificuldade em circular "em círculos escrupulosos". Mas a seguir o resenhista chamava a atenção para alguns méritos do livro ("está cheio de pensamentos corajosos e inspiradores") e se debruçava sobre o "gênio esquisito" do autor, citando longas passagens. Mas críticas honestas como a de Dana foram raras. Como a da ensaísta e livre-pensadora Fanny Fern: "Não ignoro a acusação de grosseria e sensualidade que tem sido rotulada a ele. Minha constituição moral pode ser infelizmente manchada — ou é sólida demais para ser manchada — como o crítico desejaria, mas confesso que não extraio nenhum veneno dessas folhas — para mim elas só me trouxeram curativo".

O mais comum era a linha de crítica "arrasa-quarteirão" e moralista como a publicada no *Intelligencer*, de Boston: "O autor devia ser corrido a pontapés de qualquer sociedade decente, por pertencer a um nível inferior ao das bestas". "Uma porcaria" repleta de "devassidão", estampou o *The Christian Examiner*. Griswold, no *The Criterion* de 10 de novembro de 1855, chamava o livro de "uma massa de sujeira estúpida": "Existem muitas pessoas que imaginam estar demonstrando sua superioridade para seus companheiros, mas desrespeitando toda a educação e decência da vida e, portanto, se autojustificam indulgindo nas licenças mais vergonhosas e nos pensamentos malignos". E o resenhista usava um termo em latim, *Peccattum illud horribile, inter Christianos non nominandum* ("Aquele pecado horrível que não deve ser mencionado entre cristãos"), sugerindo a "homossexualidade" do autor (a palavra ainda não existia na época). Outros artigos chamavam o autor de "itifálico" (nome que se dava, na tradição dionisíaca hindu, aos cultuadores do pênis). O *New York Times* estampou em 1856: "Quem é esse jovem arrogante que se proclama Poeta do Tempo, e que se arrasta feito porco pelo lixo podre dos pensamentos libertinos?" (Untermeyer, p. xxvii). Ou na síntese do *Boston Post*: "a expressão de uma besta".

Como vimos, pode-se dizer que a primeira edição de *Folhas de Relva* causou reações ora de indiferença, ora de repúdio. O poeta quacre John Whittier teria jogado uma cópia do livro no fogo. Herman Melville, que vivia passando por Whitman pelas ruas em Nova York mas nunca o conheceu, ignorou o livro solenemente. De Emily Dickinson, sua única menção sobre o volume é que teria ouvido falar que *Folhas de Relva* era uma "desgraça". Futuramente, o grande Henry James arrasaria com Whitman e seu livro. Poucos defenderam-no na época, como Edward Everett Hale, Amos Alcott, Thoreau e Charles Eliot Norton.

Mas milagres acontecem. A primeira edição de *Folhas de Relva* foi salva do anonimato pela resposta esfuziante de ninguém menos que Ralph Waldo Emerson, o principal intelectual e escritor americano de seu tempo. A carta é um documento histórico. Emerson estava arrebatado com o que havia lido:

Concord, 21 de julho, Massachusetts 1855

Caro senhor,

Não estou cego ao valor da dádiva maravilhosa de *Folhas de Relva*. Acho-o a mais extraordinária peça de engenho e sabedoria que a América já produziu. Sinto-me feliz ao lê-la, assim como uma grande força nos deixa felizes. Vem ao encontro da demanda que estou sempre fazendo do que pareceria ser a natureza estéril e mesquinha, como se o excesso de trabalho braçal ou de linfa no temperamento estivessem tornando nossos espíritos ocidentais gordurosos e mesquinhos.

Fico feliz com seu pensamento livre e corajoso. Sinto muito prazer dentro dele. Encontro coisas incomparáveis ditas de maneiras incomparavelmente boas, como devem ser. Encontro a coragem de tratamento, que tanto nos delicia, & que somente uma ampla percepção é capaz de inspirar.

Eu o saúdo no começo de uma grande carreira que, no entanto, deve ter tido um longo plano inicial em algum lugar, para tamanha estreia. Esfreguei meus olhos um pouco para ver se esse raio de sol não era ilusão; mas o sentido sólido do livro é uma certeza sóbria. Tem os melhores méritos, a saber: os de fortalecer e de encorajar.

Até ontem à noite, quando vi o livro anunciado num jornal, eu não sabia se podia confiar que o nome era verdadeiro e tinha um endereço. Desejo ver meu benfeitor, & sinto vontade de parar minhas atividades, & visitar Nova York para lhe apresentar os meus respeitos.

Ralph Waldo Emerson

Whitman ficou no céu. A carta generosa e elogiosa, vinda de alguém que ele chamava de "Mestre", era tudo o que ele precisava ouvir. Confirmava seus talentos e suas convicções: estava no caminho certo. Se Emerson disse que seu livro era bom, quem poderia argumentar contra? O fato é que Whitman ficou tão eufórico que passou a carregar a carta por onde ia. E, com sua intuição de editor e autopromotor, a usaria como "propaganda de guerra" e referendo na segunda edição, de 1856. A carta de Emerson praticamente confirmava a profecia do advento do "grande poeta americano", presente no ensaio "O Poeta", de 1844. Apostava todas as fichas em Whitman, dando estímulos imensos para que o poeta continuasse. Emerson também enviou uma cópia da carta para Thomas Carlyle (1795-1881), o que foi importante para a penetração da obra de Whitman na Inglaterra. Naquele ano, o poeta recebeu a visita inesperada de Emerson, que ficou impressionadíssimo com o homem. Em outra visita, Whitman levou o sábio das letras americanas para conhecer alguns de seus amigos: os bombeiros de Nova York.

Como narra seu biógrafo Zweig, quando Thoreau o visitou, em 1856, ao andar pelas ruas com ele, o autor de *Walden* ficou espantado com o fato de que Whitman parecia conhecer todo mundo que cruzava no caminho (Zweig, p. 22). O impacto fica claro neste depoimento de Thoreau: "Que Walt Whitman, de quem lhe escrevi, é o fato mais interessante para mim no presente. Acabei de ler sua segunda edição, o que me fez um bem maior do que qualquer outra leitura por um longo tempo. Temos que nos regozijar imensamente nele. Às vezes ele sugere algo um pouco mais que humano... Embora rude, e às vezes ineficaz, o poema dele é um grande poema primitivo — um alerta ou nota de clarim ecoando por todo o acampamento americano" (Untermeyer, p. xxiii).

De 95 páginas e doze poemas da edição de 1855, a segunda foi para quatrocentas páginas e mais trinta novos poemas. Isso dá uma medida do ritmo criativo de Whitman em poucos meses. Como ele mesmo afirmou, "o trabalho da minha vida é escrever poemas". Entre os novos poemas estavam algumas de suas obras-primas: "Crossing the Brooklyn Ferry". Na terceira edição, de 1860, outro ponto alto seria o sublime "Out of the Cradle Endlessly Rocking". Whitman passou os anos de 1856 e 1857 escrevendo e, sobretudo, ampliando seu livro. Estava também fazendo uma verdadeira campanha por ele nos jornais e revistas, produzindo mais resenhas anônimas. O surto criativo iniciado em 1854 continuaria nos próximos anos. Zweig chama a atenção para o fato de que quase dois terços da obra de toda uma vida foi escrita em menos de três anos (Zweig, p. 288).

Temos uma boa descrição do poeta nessa época, feita por seu amigo Bronson Alcott em 1856:

> De ombros largos, sobrancelhas de Baco, barbado como um sátiro, indecoroso, veste calças largas em desafio a todo mundo, considerando-as, como tudo o mais, sua própria moda, e como exemplo a todos os homens daqui por diante. Camiseta de flanela vermelha, aberta no peito, expondo o pescoço musculoso; camisa de algodão listrado sobre tudo isso, colarinho *à la* Byron, com macacões de pano grosseiro abotoados; botas de couro; uma pesada jaqueta, com enormes bolsos externos e botões combinando; e um chapéu de aba inclinada para usar dentro de casa e na rua. Olhos cinzentos, prosaicos, cautelosos, embora ternos. Ao falar, vai aos poucos se reclinando na cama, usando o braço dobrado como travesseiro para a cabeça, e informando-nos ingenuamente o quanto é preguiçoso e lento. Ouve bem; pede-nos para repetir o que não conseguiu ouvir, e no entanto hesita em falar com frequência, ou desiste, como se temesse não transmitir o sentido agudo, pleno, correto de seu pensamento. Muito inquisitivo; até mesmo excessivamente curioso; convidando à crítica sobre ele, sobre seus *poems*, que ele pronuncia "pomes". Em suma, um egotista, incapaz de omitir, ou que sofre se qualquer pessoa omitir por muito tempo o nome de Walt Whitman. Cambaleante ao andar, enfia as duas mãos nos bolsos. Nunca ficou doente, diz, nem tomou remédio, nem pecou; e assim está inocente do arrependimento, e da queda do homem. (Zweig, p. 276)

4.2. CAINDO NA VIDA

Com a morte do pai, Whitman logo percebeu que não poderia sustentar a família com sua poesia. Por isso, começou a procurar um emprego fixo. Isso só aconteceria em 1857, quando assumiu a editoria do *Times*, no Brooklyn, jornal que editou até 1859, escrevendo sobre os mais variados assuntos.

Em agosto desse ano, a crise econômica causou pânico e desemprego em massa em Nova York. Num único bairro, 500 mil pessoas viviam amontoadas, com alarmantes taxas de doenças e desnutrição. Em 1858 começou a construção do Central Park, que seria um lugar para a cidade aliviar a tensão e onde as classes, teoricamente, poderiam se misturar num espaço público.

Os anos que precedem a explosão da guerra são anos de boemia para Whitman. Além da publicação da terceira edição de *Folhas de Relva* em 1860, começou a ter seus poemas publicados em jornais e preparou uma série de 25 poemas chamada *Brooklynia*.Virou frequentador assíduo do restaurante Pfaff's, em Nova York, ponto de rebeldes, artistas e descontentes em geral. Também passou a se oferecer para dar palestras. Nas cadernetas de Whitman aparecem dezenas de nomes de possíveis casos e conquistas. A maioria, trabalhadores e iletrados que ele encontrava na rua, nas docas do Brooklyn ou em seus passeios.[1]

Na época de Whitman, demonstrações de "camaradagem" entre homens, ou mesmo amor entre homens, ainda não haviam sido diagnosticadas como "homossexualidade" (nos Estados Unidos, o primeiro uso do termo se dá num jornal médico, *Medical Record*, de 1892). Dividir camas entre homens também não era considerado algo "anormal" em seu tempo. Mas que Whitman se relacionou afetivamente com muitos homens em sua vida, não restam dúvidas. Se as relações envolviam sexo? Provavelmente, mas na maioria das vezes Whitman era movido por uma paixão quase platônica: "Um toque é o máximo que eu consigo suportar", escreveu em "Canção de Mim Mesmo". Para seu amor proibido, Whitman preferia termos mais sutis, como "dormiu comigo", "amor entre homens" ou "adesividade" (um termo tirado da frenologia). O tema da amizade e do amor entre homens passa a ser mais extensivo ainda a partir da segunda edição, especialmente da seção chamada "Calamus".

---

[1] Peter — grande, ossos largos, jovem camarada, cocheiro . . . . Gostei de sua refrescante perversidade, como isso seria chamado pelos ortodoxos. George Fitch — garoto Ianque — Cocheiro . . . Atraente, alto, cabelos encaracolados, rapaz de olho negro. Sábado à noite com Mike Ellis — vagando na esquina da avenida Lexington & rua 32 — levei-o para a casa no número 150 da rua 37 — noite fria e amarga. Wm Culver, garoto no banho, 18 anos. Dan'l Spencer . . . um quê de feminino . . . dormiu comigo em 3 de setembro. Theodore M Carr — foi para uma casa comigo. James Sloan (noite de 18 de setembro de 62) 23 anos de idade — um americano bem simples. Noite de 7 de outubro com o jovem John McNelly, bêbado, subimos a Fulton & High St. até a casa. David Wilson — noite de 11 de outubro de 62, subindo a Middagh St. — dormiu comigo. Horace Ostrander, 22 de outubro de 62 — em torno de 28 anos — dormiu comigo em 4 de dezembro de 62. 9 de outubro de 1863, Jerry Taylor (NJ), do regimento do segundo distrito, dormiu comigo ontem de noite, noite de clima suave, frio o bastante, quente o bastante, celestial.

No começo de 1860 Whitman recebeu uma carta de dois editores de Boston, Thayer & Eldridge, que se ofereciam para publicar uma terceira edição de *Folhas de Relva*. Animado com a proposta, viajou a Boston, onde ficou por um mês. Foi nessa passagem que o poeta teve um encontro mais demorado com Emerson. Este tentou persuadi-lo a não publicar os poemas que compunham a seção "Children of Adam", alegando que sua inclusão afetaria a venda da nova edição. Whitman, educadamente, rejeitou a proposta. Em Boston, passou o tempo revisando as provas e passeando pela cidade. Em abril, com tiragem de mil exemplares, a nova edição estava quase pronta. Whitman estava louco para voltar para Nova York, já que estava praticamente quebrado outra vez. Foi também durante a preparação desta edição que Whitman implementaria o hábito de revisar e rearranjar a ordem e agrupamento dos poemas. Um dos grandes poemas da nova edição era "As I Ebbed with the Ocean of Life".

A recepção à terceira edição foi bem melhor do que às anteriores. Como escreve Allen: "Um dos aspectos mais surpreendentes da recepção crítica das *Folhas* de 1860 foi o número de mulheres que saíram em defesa dos poemas que muitos críticos homens acharam indecentes e chocantes" (Allen, p. 262). Também nessa época começaram a aparecer inúmeras paródias, sérias ou não, do estilo da poesia de Whitman.

4.3. TEMPO DE GUERRA: 1860-1865

Desde o ano em que Whitman nasceu, em 1819, o norte, o oeste e o sul dos Estados Unidos vinham se desentendendo. Há anos o frágil equilíbrio de poder da União se sustentava na distribuição igualitária entre estados escravos e estados livres.

O sul, enriquecido por séculos de exploração do trabalho escravo, estava cada vez mais dependente do eixo vital de sua economia: o algodão. Historicamente, o sul era uma região mais patriarcal, aristocrata, conservadora e agrícola. O norte, mais populoso, industrializado e progressista, sentia a pressão dos milhares de imigrantes que aportavam diariamente em Staten Island. No oeste, fronteira livre, "terra de ninguém", estava havendo a invasão de territórios indígenas e a expansão do país para novos territórios. Naturalmente, essas três regiões tinham visões bem diferentes em relação à economia, taxas, distribuição de terras e sobre a questão da escravidão. Naquele ano, a população americana era de 31 milhões e meio de habitantes. Se, por um lado, a revolução americana do século XVIII não havia conseguido mudar radicalmente a sociedade americana,

Os fotógrafos só tinham acesso ao *front* após as batalhas, com os corpos já preparados para as fotos.

muito menos a uniu politicamente. A América era uma experiência inédita e imprevisível. Uma colcha de retalhos que aumentava a cada dia, aumentando o fosso entre as classes, e com regiões com modos de vida e ideologia sensivelmente diferentes. Pode-se dizer que a revolução americana só se completou, e a um preço altíssimo, com cinco anos de Guerra Civil. Foi preciso um confronto armado de proporções catastróficas e cerca de 1 milhão de vidas humanas para que os estados passassem a ser, de fato, Unidos. Todos esses fatos, e sobretudo a Guerra Civil, mudariam a vida de Whitman para sempre. Não há como desvincular uma da outra.

Em 27 de fevereiro de 1860 o candidato republicano Abraham Lincoln lançou um veemente ataque à escravidão, insistindo que o governo tinha poder para restringi-la. Já vimos a posição de Whitman sobre essa questão: ele era a favor do "solo livre", e contra a separação da União. Naquele ano, o homem que Whitman passaria a admirar foi eleito presidente. Seis dias depois, começava a Guerra Civil: a Carolina do Sul decidia se separar da União, formulava uma constituição própria e elegia um presidente. O presidente da União em exercício, Buchanan, nos quatro meses que lhe restavam de mandato, nada fez para solucionar o grave problema. Tempo bastante para as tropas sulistas tomarem com facilidade quase todos os portos e fortes localizados nos estados do sul. E anunciavam que, dali em diante, eram propriedade dos estados confederados da América, não mais dos Estados Unidos.

Quando Lincoln assumiu a presidência, em 4 de março de 1861, poucos desses fortes ainda estavam controlados pela União. Um deles era o Fort Summer. Lincoln foi obrigado a mandar reforços e suprimentos para lá. No dia 12 de abril, o forte foi atacado por tropas rebeldes e caiu. Começou uma grande mobilização militar de ambos os lados. Três dias depois, Lincoln anunciou que a União estava sofrendo uma revolta armada, e convocou 75 mil voluntários. Seu chamado foi geral, por isso, representou um momento de decisão para todos os estados: unir-se ou não à União. Uma decisão que separaria famílias e vidas para sempre. Entre os recrutados estava o irmão militar de Whitman, George, de quem se aproximou bastante nessa época.

No quadro geral, o norte tinha amplas vantagens sobre o sul. Primeiro, pela diversidade e força de sua economia: 92% das indústrias ficavam no norte, além de reservas de matérias básicas como carvão, ferro e cobre e a maior parte do ouro. A malha ferroviária do norte possibilitaria deslocamento de tropas e suprimentos com muito mais facilidade até as portas do inimigo. O norte contava com 24 estados ao seu lado e 22 milhões de pessoas, além de 800 mil imigrantes recém-chegados da Irlanda e que reforçariam o exército da União. Também possuía uma vantagem populacional de 4 para 1 em relação ao sul. Este, aparentemente, estava em desvantagem. Os sulistas acreditavam tanto na dependência do mundo do algodão produzido ali que estavam certos de que outros países se uniriam à sua causa separatista para garantir seus interesses econômicos. A população dos onze estados confederados somava pouco mais de 3 milhões e meio de pessoas. Além dos 4 milhões de escravos.

Em abril a Virgínia, estado que faz fronteira com a capital da União, Washington, resolveu aderir aos Estados rebeldes. O problema é que os melhores oficiais do exército americano vinham dali. Entre eles, o general Robert E. Lee: convocado por Lincoln para liderar o exército americano, o oficial rejeitou a ordem e decidiu aderir ao sul. Alguns estados fronteiriços ficaram neutros. Maryland era o mais importante: como Washington fica neste estado, se ele também decidisse separar-se, a "cabeça" do país se separaria do resto. Os nortistas esperavam dar fim à "rebelião" o mais rápido possível. Só não esperavam a determinação sulista em se libertar das garras do norte. A estratégia, pelo menos por parte do sul, já estava definida: seria uma guerra defensiva, de emboscadas e guerrilha. Esperar o inimigo em seu próprio terreno. Achavam que poderiam fazê-los desistir pelo cansaço.

Os biógrafos de Whitman ressaltam que há pouca informação sobre os anos de 1860 a 1861, provavelmente porque Whitman não estivesse mesmo fazendo muita coisa. Seguia um hábito já antigo de visitar cocheiros doentes em hospitais, vítimas de acidentes de trânsito e bombeiros. Frequentava o restaurante Pfaff 's como sempre, mas como mero observador. No dia 13 de abril Whitman recebeu a notícia da secessão da Carolina num intervalo da ópera, e saiu às ruas para buscar mais informações. Como todos, foi pego de surpresa: "Nove entre dez pessoas dos estados livres olhavam a rebelião que começou na Carolina do Sul com um misto de desdém, e a outra metade com raiva e incredulidade" (Allen, p. 273). Todos no norte, inclusive Whitman, achavam que seria uma guerra curta, de no máximo três meses. Durou cinco anos.

Já no começo da guerra, a reação e o surpreendente poder de ataque dos sulistas espantaram e atemorizaram os nortistas. Liderados pelo gênio estrategista de Lee, e com especialistas em emboscadas e trilhas, os sulistas tornavam-se ainda mais perigosos. Além de Lee, o exército contava com um oficial de nervos de aço chamado J. "Stonewall" Jackson ("Muralha", segundo seus soldados, por ter se comportado com uma frieza impressionante nas campanhas). Em 21 de julho, na batalha de Bull Run, os confederados rebeldes obtiveram uma vitória humilhante sobre as tropas do norte, que, atordoadas, foram obrigadas a bater em retirada para Washington. Um exército de maltrapilhos e soldados exaustos inundou as ruas da capital. Whitman descreveu esse dia como um dos mais tristes da história dos Estados Unidos. O medo se espalhou na capital: se o sul decidisse avançar, poderia tomar a cidade. No dia 21, novamente nos campos de Virgínia, os exércitos do norte levavam outro duro castigo, saindo derrotados na batalha de Ball's Bluff. No dia 1º de novembro, Lincoln decidiu trocar o comandante em chefe, assumindo George McCellan.

Nessa época, Whitman escreveu um poema de guerra na melhor tradição agressiva anglo-saxã: "Beat! Beat! Drums!" ("Batam! Batam! Tambores!"). Como o título sugere, Whitman queria carga total sobre os rebeldes, e foi publicado num jornal e numa revista de destaque. Da família, Andrew provavelmente se alistou por pouco tempo. Whitman não foi convocado por causa da idade. Tinha 42 anos mas, seguindo a herança genética do pai, parecia bem mais velho (Allen, p. 275). Nessa época, Whitman começou a visitar hospitais de soldados feridos e começou o duro aprendizado da guerra e de seu sofrimento. Fez campanhas e coletas para conseguir fundos para um hospital, colaborou para alguns jornais e escreveu várias reportagens. Nessa época, Whitman teria tido um caso com uma moça chama Ellen Eyre. Mas, em julho de 1862, ele anotou em seu caderno mais uma conquista: um jovem de 19 anos chamado Frank. As atenções de Whitman, no entanto, se voltavam para seu irmão, que participava das batalhas mais sangrentas da guerra.

Enquanto isso, a União tentava colocar em prática a sua estratégia de guerra: bloquear toda a costa sul do país, impor embargo econômico, fechando os portos e derrotando o inimigo pela falta de matéria-prima e outros produtos básicos. Conquistar o rio Mississippi e dividir os estados confederados em dois, tomando conta das ferrovias dessa área. Conquistar Richmond, a capital confederada, e de lá partir para o sul. Finalmente, "estrangular" o inimigo com as tropas federais vindas do Mississippi. Isso, no entanto, não seria coisa de alguns meses, como supunham. Em pouco tempo, o bloqueio naval começou a dar resultados. O sul não podia mais exportar seus produtos, nem comprar manufaturas e material militar. Isso era um problema, pois existiam poucas indústrias e fábricas no sul.

O teatro de guerra, assim, foi dividido em dois: a oeste e a leste das montes Apalaches. O defensivista e precavido general McCellan ficou responsável pelo leste, conseguindo organizar e revigorar o espírito das tropas. O lado oeste estava a cargo do general e futuro presidente Ulysses Grant, responsável pela conquista dos rios Ohio e Missouri (lembremos da importância estratégica dos rios nesta guerra). Com três vitórias consecutivas, Grant abriu caminho para uma penetração mais rápida para o extremo sul. Só que não contava com um certo general Forrest, que conseguiu escapar e reorganizar suas tropas. Descendo o rio Tennessee, Grant foi derrotado pelo general Johnston. Com a morte deste, Grant retomou a ofensiva e conseguiu debandar as forças sulistas da área. Outras forças lutavam ao norte e sul do Mississippi, estratégico para ambos os lados. New Orleans foi conquistada. O objetivo de Grant passou a ser a tomada de Vicksburg. No fim de 1862, a União já havia conseguido rachar as forças sulistas ao meio. Mas no teatro leste, o sul estava dando muito trabalho.

Tropas da União durante manobras militares.

Em 1862, Lee assumiu o comando das tropas rebeldes na Virgínia. Em 16 de fevereiro, Grant conquistou no sul outro ponto estratégico, o Fort Nelson, no Tennessee. Na batalha de Shiloh, as tropas do governo acabaram "vencedoras", mas a um alto preço para ambos os lados: em dois dias, morreram 11 mil soldados confederados e 13 mil soldados da União. Em 9 de agosto, "Muralha" aniquilou as tropas da União na batalha de Cedar Mountain, na Virgínia.

Em abril, McCellan decidiu finalmente atacar a capital confederada, Richmond, conseguindo posicionar suas tropas perto da cidade. Porém, decidiu esperar reforços, o que foi um erro. Tinha 70 mil soldados. Stonewall Jackson, no entanto, brilhante estrategista, conseguiu com apenas 18 mil homens derrotar as tropas na região. Ao mesmo tempo, ameaçava avançar para a capital do país, Washington. Na capital confederada, as tropas sulistas desferiram contra-ataques fulminantes contra McCellan, que foi obrigado a recuar. Um dos generais nortistas, Pope, insistiu em conquistar Richmond e fez uma investida militar desastrada. Foi perseguido pelas tropas de Lee e Jackson e derrotado perto da cidade de Washington, que entrou em pânico. Com moral alta, o sul tentava reconquistar o terreno perdido no sul e avançar sobre Maryland.

Um confronto sangrento ocorreu nos campos de Maryland, de 16 a 18 de abril de 1862, na famosa batalha de Antietam (23.100 mortos). McCellan estava em vantagem. Lee bateu em retirada mas, mesmo levando boa parte de seu exército, McCellan desistiu de perseguir Lee e suas tropas exaustas. Em 4 de setembro, Lee avançou sobre Maryland com 40 mil homens, confiante de que podia derrotar os 70 mil soldados de McCellan.

No dia 23 de setembro Lincoln proclamou a Emancipação, abolindo a escravidão nos estados rebeldes mas não nos estados de fronteira ou que foram reconquistados.

De 11 a 15 de dezembro, as forças sulistas e nortistas se enfrentaram em Fredericksburg, ao longo do rio Potomac, de importância estratégica vital por ser um corredor natural entre ambas as capitais. Burnside, general nortista, ocupou e engrossou a vizinhança de Falmouth com suas tropas. 172.504 soldados foram engajados nessa campanha (o norte, com 100.007; o sul, com 72.497). Lee, espertamente, entrincheirou suas tropas nas colinas ao redor de Richmond. Sob fogo pesado, os nortistas tentaram atravessar o rio. Decidiram por um ataque frontal, que se mostrou suicida, com grandes perdas. Resultado: 17.929 vidas no total, a maioria de nortistas. Os confederados tinham conseguido outra vitória, mantendo os exércitos sulistas a distância. As chuvas torrenciais atrapalhavam ainda mais os planos do norte.

Ainda atordoado por todos esses acontecimentos, em dezembro de 1862 Whitman recebeu a notícia que todos da família temiam: seu irmão George havia sido ferido na batalha de Fredericksburg no dia 13 de dezembro. Aos 43 anos, o poeta partiu imediatamente para Washington.

Depois de quatro dias de uma viagem turbulenta, em que foi assaltado, chegou sem nenhum dinheiro em Washington. Durante dias a aflição apenas aumentou: Whitman não conseguia encontrar seu irmão em nenhum dos quarenta hospitais militares improvisados na cidade. Descobriu que o regimento do irmão estava acampado justamente em Falmouth, perto de Fredericksburg. Munido de um passe militar, e depois de uma viagem cansativa, primeiro de navio e depois de trem militar, Whitman conseguiu chegar ao *front*. Logo na entrada do acampamento, uma imagem marcou Whitman para o resto da vida: uma enorme pilha de membros humanos amputados. George, felizmente, havia sido ferido levemente e continuaria a lutar. Whitman decidiu ficar com o irmão.

Nas duas semanas que permaneceu com George, o poeta conheceu a arena de guerra *in loco*, e usaria essa experiência num futuro livro, *Memoranda During the War* (1875-76). Escreveu para Emerson relatando o plano:

> Desejo e tenho a intenção de escrever um pequeno livro sobre esta fase da América, seu jovem contingente masculino, sua conduta sob as mais duras e altas exigências, que ela, como se levantasse uma pontinha da cortina, me deu salvo-conduto para ver a América já no hospital em sua tenra juventude — aqui traduzida e depositada nesse grande sepulcro branco que é Washington — (essa capital da União sem um mínimo de coesão — essa coleção de provas de como pode deteriorar-se tanto e tão depressa uma boa raça) (Zweig, p. 347).

Whitman também se horrorizou com o contraste entre a massa de políticos bem-vestidos, aproveitadores de todo tipo que chegavam todos os dias à capital, com a realidade dura e chocante da guerra. Visitou os palcos de batalha depois dos confrontos, com carnificina por toda parte. Numa manhã, viu três cadáveres cobertos diante de sua tenda: um velho e um jovem mortos, tema de outro poema futuro. No meio do caos, Whitman despertou para a necessidade de ajudar de alguma forma. Nos dias em Falmouth, chegou a buscar corpos no campo de batalha, recolheu relatos (que ele usaria em seu livro e em poemas), animou as tropas com seu carinho e magnetismo, ganhando a simpatia de todos os soldados. Também se impressionou com a forma como o agora capitão George era respeitado pelos subordinados. O irmão de Whitman participaria das campanhas mais sangrentas da guerra, e sobreviveria a muitas delas por milagre. Whitman voltou a Washington em 28 de dezembro. Decidiu ficar e se oferecer como voluntário nos hospitais da cidade, além de correspondente de guerra. Arranjou um emprego de copista e alugou um minúsculo dormitório.

Sobre esse período importante na vida de Whitman, escreveu Paul Zweig: "Os hospitais de Washington foram o início de um final longo, muitas vezes comovente, para Whitman. Lá ele perdeu a saúde enquanto ainda estava no vigor da idade. Lá, também, fez amigos novos que vieram ao seu auxílio, de um modo que seus amigos em Boston nunca fizeram". Nos próximos quatro anos ele se dedicaria a visitar e confortar o enorme contingente de feridos que chegavam dos campos de batalha. Como os médicos eram insuficientes, atendimento individual ou psicológico era raro. Whitman percebeu que as cartas que escreveu para os soldados (e que ele se comprometia a enviar às famílias) tinham efeito psicológico importante para eles. Feridos e moribundos, longe de casa e no meio do inferno, qualquer gesto humano e de solidariedade era precioso. Começava uma verdadeira reviravolta em sua vida. Cenas como amputações em condições terríveis, vagões chegando à cidade com corpos de mortos e feridos empilhados sob a chuva eram comuns. Nos próximos anos a morte e o sofrimento seriam os companheiros diários de Whitman. Na edição de 1855, é surpreendente depararmos com versos premonitórios como os de "To Think of Time" ("Pensar no Tempo"): "Quando a mão fiel dos vivos não desertar as dos que estão morrendo,/ Quando os lábios contorcidos pressionarem de leve a testa do moribundo,/ Quando a respiração parar e o pulso do coração parar,/ Então os membros do cadáver estirados na cama, e os vivos olhando pra eles,/ São tão palpáveis como os vivos são palpáveis".

Primeiro como voluntário e depois como enfermeiro independente, Whitman visitou e tomou conta de milhares de soldados feridos nos campos de batalha naqueles anos. (No pós-guerra, continuaria voluntário e enfermeiro, visitando pessoas que ele havia atendido.) A presença daquele "velho" sábio e carinhoso, de profundos olhos azuis e sempre de chapéu, trazia alegria e conforto para quem estava morrendo nos hospitais e acampamentos. O ar de Washington havia sido assolado por epidemias, como febre tifoide e diarreia. Os hospitais eram verdadeiros chiqueiros e açougues humanos. Durante a Guerra Civil, com toda a sua carnificina, mais gente morreu em decorrência das condições de higiene dos hospitais, enfermarias improvisadas, do que de ferimentos de guerra. O uso de uma nova tecnologia de destruição humana, a temível caixa-metralha, era a causadora da maior parte das mortes e ferimentos, pois lançavam as balas de canhão que se fragmentavam ao tocar o chão (o próprio George havia sido ferido no rosto por uma delas).

Nesse cenário de holocausto, Whitman fazia tudo o que estava a seu alcance: pequenos gestos humanitários e presentes para os soldados, que passariam a admirá-lo como um pai ou irmão. Escrevia cartas para os soldados e os encorajava. Lia para eles (a *Bíblia*, poemas, histórias infantis). Recolhia dinheiro de amigos e gastava o pouco que ganhava como copista para comprar objetos de uso pessoal, presentes, cigarros, frutas, selos, papel, doces e outras necessidades para os soldados. Prestava serviços, contava histórias e piadas, tornando um pouco mais leve o ambiente. Suas tarefas iam de ajudar um ferido a se vestir até passar madrugadas dando assistência psicológica para os traumatizados de guerra e moribundos, na maioria jovens. Como não relacionar essa experiência com a do *voyeur* de "Os Adormecidos"?

> Vagueio a noite inteira em minha visão,
> Pé ante pé .... rápida e silenciosamente pisando e parando,
> Me debruçando de olhos abertos sobre os olhos fechados dos adormecidos ;
> Errante e confuso .... perdido de mim .... de cá pra lá .... contraditório,
> Pausando e encarando e me debruçando e parando.
>
> Como parecem solenes, estirados e quietos ali ;
> Como respiram quietas, as crianças nos berços.
>
> Os aspectos desgraçados dos entediados, a feição pálida dos cadáveres, as faces
> lívidas dos bêbados, a face cinza e doente dos onanistas,
> Os corpos retalhados nos campos de batalha, os loucos em seus quartos de portas
> maciças, os idiotas sagrados,
> Os recém-nascidos emergindo dos portões e os mortos emergindo dos portões,
> A noite os penetra e os envolve.

Durante a guerra, também em Washington, Whitman conheceu o cocheiro Peter Doyle, que será seu melhor amigo nos próximos anos. Com Doyle, teria um longo relacionamento amoroso. Também havia feito um grupo de amigos com os quais podia discutir, beber e se divertir. No entanto, foi nesse período de luta que sua saúde, da qual tanto se orgulhava, começou a definhar. A aparência de Whitman estava então mais para um avô de alguém do que a do jovem desafiador e saudável da imagem da primeira edição, de 1855. Muitos soldados gostavam de Whitman pelo seu jeito simples de se vestir. Com suas barbas longas e agora totalmente brancas, parecia mais um velho lobo do mar, um pioneiro do *far-west* ou caçador de ouro. A verdade é que anos de *stress* diário com a guerra e em contato com os feridos nos hospitais, mais a energia que suas visitas despendia, minaram sua saúde. Em março de 1863 ele reclamou, em uma de suas inúmeras cartas para a mãe, que sentia tonturas e fraqueza. Dizia que era pelo excesso de sol que tomava nas suas idas e vindas pelos hospitais da cidade. As condições sanitárias de Washington, então no olho do furacão da guerra, além do fato de Whitman ter o costume de abraçar e beijar os soldados, o expusera a todo tipo de doenças. Dez anos depois, Whitman teria um derrame que o paralisaria.

Bem perto dali, a guerra continuava, e o norte continuava levando a melhor. Em consequência, mais mortos e feridos chegavam às ruas e hospitais de Washington, e mais trabalho para Whitman.

De 30 de abril a 6 de maio de 1863, o general Lee derrotou o exército do norte na campanha de Chancellorsville, com 154.734 homens envolvidos no conflito. Foi a maior vitória de Lee, mas a um alto preço: além da perda de "Muralha" Jackson, 10 mil confederados morreram (cerca de 14 mil do lado nortista). Em junho, Whitman registrou em seu diário o caos da cidade. Nas cartas à família, descreveu hospitais lotados e cenas horríveis. Contou de uma pessoa que, passando por uma tenda onde uma pessoa estava sendo operada, ficou tão horrorizada que desmaiou e morreu. Nas enfermarias, entre corpos de jovens varados por metralhas e agonizantes, Whitman estabelecia uma ligação afetiva com "esses bons rapazes americanos". Era um enfermeiro nato: "Os médicos me dizem que proporciono aos doentes um medicamento que todas as suas drogas & vidros & pós são incapazes de produzir".

Mas a batalha mais sangrenta e feroz ainda estava por vir. A campanha de Gettysburg, nos campos da Pennsylvania, nos primeiros dias de julho, foi o começo da virada para o norte e determinante para sua vitória. Foi também a última tentativa de Lee em disputar a Virgínia e avançar rumo ao norte para tomar Washington. Lee arriscou tudo nessa campanha. A União tinha posição estratégica de vantagem, já que em Gettysburg os soldados estavam fortificados (o que não acontecera em Fredericksburg). Numa atitude estratégica suicida, o general Pickett foi obrigado a avançar com seus 15 mil soldados pelo miolo das tropas de Mead, que mantiveram posição e conseguiram revidar o ataque de Lee, com grandes perdas confederadas. Em desvantagem numérica e de terreno, Lee foi forçado a retirar suas tropas para a Virgínia. Segundo historiadores, a fila de feridos se espalhava por mais de 22 quilômetros. Mead, no entanto, perdeu novamente a chance de caçar Lee em desvantagem. Saldo de três dias de batalha: o sul perdeu 28 mil vidas e o norte, 23 mil.

No sul, no dia 4 de julho, a União conseguiu outra grande vitória sob o comando de Grant, com a rendição de Vicksburg. Nessa batalha, o general ganhou o apelido de Ulysses "Rendição Incondicional" Grant. O norte começava a vencer. Num dos vários artigos que publicou em jornais sobre a guerra, o enfermeiro Whitman escreveu o horror dos campos de batalha de Gettysburg e dos hospitais improvisados: "A morte não é nada aqui". "A luta fratricida torna-se cada vez mais desumana. [...] O *Inferno* de Dante, com todas as suas dores, seus tormentos imundos, não ultrapassa o espetáculo dessas prisões... e os mortos... os mortos... os nossos mortos." Whitman escreveu à mãe que, pelos seus cálculos, havia cerca de 20 mil feridos chegando aos hospitais de Washington. E completou: "Mãe, o coração de uma pessoa fica doente com a guerra, afinal, quando você vê o que é a guerra de verdade". Durante a guerra, a produção literária de Whitman se restringiu a cadernos com anotações sobre hospitais e poemas de guerra. Na realidade da morte, nem as imagens mais violentas de *Folhas de Relva* se comparariam ao que ele presenciou ali. Em outros trechos, ele tem uma premonição dessas experiências, como em "Canção de Mim Mesmo": "A agonia é uma de minhas mudas de roupa ;/ Não pergunto pro ferido como ele se sente . . . . eu viro o ferido,/ Minha dor se volta para mim, lívida, enquanto me apoio na bengala e observo. [...] Outra vez os atacados respondem com canhões./ Participo . . . . vejo e ouço tudo,/ Os gritos e maldições e o rugido . . . . aplausos quando o tiro é certeiro,/ A ambulância passando lentamente deixando um rastro vermelho,/ Trabalhadores examinando o estrago, consertando o que é preciso,/ Granadas caindo pelo rasgo da tenda . . . . explosão em forma de leque,/ Zumbido de membros cabeças pedras madeira e ferro flutuando no ar". Isto havia sido escrito há quase dez anos.

Em 23 de julho de 1864, deprimido e com saudades da família e dos velhos amigos de Nova York, Whitman decidiu voltar para o Brooklyn, onde ficou por meio ano. Continuou a participar de coleta de fundos para os hospitais e a preparar a publicação de *Drum Taps*. Em Manhattan, conseguiu se divertir e fazer os velhos passeios e programas que costumava fazer nos anos 1840 e 1850. Atravessou a barca do Brooklyn, passeou pela Broadway, conversou com todo tipo de gente. Mas a guerra havia transformado Whitman num outro homem. Isso é possível perceber no seguinte comentário sobre uma festa a que compareceu naquele ano: "Esta noite, belas mulheres, perfumes, a doçura do violino, a polca e a valsa; então, as amputações, as faces azuladas, os gemidos, os olhos vítreos dos que morriam, os trapos ensanguentados, o odor das feridas e do sangue, e muitos homens entre estranhos, morrendo ali sem assistência" (Zweig, p. 345). Com George no campo de batalha e Whitman ganhando quase nada, além de estar envolvido com os hospitais, a situação financeira e o equilíbrio familiar descambaram para cenas de violência doméstica e alcoolismo. Andrew morreu em 3 de dezembro de 1863, mas Whitman já havia voltado para Washington. Jesse, dia a dia, se tornava mais insano, e acabaria morrendo num hospital de lunáticos em dezembro de 1864.

Em 1865 Whitman voltou a Washington, para continuar seu trabalho nos hospitais. Assistiu à reeleição de Lincoln e conseguiu um emprego "fantasma" no Departamento de Interior. Foi despedido no mês seguinte, quando seu patrão encontrou uma cópia de

Folhas de Relva, que considerou "um livro indecente", despedindo-o por isso. Em agosto, conseguiu outro emprego no Departamento de Justiça. Distante dali, chegavam notícias de um massacre de índios no Colorado. Mas ninguém tinha tempo para pensar na situação indígena com uma guerra em pleno auge.

Em março, Grant assumiu finalmente o comando-geral das tropas da União. Eram os movimentos finais da guerra. Em maio, o norte venceu o sul na batalha de Wilderness. Em 5 de agosto, forças navais tomaram o porto estratégico de Mobile Bay, no sul. Em 2 de setembro, o sanguinário general nortista Sherman tomou Atlanta e avançou em direção ao sul, deixando um rastro de destruição. Chegou a Savannah nos últimos dias de 1864. Em fevereiro, as cidades de Columbia e Charleston, na Carolina do Sul, capitularam. No fim de fevereiro, o último porto ainda em poder dos confederados foi conquistado. Em 1º de abril, o general Sheridan revidou um ataque confederado na batalha de Five Forks (Virgínia). Foi a última grande batalha da guerra.

Finalmente, no dia 3 de abril de 1865, o norte conquistou Richmond, capital dos confederados. Cinco dias depois, na Suprema Corte de Appomattox, a guerra terminava oficialmente, com a rendição de Lee ao general Grant. Num gesto de nobreza, Grant permitiu que cada soldado voltasse para casa com seu cavalo e sua arma. O norte, que havia mobilizado 2 milhões e 324 mil soldados, teve 360 mil mortos. O sul, com pouco mais de 1 milhão de soldados, perdeu 260 mil. Custo total da guerra: cerca de 1 milhão de mortos e feridos, sem contar os civis.

Naquele ano, a escravidão foi abolida em todos os Estados Unidos. O fim da guerra não significou o fim do ressentimento entre norte e sul. Pelo contrário, ele continuaria por muitos anos ainda. Depois de uma experiência tão traumática, inclusive para Whitman, era esperado que ambos os lados achassem estar com a razão. Nos próximos anos a grande tarefa da nação seria reconstruir o país depois do holocausto e restaurar a União. Os anos seguintes à guerra também foram os anos de maior corrupção em todos os âmbitos da vida nacional. Anos de fluxo extraordinário de imigração, de industrialização e explosão urbana. Whitman, cansado de guerra, voltou ao Brooklyn e decidiu passar um tempo com a mãe. No dia 14 de abril, durante a apresentação de uma peça, o presidente Lincoln foi assassinado por um ator e simpatizante sulista. O poeta, que o admirava fervorosamente, escreveu "When Lilacs Last in the Dooryard Bloom'd" ("Quando os Lilases Floresceram Junto à Porta pela Última Vez"). Umas das mais belas elegias da poesia americana, o longo poema de 206 versos é considerado um dos últimos momentos altos da carreira de Whitman como poeta.

4.4. OS ANOS FINAIS

Em 1865, Whitman já havia escrito sua grande obra. Com o passar dos anos, ele se tornaria um poeta de ocasião e viveria mais e mais de sua pequena fama literária. Um de seus piores vícios era a autoimitação. Naquele ano, o próprio Whitman, se autodefinindo como um semiparalítico, previu que sua carreira começaria a declinar depois da publicação

Whitman nos anos 1860.

dos poemas de guerra *Drum Taps*. Como ele confidenciou a seu ex-editor Charlie Eldrige: "Vou alcançar o topo de minha vida & capacidade nesses próximos anos, e depois vou declinar rapidamente". Estava certo. O *stress* da guerra e os anos em contato com as condições precárias dos hospitais o envelheceu rapidamente, exaurindo suas energias. Na segunda metade dos anos 1860 um evento importante para a difusão de sua obra foi a quarta edição de *Folhas de Relva* e, em 1868, a primeira publicação na Inglaterra de uma coleção de seus poemas. Mas os próximos 24 anos seriam anos difíceis e tristes para o poeta. Virtualmente ignorado em seu próprio país, ridicularizado com frequência como poeta e figura pública, ora celebrizado mais por sua "excentricidade" do que por sua obra, só nos anos 1880 Whitman ganharia mais reconhecimento nacional, principalmente depois de seu triunfo na Inglaterra. Na Ilha, sua poesia foi saudada e admirada por gênios como Oscar Wilde, Tennyson, Swinburne (que depois mudou de opinião sobre sua poesia) e Rosseti. Como escreveu seu biógrafo Paul Zweig:

> a guerra não foi apenas um final, mas também um começo: foi o começo de sua velhice; o começo de sua lenda pública, e sua postura defensiva, cristalizada no "bom poeta grisalho", um bardo sutilmente piedoso que representava o sentimento religioso integral e o progresso. Esse foi o Whitman que William Rosseti ajudou a tornar famoso na Inglaterra, possibilitando a aceitação de má vontade de Whitman na América em suas últimas décadas. Foi o Whitman que todos nós viemos a conhecer, com sua barba grisalha e seu otimismo cristalizado (Zweig, p. 354).

Em 1870 Whitman publicou *Democratic Vistas*, uma coletânea dos ensaios que publicara em jornais no pós-guerra. Passou algumas semanas no Brooklyn, onde fez passeios pelos lugares em que costumava brincar e vadiar quando era criança. No ano seguinte veio a quinta edição de *Folhas de Relva*. Separadamente, publicou "Passage to India", com poemas curtos tirados de *Folhas*. Foi o último grande momento de sua poesia, sobretudo pela presença do poema-título, uma peça otimista sobre o futuro da humanidade. "Passagem para a Índia" celebrava o progresso e, curiosamente, projetava um mundo muito próximo do atual: o poema descrevia uma "aldeia global" marcada pela velocidade, com a terra mapeada completamente e "conectada por rede", "as distâncias tornadas próximas" pela comunicação e por "fios", com "todas as terras unidas". Mas quase nada do que escrevia parecia acrescentar algo ao que ele já havia escrito. Biógrafos observavam um enfraquecimento mental de Whitman nesses anos. Precisando de dinheiro, aceitou 100 dólares para escrever um poema sob encomenda para a abertura do American Institute. O poema era ruim, uma paródia de seu próprio estilo. A apresentação foi um fiasco e ele acabou ridicularizado pela imprensa. Até o fim de sua vida, sofreria ataques de críticos gozando dos maneirismos de sua poesia, como se fosse uma emulação daquilo que eram conquistas originais e frescas na edição de 1855. Também envolveu-se numa desgastante polêmica em jornais sobre sua recepção na Inglaterra e criticou sua marginalidade nos Estados Unidos, o que causou ainda mais restrições à sua poesia. Nessa época começou uma longa correspondência com uma admiradora, a viúva inglesa Anne Gilchrist, que havia se apaixonado por ele. Nesse período acabou brigando com seu melhor amigo e defensor, William O'Connor.

Em 23 de janeiro de 1873, Whitman sofreu o primeiro ataque de paralisia: "Então, no entanto, descobri que não podia me levantar — nem me mover", anotou numa carta para o dr. Richard Bucke. Escreveu para a mãe: "Tive um derrame ou paralisia no meu lado direito, especialmente na perna". O ataque, segundo os médicos, seria resultado de trauma de guerra ou de perturbações emocionais e afetivas. A partir daí, Whitman ficaria semi-inválido para o resto da vida.

Whitman retirou-se para Camden, New Jersey, que seria sua casa até sua morte. Em maio, seu estado melhorou e conseguiu visitar a querida mãe, Louisa, que estava morrendo. Sua perda foi devastadora para Whitman. Uma carta de um de seus poucos amigos íntimos, Charles Eldrige, mostrava seu estado de espírito nesse período, quando o poeta tinha apenas 54 anos: "O fato é, começo a duvidar se Walt vai se recuperar, e estou apreensivo quanto a outro ataque... Ele é só uma ruína física do que era... É um infortúnio terrível, um dos espetáculos mais tristes que já vi. Seus poderes mentais parecem estar ainda vigorosos, o que é a melhor parte em seu caso, mas acometido de tamanha fraqueza física, a ponto de não poder andar uma quadra sem descansar — é uma pena. Ver tamanha mudança em seu vigor, saúde e resistência é uma coisa melancólica" (Allen, p. 473). Whitman passou o ano praticamente solitário em sua casa em Camden, comunicando-se apenas por cartas e recebendo uma ou outra visita.

Em 1874 sua saúde melhorou e a situação financeira piorou. O que ganhava, seja escrevendo para jornais ou em direitos autorais, era pouco. No ano seguinte seus amigos tentaram conseguir algum dinheiro do governo pelos serviços prestados na guerra. O fato é que Whitman sobrevivia nessa época graças a esparsas publicações em jornais e revistas, ou de contribuições pequenas dadas por amigos e admiradores de sua poesia. Em 1875, esperando ser nomeado poeta oficial para as comemorações do centenário da Independência, ficou frustradíssimo ao ser preterido por um admirador seu, o poeta Bayard Taylor.

No ano seguinte, Whitman publicou *Two Rivulets* e mais uma edição de *Folhas de Relva*. Anne Gilchrist mudou-se para a Filadélfia para ficar perto do poeta e lhe propôs casamento, sendo recusada. Whitman começou um programa de reabilitação e exercícios físicos na fazenda da família Stafford, perto de Camden. No ano seguinte, começou a se locomover um pouco melhor, apesar de arrastar a perna esquerda. Visitou Manhattan, viajou pelo rio Hudson para visitar seu velho amigo e biógrafo John Burroughs.

O ano de 1879 foi marcado pela segunda viagem importante de Whitman pelos Estados Unidos: viajou para encontrar seu irmão preferido, Jeff, que estava morando em St. Louis com a mulher e filhos. Pela primeira vez Whitman conheceu o oeste, indo além do Mississippi e se maravilhando com o deserto e cidades como Topeka, Denver e as Montanhas Rochosas. Mas a segunda maior viagem da sua vida virou um fiasco. Sem um tostão para voltar para Nova York, ficou "retido" em St. Louis até receber um empréstimo de seu editor, James Fields.

No ano seguinte, Whitman visitou Bucke (que se tornaria um importante defensor de sua poesia), em Ontário, no Canadá. Acabou ficando quatro meses. Entre outros lugares, conheceu Toronto, reviu o Lago Ontário e as cataratas de Niágara, que ele havia conhecido com o irmão Jeff décadas antes. Para alguém que viajava tanto em sua poesia, é irônico que esta tenha sido a primeira e única viagem de Whitman ao exterior.

Em 1881, o poeta foi para Concord visitar a primeira pessoa a apostar em sua poesia, o filósofo e poeta Ralph Waldo Emerson, então já bastante doente. Whitman relatou o encontro memorável em *Specimen Days*, publicado no mesmo ano. Ironicamente, meses antes Whitman havia escrito um ensaio negativo sobre Emerson. A conversa girou em torno dos parceiros transcendentalistas David Henry Thoreau e Margaret Fuller. No dia seguinte, 19 de setembro, o presidente James Garfield foi assassinado (Whitman havia conhecido Garfield nos anos 1860, quando morou em Washington). Em Camden, recebeu a visita de um admirador muito especial, Oscar Wilde. Então com 27 anos, o esteta Wilde estava fazendo uma turnê pela América. Poderíamos imaginar que o defensor da "arte pela arte" não se entenderia com Whitman, defensor de uma poética mais "rude", "espontânea", vitalista. Pelo contrário, os dois se entenderam muito bem, conversaram por duas horas, beberam vinho barato, com Wilde prometendo voltar para visitar "o mais grego dos poetas americanos" (Loving, p. 411): "Antes de deixar a América preciso vê-lo novamente. Não há ninguém neste vasto mundo da América a quem eu ame e honre tanto".

Em 1882, estava tudo certo para que *Folhas de Relva* tivesse uma nova edição. No entanto, a Osgood Company, de Boston, recebeu uma ameaça de processo se publicasse o livro sem os cortes de trechos considerados "ofensivos", quase todos da primeira edição. Whitman negou fazer qualquer corte, pediu as pranchas e publicou ele mesmo uma "edição do autor". Em 1883 fez uma visita, na companhia de Burroughs, a Ocean Grove, New Jersey. Passou boa parte do tempo, nos meses seguintes, revisando e reescrevendo o livro de Bucke, *Walt Whitman*, uma mistura de biografia e estudo crítico, publicado no mesmo ano.

Whitman em sua charrete.

Em 1884, o poeta comprou uma casa no número 328 da Mickle Street, a primeira de sua vida e onde passaria os últimos anos. Foi feita uma coleta para conseguir comprar um cavalo e uma charrete, uma vez que ele já estava incapaz de andar. Nos anos seguintes, sua saúde foi declinando. Ele passou a viver basicamente de uma ou outra palestra que amigos lhe conseguiam, escrevendo artigos para jornais e revistas, mas sobretudo de donativos. Passava a maior parte do tempo recluso em casa, recebendo visitas de amigos e admiradores, principalmente do assíduo Horace Traubel, seu biógrafo.

Whitman foi convidado, em 1886, para dar uma conferência em Nova York. Centenas de pessoas prestigiaram o evento, entre elas celebridades como Mark Twain e James Russell Lowell. No mesmo ano, viajou para Montauk Point, Long Island. Foi um ano em que deu várias conferências para levantar algum dinheiro, e sempre com público excelente. Em dezembro, circularam notícias de que Whitman, além de doente, estava morrendo de fome, o que motivou novas doações ao poeta. Tentou-se novamente obter uma pensão pelos seus serviços prestados na guerra, sem êxito. No fim do ano, *The Poems of Walt Whitman*, numa edição barata feita por Rhys, Wesh and Company, foi publicada em Londres, onde sua fama já era conhecida, e acabou sendo um sucesso de vendas (Whitman não permitiu que o livro fosse vendido nos Estados Unidos). Limitado fisicamente, quando não estava trabalhando em casa, uma de suas poucas diversões era passear de charrete. Escreveu um texto a pedido sobre "Gíria na América" para a *North American Review*. Para vermos como Whitman assimilara a ideia da gíria como infração da norma culta, ele escrevia que a gíria era "o elemento fora da lei e germinal, debaixo de todas as palavras e sentenças, e atrás de toda poesia". E termina por fazer uma defesa da importância da etimologia para os poetas. Nessa época recebe uma encomenda para escrever um poema sobre o moribundo presidente Ulysses Grant, herói da Guerra Civil. Ironicamente, Whitman escreve o poema mas, com a repentina melhora do estado de saúde de Grant, é obrigado a incluir uma última estrofe. Em 29 de novembro recebeu a notícia da morte de sua grande amiga e admiradora Anne Gilchrist.

Whitman em sua casa em Camden, anos 1880.

O ano de 1887 foi o último realmente produtivo de Whitman. Apesar do relativo bom estado de espírito, os próximos anos em Camden seriam tediosos: a rotina da casa, mantida pela senhora Mary Davis, uma viúva, e por um enfermeiro, era quebrada apenas pelas visitas do biógrafo, que registrava as conversas diárias do velho poeta, além de eventuais visitas de admiradores.

Em junho de 1888, Whitman sofreu outro derrame. Quase morreu em novembro. Escrevia esporadicamente para o *Herald*, de Nova York. No ano seguinte, a cidade de Camden lhe deu uma grande festa de aniversário pela comemoração de seus setenta anos. Na ocasião, além dos elogios, dos discursos e do banquete, recebeu de presente uma cadeira de rodas.

No ano seguinte, Whitman publicou *November Boughs*. Em "A Backward Glance O'er Travel'd Roads" ("Um Olhar para Trás sobre Estradas Percorridas"), fazia uma retrospectiva de sua vida e de sua poesia: "Não ganhei a aceitação em meu próprio tempo,

Uma das últimas fotos de Whitman, em 1891.

mas tenho tido bons sonhos quanto ao futuro...". O valor de *Folhas de Relva*, escreveu, "será decidido em seu devido tempo". Reafirmava o valor experimental do livro, que ele comparava ao experimento americano. Faz, enfim, um último acerto de contas com a grande experiência de linguagem que foi seu livro, que ele foi retrabalhando, reescrevendo e ampliando durante toda a vida. "Isto não é um livro,/ Quem toca nele, toca num homem", como escrevera.

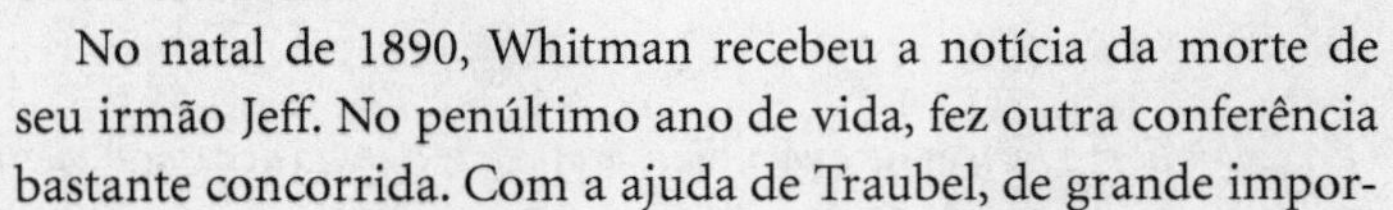

No natal de 1890, Whitman recebeu a notícia da morte de seu irmão Jeff. No penúltimo ano de vida, fez outra conferência bastante concorrida. Com a ajuda de Traubel, de grande importância para sua obra, em 1891 reuniu forças para escrever e organizar o livro *Good Bye, My Fancy*, além de preparar a edição final de *Folhas de Relva* (a "edição de leito de morte"). Esta trazia quase quatrocentos poemas, portanto bem mais ampla do que a primeira. Deve-se a Traubel, aliás, o registro praticamente diário dos últimos anos do poeta. Nos meses finais de 1891, Whitman fez seu testamento, comprou um terreno no cemitério e construiu um pequeno mausoléu, que reuniria também os restos mortais de outros membros da família. Em 17 de dezembro 1891, teve diagnosticada uma pneumonia.

Em 26 de março de 1892, às 6h43 de um sábado de chuva fina, Whitman chegava ao fim. Tinha 73 anos. A repercussão de sua morte foi imediata. Como escreveu Gay Wilson Allen em sua biografia, "é seguro dizer que em sua morte Walt Whitman recebeu mais espaço em jornais do que durante a vida inteira" (Allen, p. 541).

Na autópsia do poeta que, quarenta anos antes, gabava-se de sua saúde de ferro, os médicos descobriram que, além de pneumonia, Whitman tinha tuberculose, nefrite, esteatose hepática, pedra no rim, cisto adrenal, abcessos turberculares e paquimeningite. Algumas dessas doenças ele provavelmente contraiu durante a Guerra Civil, do contato com os soldados nos hospitais. Os médicos, no entanto, ficaram surpresos com o fato de ter sobrevivido a elas por tantos anos.

No dia 30 de março o poeta foi enterrado no Cemitério de Harleigh, em Camden.

> [...]
> Vou-me feito vento . . . . agito meus cabelos brancos contra o sol fugitivo, Esparramo minha carne em redemoinhos e a deixo flutuar em retalhos rendados.
>
> Me entrego à terra pra crescer da relva que amo,
> Se me quiser de novo me procure sob a sola de suas botas.

5

A poética de *Folhas de Relva*

Mais honra meu estilo quem com ele aprende a como destruir o mestre.

Whitman, "Canção de Mim Mesmo"

Como poucos, Walt Whitman foi capaz de absorver e combinar referências, estilos e procedimentos literários de um modo inovador. Sua genialidade antecede o grito de *Make it new*, como promulgaria Ezra Pound no começo do século XX. Foi o que ele fez. Já trazia embutida em sua poética a noção de sincronicidade tão cara aos modernos, a consciência da simultaneidade das obras literárias e de tudo mais na "hora do mundo". A fé na capacidade individual de criação e deciframento do mistério da existência impelem Whitman para uma defesa radical do ser humano e suas potências, possibilidades.

Se Whitman absorve formulações básicas do Romantismo, podendo ser visto como seu mais alto momento, suas descobertas no livro de 1855 prenunciam e antecipam os principais procedimentos e preocupações do Modernismo e das vanguardas do século XX. Entre eles, o impulso a uma poesia demótica, de linguagem ampla e variada; o poema longo em verso livre como forma adequada para captar a modernidade, através da construção de um épico da "hora do mundo". Uma nova concepção de *poesia* e de *poema*. De outro lado, experimentos com estados alterados de percepção, automatismo psíquico, livre associação de ideias, simultaneísmo. Retorno às culturas ancestrais, aproximação com filosofias orientais, e a preocupação com uma nova ecologia do ser humano. Ênfase na oralidade e materialidade sonoras. Ruptura com os decoros poéticos tradicionais. Absorção de linguagens "marginais" e temas tabus para dentro do poema, levantando questões de identidade e sexualidade.

A amplitude do legado de Whitman para a poesia contemporânea fica bem clara em afirmações como a do poeta e tradutor Clayton Eshleman. No primeiro item do ensaio que curiosamente leva o título de "O que há de americano na poesia americana?", ele escreve: "Nossa amplificação do panótico de Walt Whitman (frenologia, egiptologia, ópera, hinduísmo, o poeta como repórter e místico, amativo e adesivo,[1] refinado e anárquico) e sua 'estrada aberta': a democratização completa da pessoa, a liberação do impulso e do

[1] Amatividade e adesividade, termos da frenologia.

instinto da escravidão voluntária, uma linha dotada de uma nova respiração baseada no vernáculo e nas medidas naturais" (*Companion Spider, p.* 262).

Certa vez Whitman declarou a seu biógrafo Horace Traubel que o "segredo" de *Folhas de Relva* foi: "no arrebatamento, na pulsação, no fluxo do momento ter escrito as coisas deliberadamente. Sempre trabalhei assim" (Marki, p. 142). A afirmação é em parte verdade. Apesar de se apresentar como um "grosso", Whitman era um homem culto, um artista rigoroso e obsessivo: como vimos na parte 3 deste posfácio, as cadernetas de anotações e manuscritos que restaram da época em que a edição de 1855 estava sendo gestada provam que ele lapidava, editava e reescrevia trechos, até que ficasse satisfeito com o que e como estava sendo dito. Seu livro, mais adiante, se tornará um verdadeiro *bric-à-brac*, com remanejamento de seções, criação de novas, diferentes sequências de poemas. Ironicamente, nenhuma edição parece tão coesa e certeira como a primeira. Ao publicar aquele livro, já aos 36 anos, o veterano escritor e jornalista tinha os instrumentos e manhas de seu ofício entranhados em sua configuração mental. Por trás da "espontaneidade", anos de estudo e leitura, vivências, tentativas, acertos, fracassos. Sobretudo, uma intensa observação e absorção do mundo à sua volta. Por trás de cada fluxo e pulsação, todo um árduo processo de autoeducação: uma contínua reescritura, até achar o "ponto de bala" da trajetória da linha. As linhas e traços aparentemente simples e espontâneos dos mestres calígrafos zen também são resultado de anos de prática, disciplina, vida, meditação. Na poética da experiência de Whitman, a literatura era um componente da vida. Talvez seja mais correto dizer que linguagem e vida se fundiam no que ele chamou de "uma experiência de linguagem": *Leaves of Grass*.

Como vimos, se fossemos traçar as influências por trás da escrita de Whitman, nos depararíamos com uma multiplicidade de discursos, práticas, autores e culturas. Seu gênio esteve em dar novas potencialidades tanto às formas ancestrais como ao paralelismo da poesia bíblica hebraica, da poesia épica e da palavra cantada, da oratória e retórica e da linguagem das ruas, de artes como a fotografia e a ópera, do discurso político de seu tempo. No início dos anos 1850, especialmente em 1854 e 1855, ele já havia encontrado sua linguagem, sua maneira peculiar de expressão poética. Tinha incorporado em sua poesia, à sua maneira, técnicas e vivências muito diferentes entre si: difícil desprezar sua experiência como gráfico, construtor de casas, professor, *flâneur*, editor de jornais, militante político, ficcionista e editorialista. Essas experiências, e as díspares afinidades eletivas (de Emerson à frenologia) dão conta da complexidade do poeta e da poesia que temos aqui. Como escreve Reynolds: "Se *Folhas de Relva* foi o poema mais expansivo de seu tempo, continuando a máxima variedade de vozes e tópicos, isso se deu em grande parte por ter sido escrito por alguém que tinha, descaradamente, experimentado praticamente todos os gêneros que haviam sido popularizados por escritores americanos antes dele" (Reynolds, p. 106). O desafio de escrever o grande poema americano, ele sabia, era uma aventura de risco.

As linhas da poesia de Whitman também estão informadas pelos anos de atividade como repórter de rua e editor de jornal: a ênfase na "eternidade deste agora" tem muito a ver com a prática de um bom repórter ao captar um fato *in loco*. Ou de um místico em transe. Como se o poeta estivesse querendo passar suas mensagens "ao vivo":

> Ouvi o que os falastrões falavam .... a fala do começo e do fim, Mas não estou falando nem de fim nem de começo.
>
> Nunca existiu mais princípio do que este agora,
> Nem mais juventude nem velhice do que esta agora ;
> Nem vai existir mais perfeição do que já existe agora,
> Nem mais céu ou inferno do que existe agora.
>
> Gana, gana, gana,
> Sempre a gana procriativa do mundo.
>
> Da obscuridade avançam opostos iguais .... Sempre substância e crescimento,
> Sempre uma trama de identidade .... sempre diferença .... sempre uma espécie de vida.
>
> De nada vale elaborar .... instruídos e iletrados sabem que é assim.
>
> Certo como a certeza mais certa .... aprumado, bem escorado, firme nas vigas,
> Forte como um cavalo, carinhoso, orgulhoso, elétrico,
> Aqui estamos eu e este mistério.

Folhas de Relva também traz o leitor para dentro do poema. É o que ocorre, ironicamente, no poema intitulado "Canção de Mim Mesmo", onde ele e ela são convidados para uma verdadeira viagem de iniciação. Mas, quase no final, adverte: "Nem eu nem ninguém vai percorrer essa estrada pra você,/ Você tem que percorrê-la sozinho". O sucesso da performance do *self* criado pelo texto depende de o leitor ser ou não capaz de absorver e *responder* aos apelos da "metamorfose ambulante" que o poema apresenta (como em "Canção do Respondedor", p. 189). Ou, como escreveu Stephen Railton, principalmente em "Canção de Mim Mesmo", se considerarmos o poema como um épico do *self* sempre mutante, "não é um poema sobre 'o que aconteceu'; em vez disso, o próprio poema, como qualquer performance, é o que está acontecendo enquanto está sendo lido. O poema não tem um enredo. Ele é seu próprio enredo" (*The Cambridge, p.* 9).

Não podemos esquecer que, mesmo tendo escrito uma obra-prima intitulada "Canção de Mim Mesmo", ele era um poeta político, ou seja, público. Havia se engajado em causas reformistas como a Temperança e o Solo Livre. Em ideologias como comunismo, socialismo, anarquismo, além de movimentos libertários. Sem mencionar a doutrina quacre de "luz interior". Sua linguagem se engaja e dialoga corajosamente com seu tempo. Quebra tabus de decoro poético e social. Incorpora o seu país e suas mudanças, seus conflitos e contradições, mesmo correndo o risco de ser chamado de "Messias". O gênio de Whitman foi evitar, pelo menos nos poemas da edição de 1855, a panfletagem, uma poesia "engajada". Ao invés disso, ele parece desenvolver "um conceito de escrita *como* política, não *sobre* política", para usarmos uma expressão de Bruce Andrews (Poetry as Explanation, *The Politics, p.* 24). Seu engajamento é, antes de tudo, com o gênero humano. Se nos convida a entrar para algum partido, este seria o que ele chama de "gangues do kosmos". Sua intervenção seminal foi absorver em si e para dentro do poema, de forma *subversiva, inclusiva*, tudo o que historicamente a poesia havia deixado de fora. Foi apostar na ideia de poesia como resistência, contradiscurso. Como crítica da realidade, como instrumento de expansão da consciência e da liberdade.

A subversão de Whitman não está só em seus temas: está também na forma que ele encontrou para escrever, rompendo as convenções de seu tempo e instaurando a liberdade do poema. O fato é que ele conseguiu escrever sua poesia democrática e inimitável da única maneira que poderia ser: a sua.

Se Mallarmé escreveria em 1895, em seu *Quant au Livre*, que queria "purificar as palavras da tribo", com sua noção de livro como objeto sagrado, de uma linguagem "impessoal" e removida do caos e do corriqueiro, Whitman afirmava e punha em prática exatamente o contrário em 1855: para ele era preciso democratizar a linguagem, expandir seu léxico, torná-la mais "pessoal" e "suja", fazê-la mais aberta e vernacular, mais impura. Quanto mais pessoal, para Whitman, mais universal. Sua linguagem incorpora e equaliza os discursos à sua volta. Não é secreta nem para iniciados, mas igualitária, para toda a tribo. O poeta "dissolve todas as línguas na sua, e a entrega aos homens . . e qualquer pessoa pode traduzi-la, . . e qualquer pessoa pode-se traduzir". O que Whitman estava fazendo era construir uma contrapoética: oposição às ideias prontas e convencionais do que seja "poesia", religião, ser humano, sexo, "belas-letras", além da criação de um novo território onde "todas as palavras que existem em uso, tanto as ruins quanto as boas, são igualmente boas" (Rothenberg, p. 6). Quem tocasse aquele livro, Whitman escreveria mais tarde, estaria tocando *uma pessoa*. Como ele escreveu no Prefácio da edição de 1855:

> Mas falar de literatura com a perfeita integridade e espontaneidade encontradas nos movimentos dos animais e com o irrepreensível sentimento das árvores na floresta e da relva à beira da estrada é o triunfo infalível da arte. Se você já viu quem conseguiu isso viu um dos mestres dos artistas de todas as nações e de todos os tempos. Você não terá mais prazer em contemplar o voo da gaivota sobre a baía ou a ação impetuosa do puro-sangue ou a reverência esguia dos girassóis em suas hastes ou o surgimento do sol atravessando o firmamento ou o nascer da lua depois dele do que ao contemplar este mestre. O maior poeta não possui tanto um estilo marcante e é mais um canal de pensamentos e de coisas sem acréscimo nem diminuição, e é o canal livre de si mesmo. Ele jura à sua arte, não vou ser um intrometido, não

> terei em minha escrita qualquer elegância ou efeito ou originalidade que se coloque entre mim e o resto como cortinas. Não vou permitir que nada fique no caminho, nem as cortinas mais finas. O que eu digo eu digo exatamente como é.

Whitman, ao contrário de Stéphane Mallarmé, não "rejeita o mundo": adere a ele com todas as forças. Não se dedica à poesia como um "trabalho secreto", e sim como algo público:

> Tem uma coisa que é percebida agora e perpetuamente,
> Não aquilo que é impresso ou pregado ou polemizado . . . . escapa a uma
> polêmica e uma impressão,
> Não é pra ser posto num livro . . . . não está neste livro,
> É pra quem quer que você seja . . . . não está mais longe de você que sua
> audição e sua visão,
> Suas pistas estão nas coisas mais próximas e mais à mão e mais banais . . . . não
> são elas, embora sejam o tempo todo provocadas por elas . . . . O que é isto
> agora acessível e perto de você?

Além disso, a estrutura rapsódica e rizomática de *Folhas de Relva* também antecede, com sua sintaxe frequentemente convulsiva, por outras vias, a estrutura musical e gestaltiana de *Um Lance de Dados*. Mais tarde, os princípios poéticos anunciados pela poesia de Whitman e expressos em seus artigos, ensaios ou nos prefácios, estariam na raiz, por exemplo, de movimentos modernistas fundamentais como o imagismo de Pound e Amy Lowell ou ainda na importante teoria do "objetivo correlativo", de Eliot. Quando vemos os imagistas, no prefácio de sua antologia *Some Imagist Poets* (1915) defenderem uma poesia da "linguagem comum", "nunca decorativa", a criação de "novos ritmos — como expressões de novos modos de vida" — em que o verso livre implica em "liberdade poética", a ênfase na apresentação de "imagens singulares", na defesa da "liberdade temática", está se reciclando tudo o que Whitman já pregava em 1855. Como ele mesmo anota em seu caderno: "Regras de Composição: Um estilo perfeitamente transparente, cristalino, sem artifício, sem ornamentos . . . Clareza, simplicidade, nada de sentenças tortuosas ou enevoadas" (Waskow, p. 106).

Finalmente, com a dica de Poe em "Filosofia da Composição", pode-se suspeitar, ele parece ter aprendido a domar seu longo poema inicial, um risco que ele não podia correr àquela altura. Diz Poe:

> O que denominamos um poema longo é, de fato, apenas a sucessão de alguns curtos, isto é, de breves efeitos poéticos. É desnecessário demonstrar que um poema só o é quando emociona, intensamente, elevando a alma; e todas as emoções intensas, por uma necessidade psíquica, são breves. Por essa razão, pelo menos metade do *Paraíso Perdido* é essencialmente prosa, pois uma sucessão de emoções poéticas

> se intercala, inevitavelmente, de depressões correspondentes; e o conjunto se vê privado, por sua extrema extensão, do vastamente importante elemento artístico: a totalidade ou unidade de efeito.

Um dos desafios de Whitman, no plano compositivo e formal, era exatamente este. E a resposta foi "Canção de Mim Mesmo".

5.1. VERSO LIVRE: LINHAS DE FUGA

Free verse. A principal intervenção poética de *Folhas de Relva* para a poesia moderna está em inaugurar uma liberdade total do verso. Este se torna livre dos padrões métricos, prosódicos e de rima da poesia europeia. Os antecedentes literários do tipo de verso livre que encontramos aqui são os caudalosos versos épicos de Homero, a poesia paralelística hebraica da *Bíblia*, a retórica exaltada dos reformistas e utópicos de seu tempo, as longas linhas de Christopher Smart em seu *Jubilate Agno* no século XVII (só publicado em 1939) e nas experiências de William Blake (que ele ainda não havia lido em 1855).

O verso de Whitman é uma longa linha que abre outras possibilidades de estrutura poética, numa radicalização da fusão de prosa & poesia que se observa no ensaio introdutório. A sintaxe, a parataxe e a retórica passam a desempenhar papéis cada vez mais fundamentais. Incorpora em sua estrutura a experiência da música, das rapsódias sinfônicas e dos improvisos vocais virtuosísticos do *bel canto* que ele tanto admirava. A linha passa a ser, também, a medida de sua respiração e impulso mental no momento da escrita. Uma noção de ritmo que ecoaria no século XX em poetas como Charles Olson (linha=respiração) e Pound, que advertia numa frase famosa: "Quanto ao ritmo, compor na sequência da frase musical, não na sequência de um metrônomo".

Verso livre também por sua extrema abertura temática e discursiva: absorção do banal ao sublime, do lixo ao luxo, do jornalístico à filosofia, do real ao onírico, do histórico ao atual, da política ao sexo.

Verso livre = liberdade de linguagem. Verso livre = expansão de territórios. O poeta Paulo Leminski fez uma analogia que Whitman aprovaria: sua linha "é o libertarianismo da jovem república, fronteira aberta a oeste, projetado em plano formal" (*Folhas das Folhas de Relva, p.* 8). Em "Canção de Mim Mesmo" temos o poeta afirmando: "minhas linhas onívoras". De fato, elas devoram tudo o que a mente de Whitman encontra pela frente no momento da escrita. E, na escrita nomádica de *Folhas de Relva*, a linha passa a tomar papel principal como unidade estrutural do poema, não mais a estrofe ou qualquer unidade métrica. Ganha o *status* de fragmento. Como escreve Gilles Deleuze:

> A escrita fragmentária de Whitman não se define pelo aforismo ou pela separação, mas por um tipo particular de frase que modula o intervalo. [...] É uma frase quase louca, com suas mudanças de direção, suas bifurcações, rupturas e saltos, seus estiramentos, germinações, enumerações, parênteses. Melville nota que os

> americanos não têm obrigação de escrever como os ingleses. É preciso que eles desfaçam a língua inglesa e a façam escorrer segundo uma linha de fuga: tornar a língua convulsiva (Deleuze, p. 8).[2]

De fato, as linhas de Whitman tornam sua língua delirante e convulsiva. Nem sempre seguem uma direção sem serem interrompidas, nem sempre ele consegue manter suas linhas "na linha". Ao contrário, elétricas, elas se contorcem, se expandem, se interrompem, se contraem, como os movimentos de um animal ou um organismo. Como escreveu Van Wyck Brooks: "A poética da qual ele gradualmente evoluiu era oceânica, como ele disse algumas vezes, com versos que lembravam ondas, subindo e caindo, às vezes ensolarada, de vez em quando com uma tempestade" (Untermeyer, p. xxv). Talvez, como sugere Guy Wilson Allen, influenciado pela ideia de que a natureza evita regularidade mecânica, Whitman tenha começado esta prosódia com seu princípio negativo: "Para representar a Natureza, ou a ordem da criação, ele precisava evitar a regularidade convencional — e que significava naturalmente rima e metro tal qual eram conhecidos nos anos 1850" (Allen, p. 210).

Há uma peculiaridade importante e não meramente ornamental nos poemas deste livro. Repare que os versos são o tempo todo invadidos por fragmentos ou sinais gráficos. As reticências (. . .), travessões (—) e outros sinais que curto-circuitam suas linhas têm a função de expandir ou fragmentar o discurso, tornar o fluxo da linha mais rápido ou mais lento. Em momentos do Prefácio essa fusão prosa-poesia se realiza de modo inédito. "Indireções". Ou ainda como indicativos de transições, pausas, cesuras. Não há nada de gratuito na pontuação excêntrica de Whitman: é só lembrar a importância do travessão para a poesia de Emily Dickinson ou da pontuação e do espaço em branco da página para Mallarmé. Muitas vezes eles têm a função de desviar o discurso de seu rumo. Outras, de expandi-lo ainda mais. Allen: "Um dos livros sobre retórica que Whitman estudou usava períodos (. . . .) para indicar pausas retóricas, as quais o poeta usou com grande efeito em suas *Folhas* de 1855. Este procedimento funcionou tão bem que é surpreendente que Whitman não tenha continuado a usá-lo nas edições subsequentes" (idem, p. x). Sem dizer das conjunções básicas como "e", "enquanto", "ou", que também desempenham papéis importantes na modulação da linha whitmaniana.

5.2. PROCEDIMENTOS BÁSICOS

Apesar de criticar e desprezar as convenções de decoro poético da poesia inglesa da época e esquemas tradicionais de forma, metro e rimas, basta abrir qualquer página deste livro que se verá um músico da linguagem trabalhando.

---

[2] Em "Deleuze escreve sobre Whitman", Caderno *Mais!, Folha de S. Paulo, 2/6/1996, pág. 8.*

5.2.1. Aliteração e assonância (ênfase no som das consoantes e vogais, respectivamente).
A poesia de Whitman é rica em passagens fortemente aliterativas. Ele faz uso de toda a possibilidade sonora da língua inglesa, na melhor tradição de poemas anglo-saxões como "The Wanderer e The Seafarer". A música das palavras, como nestes exemplos tirados ao acaso:

1) *Voices of sexes and lusts . . . . voices veiled, and I remove the veil*
...
Vozes dos sexos e luxúrias . . . . vozes veladas, e eu removo o véu,

2) This is the trill of a thousand clear cornets and scream of the octave flute and strike of triangles
Isto é o nítido trinar de mil trompetes e o grito da oitava flauta e o ataque dos triângulos.

3) *Sea of stretched ground-swells !*
Sea breathing broad and convulsive breaths !

Mar dos tensos e vastos vagalhões!
Mar de fôlego longo e murmúrios convulsivos !

4) *Crying by day Ahoy from the rocks of the river...*
De dia gritando Ahoy das rochas do rio

5) *Only the lull I like, the hum of your valved voice*
Só quero saber do sossego, do cicio de sua voz valvulada.

6) *Kanuck, Tuckahoe, Congressman, Cuff, I give them the same*
Kanuck, Tuckahoe, Congressista, Cuff, o que lhes dou recebo

Assonância: (ênfase no som das vogais), como nestes fragmentos:

1) *Echoes, ripples, and buzzed whispers . . . . loveroot, silkthread, crotch and vine.*
Ecos, ondulações, zum-zuns e sussurros . . . . raiz de amaranto, fio de seda, forquilha e videira.
2) *Where the hummingbird shimmers . . . . where the neck of the longlived swan is curving and winding,*
Onde brilha o beija-flor . . . . onde o pescoço do velho cisne se curva e se dobra;

5.2.2. Conceito de *merge* (fusão de extremos)

Teorizado no Prefácio e incorporado nos poemas de 1855, Whitman identifica a "alma" com o "eu", o "eu" com o "outro". O mais individual é o mais universal e vice-versa. "E o que eu *assumo* você vai *assumir*,/ Pois cada átomo que pertence a mim também pertence a você." "O passado e o presente e o futuro não estão separados mas fundidos." Seu conceito de *merge* implica em fusão sujeito-objeto, devir, consciência da conexão entre todas as coisas.

Também tributário do pensamento dialético de Hegel (que ele leu), a visão de Whitman colhe o mundo e a realidade como contradição cambiante ou realidade definida pelo filósofo alemão como "a marcha e o ritmo das próprias coisas". Diz Marilena Chauí: "Em Platão, a função da dialética era expulsar a contradição. Em Aristóteles, a função da lógica era garantir o uso correto do princípio de identidade. Ambos se enganaram, julga Hegel. A dialética é a única maneira pela qual podemos alcançar a realidade e a verdade como movimento interno da contradição, pois Heráclito tinha razão ao considerar que a realidade é o fluxo eterno dos contraditórios". Whitman também tenta ver a realidade como um processo em que duas entidades fundem-se numa terceira. Vê o universo em fluxo: "As variedades, contradições e paradoxos do mundo e da vida, e mesmo o bem e o mal, tão desconcertantes para o observador superficial, tão comumente levando ao desespero, mau humor ou infidelidade, se tornam uma série de radiações infinitas e ondas do universo celeste da divina ação e progresso, nunca parando, nunca acelerando" (Waskow, p. 40).

Whitman também absorveu outra ideia, esta tributária de Swedenborg, em que a natureza é descrita como "um templo, cujas paredes estão cobertas de emblemas, imagens e mandamentos da Deidade". Mais tarde, Baudelaire definirá a natureza como uma "floresta de símbolos" a ser decifrada pelo poeta, seu tradutor, no caso. Whitman já se antecipara: "Para mim os objetos convergentes do universo fluem perpetuamente,/ *Todos são escritos para mim*, e eu preciso entender o que a escrita significa". A mente está na natureza, assim como a natureza está na mente: Interpenetração vida/morte: "E agora a relva parece a cabeleira comprida e bonita dos túmulos". Ou no fluxo vital: "Eis o núcleo .... depois da criança nascer da mulher o homem nasce da mulher,/ Eis o banho batismal .... eis a fusão do menor e do maior e de novo a saída". Morte seguida de vida, entrada seguida de saída, dia seguido de noite, indivíduo e multidão, sujeito e objeto, semelhança e diferença ("sempre um tecido de identidade, sempre diferença"), e assim prossegue o fluxo do universo.

A consciência sendo capaz de se fundir em outras consciências e "reconciliá-las", como ocorre com o narrador de "Os Adormecidos". "*Viro* o ator e a atriz .... o eleitor .... o político,/ O emigrante e o exilado .... o criminoso em sua cela,/ O que já foi celebridade, e o que será amanhã,/ O gago .... o deformado .... os marginais e as pessoas frágeis". "Fusão" esta que chega até a identificação com Jesus Cristo: "Eu sou o homem .... eu sofri .... eu estive lá".

Uma verdadeira aula prática do que Whitman entendia por "fusão" é o poema "Tinha um Menino Que Saía" (p. 199). Autobiográfico, embora escrito na terceira pessoa, o poema narra as fases de desenvolvimento da percepção de um menino. De olhos bem abertos, ele excursiona todos os dias pela natureza, incorporando tudo o que vê, mesmo as atividades mais mundanas são fundidas em sua subjetividade sempre em expansão: "Os lilases logo viraram parte dele,/ E a relva, e as ipomeias brancas e vermelhas, e o trevo branco e o vermelho, e o pio do papa-moscas,/ E os cordeiros de março, e a ninhada rosa tênue da porca, e o potro, e o bezerro, e o filhote barulhento no curral ou na lama do açude . . e os peixes suspensos lá embaixo de um/ jeito curioso . . e o líquido bonito e esquisito . . e os aguapés com suas cabeças/chatas e graciosas . . tudo virava parte dele./ E os brotos de abril e maio viravam parte dele . . . . brotos de inverno,/ do milho amarelo-claro, das raízes comestíveis do jardim,/ E macieiras carregadas de flores, e de frutas depois . . . . as amoras silvestres/ . . e os capins mais banais à beira da estrada"[...].

Na visão de Whitman, a parte é o todo, cada evento ou instante compartilha do fluxo contraditório do universo. Quando Whitman diz, no fim de "Canção de Mim Mesmo": "Me contradigo?/ Tudo bem, então . . . . me contradigo;/ Sou vasto . . . . contenho multidões", está assumindo-se como uma contradição ambulante: "A contradição dialética nos revela um sujeito que surge, se manifesta e se transforma graças à contradição de seus predicados. Em lugar de a contradição ser o que destrói o sujeito (como julgavam todos os filósofos), ela é o que movimenta e transforma o sujeito, fazendo-o síntese ativa de todos os predicados postos e negados por ele" (Chauí). Da mesma forma, o poeta, para Whitman, é capaz de absorver identidades naturais e humanas, num exercício constante de alteridade: "É disso que gosto . . . . relaxo e passo à vontade . . . . estou no seio materno com a criança,/ Nado com o nadador, luto com os lutadores, marcho em fila/ com os bombeiros, paro e escuto e conto".

5.2.3. Vocabulário

Em *Folhas de Relva*, e cada vez mais a partir da primeira edição, temos uma heterogeneidade de palavras sacadas de línguas estrangeiras, modos de vida, profissões e discursos: dialetos regionais, línguas indígenas, afro-americanas, francês, espanhol. Palavras vindas das ciências (botânica, física, antropologia, anatomia, geologia, astronomia); pseudociências como a frenologia, religiões e filosofias (protestantismo, hinduísmo, cristianismo, judaísmo, transcendentalismo) e profissões (carpinteiros, açougueiros, barqueiros, marinheiros, *cowboys*). Dotado de ouvido aguçado para as expressões do dia a dia e a linguagem das conversas mundanas, ele também faz uso de onomatopeias, expressões idiomáticas e o jargão das mais variadas procedências. Também tinha atração pela gíria, como infração na "norma culta", que ele considerava apta a entrar no jogo poético (mas desde que usada com certa moderação).

Vejamos uma lista de exemplos, tiradas ao acaso neste livro: *cock*, *reckon*, *gum*, *rough*, *trippers*, *sauntering*, *Tucahoe*, *Altamahaw*, *Chattahooche*, *mocassin*, *tobacco*, *Missourian*, *Kanuck*, *Cuff*, *Cudge*, *woolypate*, *tabounschick*, *zambo*, *Yankee*, *caoutchuck* (palavra indígena amazônica, o caucho da borracha), *Koboo*, adesividade, amatividade (frenologia), *rheumatic*, *epilepsy*, *erysipelose*, *onanists*, *obstetrics*, *forceps*, *feuillage*, *carlacue*, *etui*, *douceurs*, *accouchment*, *ennui*, *promenaders*, *trottoir*, *foofoos*, *en masse*, *nebule*, *asteroid*, *comet*, *plutonic, electrical, nimbus, nucleus, camerado, sierras, dolce affetuoso, piano-forte, romanza, piazza, plenum, ovum*, entre outras.

Calcula-se que Whitman dominasse um vocabulário de cerca de 13 mil palavras. Era fascinado por etimologia, e tinha o projeto de fazer um dicionário de todas as palavras em uso na América de sua época. Podemos dizer que Whitman foi um dos grandes responsáveis pela consciência demótica e abertura léxica da poesia moderna. Não via as palavras em termos de hierarquia, e sabia que todas (da mais vulgar à mais sublime) possuem potência poética. Apreciava a estranheza e a beleza sonora das palavras, e tinha aprendido a lição de Emerson e Webster de que palavras são signos vivos de uma cultura.

5.2.4. Paralelismo

É um perfeito paradoxo que o *free verse* de Whitman, tão influente para a poesia moderna, fosse fundado sobre bases tão ancestrais como os paralelismos da poesia hebraica do Velho Testamento. É desse recurso que o poeta retira os principais efeitos retóricos, composicionais e rítmicos de sua poesia. Como explica Bliss Perry: "O paralelismo que constituía o peculiar procedimento estrutural da poesia hebraica deu ao inglês da versão do rei James um ritmo acentuado, sem destruir a flexibilidade e a liberdade natural à prosa. Nesta música forte e rolante, neste intenso sentimento, nestas palavras concretas expressando emoções primais e desafiadores termos de sensação corporal, Whitman encontrou o mapa para o livro que desejava escrever" (Loving, p. 197).

Paralelismo (do grego *paralelos*, significando "lado a lado") é "a repetição de padrões sintáticos similares ou idênticos nas frases adjacentes, cláusulas ou sentenças" (*Princeton* 877). Uma das chamadas figuras de linguagem (que os antigos chamavam de "flores de retórica" ou *flores rhetoricae*) costuma fazer parte de uma estratégia de argumento. Sua base de operações é a sintaxe, ou seja, a ordem com que palavras e frases aparecem num discurso, bem como a relação lógica entre elas. Enquanto recurso estilístico, o paralelismo pode ser usado tanto na prosa quanto na poesia. Antes de ganhar a página e virar procedimento propriamente literário, era um recurso eminentemente oral, usado em cerimônias de caráter devocional e religioso. Em culturas ancestrais das mais diversas partes do planeta, o paralelismo era usado como técnica de êxtase (a repetição tendo o efeito de induzir ao transe ou ao estado místico de consciência). Lembremos que, na tradição hebraica, parte da *Torah* era cantada, com o paralelismo na função de facilitar a memorização.

No verso bíblico hebraico, o paralelismo tem como função dar estrutura às linhas, "amarrar" determinada passagem. É excelente como efeito retórico e persuasivo. O emparelhamento de frases sintaticamente semelhantes causa o efeito de repetição, ritmo, reiteração, havendo dezenas de formas de ocorrência. Podemos ter paralelismos de palavras: "Sua voz era *forte, afinada, penetrante, máscula*". De frases: "*Voando no céu ou pisando na terra, ele sonha*". "Um pequeno passo para o homem, mas um enorme passo para a humanidade."

De cláusulas: "Bacalhaus são baratos, trutas são abundantes, mas salmão é o melhor". Ou na forma de cláusulas em que verbos são seguidos de advérbio: "Ele pode se *lembrar perfeitamente, trabalhar rapidamente, falar ansiosamente e piscar constantemente*". Ou pode ocorrer ainda de um modo mais elaborado e sutil, como neste exemplo do poeta britânico Sidney: "Luz da minha *vida*, e *vida* do meu desejo". Em sua forma mais simples, estruturas paralelísticas são muito comuns em provérbios e ditados populares, como: "Quem com ferro fere, com ferro será ferido"; "A palavra é de prata, o silêncio é de ouro"; "Aqui se faz, aqui se paga"; "Olho por olho, dente por dente"; "Se ficar, o bicho pega, se correr, o bicho come".

O paralelismo permite que uma mesma ideia seja expressa de duas ou mais maneiras, como neste trecho dos Salmos: "Sua palavra é ***uma lâmpada*** para meus pés e ***uma luz*** para meu caminho" (119:105). Não só a palavra de Deus é definida de duas maneiras como também há um paralelismo de palavras: "uma lâmpada"/ "uma luz" e "meus pés"/ "meu caminho". Mas há casos de vários paralelismos acontecendo simultaneamente, como neste trecho dos Cânticos de Salomão (da *King James Bible*):

> ***I am the*** *rose of Sharon,* ***and the*** *lily of the valleys.*
> ***As the*** *lily* ***among*** *thorns,* ***so is*** *my love* ***among*** *the daughters.*
> ***As the*** *apple tree* ***among*** *the trees of the wood,* ***so is*** *my beloved* ***among*** *the sons.*

Traduzindo:

> **Eu sou** *a rosa* de Sharon, **e o** *lírio* dos vales.
> **Assim como** *o lírio* entre **espinhos, assim** é *meu amor* entre **as filhas.**
> **Assim como** *a macieira* **entre** as *árvores do bosque*, **assim** é meu amado entre os *filhos*.

Só neste fragmento temos paralelismos de palavras, de imagens, de frases e de cláusulas. Primeiro na repetição de eu sou/ e [eu sou] o; Assim como/ Assim é; entre/ entre. Mas também há paralelismo de palavras: rosa de Sharon/ lírio dos vales; filhos/ filhas; lírio/ amor; espinhos/ filhas; macieira/ amado; árvore dos bosques/ filhos. E de imagens: lírio entre espinhos/ meu amor entre as filhas; macieira entre as árvores do bosque/ meu amado entre os filhos.

Whitman usa o recurso para contrastar ideias, como aqui: "Um aprendiz entre os mais simples, e um professor entre os mais sábios". Comum em Whitman é o uso de uma das formas mais simples de paralelismo, a anáfora:

> *Ouço* o som da voz humana . . . . esse som que amo,
> *Ouço* todos os sons enquanto são afinados para o uso . . . .[*ouço os*] sons da
> cidade e sons do campo
> . . . .[*ouço os*] sons do dia e da noite;
> [*ouço os*] Jovens tagarelas com os amigos . . . .[*ouço o*] o recital dos peixeiros e
> verdureiros . . . . ouço a gargalhada dos trabalhadores durante as refeições, [...]

A repetição da mesma palavra ou palavras *no começo* de frases sucessivas, cláusulas, sentenças ou linhas, é a forma ancestral e a mais básica de paralelismo, e o tipo preferido em sua poética. No trecho acima, o fenômeno acontece na repetição do verbo *ouvir*, com sua presença subentendida pelo uso das elipses (indicadas pelas chaves). Como a origem da palavra indica, a anáfora "carrega de novo" a linha de volta ao ponto de partida, mas sendo sempre diferença & repetição. Vejamos um exemplo minimalista, de "Canção de Mim Mesmo":

> Nem um dia se passa . . nem um minuto ou segundo sem um parto;
> Nem um dia se passa . . nem um minuto ou segundo sem um morto.

Não é incomum Whitman usar a repetição no *final* da linha (epífora), como nesta passagem:

> Raiz de cálamo úmido, narceja tímida, ninho onde dois ovos se guardam com
> carinho, *será você*,
> Feno emaranhado de cabeça e barba e músculo, *será você*,
> Seiva gotejante do ácer, fibra de trigo macho, *será você*;
> Sol tão generoso *será você*,
> Vapor iluminando e ensombrecendo meu rosto, *será você*,
> Arroios e rocios suados, *será você*,
> Ventos cujos genitais fazem cócegas quando roçam em mim, *será você*,
> Campos amplos e musculosos, galhos de carvalho vivo, adorável vadio em meus
> caminhos sinuosos, *será você*,
> Mãos que segurei, face que beijei, mortal que um dia toquei, *será você*.

Esse procedimento permite ao poeta "amarrar" um tema ou passagem por várias linhas, além de expressar vários pontos de vista sobre o mesmo tema. Ao mesmo tempo, dá a "liga" entre uma ideia e a seguinte. Em Whitman, encontramos com frequência paralelismos verbais (aqui no uso reiterado do gerúndio), dando um ritmo dinâmico:

> *Folgando* comigo, *não aceitando* não como resposta,
> *Tirando* o meu melhor como se de propósito,
> *Desabotoando* minhas roupas, *me agarrando* pela cintura nua,
> *Iludindo* minha confusão com a luz tranquila do sol e das pastagens,
>
> *Rechaçando* os outros sentidos sem modéstia alguma,

Outra de suas especialidades, derivada da cadência bíblica, são os paralelismos de conjunções como "e", "ou", "enquanto" e advérbios como "agora" e "sempre", que têm o efeito de inclusividade e a sensação de presente contínuo:

Creio que uma folha de relva não é menos que a jornada das estrelas,
E a formiga é tão perfeita, e um grão de areia, e o ovo da galinha,
E a rã é uma obra-prima para o altíssimo,
E a trepadeira de amoras-pretas podia enfeitar os salões do céu,
E a mínima junta de minha mão humilha qualquer máquina,
E a vaca pastando de cabeça baixa supera qualquer estátua,
E um ratinho um milagre suficiente pra confundir sextilhões de infiéis.

A diferença é a radical e moderna apropriação que Whitman faz do recurso, com as estruturas paralelísticas substituindo a métrica e a poesia inglesa e europeia da época, além do uso de uma linguagem mais vernacular (*Princeton, p.* 878). O efeito é dar força a cada linha individual, enquanto amplia "a sequência enumerativa maior" (idem). O uso de "es" causa o efeito de continuidade na descontinuidade, de diferença na repetição, de movimento para a frente, de linha de fuga:

O passado é o que empurra você **e** eu **e** todos da mesmíssima maneira,
E a noite pertence a você **e** a mim **e** a todo mundo,
E o que ainda não foi tentado **e** o que vem depois é pra você **e** pra mim **e** pra
todo mundo.

Ou na fascinante passagem de "Canção de Mim Mesmo", verdadeira viagem espacial, onde esse movimento atinge dimensões cósmicas, com o poeta enumerando o que vê como se fosse um mochileiro das galáxias passeando pelo universo: *Acelerando* pelo espaço .... *acelerando* pelo céu pelas estrelas,/ *Acelerando* entre os sete satélites e o imenso anel e seu diâmetro de oitenta mil milhas,/ *Acelerando* com o rabo dos meteoros .... *lançando* bolas de fogo com eles,/ *Levando* a cria crescente que traz sua mãe cheia em seu ventre".

Livre da camisa de força do metro forçando a prosódia e aprisionando o verso num esquema fixo e previsível, o poeta americano usou profusamente as possibilidades do paralelismo para estruturar as sequências de catálogos e suas construções sintáticas espiralantes, marca registrada de sua poesia (*Princeton, p.* 73). O paralelismo foi a forma encontrada para dar ritmo e dinamismo a seu pensamento. Podemos dizer até que seu uso antecipa a técnica do "fluxo de consciência" do modernismo (Joyce, Stein, Kerouac).

5.2.5. Retórica rapsódica

O paralelismo de Whitman está diretamente ligado à qualidade oral e retórica de seu texto. Whitman recitava seus poemas, e era fascinado pela força retórica da palavra. Sua poesia parece ganhar ainda mais força quando lida em voz alta. A marca de oralidade em sua poesia vem, novamente, da poesia bíblica e homérica, mas também de sua experiencia de teatro e de seu gosto pela oratória (o poema como performance oral diante de uma plateia). Como escreve Leminski sobre a escrita de Whitman:

> Uma dicção entre a poesia e a prosa, determinada por um movimento retórico (retórico, aqui, significando, no sentido grego original, de *rétor*, orador, envolvido com um processo de convencer, dissuadir ou persuadir uma plateia, através da palavra viva e dita). Ouve-se, por trás das tempestades verbais de Whitman, alguns raios e relâmpagos de igreja, vociferados por furibundos pastores apocalípticos de pequenas comunidades religiosas dos Estados Unidos, todas heréticas a algum credo tradicional (prebisterianismo, calvinismo, puritanismo, luteranismo), tudo dentro da melhor tradição do fragmentarismo localista das igrejas protestantes (*Folhas das Folhas de Relva, p.* 8).

Antes de tudo, as longas linhas típicas de sua poesia possibilitavam maiores fôlegos, seguiam o ritmo de sua respiração. Não podemos também esquecer a importância da ópera: "se não fosse pela ópera, eu jamais poderia ter escrito *Folhas de Relva*". A técnica do *bel canto*, como vimos, foi outra forte influência na performance textual de Whitman: a voz como um instrumento musical excitado e excitante, capaz de explorar a música da linguagem em todos os seus timbres, intensidades, entonações e ritmos.

5.2.6. Técnica de catálogos (colagem)

O poeta vai buscar também na tradição bíblica hebraica outro recurso estilístico importante: a parataxe. Segundo *The New Princeton Encyclopedia of Poetry and Poetics*,

> Um termo estilístico que se refere *a relativa insuficiência de termos de ligação* entre cláusulas e sentenças justapostas, sempre dando o efeito de empilhamento, rapidez e, às vezes, compressão. Um estilo paratático é aquele em que os recursos comuns de uma língua para ligar proposições são deliberadamente subestimados; preposições são colocadas uma atrás da outra sem as partículas, advérbios e conjunções esperadas (p. 880).

Nas traduções europeias de poesia hebraica, por exemplo, a poesia é paratática por fazer uso extensivo da conjunção "e" e de "então". Os catálogos de Whitman costumam ser paratáticos: empilham imagem sobre imagem com uma enumeração de suas qualidades, como se apenas mostrassem, como um instantâneo, um fragmento da realidade sempre em movimento. A técnica parece estar a um passo da colagem moderna (Apollinaire, Pound, Eliot, surrealismo, dadaísmo) e pós-moderna (Ginsberg, Ohara, Ashbery, Waldrop). A linha não possui um "centro": se debruça sobre os objetos mais estranhos e banais, como no catálogo panteísta de deuses e práticas religiosas nesta passagem de "Canção de Mim Mesmo":

> Padres, não desprezo vocês;
> Minha fé é ao mesmo tempo a maior e a menor de todas,
> Vai dos cultos ancestrais aos modernos, e tudo entre o antigo e o moderno,

Acreditando que voltarei à terra daqui a cinco milênios,
Esperando respostas dos oráculos .... honrando os deuses .... saudando o sol,
Fazendo um fetiche da primeira pedra ou do primeiro toco .... xamanizando
com gravetos no círculo dos Obis,
Ajudando o lama ou o brâmane a preparar as lâmpadas dos ídolos,
Dançando pelas ruas numa procissão fálica .... em transe e austero nos
bosques, um gimnosofista,
Bebendo hidromel numa taça de crânio .... admirando Shastas e Vedas ....
atendo ao Alcorão,
Andando pelos teocales mexicanos, manchado de sangue da pedra e da faca —
batendo o tambor de pele de serpente;
Aceitando os evangelhos, aceitando o crucificado, tendo a certeza de que ele
é divino,
Me ajoelhando na missa — me erguendo para a oração do puritano —
sentando paciente num banco de igreja,
Delirando espumando em meus surtos de loucura — feito um morto
esperando meu espírito acordar;
Olhando para frente na calçada e na terra, ou fora da calçada e da terra,
Pertencendo aos que perfazem o circuito dos circuitos.

Operando por justaposição, o efeito do catálogo é criar um outro espaço de significação, em que as fronteiras entre objetos, tempo e espaço, religiões e culturas, são borradas. Esta passagem de "Os Adormecidos" é um verdadeiro catálogo realista de faces e visões noturnas:

Como parecem solenes, estirados e quietos ali ;
Como respiram quietas, as crianças nos berços.

As caras desgraçadas dos entediados, a feição pálida dos cadáveres, as faces
lívidas dos bêbados, a face cinza-doente dos onanistas,
Os corpos retalhados nos campos de batalha, os loucos em seus quartos de portas
maciças, os idiotas sagrados,
Os recém-nascidos emergindo dos portões e mortos emergindo dos portões,
A noite os penetra e os abraça. [...]

Tecnologia recente em sua época, a fotografia, que Whitman descobriu nos anos 1850, pode ter tido impacto em sua técnica de justapor imagens autônomas. A fotografia fragmentava a realidade, revelava detalhes, permitia perceber um mesmo objeto ou pessoa por vários ângulos, possibilitava conhecer o desconhecido, ou mesmo a aura mágica de um objeto banal. A seleção "realista" dos objetos não era tão restrita quanto numa pintura: podiam-se ver detalhes que geralmente passariam despercebidos. Como Whitman revelou a seu biógrafo: "Ultimamente tenho gostado mais de fotografias do que de pinturas a óleo — elas são talvez mais mecânicas, mas são honestas. Os pintores acrescentam e deduzem: os pintores brincam com a natureza — a reformam, a revisam, para fazê-la caber em suas noções preconcebidas do que ela deveria ser" (Waskow, p. 68). Um de seus primeiros exercícios que redundaram nesta técnica era um poema curiosamente chamado "Pictures" ("Quadros").

Importante lembrar que, na época de Whitman, eram comuns catálogos de fotos das mais diversas profissões, pessoas em atividades do dia a dia. Isso se reflete, por exemplo, no exaustivo catálogo em "Canção às Ocupações", como neste trecho:

> Os golpes do lutador . . o *upper-cut* e o um dois três ;
> As vitrines . . . . os caixões no depósito do sacristão . . . . a fruta na fruteira . . . .
> o bife no balcão do açougueiro,
> O pão e os bolos na padaria . . . . o porco branco e vermelho na casa de carnes ;
> As fitas do chapeleiro . . os moldes do costureiro . . . a mesinha de chá . . . os
> doces caseiros;
> Os anúncios de procura-se nos jornais baratos . . notícias via telégrafo . . . .
> diversões e óperas e shows:
> [...]
> Nessas coisas o mais pesado dos pesos . . . . nelas bem mais do que você
> estimava, e bem menos também,
> Nelas, e não em você mesmo . . . . você e sua alma abarcam todas as coisas,
> independente de valor,

Essa fragmentação da realidade, por um lado, e a capacidade da fotografia de colocar, de alguma forma, pessoas e atividades num mesmo nível ou dimensão (o álbum, o portfólio) permitia apresentar o efêmero, o instante irrepetível de um clique, no momento em que ocorria:

> O camelô sua com o peso que carrega nas costas — o comprador pechincha até
> o último centavo,
> A câmera e a chapa estão prontas, a dona deve sentar pra ser fotografada,
> A noiva plissa as dobras do vestido, o ponteiro dos minutos custa a se mover,
> O comedor de ópio se reclina de cabeça rígida e lábios entreabertos,
> A prostituta arrasta seu xale, seu boné bambeia no pescoço cheio de perebas,
> A multidão ri de seus palavrões, os homens zombam dela e piscam entre si,

Poeta urbano, cantor da modernidade, não podemos nos esquecer do impacto do ritmo frenético e tenso das ruas, com sua babel de línguas e imagens, reflete a experiência da multidão e seus tipos, a experiência do caos de uma cidade como Nova York:

O blá-blá-blá das ruas . . . . rodas de carros e o baque das botas e papos dos
pedestres,
O ônibus pesado, o condutor de polegar interrogativo, o tinir das ferraduras dos
cavalos no chão de granito.
O carnaval de trenós, o retinir de piadas berradas e guerras de bolas de neve ;
Os gritos de urra aos preferidos do povo . . . . o tumulto da multidão furiosa,
O ruflar das cortinas da liteira — dentro um doente a caminho do hospital,
O confronto de inimigos, súbito insulto, socos e quedas,
A multidão excitada — o policial e sua estrela apressado forçando passagem
até o meio da multidão ;
As pedras impassíveis levando e devolvendo tantos ecos,
As almas se movendo . . . . será que são invisíveis enquanto o mínimo átomo é
visível ?

Whitman termina sua enumeração com uma pergunta, outro procedimento comum. Nos catálogos urbanos ou rurais, o poeta se torna ao mesmo tempo *voyeur* e *performer*, "dentro e fora do jogo ao mesmo tempo", como escreve em "Canção de Mim Mesmo". O poeta de Nova York, então em fase de efervescência, com sua mistura de culturas, linguagens, costumes, classes etc., penetra fundo em sua sensibilidade.

O efeito dos catálogos, portanto, é causar uma multiplicidade de visões e um ritmo dinâmico, quase hipnótico, como se as palavras disparassem para os olhos do leitor toda a diversidade do universo. Como observou Deleuze, a marca de sua poesia está em sua "espontaneidade ou o sentido inato do fragmentário, e a reflexão das relações dinâmicas que precisam ser constantemente adquiridas e criadas" (Deleuze). Nos *clips* velozes de Whitman, muitas vezes temos a sensação de que avançamos pelas imagens sem que tenhamos tido tempo de captar as anteriores. Essa espécie de escrita taquigráfica (já ensaiada aqui e ali em seus textos jornalísticos) deságua num estilo de efeito catarata: acumulação de imagens concretas sobre imagens, ou sequências de temas e assuntos sem necessariamente terem conexões lógicas. Para um crítico como Harold Bloom, "[a] originalidade de Whitman tem menos a ver com seu verso supostamente livre do que com sua inventividade mitológica e seu domínio da linguagem figurativa. Suas metáforas e argumentos, criando metro, abrem a nova estrada ainda mais efetivamente que suas inovações na métrica" (*O Cânone, p.* 258).

5.3. FORMA ORGÂNICA: RIZOMA

Não é nova a analogia entre criação, valor estético e organismos vivos. Essa relação era feita com base na concepção das propriedades que as coisas vivas possuem, e na forma como essas propriedades poderiam lançar luz ou explicar a experiência artística. Os românticos alemães (como Goethe), ingleses (sobretudo Coleridge) e o americano Emerson já haviam lançado mão da analogia orgânica em sua formulação de uma poética não mecanicista, oferecendo, ao mesmo tempo, toda uma psicologia do processo criativo. Whitman, obviamente, estudou muito bem esses fundamentos, adaptando-os para seus próprios fins.

O conceito de forma orgânica postulava que um poema começa numa "semente" ou "germe" na imaginação criativa do poeta. Seu crescimento, em grande parte um processo espontâneo e criativo, consiste em assimilar materiais diversos e estranhos em si mesmos e adaptá-los às suas necessidades; seu desenvolvimento e forma final são autodeterminadas de acordo com uma "Força de Princípio" inerente à semente. O resultado é uma obra de arte cujas partes têm o tipo de necessidade, interdependência funcional, e subordinação ao todo que é característica das coisas vivas como plantas ou árvores. Emerson, em "O Poeta", escrevia que era necessário "um pensamento tão apaixonado e vivo que, como o espírito de uma planta ou um animal, tenha uma arquitetura de si mesmo, e adorne a natureza com uma nova coisa". Ou como neste fantástico *insight* de Whitman: "Arquitetura é o que você faz dela enquanto a observa;/ Pensou que ela estava na pedra cinza ou branca? ou nas linhas dos arcos e das cornijas?/ Música é aquilo que desperta de você quando os instrumentos se lembram de você". No prefácio da primeira edição, Whitman define seu ideal artístico:

> A arte das artes, a glória da expressão e os raios solares da luz das letras está na simplicidade. Nada é melhor do que a simplicidade .... nada pode compensar o excesso ou a indefinição. Levar adiante a onda de impulso e chegar às profundezas intelectuais e dar a todos os temas suas articulações não são poderes nem comuns nem muito incomuns. Mas falar em literatura com a perfeita integridade e despreocupação encontradas nos movimentos dos animais e com o irrepreensível sentimento das árvores na floresta e do capim à beira da estrada é a vitória infalível da arte.

Vejamos como Coleridge conceitua a ideia de forma orgânica:

> [A] forma orgânica é inata; ela molda, *enquanto se desenvolve, de dentro de si mesma*, e a completude de seu desenvolvimento é uma e a mesma com a perfeição de sua forma externa. *Tal qual a vida, tal qual a forma.* A natureza, o primeiro artista genial, inexaurível em diversos poderes, é igualmente inexaurível em for-mas; *cada exterior é a fisionomia do ser interior — sua verdadeira imagem refletida e lançada de um espelho côncavo* (Coleridge, p. 433, itálicos meus).

Portanto, nessa curiosa visão organicista de poesia, forma & conteúdo são simultâneos no ato criativo. A forma do poema surge no próprio processo de escrita, e a natureza é rica em exemplos de formas e processos semelhantes. Whitman, como bom estudioso de Coleridge, Emerson e Carlyle, segue radicalmente essa visão orgânica e vitalista. Porém, a coloca em prática, e como nenhum outro romântico ousaria. Expande a teoria e o misticismo panteísta de Emerson e os redefine em sua própria poética do corpo e política.

Principalmente, submete a teoria da forma orgânica a seu grande teste: criar um grande poema em aberto que, em processo, como *Folhas de Relva*, cresceria entre as coisas e os eventos, sendo um reflexo do desenvolvimento de sua própria vida. Como em Spinoza, Whitman desloca a centralidade de Deus e a espalha por toda a natureza: do mínimo ao máximo, do banal ao sublime, a energia divina está lá. O poema se abre e elimina a obrigatoriedade arborescente de metros e esquemas de rimas, possibilitando ao verso acumular ritmos da prosa, dos modos de falar, do jornalismo, do ensaio e de outras estruturas poéticas. A forma orgânica de Whitman, com origem nos movimentos da natureza, conduz o fluxo do pensamento, linha a linha.

Numa passagem de seu caderno de anotações, lemos o seguinte: "Não entulhe o texto com coisa alguma, deixe-o fluir levemente como um pássaro voa no ar, como um peixe nada no mar". Whitman formula sua ideia de desenho de linha baseando-se sempre em analogias com o mundo natural: linha-pássaro, linha-onda, linha-peixe. Assim como o tempo todo, ao pensar, lançamos *linhas de fuga* sobre o que está dentro e fora de nós (através da consciência, nossa natureza humana), peixes, nuvens, pássaros, ondas e grama estão sempre em movimento e interagindo com seu elemento (ar, água, terra). O movimento do texto, portanto, "traduziria" e incorporaria as linhas de fuga traçadas pelas formas orgânicas e naturais. O poema deveria seguir os ritmos naturais e musicais do fluxo da fala e do processo associativo da consciência e do inconsciente. Como linhas de fuga, os versos criam novos territórios por onde passam. Estão sempre a caminho, em processo. Whitman: "A influência visível do mar em minha composição . . . perpetuamente, imensamente, rolando sobre a praia". Compara os ritmos de *Folhas de Relva* à "recorrência de ondas maiores e menores na praia, rolando sem interrupção, e intermitentemente ascendendo e caindo" (Rothemberg & Joris, p. 30).

Entre todas essas analogias escrita-natureza, a principal para Whitman já está definida no título do livro: *folhas de relva*. Como a grama e capim que crescem espontaneamente em toda parte, no campo ou em jardins, seu poema também grassaria, cresceria, enquanto vivesse e escrevesse. O texto-matriz (a edição de 1855) ramificaria em novos poemas, e de maneira proliferante. A lógica de crescimento orgânico de uma folha de grama ou capim é feita por bifurcações, rupturas, bulbos. Do mesmo modo, a forma de Whitman se origina dentro do próprio poema, no processo de escrevê-lo e reescrevê-lo. *Folhas de Relva* cresceu e se expandiu segundo a lógica de crescimento de um organismo vivo.

Gilles Deleuze e Félix Guattari ajudam a iluminar ainda mais a sofisticação do método adotado por Whitman em 1855. Em *Mille Plateaux*, os filósofos elaboram o conceito de rizoma. Contrapõem árvore e relva como modelos distintos de pensamento e conhecimento. As estruturas de conhecimento europeias típicas, argumentam, seguem o modelo arborescente. A árvore tem um tronco e segue uma ordem fixa e limitada: a raiz. É um modelo que tem fixação por autoridade e controle, por normas, árvores genealógicas, linhagens, tradições etc. Na Europa, segundo eles, domina o modelo arborescente, que enxerga o mundo em termos de hierarquias (alto/ baixo, rico/ pobre, certo/ errado etc.). Já *grass*, sendo um rizoma, é plural: assume formas diversas, desde gramados ou pastos, que se ramificam e se expandem horizontalmente em todas as direções, até o capim em forma de tufo, ou ainda em forma de trepadeiras, de bulbos, tubérculos. Também devido à sua própria natureza, para Deleuze e Guattari, a grama-*grass* se guia por princípios de conexão, multiplicidade e heterogeneidade. Não há centro nem hierarquias, apenas um meio, pontos onde as linhas de fuga do rizoma se interconectam.

Em "A Superioridade da Literatura Americana", Deleuze usa o conceito de rizoma, novamente, para diferenciar as visões de literatura europeia e alguns anglo-americanos "*outsiders*". Para ele, os escritores europeus, em sua maioria, são obcecados por linhagens e tradições. Já anglo-americanos como D. H. Lawrence, Henry Miller, Herman Melville e Jack Kerouac (e aqui incluiríamos Whitman) *pensam por linhas de fuga*. Estes autores põem sistemas em voo. Os europeus estão ainda presos ao passado, argumenta Deleuze, pensam em termos de passado e futuro: "Os franceses pensam em termos de árvores, pontos de arborescência, o alfa e o ômega, as raízes e o pináculo. Árvores são o oposto da relva. Não só a relva cresce no meio da coisas, mas ela mesma cresce no meio de si. Este é o problema inglês ou americano. A relva tem sua linha de fuga, e não cria raízes. Temos uma relva no cérebro, não uma árvore: o que o pensamento significa é o que o cérebro é um 'sistema nervoso específico' de relva" (*Dialogues, p.* 39).

Este parece ser exatamente o caso de *Folhas de Relva*. Podemos afirmar que a obra de Whitman é um perfeito exemplo de rizoma.

As "folhas de relva" se conectam a qualquer momento, proliferam, geram outras (na primeira edição, a reiteração do título interconectando as várias sessões acentuava essa característica).

O livro de Whitman, como um rizoma, coloca em jogo diversos "regimes de signos" (astronomia, egiptologia, retórica, política, botânica, jornalismo). Ou, como ele escreve em "Grandes São os Mitos": "Grande é a linguagem .... a mais poderosa das ciências./ Ela é a completude e cor e forma e diversidade da terra .... e dos homens e mulheres .... e de todas as qualidades e processos". Incorpora a multiplicidade: os catálogos e as reduções metonímicas de suas "listas".

As linhas regidas não por técnicas herdadas e unidades métricas com raiz numa tradição europeia (autoritária, arborescente), mas pelo *free verse* (espontâneo, rizomático), composto por direções, vetores em movimento (a grama, a respiração, ondas, movimento de corpos).

Como um rizoma, *Folhas de Relva* foi crescendo pelo meio, enquanto era escrito, em fragmentos. Whitman passou 38 anos expandindo seu livro-relva, reformulando seções, incluindo linhas, reformatando poemas. *Folhas de Relva* enfatiza o movimento, o momento presente, as linhas de fuga do pensamento não linear, a expansão da consciência. Oferece um método de pensamento e vida que está sempre a caminho, em processo, oposto à fixidez e rigidez da árvore, que nasce e morre num mesmo lugar. É o próprio fragmento nomádico do poema de Whitman que afirma, depois de expor formas heterogêneas e não hierárquicas que a relva pode assumir:

> Uma criança disse, O que é a relva ? trazendo um tufo em suas mãos ;
> O que dizer a ela ? . . . . sei tanto quanto ela o que é a relva.
>
> Vai ver é a bandeira do meu estado de espírito, tecida de uma substância de esperança verde.
>
> Vai ver é o lenço do Senhor,
> Um presente perfumado e o lembrete derrubado por querer,
> Com o nome do dono bordado num canto, pra que possamos ver e examinar,
> e dizer É seu ?
>
> Vai ver a relva é a própria criança . . . . o bebê gerado pela vegetação.
>
> Vai ver é um hieróglifo uniforme,
> E quer dizer, Germino tanto em zonas amplas quanto estreitas,
> Grassando em meio a gente negra e branca,
> Kanuck, Tuckahoe, Congressista, Cuff, o que lhes dou recebo, o que me dão,
> recebem.
>
> E agora a relva parece a cabeleira comprida e bonita dos túmulos.

As linhas de fuga da poesia de Whitman inventam um novo espaço, uma nova geografia. Não dividem, conectam. Experimentam, não repetem. Estão sempre em contato com o fora. São fluxos, devires, não identidade fixa. As linhas e o "eu" de *Folhas de Relva* "assumem" qualquer forma: metamorfoses. Rompem hierarquias, grassam em múltiplos espaços e tempos. Não desconhecem o passado, mas preferem devorar o presente: "O passado e o presente e o futuro", escreve Whitman no ensaio de 1855, "não estão separados mas fundidos. O maior poeta forma a consistência do que será a partir do que foi e do que é. Ele arrasta os mortos de seus caixões e os faz ficar de pé . . . . ele diz ao passado, Levante-se e caminhe diante de mim para que eu possa concretizá-lo. Ele aprende a lição . . . . se situa onde o futuro vira presente". Sua poesia, portanto, é de uma *agoridade* absoluta. Sintomaticamente, "Canção de Mim Mesmo", o longo poema que abre este livro, termina sem ponto final. Erro tipográfico ou proposital, este detalhe só reforça a ideia do poema como uma estrutura aberta.

Este livro só existe em sua relação com o que está fora dele. Não à toa, palavras como "você", "vocês" e "agora" são comuns no texto de Whitman, indicadores de sua poética do momento presente e do contato com o outro. As *Folhas de Relva* grassam em toda parte, estão sempre a caminho. Talvez agora mesmo, nas solas dos seus sapatos.

POST SCRIPTUM

Para minha mãe, Maria do Carmo Garcia Lopes (1932-2012), in memoriam.

Para meu pai, Antonio Ubirajara Lopes (1931-2005), in memoriam.

Agradecimentos ao poeta, dramaturgo e tradutor Maurício Arruda Mendonça por sua leitura atenta e sugestões a minha tradução e ao ensaio.

Agradecimentos ao amigo e tradutor Chris Daniels.

R.G.L.

BIBLIOGRAFIA

Allen, Gay Wilson. *The Solitary Singer:* A Critical Biography of Walt Whitman. Nova York: Grove Press, 1955.

______. *The New Walt Whitman Handbook:* Nova York: New York University Press, 1978.

Asselineau, Roger. *The Evolution of Walt Whitman*. The Creation of a Poet. Cambridge, Mass: Harvard University Press, 1960.

Bernstein, Charles, ed. Poetry as Explanation, Poetry as Praxis. *The Politics of Poetic Form*. *Poetry and Public Policy*. Nova York: Roof Press, 1990. pp. 23-43.

Bloom, Harold. *O Cânone Ocidental:* Os Livros e a Escola do Tempo. Trad. Marcos Santarrita. Rio de Janeiro: Objetiva, 1994.

Bridgman, Richard. Introduction. *Leaves of Grass by Walt Whitman*. A facsimile of the First Edition. San Francisco: Chandler Publishing Company, 1968.

Chauí, Marilena. *Convite à Filosofia*. São Paulo: Ática, 2000.

Coleridge, Samuel Taylor. *Selected Poetry and Prose of Coleridge*. Princeton: Princeton University, Press; Modern Library College, 1951.

Cowley, Malcolm, ed. Introduction. *Walt Whitman's Leaves of Grass:* The First (1855) Edition. Nova York: Viking, 1959. pp. vii-xxxvii.

Deleuze, Gilles; Guattari, Félix. *A Thousand Plateau:*. Capitalism & Schizophrenia. Tradução e prefácio de Brian Massami. Minneapolis: University of Minnesota Press, 1987.

______; Parnet, Claire. *Dialogues*. Trad. Hugh Tomlinson e Barbara Habberjam. Nova York: Columbia University Press, 1987.

______. Deleuze escreve sobre Whitman, *Folha de S.Paulo*, 2 de jun. 1996, 8. Caderno Mais!.

Eliade, Mircea. *Shamanism:* Archaic Techniques of Ecstasy. London: Arkana, 1989.

Emerson, Ralph Waldo. *Ensaios*. Trad. Carlos Graieb e José Marcos Mariani de Macedo. Rio de Janeiro: Imago, 1994.

______. *Essays:* First Series. Disponível em: <http://www.transcendentalists.com/emerson_essays.htm>

______. *Essays:* Second Series. Disponível em: <http://www.transcendentalists.com/emerson_essays.htm>

Eshleman, Clayton. *Companion Spider*. Essays. Wesleyan: Wesleyan University Press, 2002.

Faustino, Mário. *Poesia-Experiência*. São Paulo: Perspectiva, 1976.

Folsom, Ed. Appearing in Print: Illustrations of the Self in Leaves of Grass. In: Greenspan, Ezra, ed. *The Cambridge Companion to Walt Whitman*. Cambridge: Cambridge University Press, 1995. pp. 135-165.

______. Walt Whitman's Working Notes for His First Edition of *Leaves of Grass*. Disponível em: http://bailiwick.lib.uiowa.edu/whitman/specres1.html.

Greenspan, Ezra, ed. *The Cambridge Companion to Walt Whitman*. Cambridge: Cambridge University Press, 1995.

LOVING, Jerome. *Walt Whitman:* The Song of Himself. Berkeley: University of California Press, 1999.

MARKI, Ivan. *The Trial of the Poet:* An Interpretation of the First Edition of "Leaves of Grass." Nova York: Columbia University Press, 1976.

MILLER, James E. *A Critical Guide to Leaves of Grass*. Chicago: The University of Chicago Press, 1957.

______. *Walt Whitman*. Nova York: Twayne Publishers, 1962.

PAZ, Octavio. *O Arco e a Lira*. Trad. Olga Savary. Rio de Janeiro: Nova Fronteira, 1982.

PEARCE, Roy Harvey, ed. *Whitman:* A Collection of Critical Essays. Englewood Cliffs: Prentice-Hall, 1962.

PAGLIA, Camille. *Personas Sexuais:* Arte e Decadência de Nefertiti a Emily Dickinson. Trad. Marcos Santarrita. São Paulo: Companhia das Letras, 1990.

PREMINGER, Alex; T.V.F. BROGAN, *The New Princeton Encyclopaedia of Poetry and Poetics*. Princeton: Princeton University Press, 1993.

REUBEN, Paul P. Chapter 4: Early Nineteenth Century: Walt Whitman. *PAL: Perspectives in American Literature:* A Research and Reference Guide. Disponível em: http://www.csustan.edu/english/reuben/pal/chap4/whitman.html.

ROTHENBERG, Jerome; JORIS, Pierre, eds. *Poems for the Millenium*. Volume One — From Fin-de--Siècle to Negritude. Berkeley: University of California Press, 1995.

REYNOLDS, David S. *Walt Whitman's America:* A Cultural Biography. Nova York: Knopf, 1995.

______. Politics and Poetry: Whitman's Leaves of Grass and the Social Crisis of the 1850s. In: GREENSPAN, Ezra, ed. *The Cambridge Companion to Walt Whitman*. Cambridge: Cambridge University Pres, 1995. pp. 66-91.

STOVALL, Floyd. *The Foreground of Leaves of Grass*. Charlotesville: University Press of Virginia, 1974.

TODD, Lewis Paul; Merle Curti. *Rise of The American Nation*. Nova York: Hartcourt and Brace, 1977.

UNTERMEYER, Louis. *The Poetry and Prose of Walt Whitman*. Nova York: Simon and Schuster, 1949.

WAGONER, Hyat. *American Poets:* From the Puritans to the Present. Boston: Mifflin, 1968.

WASKOW, Howard J. *Whitman:* Explorations in Form. Chicago: The University of Chicago Press, 1966.

WHITMAN, Walt. *An American Primer*. Ed. Horace Traubel. Boston: Small, Maynard, 1904.

______. *Leaves of Grass.* The First (1855) Edition. Londres: Viking Press, 1959.

______. *Leaves of Grass:* A Facsimile of the First Edition. Ed. Richard Bridgman. San Francisco: Chandler Publishing, 1968.

______. *Folhas das Folhas da Relva*. Seleção e tradução de Geir Campos. Introdução de Paulo Leminski. São Paulo: Brasiliense, 1983.

______. *The Works of Walt Whitman*. Hertfordsire: Wordsworth Editions, 1995.

WILLIAMS, William Carlos. An Essay on Leaves of Grass. In: *Whitman:* A Collection of Critical *Essays*, ed. Roy Pearce. Englewood Cliffs: Prentice-Hall, 1962.

WIMSATT Jr.; William K.; Brooks Cleanth. *Literary Criticism:* A Short History. Nova York: Alfred A. Knopf, 1957.

ZWEIG, Paul. *Walt Whitman:* A Formação do Poeta. Trad. de Angela Melim. Rio de Janeiro: Jorge Zahar Editor, 1984.

OUTRAS FONTES

<http://jefferson.Village.Virgínia. EDU/Whitman/>
<http://www.whitmanarchive.org/reviews/index.html>
<http://jefferson.Village.Virgínia. EDU/Whitman/reviews/>

LIVROS DE WALT WHITMAN

Leaves of Grass. [Primeira edição.] Brooklyn: Nova York, 1855, 95 pp.

Leaves of Grass. [Segunda edição.] Brooklyn: Nova York, 1856, 384 pp.

Leaves of Grass. [Terceira edição.] Boston: Thayer and Eldridge, 1860-61, 456 pp.

Drum-Taps. Nova York:[s.n], 1865, 72 pp.

Leaves of Grass [Quarta edição.] Nova York: [s.n],1867, 338 pp.

Democratic Vistas. Washington, D.C: [s.n], 1871, 84 pp.

Leaves of Grass. [Quinta edição.] Washington, D.C.:[s.n], 1871, 384 pp.

Leaves of Grass. [Sexta edição.] Camden: New Jersey, 1876. (Vol. I da edição das Obras Completas.)

Two Rivulets. Incluindo *Democratic Vistas, Centennial Songs, and Passage to India*. Camden, NJ:[s.n.] 1876. (Vol. II das obras completas.)

Leaves of Grass [Sétima edição.] Boston: James R. Osgood and co., 1881-82, 382 pp. (Reimpresso na Filadélfia por Rees Welsh and Co. em 1882 e por David Mckay.)

Specimen Days and Collect. Philadelphia: Rees Welsh, 1882-83, 374 pp.

November Boughs. Philadelphia; David McKay, 1888, 140 pp.

Complete Poems and Prose of Walt Whitman, 1855-1888. [Oitava edição de poemas, terceira das obras completas.] Philadelphia; Edição do autor, 1888, 382 + 374 pp.

Leaves of Grass, with Sands at Seventy and A Backward Glance O'er Travel'd Roads. [Oitava edição de poemas.] Philadelphia: [s.n], 1889, 404 + 18 pp.

Good-bye, My Fancy. Philadelphia: David McKay, 1891, 66 pp.

Leaves of Grass. [Nona edição.] Philadelphia: David McKay, 1891-1892, 438 pp.

Complete Prose Works. Philadelphia: David McKay, 1892, 522 pp.

SOBRE O TRADUTOR

Rodrigo Garcia Lopes (Londrina, PR) é poeta, tradutor, romancista, jornalista e compositor. É Mestre em Humanidades Interdisciplinares pela Arizona State University e Doutor em Letras pela Universidade Federal de Santa Catarina. É autor dos livros de poemas *Solarium, Visibilia, Polivox, Nômada, Estúdio Realidade,* dos CDs *Polivox* (2001) e *Canções do Estúdio Realidade* (2013) e do livro de entrevistas *Vozes & Visões* (1997). Como tradutor, publicou *Sylvia Plath: Poemas* (1990) e *Iluminuras: Gravuras Coloridas*, de Arthur Rimbaud (1994), ambos em parceria com Maurício Arruda Mendonça. Em 2004 traduziu e organizou os livros *Mindscapes: Poemas de Laura Riding* e *O Navegante* (do anônimo anglo-saxão, 2004). Publicou *Leaves of Grass / Folhas de Relva*, de Walt Whitman (finalista do prêmio Jabuti de 2006), *Ariel*, de Sylvia Plath (2007, com Cristina Macedo) e *Epigramas*, de Marco Valério Marcial (2018). Sua obra está representada em várias antologias importantes de poesia brasileira contemporânea, no Brasil e no exterior. Seus últimos trabalhos, *Experiências Extraordinárias* (poesia, 2014) e o romance policial-histórico *O Trovador* (2014), foram semifinalistas do prêmio Oceanos de Literatura. *Experiências Extraordinárias* foi finalista do Prêmio Jabuti de 2015. *O Trovador* também foi finalista do Prêmio São Paulo de Literatura 2015. Em dezembro de 2018 publicou *Roteiro Literário - Paulo Leminski.* Site oficial www.rgarcialopes.wix.com/site

Papel: off-white 80g/m^2 ***Fontes:*** Minion ***Impressão:*** Meta Brasil gráfica ***Em:*** S. Paulo, maio de 2019.